# ACONTECEU NAQUELE VERÃO

# ACONTECEU NAQUELE VERÃO

*Tradução de*
Dandara Morena e Mayumi Aibe

*Tessa Bailey*

Copyright © 2021 by Tessa Bailey

Direitos de tradução acordados por intermédio de Taryn Fagerness Agency e Sandra Bruna Agencia Literaria, SL. Todos os direitos reservados.

TÍTULO ORIGINAL
It Happened One Summer

COPIDESQUE
Agatha Machado

REVISÃO
Rayana Faria
Iuri Pavan

PROJETO GRÁFICO
Diahann Sturge

ADAPTAÇÃO DE PROJETO GRÁFICO,
DIAGRAMAÇÃO E ADAPTAÇÃO DE CAPA
Henrique Diniz

ILUSTRAÇÃO DE CAPA
Monilha Roe

CIP-BRASIL. CATALOGAÇÃO NA PUBLICAÇÃO
SINDICATO NACIONAL DOS EDITORES DE LIVROS, RJ

B138a

    Bailey, Tessa
      Aconteceu naquele verão / Tessa Bailey ; tradução Dandara Morena, Mayumi Aibe. - 1. ed. - Rio de Janeiro : Intrínseca, 2022.
    ; 21 cm.

    Tradução de: It happened one summer
    ISBN 978-65-5560-484-9

    1. Romance americano. I. Morena, Dandara. II. Aibe, Mayumi. III. Título.

22-76040                   CDD: 813
                              CDU: 82-31(73)

Meri Gleice Rodrigues de Souza - Bibliotecária - CRB-7/6439
11/02/2022 17/02/2022

[2022]
Todos os direitos desta edição reservados à
EDITORA INTRÍNSECA LTDA.
Av. das Américas, 500, bloco 12, sala 303
22640-904 – Barra da Tijuca
Rio de Janeiro — RJ
Tel./Fax: (21) 3206-7400
www.intrinseca.com.br

## Capítulo um

O impensável estava se concretizando.

O relacionamento mais duradouro da vida dela... terminado num piscar de olhos.

Três semanas *jogadas no lixo*.

Piper Bellinger olhou para o vestido de gala Valentino cor vermelho-sangue, de um ombro só, em busca de qualquer defeito, mas não conseguiu achar nenhum. As pernas bronzeadas estavam tão lisinhas que pareciam uma seda. Na parte de cima também, tudo parecia no lugar certo. A fita para levantar os peitos tinha sido surrupiada dos bastidores de um desfile em Milão, durante a semana de moda — estamos falando da fita mais sensacional de todas para segurar os peitos —, e aquelas belezuras estavam no ponto. Com o volume certo para atrair o olhar masculino e, ao mesmo tempo, transmitir uma vibe atlética a cada quatro posts no Instagram. A versatilidade mantinha as pessoas interessadas.

Feliz em ver que não havia nada de muito errado com sua aparência, Piper mudou o foco para Adrian. Primeiro para a calça preguedada do terno clássico Tom Ford, cujo tecido era impecável, sedoso; depois, para o luxo das lapelas imponentes e dos botões com monograma, e não conseguiu conter o suspiro. O namorado, impaciente, conferia as horas no relógio Chopard e espreitava a multidão por cima do ombro dela, o que só contribuía para a imagem de "playboy entediado".

Aliás, não foi o jeito frio, de alguém inalcançável, que a atraiu nele?

Caramba, parece que aquela noite do primeiro encontro foi há uns cem anos. Ela deve ter feito pelo menos duas limpezas de pele depois disso, não? Ainda *existe* isso de noção de tempo? Piper se lembrava, como se fosse ontem, de como eles se conheceram. Adrian impediu que ela pisasse no vômito de alguém na festa de Rumer Willis. Nos braços dele, vendo aquele maxilar bem definido, ela foi transportada para a Hollywood de antigamente. Uma época cheia de ricaços vestindo roupão de veludo e mulheres perambulando em longos robes de penas. Assim começou sua clássica história de amor.

E agora os créditos estavam passando na tela.

— Não acredito que você vai jogar tudo fora desse jeito — sussurrou Piper, pressionando a taça de champanhe contra os peitos. Será que atrair a atenção de Adrian para eles o faria mudar de ideia? — A gente passou por tanta coisa.

— É, coisa à beça, né?

Adrian acenou para alguém do outro lado do terraço, e a expressão facial dele comunicava que dali a pouco iria lá falar com a pessoa. Eles foram juntos a um eventinho para arrecadar fundos para o projeto de um filme independente intitulado *O estilo de vida dos oprimidos e famosos*. O roteirista e diretor era amigo de Adrian, então quase todos ali naquele encontro da elite de Los Angeles eram conhecidos dele. Nenhuma amiga dela estava presente para consolá-la ou facilitar uma saída digna.

Adrian reparou na relutância dela.

— Peraí, o que você estava dizendo mesmo?

O sorriso de Piper estava quase sumindo, então ela injetou uma dose de ânimo, por precaução, porque era fundamental não parecer doida, ainda que por um triz. *Não desanime, mulher.* Aquele não era o primeiro término dela, não é mesmo? Ela própria já tinha dado um pé na bunda um monte de vezes; várias delas, de forma inesperada. Afinal, aquela era a cidade dos caprichos.

Ela não havia percebido direito como as coisas mudaram rápido. Não até pouco tempo atrás.

Piper não era velha, tinha 28 anos. Mas era, *sim*, uma das mulheres mais velhas da festa. Aliás, de todas as festas em que estivera nos últimos tempos. Debruçada no guarda-corpo de vidro com vista para Melrose, estava uma estrela pop em ascensão que, com toda certeza, não tinha mais de dezenove anos. Ali estava alguém que não precisava da fita de Milão para empinar os peitos. Eram leves e firmes, e os mamilos lembravam a Piper uma casquinha de sorvete.

O próprio anfitrião tinha 22 anos e estava iniciando uma carreira no cinema.

*Isso* era a carreira de Piper. Frequentar festas. Ser vista. Mostrar de vez em quando um produto para clarear os dentes e ganhar uns trocados por isso.

Não que precisasse de dinheiro. Pelo menos, ela achava que não. Era só passar o cartão de crédito para ter as coisas; o que acontecia depois só Deus sabe. Ela imaginava que a fatura fosse enviada para o e-mail do padrasto ou algo do tipo, não? Com sorte, ele não iria encrenar com a calcinha erótica encomendada em uma loja de Paris.

— Piper? *Oi?* — Adrian movimentou a mão na frente do rosto dela, e Piper se deu conta de que tinha passado muito tempo com o olhar fixo na estrela pop. O suficiente para a cantora começar a encará-la.

Piper sorriu e acenou para a garota, apontando constrangida para a taça de champanhe, depois retomou a conversa com Adrian.

— Foi porque eu falei de você na terapia? Foi só de passagem mesmo, juro. Na maioria das sessões, a gente só dá uma cochilada.

Adrian olhou fixamente para ela por um instante. Para falar a verdade, até que foi legal. Piper não recebia tanta atenção dele desde a quase pisada no vômito.

— Já namorei umas cabeças-ocas por aí, Piper — disse ele. — Mas você coloca todas no chinelo.

Ela sustentou o sorriso, embora isso tenha exigido mais determinação do que o normal. Tinha gente olhando. No mínimo cinco selfies estavam sendo tiradas naquele exato momento no terraço, inclusive uma de Ansel Elgort, e Piper estava figurando ao fundo de todas elas. Seria o fim da picada deixar a tristeza transparecer no rosto, sobretudo quando a notícia sobre o término fosse divulgada.

— Não consigo entender — disse ela, dando uma risada e tirando os cabelos cor-de-rosa acobreados do ombro.

— Que novidade! — devolveu ele, em tom seco. — Escuta, gata. A gente se divertiu nessas três semanas. Você fica show de biquíni. — Ele deu de ombros, na elegância do terno Tom Ford. — Só estou querendo terminar antes de ficar chato, entendeu?

Chata. Cada vez mais velha. E nem era cineasta ou estrela do pop.

Só uma garota bonita com um padrasto milionário.

Porém, Piper não conseguia pensar nisso agora. Ela só queria deixar aquela festa do jeito mais discreto possível e ir chorar todas as mágoas. Depois de tomar um ansiolítico e postar um texto inspirador no feed do Instagram, claro. O post confirmaria o término, mas também possibilitaria que ela controlasse a narrativa. Talvez pudesse ser algo relacionado a crescimento e amor-próprio?

Sua irmã, Hannah, saberia qual letra de música cairia como uma luva naquela situação. Ela passa horas à toa em meio a uma pilha de vinis, com um headphone gigante e horrendo na cabeça. Droga, bem que deveria ter dado mais crédito à opinião de Hannah sobre Adrian.

O que foi que ela falou mesmo? Ah, claro.

*Ele tem o carisma de um chuchu.*

Mais uma vez, Piper estava no mundo da lua, e Adrian voltou a conferir o relógio.

— E aí, tem mais alguma coisa? Preciso dar uma socializada.

— Ah, *é*. — A resposta saiu apressada; a voz, nem um pouco natural. — Você tem toda razão sobre isso de acabar antes de o tédio bater. Eu não tinha pensado nisso. — Ela aproximou a taça de champanhe da dele, para brindar. — Tomamos a decisão de não sermos mais um casal. Trabalhados na maturidade.

— Tá certo. Chame do que você quiser. — Adrian deu um sorrisinho forçado. — Te agradeço por tudo.

— Eu que agradeço. — Com uma expressão séria, ela fazia de tudo para não parecer uma cabeça-oca. — Aprendi muito sobre mim mesma nessas últimas três semanas.

— Fala sério, Piper. — Adrian riu e a analisou da cabeça aos pés. — Você ainda brinca de se fantasiar e gasta o dinheiro do papai. Nem tem motivo para aprender nada.

— Eu preciso de motivo? — perguntou ela, despreocupada, ainda sustentando um sorrisinho.

Incomodado por ter ficado contra a parede, Adrian bufou, irritado.

— Acho que não. Mas com certeza precisa de um cérebro que não se limite a contar quantas curtidas vai ganhar com uma foto do guarda-roupa. A vida não é só isso, não, Piper.

— É, eu sei — disse ela, instigada pela irritação e por uma dose de vergonha relutante. — Vida é o que eu registro com as fotos. Eu...

— Caramba. — Ele meio que resmungou, meio que riu. — Por que você está me *forçando* a ser um babaca? — Alguém chamou pelo seu nome de dentro da cobertura, e Adrian levantou o dedo, o olhar bem fixo em Piper. — Você não tem nada de especial, tá legal? Tem centenas de Pipers Bellinger nesta cidade. Você era só uma distração. — Ele deu de ombros. — E o seu tempo acabou.

Foi um milagre Piper ter mantido intacto seu sorriso atraente conforme Adrian se afastava, já chamando os amigos. Todos no deck do terraço estavam olhando para ela, cochichando sem disfarçar muito, sentindo pena — o pior dos pesadelos. Ao levantar a taça para saudá-los, notou que estava vazia. Colocou-a na bandeja do garçom mais próximo, apanhou a clutch Bottega Veneta de tecido sedoso, com toda a dignidade que conseguiu reunir, e atravessou a multidão. Ao chegar ao elevador, piscou os olhos marejados para enxergar direito o botão.

Quando as portas finalmente a fizeram sumir de vista, ela desabou na parede da cabine de metal. Inspirou fundo pelo nariz, soltou o ar pela boca. As notícias de que Adrian tinha terminado com ela logo circulariam por todas as redes sociais, quem sabe até com direito a vídeo. Depois disso, nem mesmo as subcelebridades a convidariam para suas festas.

Ela tinha uma reputação, todos a achavam uma companhia legal para sair e curtir. Era uma mulher cobiçada. Uma it girl.

Se perdesse o status social, o que iria lhe restar, *de fato*?

Piper tirou o celular da bolsa e, absorta, pediu um Uber Black, que estava a cinco minutos dali. Depois, fechou o aplicativo e abriu sua lista favorita. O polegar passou pelo nome de Hannah, mas acabou parando no de Kirby. A amiga atendeu após o primeiro toque.

— Ai, meu Deus, é verdade que você implorou para o Adrian não terminar contigo na frente do Ansel Elgort?

Era pior do que ela imaginava. Quantas pessoas já tinham dado com a língua nos dentes para o TMZ? Amanhã, às seis e meia da noite, o nome dela estaria na boca do povo da redação, enquanto Harvey bebericaria de seu copo reutilizável.

— Eu não implorei para o Adrian ficar comigo. Pô, Kirby, você sabe muito bem como eu sou.

— Amada, eu sei. Mas as outras pessoas não sabem. Agora é fazer a contenção de danos, não tem jeito. Você tem um assessor de imprensa de sobreaviso?

— Não tenho mais. O Daniel falou que não tem por que fazer uma nota para a imprensa para avisar que fui ao shopping.

Kirby ficou irritada.

— Valeu, hein, tio.

— Mas você tem razão. Preciso fazer a gestão de crise.

A porta se abriu, e Piper saiu do elevador, fazendo barulho pelo saguão a cada passo com o par de scarpins de sola vermelha, até chegar à Wilshire. Bateu um ar quente que secou a umidade nos olhos dela. Os edifícios altos do centro de Los Angeles se erguiam em direção ao céu encoberto daquela noite de verão, e ela olhou para cima até a vista alcançar o topo dos prédios.

— Até que horas fica aberta a piscina na cobertura do Mondrian?

— Você quer saber do horário de funcionamento a essa hora? — reclamou Kirby, e Piper ouviu o estalo do cigarro eletrônico da amiga. — Não sei, mas já passou da meia-noite. Se ainda não tiver fechado, vai fechar daqui a pouco.

Um Lincoln preto parou rente ao meio-fio. Após conferir a placa, Piper entrou no carro e fechou a porta.

— Invadir a piscina e curtir pra caramba não seria, tipo, *a* melhor maneira de resolver isso? Enfiando o pé na jaca? Aí o Adrian seria o cara que terminou com uma lenda.

— Ai, que merda — murmurou Kirby. — Você está ressuscitando a Piper de 2014.

Era essa a solução, não era? Não existia um momento melhor da vida dela do que o ano em que fez 21, quando saiu totalmente alucinada por Los Angeles e, no meio do caminho, acabou ficando famosa. Ela só quis sair do marasmo, não foi nada de mais. Talvez fosse a hora de recuperar a coroa. Talvez não devesse ficar ouvindo as palavras de Adrian se repetirem em looping na sua cabeça, forçando-a a pensar que ele poderia estar certo.

*Sou só mais uma no meio de centenas?*

*Ou a garota que invade uma piscina para nadar à uma da manhã?*

Piper fez que sim, decidida, e se inclinou para a frente.

— Na verdade, pode me deixar no Mondrian, por favor?

Kirby soltou uma gargalhada, meio irônica, do outro lado da linha.

— Te encontro lá — disse ela.

— Tive uma ideia melhor. — Piper cruzou as pernas e se recostou no banco de couro. — Que tal a gente chamar *todo mundo*?

## Capítulo dois

A cadeia era um lugar frio e escuro.

Piper estava em pé no meio da cela, tremendo e abraçando os cotovelos para não encostar, sem querer, em nada que a fizesse precisar tomar uma vacina antitetânica. Até então, a palavra "tortura" era somente uma descrição vaga de algo que ela nunca iria compreender. Mas, após quase seis drinques, tentar *não fazer xixi* em um vaso sanitário todo mofado era um tormento pelo qual nenhuma mulher deveria passar. A situação do banheiro do Coachella no fim da noite não chegava nem perto daquele vaso sanitário imundo zombando de Piper de um canto da cela.

— Com licença? — pediu Piper, cambaleando no salto alto até as barras. Não havia nenhum guarda à vista, mas ela estava escutando barulhinhos que só podiam ser do Candy Crush vindos de perto dali. — Oi, sou eu, a Piper. Tem outro banheiro que eu possa usar?

— Não, princesa — respondeu uma mulher, com um tom bastante entediado. — Não tem, não.

Ela se balançou de um lado para o outro; a bexiga reclamava para ser esvaziada.

— Qual é o banheiro que *você* usa?

Um som de escárnio.

— O das pessoas que *não* cometeram crimes.

Piper choramingou, embora a guarda tivesse passado um pouquinho dos limites ao dar uma resposta tão agressiva, sem hesitar.

— Mas eu não cometi nenhum crime — insistiu Piper. — Isso aqui é um grande mal-entendido.

Gargalhadas estridentes ecoaram por aquele corredor monótono. Quantas vezes ela já tinha passado em frente à delegacia na Wilcox Norte? E agora era uma das detentas.

Mas, sério, foi uma festa e tanto.

A guarda caminhou devagar até a cela de Piper, com os dedos enfiados na cintura da calça do uniforme bege. *Bege.* Quem quer que fosse o responsável pelo estilo dos agentes da lei deveria ser condenado por impor essa punição cruel e peculiar.

— Então, para você, duzentas pessoas invadindo a piscina de um hotel de madrugada é um mal-entendido?

Piper cruzou as pernas e respirou fundo. Se por acaso ela se mijasse toda em um Valentino, faria questão de permanecer na cadeia.

— Acredita que o cartaz com os horários da piscina estava meio escondido?

— Essa é a defesa do advogado que vai te cobrar uma nota? — Dava para ver que a guarda estava achando graça.

— Alguém teve que quebrar a porta de vidro para ter acesso e deixar os outros riquinhos entrarem. Quem foi que fez isso? O Homem Invisível?

— Eu não sei, mas vou descobrir — prometeu Piper, solenemente.

A guarda abriu um sorriso.

— Tarde demais pra isso, meu bem. Sua amiga do cabelo roxo nas pontas já disse que você foi a líder do grupo.

Kirby.

Só podia ser ela.

Na festa, era a única com as pontas do cabelo pintadas de roxo. Pelo que Piper lembrava. Em algum momento, entre brincar de briga de galo na piscina e soltar fogos de artifício ilegais, ela perdeu a noção do número de convidados que estavam chegando. Mas deveria saber muito bem que não dá para confiar em Kirby. Piper era amiga dela, mas não tão próxima a ponto de Kirby mentir para a polícia para protegê-la. A relação das duas se baseava em comentários em posts nas redes sociais e no incentivo para fazer compras absurdas, como uma bolsa de 4 mil dólares em formato de batom. Na maioria das vezes, esse tipo de amizade superficial era valioso, mas não naquela noite.

Por isso mesmo, a ligação a que tinha direito foi para Hannah.

Falando nela, onde estava mesmo a irmãzinha de Piper? Ela havia telefonado uma hora atrás.

Piper pulava de um lado para o outro, prestes a usar as mãos para conter o xixi.

— Quem te obriga a usar calça bege? — perguntou Piper, sem muito fôlego. — Por que essa pessoa não está aqui na cela comigo?

— Beleza. — A guarda levantou a mão. — Nessa a gente concorda.

— Sério mesmo, qualquer outra cor seria melhor. Ficar *sem* calça seria melhor.

Para se distrair do Chernobyl que iria acontecer na parte de baixo do seu corpo, Piper começou a divagar, como costumava fazer em momentos desconfortáveis.

— Você é muito linda, guarda, mas isso é tipo um mandamento: ninguém deveria ser obrigado a usar calça cáqui.

A mulher arqueou uma das sobrancelhas.

— Você seguraria o look.

— Tem razão — disse Piper, aos soluços. — Eu seguraria mesmo.

A guarda deu uma risada, mas depois ficou séria.

— O que deu em você para resolver instaurar o caos hoje à noite?

Piper murchou um pouco.

— Meu namorado me largou. E... nem olhou nos meus olhos, em nenhum momento. Acho que eu só queria atenção. Reconhecimento. Ser notada e não... desprezada. Sabe?

— Foi desprezada e fez besteira. É, eu sei o que é isso.

— Sério? — perguntou Piper, esperançosa.

— Claro. Quem nunca jogou todas as roupas do namorado na banheira e tacou alvejante em cima?

Piper imaginou o terno Tom Ford manchado e sentiu um calafrio.

— Que maldade — sussurrou. — Talvez eu devesse só ter furado os pneus dele. Pelo menos não é ilegal.

— É ilegal, sim.

— Ah. — Piper mandou uma piscadela exagerada para a guarda. — Claaaaro.

A mulher balançou a cabeça e conferiu ambos os lados do corredor.

— Tudo bem, é o seguinte. Hoje está sem movimento. Se não me arranjar problema, vou te deixar usar o banheiro que não é tão escroto quanto esse.

— Ai, obrigada, obrigada, obrigada.

A guarda posicionou a chave na fechadura e a encarou com um olhar sério.

— Estou com um taser aqui.

Piper acompanhou sua salvadora pelo corredor até o banheiro, onde levantou meticulosamente a saia do vestido Valentino e aliviou a pressão horrível na bexiga, gemendo até cair a última gota. Ao lavar as mãos na pequena pia, prestou atenção no reflexo do espelho. Olhos de panda a encaravam. O batom borrado, o cabelo todo lambido. Com certeza, uma diferença gritante em relação ao início da noite, mas era impossível não se sentir como um soldado depois da guerra. Ela havia decidido não pensar no término, não é?

O helicóptero da polícia sobrevoando o local enquanto Piper puxava um trenzinho com coreografia reafirmou seu status como atual rainha das baladas de Los Angeles, sem dúvida. Bom, provavelmente. Seu celular foi confiscado durante aquela coisa toda de tirar foto segurando uma plaquinha e de carimbar as digitais, então ela não sabia o que estava rolando na internet. Os dedos estavam coçando para usar certos aplicativos, e era exatamente isso que faria quando Hannah chegasse para tirá-la da cadeia.

Olhou para o espelho, surpresa por perceber que a ideia de quebrar a internet não tinha feito seu coração disparar como antes. O que estava acontecendo com ela?

Piper respirou, afastou-se da pia e baixou a maçaneta da porta com o cotovelo para abri-la. Obviamente, a noite teve seu preço... Afinal de contas, eram quase cinco da manhã. Assim que dormisse um pouco, ela iria passar o dia se deleitando com as mensagens lhe dando os parabéns e com a enxurrada de novos seguidores. Ia ficar tudo bem.

Antes de Piper ser algemada de novo e conduzida de volta à cela, uma colega da guarda a chamou do outro lado do corredor.

— Ô, Lina. Pagaram a fiança da Bellinger. Traz a garota para fazer os trâmites.

Piper ergueu os braços para comemorar.

— *Oba!*

Lina riu.

— Vamos lá, miss Universo.

Revigorada, ela saltitou ao lado da mulher.

— Lina, não é? Te devo uma. — Ela juntou as mãos debaixo do queixo e fez um beicinho, com charme. — Obrigada por ter sido tão legal comigo.

— Não exagere — disse a guarda, marcando cada palavra, embora a expressão no rosto fosse de contentamento. — Eu só não estava a fim de limpar mijo do chão.

Piper riu, e, nesse instante, Lina destrancou a porta no final daquele corredor cinzento. E lá estava Hannah na área de processamento, de pijama e boné de beisebol, preenchendo a papelada; os olhos semicerrados.

Ela sentiu um quentinho no coração ao ver a irmã mais nova. As duas não eram nada parecidas nem tinham algo em comum, mas Hannah era a única pessoa para quem Piper ligaria em um aperto. Hannah era a irmã com a qual se podia contar, apesar de ter aquele jeito de hippie preguiçosa.

Enquanto Piper era a mais alta, Hannah sempre foi chamada de nanica, desde pequena, e não passou pelo estirão de crescimento na época da escola. Ali, na delegacia, a silhueta pequenina estava coberta por um moletom da UCLA, e fios de cabelo louro areia saíam do boné de tom vermelho pálido.

— Ela tá liberada? — perguntou Lina a um homem de lábios finos, encurvado atrás da mesa.

Ele acenou com a mão, sem levantar o olhar.

— Dinheiro resolve qualquer coisa.

Lina liberou as algemas mais uma vez, e Piper se lançou para a frente.

— Hannnnns! — ela choramingou e deu um abraço forte na irmã. — Vou recompensar você por isso. Vou limpar a casa sozinha durante uma semana.

— A gente nem limpa a casa, sua boba — disse Hannah, bocejando e esfregando os olhos. — Por que você está com cheiro de incenso?

— Ah. — Piper cheirou o ombro. — Acho que a vidente acendeu um. — Ela se aprumou, tentando se lembrar de algo. — Nem sei como ela ficou sabendo da festa.

Hannah ficou boquiaberta; parecia ter despertado, ao menos ligeiramente. Os olhos cor de mel contrastavam por completo com o azul-celeste dos de Piper.

— Por acaso ela falou que tem um padrasto furioso no seu futuro?

Piper estremeceu.

— Ui. Eu estava sentindo que não ia dar para evitar a ira de Daniel Q. Bellinger. — Ela esticou o pescoço para ver se alguém estava trazendo seu celular. — Como foi que ele soube?

— Pelo noticiário, Pipes. Pelo noticiário.
— Claro. — Ela soltou um suspiro, alisando com as mãos a saia amarrotada do vestido. — Nada que os advogados não possam resolver, certo? Tomara que ele me deixe tomar um banho e dormir um pouco antes de me passar um daqueles famosos sermões. Eu estou o *fim de festa* em pessoa.
— Para com isso, você está ótima — disse Hannah, contraindo os lábios ao finalizar a papelada com uma assinatura rebuscada. — Você sempre está ótima.

Piper fez uma dancinha.

— Tchau, Lina! — gritou ela, na saída da delegacia. Segurava seu tão amado celular nos braços como se fosse um recém-nascido, os dedos agitados pela urgência de mexer na tela. Falaram para ela usar a saída dos fundos, onde Hannah ia poder entrar com o carro. *Era o protocolo*, disseram.

Piper deu um passo para fora da porta e foi cercada de fotógrafos.

— Piper! Olha pra cá!

A vaidade dela ganiu como um pterodáctilo.

Sentiu um frio na barriga, mas sorriu rapidamente para todos. Então abaixou a cabeça e andou o mais rápido que uma pessoa de salto é capaz em direção ao Jeep de Hannah, que já estava aguardando.

— Piper Bellinger! — gritou um paparazzo. — Como foi sua noite na cadeia?

— Você se arrepende de ter desperdiçado o dinheiro do contribuinte?

A ponta do salto prendeu numa rachadura do asfalto, e ela quase se espatifou de cara no chão, mas alcançou a porta aberta por Hannah e se atirou no banco do carona. Embora fechar a porta tenha abafado o bombardeio de perguntas, a última que ouviu ainda ressoava em sua mente.

Desperdiçar dinheiro do contribuinte? Ela só tinha dado uma festa, não?

Tudo bem que foi necessária uma quantidade considerável de policiais para encerrá-la, mas, assim, estavam em Los Angeles, né... A polícia já não espera que algo desse tipo aconteça?

Beleza, isso soou como coisa de gente privilegiada e mimada, mesmo para ela.

De uma hora para a outra, Piper ficou sem vontade de dar uma olhada nas redes sociais.

Secou o suor das palmas no vestido.

— Eu não queria irritar ninguém nem desperdiçar dinheiro. Isso nem chegou a passar pela minha cabeça — disse ela, baixinho, tentando se virar tanto quanto possível na direção da irmã, apesar do cinto. — A coisa tá feia, Hanns?

Hannah mordia o lábio inferior com força. As mãos ao volante dirigiam devagar, tentando passar por todas aquelas pessoas que tiravam fotos de Piper loucamente.

— Não está bom para o seu lado, não — respondeu ela, após uma pausa. — Mas, olha só, você costumava aprontar uma dessas toda hora, lembra? Os advogados sempre dão um jeito de resolver a situação, e amanhã as pessoas vão estar preocupadas com outra coisa. — Ela acionou o touch screen, e uma melodia suave percorreu o carro. — Escuta só isso. Já separei a música perfeita para este momento.

As notas soturnas de "Prison Women", da banda REO Speedwagon, ecoaram dos alto-falantes.

Piper jogou a cabeça contra o encosto.

— Nossa, que engraçado. — Com o celular apoiado no joelho, Piper segurou a tela do aparelho por alguns segundos, depois corrigiu a postura e abriu o Instagram.

Lá estava. A foto que ela postou de madrugada, às 2h42, como indicava o registro de hora e data. Foi tirada com o celular de Piper por Kirby, a vadia traiçoeira. Piper aparecia sentada nos ombros de um homem cujo nome ela não conseguia lembrar — embora tivesse uma vaga memória de ele pedir para jogarem uma segunda rodada para os Lakers? —, só de calcinha e fita nos seios, mas assim... de um jeito artístico. O vestido Valentino estava estendido sobre uma poltrona no fundo. Fogos de artifício estouravam em volta dela como se fosse o 4 de Julho, formando um círculo de faíscas e fumaça ao seu redor. Ela parecia uma deusa brotando de uma névoa eletrizada — e a foto já estava com quase um milhão de likes.

Piper hesitou, mas quis conferir *quem* havia curtido a foto. Não aparecia o nome de Adrian.

E tudo bem. Um milhão de pessoas deram like, não é mesmo?

Mas nenhuma delas havia passado três semanas com ela.

Para elas, Piper era só uma imagem bidimensional. Se convivessem com ela durante três semanas, também iriam passar batido pela foto? Iriam apenas observá-la se misturando a um borrão de centenas de garotas iguaizinhas a ela?

— Ei — disse Hannah, pausando a música. — Vai ficar tudo bem.

A risada de Piper soou forçada, então ela não a prolongou.

— Eu sei. Sempre acaba ficando tudo bem. — Ela pressionou os lábios. — Quer saber como foi o concurso de cueca molhada?

## Capítulo três

Mas, pelo visto, *não* estava tudo bem.

Muito pelo contrário.

Isso segundo o padrasto delas, Daniel Bellinger, produtor de cinema reverenciado, vencedor do Oscar, filantropo e velejador profissional.

Piper e Hannah tentaram passar pela entrada de serviço da mansão em Bel-Air, para não serem notadas. Haviam se mudado para lá quando Piper tinha quatro anos e Hannah, dois, logo após o casamento da mãe delas com Daniel, e nenhuma das duas se lembrava de ter morado em outro lugar. De vez em quando, ao sentir a brisa do mar, a memória de Piper transmitia um sinal através de um nevoeiro em sua mente, fazendo-a se lembrar da sua cidade natal, no noroeste do Pacífico, mas não havia nada significativo a que se apegar, e esse indício sempre sumia antes que ela pudesse compreendê-lo.

Agora, a fúria do padrasto? Isso ela compreendia plenamente.

Estava gravada nas rugas da pele bronzeada daquele rosto tão conhecido, nos apertos de mão desanimados que ele deu nas irmãs, conforme elas se sentavam uma ao lado da outra no sofá do escritório da mansão. Atrás dele, havia prêmios reluzentes nas estantes, pôsteres de filme pendurados na parede e um telefone em cima da mesa em formato de L, cuja luzinha acendia a cada dois segundos, apesar de o aparelho estar silenciado para o sermão que estava por vir. A mãe delas estava no pilates e por fora de tudo? *Isso* era o que deixava Piper mais nervosa. Maureen costumava tranquilizar o marido... e, neste momento, ele estava tudo, menos tranquilo.

— Hum, Daniel? — Piper arriscou, de um jeito animado, colocando uns fios do cabelo sem volume atrás da orelha. — Nada disso é culpa da Hannah. Tudo bem se ela for para o quarto dormir?

— Ela vai ficar — ele afirmou, lançando um olhar duro para Hannah. — Você estava proibida de pagar a fiança dela e, mesmo assim, foi lá e pagou.

Piper direcionou sua perplexidade para a irmã.

— Você fez o quê?

— O que eu devia ter feito, então? — Hannah tirou rápido o boné e o prendeu entre os joelhos. — Deixado você lá, Pipes?

— Pois é — disse Piper, devagar, ao encarar o padrasto, cada vez mais horrorizada. — O que você queria que ela fizesse? Que me *deixasse* lá?

Nervoso, Daniel ajeitou o cabelo com os dedos.

— Pensei que você já tivesse aprendido a lição há muito tempo, Piper. Ou melhor, *as lições*, no plural. Você continuava saracoteando por aí, indo a todas as festas, daqui até o Valley, mas pelo menos não dava prejuízo nem me fazia passar por um idiota de merda.

— Essa doeu. — Piper voltou a afundar no sofá. — Não precisava falar desse jeito.

— "Não precisava falar desse..." — Daniel, exaltado, apoiou o dorso do nariz entre os dedos. — Você tem 28 anos, Piper, e nunca fez nada na vida. *Nada*. Recebeu todas as oportunidades possíveis, teve todos os caprichos atendidos, e a única coisa que tem para nos mostrar é uma... uma vida na internet. Isso não significa *nada*.

*Se isso for verdade, eu também não significo nada, então*, pensou Piper.

Piper agarrou uma almofada de repente e a colocou no colo, próxima ao estômago, que estava revirando. Ela olhava com gratidão para Hannah enquanto a irmã pousava a mão no joelho dela para fazer um carinho.

— Daniel, desculpa. Meu namorado terminou comigo ontem, foi horrível, e fiz besteira. Nunca mais vou fazer algo desse tipo.

Daniel pareceu relaxar um pouco. Ele deu uns passos para trás para se encostar na beirada da mesa.

— No meu trabalho, ninguém me deu nada de mão beijada. Comecei como garoto de recados no estacionamento da Paramount. Pegava um sanduíche para alguém, ia buscar o café. Eu era o faz-tudo e, ao mesmo tempo, estudava para me formar na escola de cinema. — Piper assentiu, fazendo seu melhor para parecer totalmente interessada, por mais que Daniel contasse essa história em todos os jantares e eventos beneficentes. — Eu me mantive preparado, munido do conhecimento e tive iniciativa, à espera de uma oportunidade que eu pudesse aproveitar — ele cerrou o punho — e nunca olhar para trás.

— Foi aí que te chamaram para ler o roteiro com o Corbin Kidder — disse Piper, por saber a história de cor.

— Isso. — O padrasto inclinou a cabeça, satisfeito por ver que ela estava prestando atenção. — Quando o diretor foi assistir, eu não só encenei as falas com paixão e dedicação, como também *melhorei* aquele texto batido. Dei um toque especial meu.

— E te ofereceram uma vaga como assistente de roteirista — disse Hannah, agitando os dedos para Daniel concluir logo aquela história, que era repetida pela milésima vez. — Do próprio Kubrick.

Ele expirou mais pesado.

— Exato. E isso me traz de volta ao meu argumento inicial. — Balançou o dedo em riste. — Piper, você está muito acomodada. A Hannah pelo menos tem um diploma e um emprego que dá dinheiro. Mesmo que eu tenha recorrido a uns contatos para arranjar o bico de produtora de locação, ao menos ela está sendo produtiva. — Hannah curvou os ombros, mas não disse nada. — Você ia pelo menos se importar se uma oportunidade batesse à sua porta, Piper? Você não toma nenhuma atitude para sair do lugar. Para fazer qualquer coisa que seja. E por que teria se pode levar a vida que eu dou para você, premiando sua falta de ambição com conforto e com uma desculpa para continuar estagnada no maior bem-bom?

Piper fitou o homem que considerava como pai, chocada por constatar que ele tinha uma visão tão negativa dela. Ela cresceu em Bel-Air. Viajava, dava festões e socializava com atores famosos. Essa era a única vida que conhecia. Nenhum dos seus amigos trabalhava. Pouquíssimos tinham se preocupado em fazer faculdade. O diploma serviria para quê? Para ganhar um salário? Eles já tinham rios de dinheiro.

Caso Daniel ou a mãe dela alguma vez tenham a encorajado a fazer algo da vida, Piper não se lembrava dessa conversa. Motivação era algo com que as outras pessoas simplesmente já nasciam? E, quando chegou a hora de se tornar alguém, elas só foram lá e agiram? Era para Piper ter buscado um propósito durante esse tempo todo?

Por mais estranho que fosse, nenhuma das citações inspiradoras que ela já havia postado dava a resposta.

— Eu amo muito sua mãe — continuou Daniel, como se estivesse lendo a mente dela. — Não fosse isso, acho que não teria sido tão paciente por tanto tempo. Mas, Piper... dessa vez você foi longe demais.

Ela arregalou os olhos para o padrasto; os joelhos começaram a tremer. Ele já havia usado esse tom resignado com ela? Se sim, não estava lembrada.

— Longe demais? — sussurrou.

Ao lado dela, Hannah mudou de posição, um sinal de que também estava sentindo a gravidade do momento.

Daniel fez que sim.

— O dono do Mondrian está financiando meu próximo filme. — A notícia caiu como uma bomba no meio do escritório. — Ele não está nada contente com a noite passada, para falar o mínimo. Depois do que você fez, ficou parecendo que existem falhas de segurança lá. Fez o hotel dele virar motivo de chacota. E o que é pior: o prédio poderia ter sido destruído. — Daniel a encarou com um olhar duro, dando tempo para ela processar tudo. — Ele ameaçou cortar o orçamento, Piper. É um bom dinheiro. O filme não vai sair sem a contribuição dele. Pelo menos não até eu encontrar outro patrocinador... e isso pode levar anos, com a economia do jeito que está.

— Sinto muito — disse Piper.

Ela respirou fundo. A enorme proporção do que ela havia feito a afundou ainda mais no sofá. Era isso mesmo? Ela havia posto a perder um acordo de negócios de Daniel, só para se vingar postando uma foto e sair por cima após um término? Ela era tão fútil e idiota assim?

Adrian tinha razão?

— Eu não sabia. Eu... eu não tinha ideia de quem era o dono do hotel.

— Não, claro que não. Que importância tem quem será afetado pelas suas ações, não é, Piper?

— Tudo bem. — Hannah se sentou mais à frente, de cara feia. — Não precisa pegar tão pesado com ela. É claro que ela entende que errou.

Daniel não se abalou.

— Bom, é um erro pelo qual ela vai responder.

Piper e Hannah se entreolharam.

— O que quer dizer com... — Piper desenhou aspas no ar com os dedos. — "responder"?

O padrasto caminhou, devagar, até o outro lado da mesa e abriu a última gaveta do arquivo. Ele hesitou por um segundo, mas puxou uma pasta. Enquanto batia de leve com ela no calendário de mesa, olhava atentamente para as irmãs, ambas tomadas pelo nervosismo.

— Não falamos muito sobre o passado de vocês. Do que aconteceu antes de eu me casar com a sua mãe. Confesso que foi, em grande parte, pelo meu egoísmo, porque não queria me lembrar de que ela já amou alguém antes de mim.

— Ahhh — disse Piper, de forma espontânea.

Ele a ignorou.

— Como vocês sabem, seu pai era pescador. Ele morava em Westport, em Washington, que é a cidade natal da sua mãe. Um lugarzinho pitoresco.

Piper se sobressaltou com a menção ao pai biológico. Ele se chamava Henry e era pescador de caranguejo-real, mas morreu jovem, sugado pelas profundezas geladas do mar de Bering. Ela se dispersou e olhou em direção à janela, para o mundo lá fora, tentando se lembrar do que havia acontecido *antes* da vida de ostentação à qual se acostumara tanto. A paisagem e as cores dos seus primeiros quatro anos de vida eram fugidias, mas ela se recordava dos contornos do rosto do pai. Conseguia se lembrar da gargalhada sonora, do cheiro de água salgada na pele.

E se lembrava da risada da mãe, ecoando com carinho, afeto e doçura.

Era impossível assimilar essa outra época e esse outro lugar — e o quanto eram diferentes da sua vida atual —, e já havia tentado fazer isso várias vezes. Se Maureen não tivesse se mudado para Los Angeles, ainda em luto pelo marido, munida apenas da beleza e da habilidade na costura, jamais teria arranjado aquele trabalho para cuidar do figurino do primeiro filme de Daniel. Ele não teria se apaixonado por ela, e o estilo de vida luxuoso delas não teria passado de um mero sonho; Maureen estaria vivendo em outra linha do tempo, inimaginável.

— Westport — repetiu Hannah, como se estivesse testando o som da palavra. — A mamãe nunca mencionou esse nome.

— Pois é. Imagino que tudo o que aconteceu foi muito doloroso para ela. — Ele fungou, batendo mais uma vez com o canto da pasta. — Claro, agora está tudo bem com ela. Ela está ótima. — Fez uma pausa. — Os homens em Westport... eles vão para o mar de Bering durante a temporada do caranguejo-real, em busca do sustento para passarem o ano. Mas é algo que varia muito. Às vezes, a pesca é bem fraca, e um valor baixo precisa ser dividido entre os vários integrantes da tripulação. Por isso seu pai também tinha um barzinho.

Os lábios de Piper esboçaram um sorriso. Nunca ninguém havia falado tanto sobre seu pai biológico, e os detalhes... eram como moedas caindo em um pote vazio dentro dela, enchendo-o aos poucos. Ela queria mais. Queria saber tudo sobre esse homem de quem só conseguia se lembrar por causa da gargalhada estrondosa.

Hannah pigarreou. A coxa dela pressionava a de Piper.

— Por que está nos contando tudo isso agora? — Ela mordeu o lábio com força. — O que tem aí nessa pasta?

— A escritura do bar. No testamento, ele deixou o imóvel para vocês, meninas. — Daniel colocou a pasta em cima da mesa e a abriu. — Muito tempo atrás, arranjei um zelador para o lugar não ficar lá caindo aos pedaços, mas, para falar a verdade, nem me lembrava mais de nada disso.

— Ai, meu Deus... — resmungou Hannah, bem baixinho, certamente antecipando um desfecho para a conversa que Piper ainda não havia sacado. — V-você está...?

Daniel suspirou diante da frase inacabada de Hannah.

— Meu investidor está exigindo que você diga que está arrependida do que fez, Piper. Ele construiu uma carreira de sucesso com as próprias mãos, assim como eu, e não tem nada que abomine mais do que associá-la à minha filha riquinha e mimada. — Piper se encolheu, mas Daniel não viu porque estava conferindo o conteúdo da pasta. — Normalmente, se alguém me fizesse uma exigência, eu mandaria a pessoa à merda... mas não posso ignorar um pressentimento que tenho de que você precisa passar um tempo aprendendo a se virar sozinha.

— Isso quer dizer o quê?

— *Quer dizer* que você vai sair da sua zona de conforto. E *quer dizer* que você vai para Westport.

Hannah ficou boquiaberta.

Piper se inclinou rápido para a frente.

— Peraí. O quê? Para ficar por quanto tempo? — Ela direcionou o olhar de pânico para Hannah. — A mamãe já sabe disso?

— Já — disse Maureen, da porta do escritório. — Ela já sabe.

Piper começou a choramingar, com a mão no rosto.

— Três meses, Pipes. Você aguenta esse tempo. E espero que vá sem hesitar, considerando que o orçamento do filme será mantido se essa reparação for feita. — Daniel contornou a mesa e deixou a pasta de arquivo no colo de Piper. Ela olhou para a pasta como se aquilo fosse uma barata. — Tem um apartamentinho em cima do bar. Já liguei para lá para confirmar se está arrumado. Abri uma conta corrente para você se ajeitar no começo, mas depois disso... — Nossa, ele estava com uma cara de satisfação imensa. — É por sua conta.

Enquanto fazia uma lista mental das festas de gala e dos desfiles de moda agendados ao longo daqueles três meses,

Piper se levantou depressa e lançou um olhar de súplica para Maureen.

— Mãe, você vai deixar mesmo que ele me tire de casa? — Ela estava desorientada. — O que devo fazer? Tipo, viver de pescaria? Nem torrada eu sei fazer.

— Não tenho dúvidas de que você vai dar um jeito — disse Maureen, com uma voz suave. A expressão em seu rosto era compreensiva, mas firme. — Vai te fazer bem. Você vai ver. Talvez até aprenda algo sobre si mesma.

— Não — disse Piper, com veemência.

A noite anterior não havia revelado que ela não era boa em nada além de curtir baladas e sensualizar? Ela não tinha as habilidades necessárias para sobreviver ao mundo lá fora. Conseguia lidar com as situações desde que tudo permanecesse familiar para ela. Lá fora, sua inaptidão, sua inutilidade ficariam *gritantes*.

— Eu... eu não vou.

— Então não vou pagar pelos seus advogados — rebateu Daniel, a contragosto.

— Eu estou tremendo — murmurou Piper, estendendo o braço para mostrar a mão, trêmula. — Olhem só pra mim.

Hannah apoiou o braço nos ombros da irmã.

— Eu vou junto.

— E o seu trabalho? — disse Daniel, incrédulo. — Mexi uns pauzinhos com o Sergei para conseguir uma vaga bastante disputada para você na produtora.

Ao ouvir o nome de Sergei, um crush antigo de Hannah, Piper sentiu que a irmã ficou indecisa por um segundo. Já tinha um ano que a mais nova dos Bellinger suspirava pelo novo-rico taciturno de Hollywood, cujo filme de estreia, *Não Sou de Ninguém*, havia ganhado a Palma de Ouro em

Cannes. As baladas que Hannah ouvia com frequência em alto volume no quarto podiam ser atribuídas a essa grande paixão.

A solidariedade da irmã fez Piper sentir um nó na garganta, mas ela não iria deixar, de jeito nenhum, que seus erros também banissem sua pessoa favorita para Westport. A própria Piper ainda não havia se resignado a ir para lá.

— Daniel vai mudar de ideia — sussurrou ela, do canto da boca, para Hannah. — Vai ficar tudo bem.

— Não vou, não — bradou Daniel, ofendido. — Você vai no fim de julho.

Piper fez umas contas de cabeça.

— Isso é, tipo, daqui a algumas semanas!

— Eu diria para usar esse tempo para resolver seus assuntos pendentes, mas você não tem nenhum.

— Acho que agora já deu, Daniel — disse Maureen. Com uma expressão de total reprovação, ela guiou as filhas, atordoadas, para fora do recinto. — Venham. Vamos dar um tempo para processar tudo isso.

As três subiram as escadas juntas até o terceiro andar, onde ficavam os quartos de Hannah e Piper, em lados opostos do corredor acarpetado. Elas entraram no quarto de Piper e a ajudaram a se sentar na beirada da cama. Depois, a mãe e a irmã deram um passo atrás para observá-la como se fossem estudantes de medicina solicitadas a realizar um diagnóstico.

Com as mãos nos joelhos, Hannah analisava o rosto da irmã.

— Como você está, Piper?

— Não pode mesmo fazer o papai mudar de ideia, mãe? — resmungou Piper.

— Sinto muito, meu bem. — A mãe sentou na cama, ao seu lado, e segurou a mão desfalecida da filha. Ficou em silêncio por um bom tempo, visivelmente se preparando para algo. — Acho que, em parte, não contestei muito a decisão de Daniel de te mandar para Westport porque... bom, sinto muita culpa por ter guardado tanta coisa sobre seu pai verdadeiro só pra mim. Passei muito tempo sofrendo. Amargurada. E reprimi tudo isso, deixei de lado as lembranças dele. Não foi a coisa certa. — Ela olhou para baixo lentamente. — Ir para Westport... é conhecer seu pai, Piper. Ele *é* Westport. Você não tem ideia de quantas histórias... ainda estão vivas naquela cidade. Foi por isso que não consegui ficar lá depois que ele morreu. Ele estava ao meu redor... e eu só sentia raiva, porque era tudo tão injusto. Nem meus pais conseguiam me fazer compreender.

— Quanto tempo eles ficaram em Westport depois que você foi embora? — perguntou Hannah, referindo-se aos avós, que as visitavam de vez em quando, embora esses encontros tivessem se tornado cada vez mais raros conforme elas foram crescendo. Na época em que Daniel adotou oficialmente Piper e Hannah, os avós se mostraram um pouco incomodados durante o processo, e o contato entre eles e Maureen havia esfriado bastante, apesar de ainda se falarem em datas comemorativas e nos aniversários.

— Não foi muito tempo. Pouco depois, compraram o rancho em Utah. Longe do mar. — Maureen encarou as mãos. — Para todos nós, a cidade tinha perdido a magia, eu acho.

Piper conseguia entender o raciocínio da mãe. Conseguia se solidarizar com a culpa dela. Mas sua vida inteira estava sendo desenraizada por conta de um homem que ela não conhecia. Vinte e quatro anos se passaram sem que ela ouvisse uma palavra sequer a respeito de Henry Cross. Não dava para Maureen ter a expectativa de que a filha agarrasse essa oportunidade com unhas e dentes só porque resolveu que era hora de se livrar da culpa.

— Isso não é justo — reclamou Piper, jogando-se de costas no colchão e bagunçando a roupa de cama Millesimo, em tom off-white.

Hannah se esparramou ao lado dela e pôs o braço em cima da barriga de Piper.

— São só três meses — disse Maureen, levantando-se para deixar o quarto. Pouco antes de sair, ela se virou, com as mãos apoiadas no batente da porta. — Para você ficar esperta, Piper: os homens de Westport, digamos, são diferentes do que está acostumada. São rudes e diretos. Têm habilidades que os daqui não têm. — Seu olhar ficou mais distante. — O trabalho deles é perigoso, e não se importam se as outras pessoas sentem medo, eles voltam para o mar todo ano. Se precisam escolher entre o trabalho e uma mulher, sempre escolhem o mar. E preferem morrer fazendo o que amam a ficar em casa, seguros.

Piper sentiu o peso do tom de seriedade, algo atípico vindo de Maureen.

— Por que está me dizendo isso?

A mãe ergueu o ombro, de um jeito delicado.

— Uma mulher pode achar interessante essa mistura de romance e perigo. Só até certo ponto. Depois, é arrasador. Só não se esqueça disso caso se sinta... atraída.

Pareceu que Maureen queria falar mais alguma coisa, mas ela deu duas batidas de leve no batente e saiu, enquanto as irmãs a observavam.

Piper pegou um travesseiro e o entregou à Hannah.

— Pode me sufocar com isso. Por favor. É um ato de humanidade.

— Eu vou com você para Westport.

— Não. E quanto ao seu emprego? E quanto ao Sergei? — Piper suspirou. — Tem coisas legais acontecendo aqui para você, Hanns. Vou dar um jeito nisso. — Ela brincou fazendo cara feia para Hannah. — Deve ter algum sugar daddy em Westport, não acha?

— Eu vou com você, está decidido.

## Capítulo quatro

Brendan Taggart foi o primeiro morador de Westport a avistar as mulheres.

Ele ouviu uma porta de carro batendo, perto da calçada, e se virou lentamente, sentado no barril que fazia as vezes de banco no Sem Nome. A garrafa de cerveja estava parada a meio caminho da boca; o falatório alto e a música tocando no bar dissipavam-se.

Pela janela imunda, Brendan as observou sair das portas traseiras do táxi, uma de cada lado, e na mesma hora teve certeza de que eram duas turistas perdidas que haviam errado de endereço.

Isto é, certeza até elas começarem a tirar as malas do carro. Sete, para falar o número exato.

Ele deu um grunhido e tomou um gole de cerveja.

Elas estavam totalmente fora de qualquer roteiro turístico. Não havia nenhuma pousada nos próximos quarteirões. Além de errarem o destino, usavam roupa de praia à noite, no meio de uma chuva de fim de verão, sem nem sinal de um guarda-chuva... e estavam visivelmente desorientadas.

A de chapéu de abas largas, todo desengonçado, chamou sua atenção logo de cara, por um único motivo: parecia a *mais* ridícula, com a bolsa em formato de batom pendurada no braço e os punhos frouxos erguidos até a altura dos ombros, como se estivesse com medo de encostar em alguma coisa. Ela inclinou a cabeça para trás para contemplar o prédio e gargalhou. E as risadas foram se transformando no que parecia um choro com soluços, embora ele não conseguisse escutar, pela interferência da música e da vidraça.

Ao notar que o vestido molhado pela chuva da Chapéu Desengonçado estava justinho nos peitos dela, Brendan desviou o olhar e retomou o que estava fazendo. Fingiu interesse pela aventura da queda de Randy no mar, aquela maldita história que ele já havia escutado oitenta vezes.

— O mar estava virado naquele dia — disse Randy, com uma voz metálica. — A gente já tinha atingido a meta e até passado um pouco, graças a este capitão aqui. — Ele ergueu o copo com espuma e saudou Brendan. — E lá estava eu, num convés mais escorregadio que brilhantina, já me imaginando nadar numa banheira cheia de dinheiro quando voltássemos pra casa. A gente estava puxando o último covo, e lá estava ele, o maior caranguejo dessa porra de mar, o filho da puta do vovozinho de todos os caranguejos, e ele me disse, com os olhinhos brilhantes, que não ia se entregar fácil, não. Nããããão, senhor.

Randy escorou a perna no banco em que estava sentado antes e usou as feições brutas do rosto para potencializar o efeito dramático. Ele trabalhava nesse barco desde a época em que Brendan ainda não era o capitão. Tinha testemunhado mais temporadas do que a maioria da tripulação somada. No fechamento de cada uma delas, dava uma festa para comemorar a aposentadoria. E, no fim das contas, aparecia para a temporada seguinte, pontualmente, depois de ter gastado tudo o que ganhara no ano anterior, até o último centavo.

— Quando digo que o desgraçado enroscou a pata em volta da manga da minha capa, através do covo, da rede, de tudo, não estou mentindo. Ele queria ir com tudo, sem pensar duas vezes. O tempo parou, senhoras e senhores. O capitão gritava comigo para puxar o covo, mas prestem bem atenção: eu tinha sido *enfeitiçado*. O caranguejo jogou um feitiço em mim... Podem acreditar. Foi nessa hora que bateu a onda, invocada pelo próprio caranguejo. Ninguém a viu chegando, e, assim, do nada, fui lançado no mar.

O homem que era como um avô para Brendan fez uma pausa para tomar metade da cerveja.

— Quando me puxaram de volta... — Ele deu um suspiro. — Não tinha mais sinal daquele caranguejo.

As duas pessoas no bar lotado que ainda não haviam escutado a lenda riram e aplaudiram — e foi nesse momento que a Chapéu Desengonçado e a outra mulher resolveram entrar. Em segundos, fez-se um silêncio total. Dava para ouvir um alfinete cair, o que não surpreendeu Brendan nem um pouco. Sem dúvida, Westport era uma parada turística, mas era raro um forasteiro aparecer do nada no Sem Nome. Não era um estabelecimento listado no Yelp.

Sobretudo porque funcionava ilegalmente.

Mas a questão não foi só o choque de ver pessoas de fora entrarem e interromperem a conversa fiada da noite de domingo. Não, era a *aparência* delas. Em especial, a Chapéu Desengonçado, que entrou primeiro e eletrizou o clima tranquilo do ambiente. Usando um vestido curto e soltinho e sandálias amarradas em volta da panturrilha, ela poderia ter saído de uma página de revista de moda por causa daquelas... linhas bem contornadas e curvas jeitosas.

Brendan sabia ser objetivo quanto a isso.

Seu cérebro detectava uma mulher atraente mesmo que ele próprio não estivesse muito ligado nisso.

Ele apoiou a cerveja no parapeito da janela e cruzou os braços, sentindo uma ligeira irritação ao ver todos com o queixo caído. Randy estava com a língua de fora, e o restante dos homens parecia estar ensaiando mentalmente um pedido de casamento.

— Me dá uma ajudinha aqui com a bagagem, Pipes? — gritou a outra garota, da entrada, cuja porta ela abriu com um movimento de quadril, enquanto sofria com o peso da mala.

— Ah! — A Chapéu Desengonçado virou para trás. As bochechas dela estavam coradas... E, caramba, que rosto! Impossível negar, ainda mais sem um vidro todo sujo para distorcê-la. Era por olhos azul-celeste como esses que os homens jogavam tudo para o alto. Sem falar do lábio superior firme, carnudo. Aquela combinação lhe conferia um ar inocente e sedutor ao mesmo tempo, e isso significava encrenca, coisa que Brendan só queria *evitar*. — Desculpa, Hanns. — Ela fez uma careta. — Vou lá pegar o rest...

— Deixa comigo.

Ao menos nove homens falaram ao mesmo tempo e tropeçaram uns nos outros para chegar até a porta. Um deles pegou a mala da mão da colega da Chapéu Desengonçado, enquanto muitos outros foram enfrentar a chuva e atravancaram a passagem da porta. Metade desses idiotas fazia parte da tripulação de Brendan, e ele quase os demitiu ali mesmo, no calor do momento.

Em segundos — embora não tenha faltado aquela brigalhada de sempre —, as sete malas estavam empilhadas no meio do bar, e todo mundo ficou em volta, na expectativa.

— Que cavalheiros! Muito educados e hospitaleiros — disse a Chapéu Desengonçado com uma voz suave, enquanto abraçava a bolsinha bizarra junto aos peitos. — Obrigada!

— É, valeu — disse a outra garota, baixinho, ao secar os pingos de chuva do rosto com a manga do moletom da UCLA. *Los Angeles. Só podia ser.* — Hum, Pipes? — Ela girou, dando uma boa olhada no ambiente. — Você tem certeza de que estamos no lugar certo?

Ao ouvir a pergunta da amiga, ela pareceu notar onde estava pela primeira vez. Seus olhos se arregalaram ainda mais ao reparar na decoração do Sem Nome e nas pessoas presentes. Brendan sabia o que ela estava vendo e já se sentia ofendido com o jeito com que ela recuou ao se deparar com a poeira nos assentos descombinados, as falhas nas tábuas de madeira, as redes de pesca velhas penduradas nas vigas. A decepção estampada no rosto dela dizia tudo. *Não está bom para você, querida? Pode ir embora.*

De um jeito afetado, *Pipes* — dona de uma bolsa e de um nome absurdos — abriu rápido a bolsa, pegou um celular incrustado com pedrarias e começou a mexer na tela, com a unha quadrada e vermelha.

— Aqui é... o número 62 da rua Forrest Norte? — quis saber ela, com voz entrecortada, ofegante.

A pergunta foi recebida por um coro de "sim".

— Então... — começou ela, e se virou para a amiga. — É aqui.

— Nossa — respondeu a UCLA. Em seguida, pigarreou e, mesmo nervosa, colocou um sorriso no rosto, cuja beleza era bem mais sutil do que a de Piper. — É... desculpem por chegarmos assim, desse jeito. Não sabíamos que ia ter gente aqui. — Ela transferiu o peso do corpo para a outra perna; usava botas que só podiam servir apenas para ficar sentado. — Eu me chamo Hannah Bellinger. Esta é a minha irmã, Piper.

*Piper*, e não Pipes.

Não que isso melhore muito as coisas.

O chapéu desengonçado foi tirado, e Piper balançou o cabelo, como se elas estivessem no meio de uma sessão de fotos. Sorriu de um jeito acanhado para todos.

— Este lugar é nosso. Que loucura, não?

Se Brendan achou que a entrada delas tinha deixado todo mundo de boca aberta, aquilo não tinha sido nada.

Como assim, delas?

Ninguém era dono do Sem Nome. O lugar estava desocupado desde a época em que ele estava na escola.

No começo, o pessoal fez uma vaquinha para comprar um estoque de bebidas alcoólicas para o local, para que tivessem um refúgio durante um verão particularmente infernal e inundado de turistas. Já tinham se passado dez anos, mas o povo continuava indo até lá, e os assíduos se revezavam para cobrar uma taxa semanal e, assim, manter a birita rolando. Brendan não frequentava muito o bar, mas considerava que o Sem Nome era deles. De *todos* eles. A chegada das duas forasteiras, dizendo-se donas do lugar, não lhe agradava nem um pouco.

Brendan gostava de rotina. De cada coisa em seu devido lugar. E o lugar daquelas duas não era ali, principalmente no caso de Piper, que notou a cara fechada de Brendan e teve a ousadia de fazer um hang loose para ele.

Randy a fez desviar a atenção de Brendan ao dar uma gargalhada, muito confuso.

— E essa agora? Vocês são donas do Sem Nome?

Hannah se posicionou ao lado da irmã.

— Esse é o nome que vocês deram?

— Já faz tempo — confirmou Randy.

Um dos ajudantes de convés de Brendan, Sanders, desvencilhou-se da mulher e se aproximou.

— O sobrenome do último dono daqui era Cross.

Brendan notou que um leve tremor percorreu o corpo de Piper quando ela escutou esse nome.

— Foi — disse Hannah, com hesitação. — A gente sabe disso.

— Ahhh! — Piper começou a rolar a tela do celular na velocidade da luz. — Tem um zelador, o nome dele é Tanner. Nosso padrasto o contratou para manter a limpeza daqui. — Sustentando o sorriso, seu olhar percorreu todo aquele bar *nada* limpo, muito pelo contrário. — Por acaso ele está... de férias?

Brendan sentiu uma irritação que o deixou tenso. Aquela cidade tinha orgulho de suas tradições. De onde havia saído aquela garota rica que chegou do nada para ofender seus amigos de muitos anos? Sua tripulação?

Randy e Sanders fizeram um som para mostrar, um para o outro, que estavam insatisfeitos.

— Tanner está aqui — disse Sanders. A multidão se abriu para revelar o "zelador" delas caído em cima do balcão do bar, desmaiado. — Ele está de férias desde 2008.

Todos no bar ergueram as cervejas e riram da piada. Os lábios de Brendan também se contraíram, achando graça, embora sua irritação não tivesse arrefecido. Nem um tiquinho. Sem tirar os olhos de Piper, ele pegou a garrafa de cerveja do parapeito e tomou um gole. Aparentemente, ela percebeu que ele a estava secando, pois se virou e deu mais um dos sorrisos provocantes, o qual *definitivamente* não deveria ter causado uma pontada quente abaixo da cintura de Brendan, sobretudo porque ele já estava certo de que não dava a mínima para ela.

Mas aí o olhar dela parou na aliança no dedo anelar dele, e Piper virou o rosto na mesma hora, se portando de maneira menos descontraída.

*Isso mesmo. Leva isso pra longe daqui.*

— Acho que posso elucidar este mal-entendido — disse Hannah, coçando atrás do pescoço. — Somos filhas... do Henry Cross.

Em choque, Brendan franziu as sobrancelhas. Essas garotas eram filhas de Henry Cross? Ele era muito novo para se lembrar do homem, mas a história de como Henry Cross morreu tinha virado uma lenda, não muito diferente da narrativa de Randy sobre o caranguejo do mal. Era bem menos contada pelo receio de que desse azar, mas os pescadores de Westport cochichavam sobre ela depois de uns bons tragos ou ao fim de um dia especialmente difícil no mar, quando o medo os assombrava.

Henry Cross foi o último pescador de Westport a perder a vida durante a caça ao poderoso caranguejo-real no mar de Bering. Havia um memorial em sua homenagem no porto, e sempre deixavam uma grinalda no pedestal no aniversário da sua morte, o dia em que o mar o levou.

Durante a temporada, acidentes fatais não eram incomuns. A pesca do caranguejo-real era, por definição, o trabalho mais perigoso dos Estados Unidos. A cada outono, homens perdiam a vida, em mais de duas décadas, porém, não haviam perdido nenhum pescador de Westport.

Randy sentou-se no banco, atônito.

— Não. Vocês são... Não são as meninas da Maureen, não é?

— Pois é — disse Piper, sorrindo de um jeito tão envolvente que foi capaz de tirar o sossego de Brendan. — Somos nós mesmas.

— Minha nossa! Agora estou vendo como vocês se parecem. Ela costumava levar as filhas ao cais, e vocês saíam com os bolsos cheios de balas. — A atenção de Randy passou para Brendan. — Seu sogro vai ficar de boca aberta. As meninas do Henry. Bem aqui no bar dele.

— No nosso bar — Brendan o corrigiu, com uma voz calma.

Essas palavras bastaram para causar um desânimo geral. Alguns se encolheram em seus assentos, esquecidos das bebidas em cima dos engradados que serviam de mesa.

Brendan terminou sua cerveja devagar, enquanto erguia a sobrancelha e, olhando por cima do gargalo, encarava Piper de um modo desafiador. Ele precisava reconhecer: ela não se intimidou, ao contrário do que acontecia com a maioria das pessoas. Seu olhar petrificante através da janela do passadiço fazia um novato se borrar todo. Pelo que parecia, a garota só o estava analisando; aqueles punhos frouxos mais uma vez erguidos junto aos ombros, e os cabelos em tons de rosa, dourado e mel presos em um longo rabo de cavalo.

— Ora. Não é o que diz a escritura — disse Piper, de um jeito doce. — Mas não se preocupem. Só vamos estragar essa vibe hostil e esquisitona de vocês por três meses. E aí a gente volta pra Los Angeles.

Se é que era possível, todo mundo se encolheu ainda mais em seus lugares.

Mas Randy, não. Ele estava achando um barato aquela conversa toda; o sorriso ficou tão escancarado que dava para Brendan contar os dentes dele, inclusive os três de ouro.

— Onde vocês vão ficar? — perguntou Brendan.

As irmãs apontaram para o teto.

Brendan conteve uma risada.

— É sério?

Várias das pessoas que estavam ali se entreolharam, nervosas. Alguém até se levantou e tentou despertar Tanner no bar, mas não tinha jeito.

Aquela situação toda era um absurdo. Se elas achavam que o bar estava um caos, ainda não tinham visto nada. Elas, especialmente *ela*, não iriam sobreviver a uma noite em Westport. A menos que se hospedassem em uma pousada.

Satisfeito com essa conclusão, Brendan colocou a garrafa de lado e se levantou, até que curtindo o fato de Piper ter arregalado os olhos quando ele se pôs totalmente de pé. Não sabia bem por quê, mas estava reticente de chegar muito perto dela. Tinha certeza absoluta de que não queria sentir seu cheiro. Mas se achou um idiota por hesitar, então seguiu em frente, pegou as malas, segurando uma em cada mão.

— Pois bem. Permitam que eu mostre as acomodações de vocês.

# Capítulo cinco

*Mas* que porra é essa...? *Quem é* esse babaca?

Piper se forçou a levantar a cabeça e acompanhou a fera até os fundos do bar, o qual era praticamente do tamanho do seu closet em Bel-Air. Em seguida, continuaram por uma escada estreita, com Hannah em seu encalço. Senhor, ele era bizarramente alto. Usava um gorro e, para não bater a cabeça no teto, precisava se abaixar um pouco.

Por uma fração de segundo, ela achou seus olhos verde-acinzentados, escondidos pela barra do gorro, um tanto cativantes. A barba escura até que estava decente, bem cuidada. Era cheia, bem curtinha. Aqueles ombros teriam sido bastante úteis na competição de briga de galo de umas semanas atrás, para não falar do restante. Ele era todo *grandão*, e nem mesmo o moletom surrado escondia os músculos robustos do peitoral, dos braços.

Mais cedo, ele ficou olhando para ela, então Piper pôs em prática o que fazia de melhor quando um homem demonstrava interesse. Uma pose elegante.

O movimento sutil do quadril era tão natural quanto respirar. Ela virava o rosto para os lados até encontrar a melhor luz, chamar a atenção para a boca e sugar a alma do cara com o olhar. Era uma manobra com alta taxa de sucesso. Mas, ao que parecia, isso só o tinha deixado puto.

Como é que ela ia saber que ele era casado? Elas entraram no bar do pai e se depararam com aquele monte de gente, cerca de vinte pessoas, pelo visto todos moradores da cidade. Era muita coisa para processar de uma só vez. Não fosse isso, talvez ela tivesse percebido a aliança no dedo. Pareceu que ele a exibiu de propósito para ela, e, por não ser nem um pouco do tipo que corre atrás de caras comprometidos, Piper interrompeu na mesma hora o olhar convidativo.

Piper endireitou os ombros, um de cada vez, e decidiu que tentaria ser simpática com a fera, pelo menos mais uma vez. Até que era louvável da parte dele, não? Ser fiel à esposa com unhas e dentes? Se ela se casasse um dia, esperava que o marido também agisse assim. Quando percebesse que ela não estava querendo chamar sua atenção, talvez ele relaxasse. Ela e Hannah iriam morar em Westport por noventa dias. Arranjar desafetos logo de primeira seria péssimo.

— A gente não precisa pegar a chave do apartamento com o Tanner? — berrou Piper, da escada.

— Não — respondeu ele, sem hesitar. — Não tem fechadura.

— Ah.

— A entrada do bar tem — disse ele, ao chutar a porta do apartamento para abri-la. Em seguida, sumiu lá para dentro. — Mas quase todo mundo lá embaixo tem uma cópia.

Piper mordeu o lábio.

— Não me parece muito seguro...

O desprezo dele era evidente.

— Tem medo de que alguém entre e roube sua bolsa em forma de batom?

Hannah arfou por um instante.

— Ele foi para lá.

Determinada, Piper manteve a compostura e se juntou a ele no apartamento. A luz ainda estava apagada, então ela deu um passo para o lado, abrindo caminho para Hannah entrar, e esperou, mais grata do que nunca pelo fato de a irmã ter se recusado a deixá-la ser banida sozinha para Westport.

— Talvez a gente tenha começado com o pé esquerdo — disse Piper para o homem, onde quer que ele estivesse. — Qual é mesmo seu nome?

— Não cheguei a falar. — A voz de barítono, em tom de escárnio, veio da escuridão. — É Brendan.

— Brendan...?

A luz se acendeu.

Piper se agarrou no braço de Hannah para não cair dura no chão.

Ah, não.

*Não, não, não.*

— Aaaai, que meeeeerda — sussurrou Hannah, ao lado dela.

Devia ter havido algum engano.

Ela tinha pesquisado sobre Westport no Google e fuçado algumas coisas por alto. Qualquer outro lugar simplesmente *não era* Los Angeles, então que importância tinha aquilo? Sua pesquisa lhe informou que Westport era pitoresca e eclética, banhada pelo oceano Atlântico. Um point de surfe. Uma cidadezinha charmosa. Ela imaginara um apartamento rústico, porém habitável, com vista para o mar, além de muitas oportunidades de tirar fotos suas melhorando o espaço e postá-las com a hashtag #BarbiedoPacífico.

Aquilo era diferente.

Havia apenas *um ambiente*. Uma divisória da finura de uma folha de papel separava o banheiro, mas, se andasse três passos para a esquerda, já estaria na cozinha em miniatura. Três para a direita, e bateria no beliche.

Be-li-che.

Será que ela já tinha visto um desses na vida?

As botas de Brendan pararam, de repente, na frente das irmãs. Ele cruzou os braços na altura do peito largo e examinou o apartamento, subitamente bem-humorado.

— Mudaram de ideia?

Piper analisou cada detalhe do teto e perdeu a conta do número de teias de aranha. Devia ter dois centímetros de sujeira em todas as superfícies... e olha que ela nem tinha entrado no banheiro ainda. A única janela dava para a parede de tijolos do prédio ao lado, então, como o ar não circulava muito bem, o odor almiscarado ficava impregnado.

Ela começou a falar para Hannah que as duas iriam embora. Com a ninharia que Daniel depositara na conta de cada uma, alugariam um carro e voltariam para Los Angeles. Dependendo do valor, quer dizer. Talvez custasse mil dólares; talvez cinquenta. Não fazia ideia. Em geral, eram outras pessoas que resolviam esses assuntos para ela.

Se ligassem para Daniel contando que o zelador dele estava ficando com o salário sem trabalhar nada, quem sabe ele cedesse e as deixasse voltar para casa. Como ele poderia dizer não? Era impossível morar ali. Pelo menos enquanto o lugar não recebesse uma faxina pesada... E quem iria fazer isso para elas?

O olhar inabalável de Brendan permaneceu fixo em Piper, à espera de uma desistência.

*Ela vai desistir, né?*

Várias lembranças retornavam à mente dela, deixando-a tensa.

*Você ainda brinca de se fantasiar e gasta o dinheiro do papai.*

*Nem tem motivo para aprender nada.*

*Você não tem nada de especial, tá legal?*

*Você não toma nenhuma atitude para sair do lugar. Para fazer qualquer coisa que seja. E por que teria se pode levar a vida que eu dou para você, premiando sua falta de ambição com conforto e com uma desculpa para continuar alegremente estagnada?*

A presunção de Brendan deixou Piper subitamente saturada, como se fosse uma cola seca presa na garganta. Muito original. Mais um homem achando que ela não tinha valor? Que coisa mais impressionante.

Ele não fazia diferença. Sua opinião era irrelevante.

Mas a baixa expectativa de todos em relação a ela estava se tornando inaceitável.

Só de bater o olho nela, esse idiota já estava desdenhando de sua capacidade, assim como o padrasto e o ex-namorado. O que é que havia nela para provocar um julgamento tão duro?

Piper não tinha certeza, mas, depois de ser largada e banida para aquele albergue tenebroso, ela não estava muito a fim de ser censurada outra vez, especialmente sem ter feito nada.

Uma noite. Ela conseguia aguentar uma noite. Não conseguia?

— Está tudo bem por nós, não é, Hanns? — falou Piper, com um tom alegre. — A gente nunca chegou a ir a um acampamento de verão e tal. Vai ser divertido.

Piper olhou para Hannah e ficou aliviada quando ela abriu um sorriso caloroso.

— Está tudo bem. — Ela circulou pelo ambiente como se estivesse avaliando uma cobertura de um milhão de dólares. — Muito versátil. Aconchegante. Só precisa de mais cor.

— Hum-hum — murmurou Piper, concordando e batendo com o indicador no queixo. — Design funcional. O palete abandonado ali no canto dá uma prateleira maravilhosa para minha coleção de sapatos.

Quando se arriscou a dar uma olhada em Brendan, ficou estressada ao ver que seu sorrisinho com ar de superioridade não tinha diminuído um milímetro sequer. Foi aí que ela ouviu um barulho. Achou parecido com o som de um jornal sendo amassado.

— O que é isso? — perguntou.

— Seu colega de quarto. — Brendan empurrou a língua contra a bochecha, enquanto se encaminhava para a saída. — Um de muitos, imagino.

Assim que ele soltou essa frase, um roedor saiu em disparada pelo chão, correndo para um lado, depois para o outro, contraindo o focinho. O que era? Um rato? Eles não deveriam ser fofos? Piper soltou um gritinho e escalou até a cama de cima, e Hannah foi na sua cola. Ao se encontrarem, ficaram abraçadas. Piper tentava conter a ânsia de vômito.

— Tenham uma boa noite, meninas. — Ainda dava para escutar as gargalhadas arrogantes de Brendan após ele passar pela porta, e a escada rangia conforme ele descia para o bar. — A gente se vê por aí. Quem sabe.

— Espera! — Piper desceu do beliche com cautela e foi, tremendo, até o ponto em que Brendan havia parado. — Será que você não conhece um bom... dedetizador barra faxineiro aqui pela região, hein? — perguntou, com cuidado para não falar alto.

O desdém estava estampado no rosto dele.

— Não. Por aqui nós mesmos limpamos a casa e matamos os bichos indesejáveis.

— Que interessante. — Ela conferiu se havia alguma criatura faminta ao redor dos seus tornozelos. — Coloque isso na placa de boas-vindas da cidade e veja como os preços dos imóveis vão disparar.

— Preços dos imóveis. — Ele repetiu as palavras dela. — Isso é papo para quem mora em Los Angeles.

Piper revirou os olhos, impaciente.

— E como é ter tanta certeza de qual é o papo de cada lugar? E de quem pertence a tal lugar ou não? — Ainda monitorando possíveis bichos, ela continuou, um pouco distraída da conversa: — Posso estar numa sala cheia de gente que *conheço* e ainda assim não me sentir parte do lugar.

Enquanto repetia para si essa declaração, Piper se surpreendeu ao ver que Brendan a encarava com uma expressão triste. Depois daquele desabafo, ela quis amenizar o clima pesado dizendo algo leve, mas estava exausta demais para pensar em alguma coisa.

— De qualquer forma, valeu pela recepção calorosa, Prefeito Apocalipse e Trevas. — Ela recuou um passo para voltar ao apartamento. — Sem dúvida, você me pôs no meu lugar.

Ele se deteve por um instante.

— Espera aí.

Era estranho, mas Piper prendeu a respiração naquele momento, porque parecia que ele ia dizer algo importante. Aliás, ela tinha a impressão de que ele *só* abria a boca para falar algo relevante. Mas, no último segundo, Brendan desfez a expressão pensativa, como se tivesse mudado de ideia.

— Você não está aqui para gravar um reality show ou alguma merda do tipo, está?

Ela fechou a porta na cara dele.

## Capítulo seis

𝓑rendan trancou a porta da casa e verificou o relógio mais uma vez. Oito e quinze, em ponto. Parou um momento para analisar o céu, a temperatura e a densidade da neblina, um hábito adquirido na vida de capitão. Pelo jeito, o sol dissiparia a névoa lá pelas dez, então estaria bem fresco para uma manhã de agosto enquanto estivesse resolvendo o que precisava na rua. Ele colocou o gorro e virou à esquerda, caminhando em direção à avenida West Ocean, pelo mesmo caminho de sempre. Pontualidade fazia toda a diferença para um pescador, e ele gostava de estar afiado quanto a isso, mesmo nos dias de folga.

As lojas abriam as portas, os guinchos das gaivotas famintas se misturavam ao tilintar dos sinos, que tocavam conforme os funcionários entravam. Cavaletes com quadros rangiam ao serem arrastados para a calçada, de onde anunciariam os peixes e frutos do mar frescos, parte deles capturados pela própria tripulação de Brendan na última ida ao mar. Os comerciantes se cumprimentavam com um bom-dia sonolento. Dois jovens acendiam o cigarro em um grupinho em frente à cervejaria, já prontos para ir à praia.

Como a alta temporada estava acabando, vários estabelecimentos divulgavam descontos para chapéus de pescador, cartões-postais e o prato do dia. Ele apreciava o ciclo das coisas. A tradição. A previsibilidade do clima e o fato de a troca de estações fazer as pessoas terem uma rotina. A questão era a harmonia daquele lugar. Duradoura, assim como o oceano que ele amava. Nascido em Westport, ele jamais havia cogitado sair de lá.

Sentiu ondas de irritação ao se lembrar da noite anterior. A pedra arremessada contra as águas tranquilas de como as coisas eram feitas. Forasteiros não chegam do nada e reivindicam a posse de algo por ali. Em Westport, os moradores trabalhavam para conquistar tudo o que tinham. Não se conseguia nada de graça, sem sangue, suor e lágrimas. Para ele, aquelas duas garotas não pareciam o tipo de pessoa que valoriza a comunidade e o passado sobre o qual ela foi construída. O trabalho árduo necessário para tirar o sustento do mar, permeado por seus caprichos e imprevisibilidades — e executar esta tarefa com excelência.

O bom era que elas não iam ficar muito tempo na cidade. Ele se surpreenderia se Piper aguentasse passar a noite ali sem sair correndo para o hotel cinco estrelas mais próximo.

*Posso estar numa sala cheia de gente que conheço e ainda assim não me sentir parte do lugar.*

Por que não conseguia tirar isso da cabeça?

Ele havia passado tempo demais remoendo aquilo durante a noite, e de manhã também. É que não fazia sentido, e ele não gostava quando isso acontecia. Uma garota bonita — com um humor afiado, é verdade — como Piper poderia fazer parte de qualquer círculo social que escolhesse, não poderia?

Menos ali.

Brendan aguardou o sinal fechar e cruzou a Montesano. Passou rápido pela porta automática do mercado, e a expressão irritada se suavizou ao ver que estava tudo em ordem ali. Acenou para Carol, a funcionária que costumava ficar no caixa. As gaivotas de papel penduradas no teto balançaram com a corrente de ar que entrou junto com ele. Ainda não havia muitas pessoas no mercado, e era por isso mesmo que ele gostava de chegar cedo. Nada de conversas ou perguntas sobre a próxima temporada do caranguejo. Se ele esperava pescar uma boa quantidade, se já sabia qual seria a rota. Se a tripulação do *Della Ray* iria ganhar dos russos. Mas falar dos seus planos só traria má sorte.

Como marujo, Brendan dava muita importância a esse tipo de coisa. Ele sabia que não era possível controlar tudo. Podia montar um cronograma completo, escolher a direção do barco, mas cabia às águas decidir como e quando elas entregariam seus tesouros. Como a temporada do caranguejo estava bem próxima, só lhe restava torcer para a sorte estar ao lado deles mais uma vez, como acontecia desde que tinha substituído o sogro no posto de capitão, oito anos atrás.

Brendan apanhou uma cesta e foi para a esquerda, em direção à seção de produtos congelados. Ele nem precisava levar uma lista, já que sempre fazia as mesmas compras. Primeiro, pegava a carne de hambúrguer congelada, depois...

— E aí, Siri, o que eu faço para o jantar?

Aquela voz, vinda do corredor ao lado, fez Brendan parar no meio do caminho.

"Encontrei isso na internet", respondeu um dispositivo eletrônico. Em seguida, um gemido.

— E aí, Siri, o que é *fácil* de fazer para jantar?

Ele apoiou o punho na testa, enquanto ouvia Piper falar com o celular como se o aparelho fosse um ser humano, de carne e osso.

Houve um murmúrio em tom de frustração.

— Siri, o que é um *estragão*?

Brendan espalmou a mão no rosto e a deixou escorregar, lentamente. Quem deixou essa criança sair por aí sozinha, sem supervisão? Para ser franco, ele até estava surpreso por vê-la em um supermercado — sem falar que era de manhã cedo —, mas não iria questioná-la. Não se *importava* com as explicações que ela teria para dar. Precisava focar no que ele havia planejado.

Ele seguiu em frente e tirou a carne de hambúrguer do freezer, depois a jogou na cesta. Foi para a prateleira do outro lado e pegou o pão de sempre. De farinha branca. Hesitou um pouco, mas virou no corredor seguinte, onde ainda estava Piper, tagarelando com o celular... e foi impossível não se deter, franzindo o cenho. Quem vestia um macaquinho de paetês para ir ao mercado?

Bom, ele achava que era assim que se chamava aquilo, "macaquinho". Era uma dessas roupas que as mulheres usam no verão, com a parte de cima se juntando com a de baixo. Mas os shorts desse eram bem curtos, terminavam na linha da bunda empinada de Piper e a faziam parecer um globo de discoteca.

— E aí, Siri...? — Os ombros dela estavam caídos, os dedos mal seguravam a cesta, que ficava oscilando. — Qual prato leva *dois* ingredientes?

Brendan soltou um suspiro sem querer, e Piper jogou o cabelo de lado para olhar para cima, sem dizer nada.

Ele ignorou o encantamento que sentiu de repente.

Ela estava ainda mais bonita, a desgraçada.

Brendan endireitou os ombros para aliviar a tensão acumulada nas costas. Provavelmente, essa garota causava a mesma reação em todos os homens que passavam por ela. Mesmo na intensa luz do supermercado, ele não conseguia achar um único defeito. Não queria *olhar* tão de perto assim, mas só conseguiria evitar se estivesse morto. Talvez fosse mais fácil admitir. O corpo de Piper o fazia lembrar, pela primeira vez depois de muito tempo, que ele tinha vontades que não iria satisfazer para sempre só com a própria mão.

Mais um item na lista de motivos para a estadia dela em Westport terminar o quanto antes.

— Ainda está por aqui? — Falando quase para dentro, Brendan tirou os olhos das pernas compridas dela, cuja pele macia impressionava, e seguiu em frente pelo corredor. Pôs na cesta um pacote de macarrão e um vidro de molho de tomate. — Achei que, a essa hora, já estaria longe daqui.

— Nada disso. — Quando Piper deu um passo em sua direção, Brendan percebeu que ela estava contente consigo mesma. — Pelo visto, você vai ter que me aturar por pelo menos mais um dia.

Ele enfiou um pacote de arroz na cesta.

— Fez as pazes com o ratos?

— Fiz. Agora mesmo estão costurando meu vestido para o baile. — Ela fez uma pausa, parecia querer ver se Brendan havia sacado a referência à *Cinderela*. Mas ele não deu nenhum sinal de entendimento. — Hum...

Ele acabara de diminuir o passo para que ela o alcançasse? Por quê?

— Hum, o quê?

Era motivo de orgulho ela não ter nem sequer pestanejado com aquele tom de merda dele. Talvez o sorriso tenha fraquejado, mas Piper o manteve, de cabeça erguida.

— Olha, acho que você está com pressa, mas...

— Estou mesmo.

O fogo que ele tinha visto nos olhos dela na noite anterior estava de volta, cintilando por trás do azul-celeste.

— Bom, se estiver atrasado para sair rolando num monte de peixe... — Ela se inclinou para a frente e fingiu que estava sentindo o cheiro. — Pode cancelar. Você já está arrasando.

— Bem-vinda a Westport, querida. Aqui tudo tem cheiro de peixe.

— Eu não tenho — disse ela, jogando o quadril para o lado.

— É só você esperar — disse ele, pegando uma lata de ervilha. — Aliás, melhor não.

Ela baixou rápido a mão que segurava o celular, e o aparelho bateu na lateral da sua coxa.

— Nossa. Qual é seu problema comigo?

— Aposto que está acostumada a ter os homens aos seus pés, querendo fazer tudo por você, né? — Ele jogou a lata para cima e a pegou no ar. — Desculpa, mas não serei um deles.

Essa afirmação, por algum motivo, fez Piper inclinar a cabeça para trás, rindo de um jeito quase histérico.

— É, sim. Os homens *estão loucos* atrás de mim. — Com o celular na mão, Piper apontou para ela mesma e para ele. — Então é isso? Está sendo grosso comigo porque sou mimada?

Brendan se inclinou na direção dela. Ficou perto o suficiente para ver seus lábios incríveis se abrirem, para sentir o perfume de algo ostensivamente feminino... mas não era um aroma floral. Era sensual; ainda assim, com algum toque de leveza. A vontade de continuar se aproximando para sentir o aroma o enfurecia ainda mais.

— Ontem à noite, fui o primeiro a reparar em como você ficou julgando este lugar. Olhou o prédio inteiro e riu, como se alguém estivesse fazendo uma piada de mau gosto contigo. — Ele parou de falar por um instante. — É o seguinte. No meu barco, tenho uma tripulação, e todos os integrantes têm família. Um passado. Essas raízes se alastram pela cidade toda. Muito do que eles viveram aconteceu no Sem Nome, e no deque do meu barco também. Meu trabalho é lembrar a importância de cada membro da minha tripulação e das pessoas esperando à beira-mar por eles. E, por isso, meu trabalho é esta cidade. Você não entende que precisamos de muita integridade para fazer este lugar funcionar. De muita persistência.

— É, eu não entendo — disse ela, de um jeito atabalhoado, com menos ímpeto. — Estou aqui há menos de 24 horas.

Quando certa solidariedade — e um pequeno remorso por ter sido muito duro — lhe deu uma fisgada bem em cheio, Brendan soube que era hora de seguir seu rumo. Ele virou no corredor ao lado, mas Piper o seguiu e colocou vinagre de maçã e feijão na cesta para fingir que sabia o que estava fazendo.

— Meu Deus. — Ele apoiou a cesta no chão e cruzou os braços. — Que gororoba é essa que você vai preparar com essas compras?

— Alguma coisa para te envenenar seria ótimo. — Ela lançou um último olhar de irritação e se afastou furiosa; sua bunda primorosa foi balançando até o final do corredor. — Obrigada pelo acolhimento. Sabe, você ama este lugar, não tenho dúvida. Talvez devesse tentar representá-lo melhor.

Muito bem. Isso o pegou.

Brendan foi criado por uma comunidade. Por um vilarejo. Aos dez anos, já tinha visto o interior de todas as casas de Westport. Todos os moradores, sem exceção, eram amigos dos seus pais. Os vizinhos cuidavam dele, os pais devolviam o favor, e assim por diante. A mãe sempre levava um prato para as comemorações pelo retorno dos pescadores e fazia a mesma coisa quando um conhecido adoecia. Sempre podiam contar com a bondade e a generosidade. Já fazia um bom tempo que não se preocupava com o que a mãe acharia do comportamento dele, mas pensou nisso naquele momento e fez uma careta.

— Merda — resmungou Brendan, ao agarrar o cesto e ir atrás de Piper.

Sendo uma garota rica e mimada ou não, ela tinha razão. Quanto a isso, *apenas*. Como morador de Westport, ele não estava fazendo jus à cidade. Mas, como nas raras ocasiões em que saía da rota no mar, tinha todas as condições de ajustar o rumo... e depois seguir com seu dia, sem ninguém enchendo o saco.

— Tudo bem — falou, aproximando-se por trás de Piper, que estava na seção dos itens de padaria. — Pelo papo que estava tendo com seu celular, acho que você quer um prato fácil de fazer, não é?

— Sim — murmurou ela, sem olhar para trás.

Ele ficou esperando, mas Piper não se virou. E, sem dúvida nenhuma, não estava com a menor pressa de ver o rosto dela. Nem nada do tipo. Assim, tão perto, Brendan calculou que ela batesse mais ou menos na altura do ombro dele e sentiu outra pontada de remorso por ter sido um babaca.

— Comida italiana é a mais fácil, se não fizer questão de algo chique.

Ela enfim o encarou, ainda com uma expressão de impaciência.

— Não faço questão de nada chique. De qualquer forma, é mais... — Ela mudou de ideia. — Deixa pra lá.

— O quê?

— É mais para Hannah. — Ela indicou as prateleiras com um movimento gracioso com os dedos. — Isso de cozinhar. É para agradecer por ela ter vindo comigo. Ela não precisava. Não é só você que tem pessoas importantes na vida e raízes. Eu também me preocupo em cuidar de algumas pessoas.

Brendan pensou com seus botões que não queria saber nenhuma informação sobre Piper. O motivo da vinda, o que ela planejava fazer na cidade. Não queria saber de nada, mas já estava abrindo a boca para fazer perguntas.

— Por que veio para Westport, afinal? Para vender o prédio?

Ela franziu o nariz ao refletir sobre a pergunta.

— Acho que existe essa possibilidade. Mas a gente ainda não está pensando nisso.

— Pense em todos os chapéus gigantes que conseguiria comprar.

— Quer saber, seu babac... — começou Piper, mas se conteve.

Ela se virou bruscamente e começou a se afastar, mas ele a segurou pelo cotovelo. Quando ela puxou o braço, na mesma hora, e recuou com uma expressão de censura, ele foi pego desprevenido. Ao menos até perceber que ela estava lançando um olhar incisivo para sua aliança de casamento.

A tentação de acabar com aquele mal-entendido foi repentina e... preocupante.

— Não estou interessada — disse ela, com firmeza.

— Nem eu.

*Mentiroso*. A pulsação acelerada dele o traiu.

— O que falou sobre sua irmã ser suas raízes... Eu entendo isso — disse ele, então pigarreou. — E você também tem outras, aqui em Westport. Caso se importe.

A expressão de desaprovação no rosto dela se amenizou um pouco.

— Está falando do meu pai.

— Não só dele. Não conheci seu pai, mas ele faz parte deste lugar. Isso significa que ele é parte de todos nós. A gente não esquece.

— Mal tenho lembranças para serem esquecidas — disse ela. — Eu tinha quatro anos quando ele morreu, e depois... ninguém tocava nesse assunto. Não era por falta de interesse meu, mas porque isso fazia nossa mãe sofrer. — Seus olhos se agitaram. — Mas me lembro da gargalhada. Eu... até consigo ouvir o som.

Brendan resmungou e começou a desejar que tivesse sido menos impulsivo, que não tivesse entrado na defensiva e sido tão julgador com ela.

— Tem um memorial para ele. Em frente ao museu, lá no porto.

— É mesmo? — disse ela, surpresa.

Ele assentiu, assustado por quase ter deixado escapar um convite para levá-la lá.

— Acho que estou com um pouco de medo de ir lá ver — disse ela, devagar, quase que para si mesma. — Acabei me acostumando com as pequenas lembranças que eu tenho. E se isso me fizer lembrar de outras coisas?

A cada minuto ao lado de Piper, mais ele se questionava sobre a primeira impressão que teve dela. Ela era mesmo uma pirralha supermimada vinda de um mundo de faz de conta? Brendan não conseguia parar de listar as outras coisas que sabia sobre ela. Tipo o fato de não correr atrás de um homem comprometido. De sentir que não pertencia a um lugar, mesmo estando rodeada de conhecidos. E de ir ao mercado às oito e meia da manhã fazer compras para o jantar da irmã. Talvez ela não fosse tão egoísta quanto ele pensava.

Mas, para falar a verdade... que diferença fazia a impressão que tinha dela?

Em breve, ela não estaria mais por lá. Ele não estava interessado. Ponto-final.

— Aí acho que vai precisar ligar para o seu psicólogo. Você deve ter um, com certeza.

— Tenho dois, contando o reserva — respondeu Piper, de cabeça erguida.

Brendan revirou as compras em sua cesta para afastar a vontade de olhar o contorno do pescoço dela.

— Aqui. Faz um molho à bolonhesa simples para sua irmã. — Ele passou o vidro de molho marinara para a cesta dela, junto com o pacote de macarrão. — Venha.

Brendan se virou para confirmar se Piper estava indo com ele para a seção de carnes. Lá, pegou meio quilo de carne moída e enfiou na cesta dela, junto com os outros itens, incluindo o feijão e o vinagre de maçã. Ele estava um tanto curioso para saber se ela iria comprar esses dois produtos só por teimosia.

Piper olhou para ele, em seguida para a carne.

— O que eu faço com isso?

— Põe um pouco de azeite na frigideira, deixa dourar. Acrescenta cebola e cogumelos, se quiser. Quando tiver refogado tudo, acrescenta o molho. Depois joga por cima da massa.

Ela o encarou como se Brendan tivesse descrito uma jogada de futebol americano.

— Então, tipo assim... fica tudo em camadas? — murmurou Piper, devagar, como se estivesse visualizando cada ação na cabeça e achando aquilo tudo incrivelmente estressante. — Ou é para misturar tudo?

Brendan pegou o molho de volta.

— Tenho uma ideia melhor. Vai até a West Ocean e pede alguma coisa para viagem.

— Não, calma! — Eles começaram a brigar pelo vidro de molho de tomate, cada um o puxando para um lado. — Eu consigo fazer.

— Fala a verdade, você nunca acendeu um fogão, querida — disse ele, com sarcasmo. — E não vai conseguir vender o prédio se botar fogo nele.

— Não vou botar fogo em nada — grunhiu ela. — *Caramba*, estou com pena da sua mulher.

Automaticamente, Brendan segurou o vidro com menos força e puxou o braço como se tivesse queimado a mão. Ele ia responder, mas havia algo preso na garganta.

— É, devia ficar com pena mesmo — disse, por fim, com os lábios tensos. — Ela aguentou muita coisa.

Piper ficou pálida. Baixou o olhar e ficou olhando para a frente na direção de Brendan.

— Não foi minha intenção... Ela...?

— É. — O tom dele era grave. — Se foi.

— Sinto muito. — Piper fechou os olhos, abalada. — Não sei se isso vai fazer você se sentir melhor, mas minha vontade agora é ficar em posição fetal e morrer.

— Não tem problema.

Brendan deu uma tossida, que cobriu com o punho, e se desviou dela, com a intenção de pegar mais umas coisas e ir para o caixa. Mas ele logo se deteve. Por um motivo idiota qualquer, não queria deixá-la ali se sentindo culpada. Não tinha como ela adivinhar.

— Escuta. Não se esqueça de salvar o número dos bombeiros na discagem rápida.

Após um segundo de hesitação, Piper pareceu irritada com ele.

— Não se esqueça de comprar sabonete — retrucou ela, abanando a mão na frente do rosto. Mas ele não deixou de notar a gratidão naqueles olhos azul-celeste. — Te vejo por aí. Quem sabe.

— Vai ser difícil.

Ela deu de ombros.

— Isso nós vamos ver.

— É, veremos.

Ótimo.

Encerrado.

Nada mais para dizer.

Levou alguns segundos para ele começar a se mexer.

E que se dane se ele estivesse sorrindo no caminho de volta pela West Ocean.

## Capítulo sete

Quando as compras já estavam organizadas na geladeira minúscula, as irmãs Bellinger resolveram sair para explorar as redondezas — e fugir da imundice do apartamento do andar de cima. No porto, Piper se equilibrava sentada na cerca de madeira com vista para o mar. A cabeça estava inclinada para permitir que a brisa do começo da tarde levantasse os cabelos na sua nuca; o rosto, iluminado pela luz do sol. Ela parecia inspirada e bem descansada, estilosa com seu body cavado nas costas, a calça jeans skinny e botas de cano curto Chloe que diziam: "Talvez eu suba num desses barcos, mas não sou eu que vou trabalhar."

— Hanns — falou, quase sem mexer a boca. — Levanta o celular e vira mais para baixo.

— Meus braços estão cansando.

— Só mais uma. Sobe ali naquele banco.

— Piper, já tirei pelo menos quarenta fotos em que você está parecendo uma deusa. Ainda precisa de mais opções?

Piper forçou um bico.

— Por favor, Hannah. Compro um sorvete para você.

— Eu não tenho sete anos — resmungou Hannah, ao subir no banco de pedra. — Vou querer cobertura.

— Ah, isso daria uma foto sua muito fofa!

— É — respondeu a irmã, em um tom seco. — Não duvido que todos os meus dezenove seguidores iriam adorar.

— Se você me deixasse compartilhar *só uma vez*...

— Sem chance. A gente já falou sobre isso. Inclina a cabeça mais para trás. — Piper obedeceu, e a irmã tirou a foto. — Gosto de manter minha privacidade. Nada de ficar compartilhando sobre a minha vida.

Piper desceu da cerca e recebeu seu celular de volta.

— É que você é muito bonita, e todo mundo deveria saber disso.

— Não, é pressão demais.

— Mas por quê?

— Provavelmente, você já se acostumou tanto que não para e pensa que... todos esses desconhecidos e os comentários deles nos seus posts é que ditam as suas experiências. Tipo, agora você está aproveitando mesmo o porto ou só está imaginando a legenda que vai colocar na foto?

— Ui. Golpe baixo. — Ela deu uma fungada. — "Senti que este mar está pra peixe" fica legal?

— Fica — disse Hannah, demonstrando irritação. — Mas não quer dizer que você pode me marcar.

— Tudo bem — retrucou Piper, contrariada. Em seguida, enfiou o celular no bolso de trás. — Vou postar só depois, para não ficar checando o número de curtidas agora. E estou sem sinal mesmo. O que devo enxergar com meus olhos? O que a realidade tem a me oferecer? Seja minha guia, minha guru.

Com um sorriso complacente, Hannah entrelaçou o braço no de Piper. Elas compraram sorvete, um para cada, em uma lojinha e seguiram em direção às fileiras de embarcações de pesca ancoradas. Gaivotas sobrevoavam em círculos de um jeito ameaçador, mas, depois de um tempo, aquela imagem e os grasnos estridentes das aves se tornaram parte do ambiente, e Piper parou de se preocupar se iriam fazer cocô nela. Era uma tarde excessivamente úmida de agosto, e turistas de sandálias e chapéu bucket passavam por placas divulgando a observação de baleias e subiam em barcos que oscilavam com o movimento das águas. Outros ficavam em roda na beira do cais e jogavam o que pareciam ser baldes de metal no azul do mar.

Piper avistou mais à frente o prédio branco que se proclamava o museu marítimo da cidade e lembrou o que Brendan havia falado sobre o memorial de Henry Cross.

— Ei. É... não queria te falar isso assim do nada, mas parece que tem um memorial para o nosso pai aqui. Quer ir lá ver?

Hannah refletiu por um momento.

— Vai ser esquisito.

— Muito — concordou Piper.

— Mas seria mais esquisito se as filhas dele *não* fossem lá visitar. — Ela mordeu o lábio. — Vamos lá, sim. Se não formos agora, vamos sempre arranjar um motivo para adiar.

— Você acha? — Não foi a primeira vez naquele dia que Piper notou que elas falavam muito pouco sobre o elefante branco no meio da sala. Também conhecido como memórias turvas dos seus primeiros anos de vida. — Descobrir coisas sobre Henry é algo que você prefere evitar?

— Não? — Elas se entreolharam. — Talvez seja apenas natural fazer o mesmo que a mamãe fez.

— É — disse Piper.

Só que não parecia algo natural. Era quase como se faltasse um pedaço da sua memória. Ou como se houvesse um fio solto em um suéter, que ela não tinha como ignorar. Ou talvez como se tivesse sido afetada pelo julgamento de Brendan no supermercado. A mãe e os avós omitiram detalhes importantes sobre Henry, mas ela poderia ter descoberto mais sobre ele por conta própria, não é mesmo? Quem sabe essa fosse sua chance.

— Acho que quero ir lá.

— Beleza — disse Hannah, observando-a. — Vamos lá ver.

Piper e Hannah continuaram andando pelo porto, procurando o memorial. Elas acenaram de volta para um velhinho sentado no gramado do museu, lendo jornal. Pouco depois, avistaram a estátua de latão, delineada pelo mar. Reduziram o ritmo dos passos, mas seguiram até pararem na frente do monumento. Gaivotas guinchavam ao redor delas, pescadores trabalhavam em barcos distantes no horizonte, e a vida seguia como sempre, enquanto as irmãs estavam diante da representação artística do pai que haviam perdido muitos anos atrás.

E lá estava ele. Henry Cross. Durante esse tempo todo, ele estivera ali, em pé, imortalizado. Ou pelo menos uma versão dele mais grandiosa, de latão. Talvez fosse por isso que seu sorriso congelado e as ondulações metálicas de seu agasalho de pescador tivessem uma aparência tão impessoal, estranha. Piper buscou dentro de si algum tipo de conexão, mas não encontrou nada, e a culpa a deixou com uma sensação de secura na boca.

A placa posicionada ao pé da estátua dizia: *Henry Cross. Saudades eternas, para sempre em nossas lembranças.*

— Ele parece o Kevin Costner quando era mais novo — murmurou Piper.

Hannah emitiu um som.

— Caraca, é muito parecido mesmo.

— Você tinha razão. É esquisito estar aqui.

Elas deram as mãos.

— Vamos embora. De todo jeito, marquei de falar com Sergei pelo Zoom daqui a dez minutos.

Hannah havia concordado em realizar tarefas administrativas durante sua estadia em Westport e precisava de tempo para pentear o cabelo e achar um bom cenário de fundo para a chamada.

As irmãs apertaram o passo e viraram na rua que era caminho para o Sem Nome e o apartamento delas, seguindo em silêncio. Hannah parecia bastante reflexiva, enquanto Piper tentava lutar contra a culpa — uma ligeira sensação de fracasso — por não ter... se emocionado com o primeiro encontro com Henry.

Será que ela era tão superficial que nem chegava a sentir nada? Ou seus primeiros anos de vida estavam distantes demais da realidade que vivia, e ela não tinha como recuperá-los tantos anos depois?

Piper respirou fundo; os pulmões estavam revigorados pelo ar puro daquela cidade. Durante o trajeto, as irmãs passaram por pescadores, a maioria deles de uma idade mais avançada, e nenhum deixou de tirar o chapéu para cumprimentá-las. Piper e Hannah sorriram para agradecer. Mesmo se passassem um ano em Westport, era provável que Piper não se acostumasse com a cordialidade dos moradores, já que cumprimentavam as pessoas sem motivo algum. De certa forma, era simpático da parte deles, apesar de ela preferir, com certeza, a indiferença blasé de Los Angeles. Definitivamente.

O fato de ela não ter olhado o celular nenhuma vez ao longo do caminho também era algo a se comentar. Se estivesse respondendo aos comentários em um post seu, talvez não tivesse visto a mulher arrumando os peixes frescos na vitrine da peixaria, as duas gaivotas brigando por uma batata frita, a criancinha saindo atabalhoada de uma loja de doces, com a boca cheia de balas. Talvez devesse deixar o celular de lado mais vezes, ou ao menos vivenciar os momentos de verdade quando tivesse a oportunidade.

Quando chegaram ao Sem Nome, Piper se surpreendeu com um homem encostado na porta. Parecia ter cerca de sessenta anos, era barrigudinho e usava uma boina daquelas que os vendedores de jornal usavam antigamente. Conforme elas se aproximavam, ele estreitou os olhos para enxergá-las de longe e curvou os lábios, de um jeito sutil.

— Oi — falou Hannah, ao pegar as chaves. — Está precisando de alguma coisa?

O homem se afastou da porta e espalmou a mão na coxa.

— Só vim ver as meninas do Henry e da Maureen com meus próprios olhos, e aí estão vocês. Quem diria?

Após viver duas décadas praticamente sem ouvir o nome do pai, era um choque ouvi-lo sendo dito em voz alta, associado a elas. E à mãe.

— Eu sou a Piper — disse ela, com um sorriso. — E ela é a Hannah. E seu nome é...?

— Mick Forrester — respondeu, de um jeito afável. Ele estendeu o braço e cumprimentou as irmãs com um aperto de mão caloroso. — Lembro quando vocês batiam na altura do meu joelho.

— Ah! Que ótimo conhecê-lo agora que somos adultas. — Piper olhou para Hannah. — Minha irmã tem que resolver uma coisa de trabalho. Mas se quiser entrar, acho que ainda tem cerveja em um dos coolers.

— Não, não vou poder. Estou indo almoçar com o pessoal das antigas. — Ele alisou as mãos grossas na pança, como se estivesse pensando no que ia pedir para forrar o estômago. — Mas não poderia deixar para outro dia. Queria passar logo aqui para dizer oi e ver se vocês, meninas, acabaram puxando mais à Maureen ou ao Henry. — Seus olhos brilharam enquanto fitava as duas. — Com certeza, puxaram mais à mãe. Que sorte. Quem quer se parecer com um pescador acabado? — Ele riu. — Apesar de que... Henry podia até ter o aspecto de um homem maltratado pela vida em alto-mar, mas, caramba, seu pai tinha uma gargalhada maravilhosa. Juro que às vezes ainda escuto aquela gargalhada estremecendo este lugar.

— É. — Em seu íntimo, Piper ficou incomodada por aquele desconhecido ter lembranças e sentimentos tão significativos pelo seu pai. — Inclusive, é a única coisa que eu lembro.

— Nossa. — Hannah deu um sorriso sem-graça. — Vou me atrasar para a reunião. Pipes, depois me conta como foi o resto?

— Pode deixar. Boa sorte. — Piper esperou até Hannah sair; o barulho dos passos rápidos dela subindo as escadas dos fundos do Sem Nome cessou pouco depois. — Então, como conheceu Henry?

Mick se endireitou e ficou com os braços cruzados. Uma postura clássica de quem vai contar uma história.

— A gente pescava juntos. Fomos subindo de posição juntos, de iniciantes a marinheiros de convés, até entrar para a tripulação. E aí acabei comprando o *Della Ray* e virei o capitão. — Ele perdeu um pouco do brilho nos olhos. — Não quero entrar num assunto triste, Piper, mas eu estava lá no passadiço quando o perdemos. Foi um dia tenebroso. Henry era meu melhor amigo.

Piper encostou a mão no ombro dele.

— Sinto muito.

— Caramba, você é filha dele. — Ele se aprumou. — Eu que deveria estar te consolando.

— Quem dera... Bom, a gente quase não tem lembranças dele. E a nossa mãe...

— Estava sofrendo demais para preencher essas lacunas, posso imaginar. É algo bem comum, sabe. Mulher de pescador é dura na queda. Tem nervos de aço. Minha mulher é assim e passou isso para minha filha, Desiree. Talvez você tenha conhecido o marido dela, Brendan, na noite em que chegou aqui.

*Desiree*. Esse era o nome da falecida esposa de Brendan? De repente, ela se tornou real. Uma pessoa, com uma identidade. Com um rosto, uma voz, uma presença.

A tristeza se revelou na expressão de Mick ao mencionar a filha.

— Mulher de pescador é ensinada a reprimir os medos e tocar a vida. Sem choro nem reclamação. Talvez sua mãe tenha se rebelado um pouco contra as normas. Não encontrou um jeito de lidar com a perda, então fez as malas e foi embora. Recomeçou a vida em um lugar que não a fizesse se lembrar de Westport. Depois que minha filha faleceu, durante um tempo eu também fiquei tentado a fazer o mesmo, mas achei que valia a pena continuar aqui.

Piper sentiu um nó na garganta.

— Sinto muito pela sua filha.

Mick assentiu uma vez; o cansaço percorria seu rosto.

— Escuta, tenho muitas outras coisas a contar para você. Já que vai ficar por um tempo, imagino que teremos oportunidades. Muitos moradores daqui se lembram do seu pai, e a gente nunca perde uma chance de relembrar as velhas histórias. — Ele pegou um pedaço de papel do bolso de trás e o entregou para Piper. Havia um endereço escrito nele, com uma letra meio malfeita, mas legível. — Falando do povo daqui, imagino que uma pessoa ficaria mais ansiosa do que todos nós para saber notícias. Esse aí é o endereço da Opal. Não sei se você chegou a ter tempo de ir até lá.

Opal era uma mulher que Piper deveria conhecer?

Ela não tinha a menor ideia.

Mas, após visitar o memorial de Henry e não se emocionar como deveria, ela não estava a fim de admitir sua ignorância, afinal já sentia um resquício de culpa. Fora isso, ela vinha pensando sobre um assunto e não queria perder a chance de perguntar.

— Opal. Claro. — Piper dobrou o papelzinho, na dúvida se deveria lançar a questão. — Mick... como exatamente o Henry...? — Ela deu um suspiro e recomeçou. — A gente sabe que foi no mar, mas não tem muita ideia dos detalhes.

— Ah. — Ele tirou o chapéu e o segurou no meio do peito. — Foi uma onda gigante. Num minuto ele estava lá; no outro, tinha sumido. A onda simplesmente o arrancou do convés. Achamos que ele deve ter batido a cabeça antes de cair na água, porque Henry nadava melhor do que todo mundo. Só podia estar inconsciente quando foi lançado no mar. E o mar de Bering é gelado pra caramba; em apenas um minuto, suga o ar de dentro dos pulmões.

Um calafrio a pegou desprevenida, e cada centímetro da sua pele se arrepiou.

— Ai, meu Deus — sussurrou ela, ao imaginar aquele homem robusto, feito de latão, sendo arremessado da lateral de um barco e afundando, sozinho, para o fundo do oceano. No frio. Ele acordou ou apenas ficou à deriva, inconsciente? Piper torceu para ter sido a segunda opção. Curiosamente, os pensamentos dela foram parar em Brendan. Ele ia se aventurar no mar em segurança? Todo tipo de pesca era perigoso assim? Ou só a pesca de caranguejo? — Que horrível.

— É. — Mick soltou um suspiro e colocou o chapéu de volta. Depois, estendeu o braço para dar uns tapinhas no ombro dela, sem jeito. Até ele tocá-la, Piper não havia percebido que os olhos dela estavam lacrimejando. — Prometo que não vou te fazer chorar todas as vezes que a gente se encontrar — disse ele, em uma tentativa óbvia de deixar o clima mais leve.

— Só de vez em quando? — Ela deu uma risada.

O comentário divertido reacendeu os olhos dele.

— Agora, escute só. Estamos organizando uma festinha na sexta à noite. Vai ser só o pessoal daqui, para beber, cada um leva uma coisa. Vamos compartilhar as lembranças. Você e Hannah estão convidadas. — Ele apontou em direção ao porto. — Nessa direção aqui, tem um bar chamado Afunde o Navio. Estaremos no salão debaixo, umas oito da noite. Tomara que vocês possam ir.

— Eu adoro mesmo uma festa. — Ela deu uma piscadinha, e Mick corou.

— Muito bem, então. — Ele levantou o chapéu, o cumprimento típico de Westport. — Foi ótimo conhecer você, Piper. Agora tenha um bom dia.

— Você também, Mick.

— A filha do Henry Cross — murmurou ele, enquanto saía. — Incrível.

Piper ficou de pé e o observou caminhar durante alguns instantes, antes de entrar. Ela não queria interromper a reunião de Hannah no Zoom, então sentou em um barril e deixou o silêncio se assentar ao seu redor. Pela primeira vez, o Sem Nome pareceu um pouquinho mais do que quatro paredes.

## Capítulo oito

Mais tarde, naquela noite, Piper encarou a bandeja de carne moída e tentou reunir coragem para tocá-la com as próprias mãos.

— Não acredito que carne crua parece cérebro. Todo mundo sabe disso?

Hannah se aproximou por trás da irmã e apoiou o queixo no ombro de Piper.

— Não precisa fazer isso, sabe.

Ela pensou na cara de convencido de Brendan.

— Ah, preciso, sim. — Deu um suspiro e cutucou a maçaroca vermelha com o dedo indicador. — Ainda que a gente conseguisse fazer caber no orçamento pedir comida toda noite, você precisa de refeições caseiras. — Balançando de um lado para o outro, ela sacudiu as mãos e respirou fundo. — Eu sou a irmã mais velha e vou garantir que você se alimente bem. Além disso, você limpou sozinha esse banheiro dos infernos. Na minha opinião, merece ganhar um jantar e ser canonizada.

Ela sentiu a irmã se arrepiar.

— Isso eu não vou contestar. Tinha mancha que estava ali há um século.

Depois da reunião virtual de trabalho, Hannah deu uma passada no armazém para comprar produtos de limpeza. Elas haviam encontrado vassoura, pá e uns panos em um armário no andar debaixo, no bar, mas só isso. Assim, foram obrigadas a gastar uma parte do dinheiro comprando um esfregão, um balde, alvejante, papel-toalha, esponjas, produtos de limpeza e, ainda, esponja de aço para bloquear os oito buracos usados pelos ratos. Quando arrastaram o beliche para longe da parede, viram que as tábuas sob a cama pareciam um queijo suíço.

Elas começaram a fazer a faxina no meio da tarde. Embora não houvesse solução para parte daquela sujeira toda, a quitinete estava com uma aparência bem melhor. E Piper admitia sentir até certa satisfação depois de ter dado esse passo para a frente. Por fazer parte de um antes e depois que não tinha nada a ver com maquiagem ou com exercícios físicos orientados pelo personal trainer.

Não que ela quisesse se acostumar a fazer faxina. Mas mesmo assim...

Agora o ambiente tinha aroma de limão, não de lixo apodrecendo, e o mérito era das irmãs Bellinger, de Bel-Air. Em casa, ninguém iria acreditar. Sem falar que a manicure de Piper teria um faniquito se visse o esmalte descascado nas suas unhas. Assim que elas se ajeitassem, encontrar um salão com serviços de cabeleireiro, manicure e depilação a cera seria a prioridade número um.

Mas, primeiro, o molho à bolonhesa.

Ver os ingredientes enfileirados fez Piper se lembrar da sessão de compras surpresa no mercado ao lado de Brendan, naquela manhã. Nossa, ele foi arrogante. Até a hora em que ela mencionou a falecida esposa dele. Depois disso, ele mudou. Ficou mais para incomodado. A mulher havia falecido há quanto tempo?

Como Brendan ainda usava a aliança, a morte devia ser recente.

Nesse caso, ele teve aquele comportamento pavoroso por um bom motivo.

Apesar da sua antipatia pelo pescador corpulento e barbudo, ela não conseguiu evitar a onda de compaixão que sentiu por ele. Quem sabe eles conseguiriam aprender a se cumprimentar e sorrir um para o outro na rua pelos próximos três meses. Se ela tinha aprendido alguma coisa por ter crescido em Los Angeles, foi a fazer "animigos". Na próxima vez que eles se esbarrassem, não teria problema nenhum em lhe contar que já estava craque no molho à bolonhesa e que havia passado para os suflês e o *coq au vin*.

Vai saber? Talvez ela descobriria que cozinhar era sua vocação.

Piper acendeu a boca do fogão e segurou a respiração, conforme ele dava uns estalidos. E mais outros.

As chamas dispararam do metal preto, e ela deu um gritinho e esbarrou de costas na irmã, que, por sorte, a amparou.

— Não é melhor prender o cabelo para trás? — disse Hannah. — Talvez a gente sacrifique as unhas hoje à noite, mas vamos preservar essas ondas tão naturais.

— Ai, meu Deus, você tem toda razão. — Piper tirou um elástico preto do pulso e prendeu o cabelo num rabo de cavalo bem arrumado. — Ótimo alerta, Hanns.

— Tranquilo.

— Certo, então vou começar logo de uma vez — disse Piper, com a mão esticada bem acima da carne. — Ele falou para cozinhar na frigideira até dourar. Não parece muito difícil.

— Quem falou isso?

— Ah. — Ela fez um som de desdém. — Brendan estava no supermercado de manhã, sendo um completo babaca. — Ela fechou os olhos, pegou a carne e a deixou cair toda de uma vez na frigideira. O chiado alto que se seguiu a assustou um pouco. — Ele é viúvo.

Hannah foi para a lateral do fogão e apoiou o cotovelo na parede, a qual estava bem mais limpa do que pela manhã.

— Como você ficou sabendo?

— A gente estava discutindo, e eu disse que tinha pena da mulher dele.

— Eita...

Piper resmungava enquanto cutucava a carne com uma espátula enferrujada. Era para ela, tipo assim, virar aquilo para o outro lado em algum momento?

— É, eu sei. Mas até que ele pegou leve comigo depois de eu ter falado besteira sem querer. Por isso eu não esperava. Ele podia ter feito com que eu me sentisse muito culpada. — Piper mordeu o lábio por uns segundos. — Eu pareço ser uma pessoa muito mimada?

A irmã levantou um pouco o boné de beisebol vermelho e coçou a têmpora.

— Nós duas somos mimadas, Pipes, já que nos deram tudo que podíamos querer. Mas não gosto dessa palavra, porque dá a entender que a pessoa... é péssima. Como se ela não tivesse nada de bom. E você tem. — Ela franziu o cenho. — Ele te chamou de mimada?

— Deixou altamente implícito.
Hannah fez um som de reprovação.
— Não gosto dele.
— Nem eu. Especialmente daqueles músculos. Credo.
— É, ele é musculoso mesmo — concordou Hannah, embora relutante. Em seguida, ela passou os braços pela cintura e suspirou, tentando mostrar a Piper em quem realmente estava pensando. — Mas ele não vai conseguir competir com Sergei. Ninguém consegue.

Ao perceber que estava com as mãos engorduradas por conta da carne, Piper só precisou estender os braços para lavá-las na pia, que, naquela cozinha de pouco mais de um metro de largura, ficava logo ali. Usou um pano para secá-las e o deixou na bancada; depois, seguiu cutucando a carne com a espátula. Já estava ficando bem dourada, então ela jogou as cebolas cortadas, parabenizando a si mesma por ser praticamente a próxima chef Giada.

— Você sempre curtiu essa vibe de artista que passa fome — sussurrou para Hannah. — Adora um cara sofredor.

— Não vou negar.

Hannah sacou o boné e passou os dedos entre os fios de cabelo, de cumprimento médio. Seu cabelo era tão bonito quanto o de Piper, mas ela não costumava usá-lo solto. Piper considerava aquilo um crime, mas compreendera havia um bom tempo que Hannah continuaria sendo ela mesma e, desde então, não queria mudar absolutamente nada na irmã.

— Mas Sergei é diferente — continuou Hannah. — Ele não está apenas fingindo ser ousado, como outros diretores com quem trabalhei. A arte dele é, ao mesmo tempo, pungente, comovente, crua. Como as primeiras músicas do Dylan.

— Chegou a conversar com ele desde que viemos pra cá?
— Só nas reuniões por Zoom. — Hannah foi até a geladeira pouco espaçosa, pegou uma Coca Diet e abriu. — Ele foi muito compreensivo em relação à viagem. Eu não fui demitida... e ele não perdeu o lugar no meu coração — disse ela, melancólica.

As duas suspiraram.

Mas o som morreu na garganta de Piper quando as chamas se levantaram da bancada.

Da bancada?

Não, espera. O pano... o que ela usou para secar as mãos. Estava pegando fogo.

— Que merda! Hannah!
— Ai, meu Deus! *Que porra é essa?*
— Não sei!

Agindo por puro reflexo, Piper atirou a espátula no fogo. Como era de se esperar, isso não ajudou em nada a abrandar as chamas. As labaredas laranja só se avolumavam, e o laminado da bancada tinha praticamente desaparecido. Bancada também pode pegar fogo sozinha? Era só uma madeira frágil, nada mais.

— Aquele foi o pano que a gente usou na faxina? — perguntou Hannah.

— Talvez... É, acho que foi. Estava encharcado com aquele troço de limão. — Pela visão periférica, Piper via Hannah sapatear nas pontas dos pés. — Vou correr até lá embaixo e procurar um extintor.

— Acho que não dá tempo — disse Piper, com uma voz estridente. E se sentiu irritada por, naquele momento em que a morte era certa, imaginar as gargalhadas de Brendan no funeral dela. — Tudo bem, tudo bem. Água. A gente precisa de água?

— Não, acho que água só vai piorar — respondeu Hannah, angustiada.

A carne havia sido consumida pelas chamas, junto com a breve carreira de Piper como cozinheira.

— Ai, caramba. Não sei o que fazer!

Ela avistou um pegador na beirada da pia, alcançou-o e, após hesitar por um segundo, pinçou uma ponta do pano em chamas para trazê-lo para a frigideira e colocá-lo em cima da carne.

— O que você está fazendo? — berrou Hannah.

— Não sei! Essa parte a gente já percebeu! Só vou levar isso lá para fora, senão vamos pôr fogo no prédio.

Em seguida, Piper saiu correndo pelas escadas, segurando uma frigideira que era uma confusão de carne e algodão embebido em desinfetante. Piper escutava Hannah descendo as escadas depressa, logo atrás dela, mas não entendeu uma palavra do que a irmã disse, pois estava cem por cento focada em sair do prédio.

Ao passar pelo bar, veio à sua mente as palavras de Mick Forrester durante o encontro de umas horas atrás. *Caramba, seu pai tinha uma gargalhada maravilhosa. Juro que às vezes ainda escuto aquela gargalhada estremecendo este lugar.* A lembrança a fez diminuir o passo por um momento e olhar para o teto, até que deu um chute para abrir a porta e correr em direção à rua movimentada de Westport, enquanto carregava a frigideira em chamas e gritava por socorro.

## Capítulo nove

Brendan cumpriu a formalidade de conferir o menu na entrada do Boia Vermelha, embora soubesse muito bem que iria pedir peixe com batatas fritas. Todas as segundas, ele se encontrava com Fox para jantar naquele pequeno restaurante de Westport, que existia desde a época em que os avós deles trabalhavam nos barcos de pesca. Brendan jamais havia escolhido um prato diferente. Não fazia sentido mexer em time que estava ganhando, e o Boia Vermelha tinha o melhor peixe da cidade.

Moradores entravam e saíam do restaurante, cumprimentando-se com um "olá". A maioria fazia o pedido para viagem e levava a comida para casa em uma embalagem engordurada enfiada debaixo do braço. Naquele fim de tarde, Brendan e Fox ocupavam uma das três mesas do local e aguardavam seus pedidos ficarem prontos. Caso Fox tenha notado as várias olhadas que Brendan dava para o Sem Nome, ele não comentou nada a respeito desse detalhe.

— Você está ainda mais calado do que de costume — observou Fox, inclinando-se tanto na cadeira que foi um milagre não ter tombado para trás. Mas Brendan sabia que isso não iria acontecer. Era raro seu capitão substituto no *Della Ray*, que também vinha a ser seu melhor amigo, dar um passo em falso. — Está com a cabeça nos caranguejos, capitão?

Brendan resmungou e espiou o outro lado da rua mais uma vez.

Se não estivesse com a cabeça nos caranguejos, precisava fazer isso, com toda a certeza do mundo. Em algumas semanas, eles navegariam até o mar de Bering para a temporada de pesca. Ao longo de quinze dias, iriam caçar naquelas águas gélidas, porém familiares, fazendo seu melhor para encher a pança do barco com uma quantidade de caranguejos suficiente para sustentar uma equipe de seis pessoas até o ano seguinte.

Além de participarem da temporada, todos os integrantes da tripulação e os taifeiros do *Della Ray* trabalhavam durante o ano em outros empregos relacionados à pesca, fora do porto de Westport, mas o caranguejo-real era a chance de ganhar uma bolada, então os homens de Brendan contavam com ele para atingir a meta.

— Tô estudando os mapas — disse Brendan, por fim, o que o forçou a se concentrar na conversa, e não no prédio em frente. — Meu palpite é que os russos vão armar os covos onde lançamos os nossos no ano passado, por acharem que é um lugar garantido. Mas nenhuma temporada começou tão cedo quanto a deste ano, e as ondas estão mais imprevisíveis. Não se pode ter certeza de nada.

Fox refletiu sobre os planos.

— Tá pensando em ir mais para o oeste?

— Para o norte. — Eles trocaram um olhar perspicaz, cientes das águas mais perigosas naquela direção. — Não me lembro de nenhuma tripulação que tenha tido muita sorte lá pra cima, em direção à Ilha de São Lourenço, já faz muitos anos. Mas tenho um pressentimento.

— Opa. Seus pressentimentos sempre encheram meu bolso de dinheiro. — Ele deixou a cadeira tombar para a frente e saudou com a garrafa de cerveja. — Vamos para cima nessa porra.

Brendan fez que sim, contente com o silêncio que haveria dali em diante.

Mas notou que Fox parecia estar contendo um sorriso.

— Tem alguma coisa para falar? — indagou, depois de um tempo.

Fox abriu o sorriso largo que sempre o fez ser um sucesso com a mulherada. Aliás, ele não tinha ido ao Sem Nome no domingo à noite por conta de uma viagem a Seattle para se encontrar com uma mulher que conheceu pela internet. Como Fox passara duas noites por lá, Brendan concluiu, pela lógica, que o encontro tinha ido superbem, embora preferisse cortar a língua fora a perguntar os detalhes. Era melhor manter a privacidade em relação a essas coisas.

Por algum motivo, ele estava se sentindo mais incomodado do que o normal com o fato de seu melhor amigo ter jeito com as mulheres. Só não sabia dizer por quê.

— Talvez eu tenha — respondeu Fox, de um jeito que insinuava que sim. — Fiz uma caminhada até o porto hoje de manhã. Ouvi dizer que umas recém-chegadas de Los Angeles estão por aqui, na velha Westport. Estão falando que você teve uma rixazinha com uma delas.

— Quem falou isso?

O amigo deu de ombros.

— Não esquenta a cabeça com isso.

— Então foi alguém da tripulação. Sanders.

Dava para ver que Fox estava adorando a situação.

— Você não para de espiar um buraco na janela do Sem Nome, capitão. — Uma covinha idiota se formara na sua bochecha de capitão substituto. Ele sempre teve essa covinha? Mulher curte essas coisas? — Ouvi dizer que ela não recuou diante do seu olhar mortal.

Brendan ficou revoltado. Sobretudo porque era verdade. Piper não havia recuado. Nem na noite anterior, nem mais cedo, pela manhã.

— Você está parecendo uma garota fofocando quando vai dormir na casa da amiga pela primeira vez.

A tirada arrancou uma gargalhada de Fox. Mas seu amigo continuou tomando cerveja durante um tempo, com um sorriso menos entusiasmado no rosto.

— Sabe, não tem nada de errado — disse ele, tentando falar baixo em respeito aos demais clientes à espera do pedido deles. — Já faz sete anos, cara.

— Eu sei quanto tempo já passou.

— Certo.

Fox recuou, pois o conhecia bem o suficiente para não tocar mais no assunto. Não o assunto da esposa de Brendan, mas o de... seguir em frente. Em algum momento, mais cedo ou mais tarde. O menor sinal de uma conversa sobre essa questão já o deixava nervoso. Na cabeça de Brendan, ele continuou casado após a esposa falecer, porque havia se tornado um hábito, assim como tudo na sua vida. Era uma rotina. Algo que lhe dava algum tipo de conforto, então, ele não estava aberto à possibilidade de seguir em frente.

Ainda assim, um minuto depois, quando os dois se levantaram para pegar o pedido e voltaram a se sentar à mesa, Brendan não começou a comer de imediato. Em vez disso, ele se viu com o punho na mesa, à direita do prato. Fox também viu e aguardou.

— Não vai sair por aí rondando a mais velha, Piper — sussurrou Brendan. — E também não me pergunta por quê.

Fox baixou a cabeça, com uma expressão séria, mas o brilho em seus olhos dizia que estava feliz pra caralho.

— Não vou encostar nem um dedo. Dou minha palavra... — O amigo de Brendan deixou cair o garfo que acabara de pegar; sua atenção se fixou em uma movimentação na rua. — Mas o que é que está acontecendo?

Em um segundo, Brendan olhou para um lado e para o outro e compreendeu a situação. Sua mente de capitão buscou uma solução no mesmo instante. Sua vida podia ser ditada por cronogramas e pela rotina, mas essa capacidade de organização era o que o ajudava a gerenciar o caos. Os problemas surgiam, as soluções se apresentavam. Eram apenas um tipo diferente de organização.

Mas aquilo...

Ele não se sentiu o mesmo de sempre ao ver Piper em disparada na rua, carregando algo em chamas.

Mas seu corpo se mexeu por ele. Brendan levantou depressa da mesa.

— Extintor de incêndio. Rápido — gritou ele para a garota no caixa, que usava uma viseira.

Ela ficou pálida que nem fantasma — e, droga, mais tarde ele teria que se desculpar por tê-la assustado. Naquele exato momento, porém, estava correndo em direção à rua o mais rápido possível, enquanto puxava o pino do extintor de incêndio. Durante alguns segundos infernais, viu Piper dando voltas em busca de um lugar seguro para colocar a frigideira em chamas, até não ter outra opção a não ser atirá-la na rua.

— Sai daí — ordenou Brendan e, em seguida, mirou e apagou as chamas com bicarbonato de sódio. O que sobrou parecia uma frigideira chamuscada do século XIX. Ele inspirou uma vez e percebeu que o coração estava disparado. Sem parar para refletir, largou o extintor e agarrou os pulsos de Piper para virar a palma das mãos dela para cima e conferir se havia marcas de queimadura. — Pegou em você?

— Não. — Ela tomou fôlego e olhou para ele, confusa. — Obrigada. É... obrigada por apagar o fogo.

Ele soltou as mãos dela, sem saber se queria expressar a torrente de alívio que estava sentindo por vê-la sair ilesa. Ao dar uns passos para trás, ele arrancou o gorro e deixou que uma desejada onda de irritação o invadisse.

— Sério mesmo, Piper? — berrou Brendan. — Eu só estava brincando quando disse para você gravar o número dos bombeiros na discagem rápida.

Até o momento em que Hannah se colocou entre eles, Brendan nem sequer havia percebido que a caçula saíra do prédio com Piper. Ah, mas ela estava ali, puta da vida, e sua raiva era totalmente direcionada para ele.

— Não grita com ela, seu escroto.

Por dentro, ele estremeceu. *Escroto?*

Fox emitiu um som abafado. Brendan se virou para mandar o amigo ficar calado e percebeu que uma multidão estava se formando em volta deles. Só de curiosos.

— Hannah, está tudo bem — disse Piper e suspirou, saindo de onde estava, atrás da irmã.

Ruborizada, ela usou a barra da blusa para pegar a frigideira. O movimento expôs quase toda a sua barriga sarada, e Brendan trincou os dentes. Se ele não conseguia deixar de notar um sinalzinho à direita do umbigo dela, ninguém mais conseguiria. Ela não estava vestindo mais aquele troço de paetês, mas shorts esportivos, cabelo solto e um borrão de sujeira no nariz; continuava bonita como sempre.

— Ignora esse cara — disse Piper, estalando os dedos para dispensá-lo. — Está vendo algum lugar onde eu possa jogar isso fora?

— *Ignora* esse cara, foi o que a moça falou — disse Fox, achando graça.

— E você, quem é? O ajudante bonitinho dele? — Hannah repeliu Fox, estupefato, com um barulho de sugar os dentes e redirecionou sua raiva para Brendan. — Ela não está precisando mesmo de mais um cara para fazê-la se sentir um lixo. Deixa a minha irmã em paz.

— *Hannah* — disse Piper, com uma voz aguda, passando por ela. — Não vale a pena se aborrecer com isso. Venha me ajudar.

Mas a irmã ainda não havia terminado.

— E a culpa foi *minha*. Deixei o pano na bancada da cozinha, todo encharcado de produtos de limpeza. Ela salvou o prédio de um incêndio. — Hannah o cutucou bem no meio do peitoral. — Deixa. A minha irmã. Em paz.

A cada segundo que passava, Brendan se sentia mais merda. Tinha alguma coisa esquisita presa na garganta; a fome da hora em que saiu de casa havia desaparecido. Ele ainda estava abalado com o fato de Hannah tê-lo chamado de *escroto* quando ela disse "ela não está precisando mesmo de mais um cara para fazê-la se sentir um lixo", e então algo quente e ameaçador ferveu em sua barriga.

Nada daquilo lhe era familiar. Mulheres não gritavam com ele na rua, muito menos uma que batesse na sua cintura. Nem o faziam tomar um susto do cacete por quase pegarem fogo. Parte dele queria derrubar todas as peças do tabuleiro de xadrez daquele dia e recomeçar o jogo no dia seguinte, conforme torcia e rezava para que tudo voltasse ao normal. Mas, em vez disso, percebeu que preferia se acertar com Piper a deixar as coisas como eram antes. Talvez estivesse ficando doente, gripado, algo assim, porque, quando Piper jogou a frigideira na lata do lixo e voltou para o prédio dela, estava claro que pretendia voltar para casa sem lhe dirigir mais a palavra. E ele não sabia por quê, mas simplesmente não podia deixar que isso acontecesse.

"Deixa a garota em paz", foi o que a irmã disse, e o pedido de desculpas dele não saiu.

Como se Brendan fosse um perfeito babaca que saísse por aí ferindo o sentimento das mulheres.

Não, apenas o dela.

Por que apenas ela?

Brendan pigarreou com força.

— Piper.

A própria se deteve, já com a mão na porta, e jogou os cabelos para o lado de um jeito sexy demais para uma segunda-feira à noite em Westport. A expressão dela dizia "você, de novo?".

Enquanto isso, Hannah estava de cara feia para ele.

— Falei para você deixar minha irmã...

— Escuta — disse Brendan para a caçula. — Eu ouvi o que você falou. E te respeito por ter dito isso. Para alguém de Los Angeles, você tem uma boa índole, é uma pessoa de caráter. Mas eu não sigo ordens, eu dou ordens. — Ele fez uma pausa para que a informação fosse compreendida. — Gritei com ela porque é o que se faz em uma situação de emergência. — Olhando por cima da cabeça de Hannah, ele encontrou o olhar de Piper. — Não vai acontecer de novo.

Surgiu uma ruga entre as sobrancelhas de Piper e, caramba, ele se sentiu aliviado. Pelo menos ela não parecia mais indiferente a ele.

— Está tudo bem, Hannah — disse Piper, ao afastar a mão da porta. — Se quiser subir, posso trazer uma comida para o jantar.

Hannah ainda não estava convencida. Assim como o povo em volta deles não se movia. Brendan até que conseguia entender a curiosidade dos moradores. Aquelas garotas estavam completamente deslocadas naquele vilarejo de pescadores. Como duas explosões de cor.

Piper se aproximou da irmã e encostou a cabeça no ombro dela.

— Agradeço por me defender, Hanns, mas você é paz e amor, não gosta de briga. — Ela deu um beijo na bochecha da irmã. — Vai lá relaxar. Seus discos do Radiohead estão escondidos no bolso secreto da minha mala matelassê vermelha da Chanel.

A irmã mais nova ficou boquiaberta e rondou Piper.

— Eles não cabiam em nenhuma das minhas malas. Você os trouxe sem falar nada?

— Estava guardando para um dia chuvoso. — Ela jogou o quadril para o lado para dar um empurrãozinho em Hannah. — Vai lá. Liga o toca-discos e põe no volume que quiser.

— Você é fã de vinil? — Fox se intrometeu, o que fez Brendan lembrar que ele estava lá o tempo inteiro. Hannah lançou um olhar desconfiado para o amigo de Brendan, mas isso só serviu para marcar ainda mais aquela covinha estúpida. Fox apontou para o porto. — Sabe, tem uma loja de discos bem pertinho. Posso te mostrar.

Os olhos da caçula dos Bellinger se arregalaram.

— Fox — ralhou Brendan, enquanto pegava o amigo pelo braço e o puxava para o canto.

— Ah, fala sério — contestou Fox, antes que ele pudesse dizer alguma coisa. — Ela é uma criança.

— Não sou criança — exclamou Hannah. — Tenho 26 anos!

Fox baixou o tom de voz e se aproximou de Brendan.

— Caramba, ela é bonitinha, mas não faz meu tipo mesmo, em nada. Só estou tentando te ajudar a ficar um tempo a sós com a Piper. — Ele arqueou uma sobrancelha. — E quem não iria querer um tempo a sós com a Piper? Pelo amor de Deus, cara. A descrição do Sanders não fez justiça a ela.

— Cala a boca, merda.

O amigo deu uma risada.

— Isso que é saber compensar o tempo perdido, hein?

— Já falei, não me peça para explicar — resmungou Brendan.

— Tá legal, tá legal. Só segue a minha deixa — sussurrou Fox. — Vou trazê-la de volta em vinte minutos, quem sabe eu até fale bem desse camarada rabugento. Não custa tentar.

Brendan detestava admitir que Fox tinha razão. Era a terceira vez que via Piper, e ele tinha sido um babaca nas três ocasiões. Primeiro, porque ela julgou a cidade dele. Então, ele concluiu que ela era uma garota rica e extremamente mimada. Depois disso, só conseguia culpar sua total falta de prática em lidar com o sexo oposto. Ainda mais em se tratando de ficar a sós com uma mulher. Esse era um passo enorme. Ele poderia se desculpar logo com Piper, com palavras simples, voltar para casa, tentar parar de pensar nela. É, ele *até* poderia fazer isso. Era só evitar aquela área da cidade durante três meses e seguir com a rotina.

Com a cabeça baixa, ela lançou um olhar para ele. Não era um flerte. Era mais... um olhar carregado de curiosidade. Como se estivesse querendo saber algo sobre ele. E Brendan se pegou arrependido pela má impressão que havia passado.

— Ele é o meu capitão substituto. Se não estiver de volta com ela em vinte minutos, posso afogá-lo e fazer parecer que foi um acidente.

Ela sentiu vontade de sorrir, e ele se perguntou — não conseguiu evitar o pensamento — que tipo de homem conseguiria ganhar um beijo de uma mulher como aquela.

— Tira uma foto da identidade dele, Hanns — disse Piper, ainda olhando para Brendan como se ele fosse um enigma que ela não sabia se queria desvendar. — E me manda por mensagem antes de ir.

Fox puxou a carteira do bolso de trás.

— Acho que em Los Angeles elas são tão inteligentes quanto bonitas.

— Nossa. — Piper sorriu para Fox. — Um elogio. Já estava achando que isso era contra a lei aqui em Westport.

Brendan fulminou Fox com o olhar.

— O que foi que eu disse?

Fox entregou a identidade para Hannah.

— Sinto muito, capitão. Charme é uma coisa natural.

A irmã caçula tirou uma foto da carteira de motorista de Fox. Uns segundos depois, escutaram um aviso sonoro, e Piper confirmou que estava com uma informação vital sobre o sujeito. Fox fez um gesto para que Hannah fosse na frente, pela calçada, e ela foi, com os braços cruzados. Mas não antes de dar um recado para Brendan por leitura labial.

Ora essa, o que aconteceu com aquele sujeito que era bem respeitado na cidade?

Se essas duas garotas tivessem os meios necessários, ele não tinha dúvida nenhuma de que já estaria crucificado em praça pública. Quem sabe estaria no porto, pendurado pelos pés, como um troféu de pesca?

Brendan diminuiu a distância entre os dois, com a sensação de que estava andando sobre a prancha de um navio. Mas ele não precisava ter se preocupado em ficar a sós com Piper, porque podia jurar que metade da maldita cidade ainda estava assistindo à cena, atenta para ver como ele iria se redimir.

— O fogo acabou com seu jantar?

Ela assentiu, enquanto brincava com a bainha da blusa.

— Acho que o universo não conseguiu lidar com tamanha perfeição. Você tinha que ter visto. Faltava pouco para a carne não parecer mais um cérebro.

Brendan foi tomado por uma vontade de rir.

— Eu, é... — Ele colocou de volta o gorro, tentou espantar com uma fungada sonora uns moradores que estavam por perto e ficou agradecido quando o povo se dispersou. — Fui grosso quando gritei agora há pouco. Peço desculpas. — Minha nossa, ela estava mais bonita ainda com o reflexo do pôr do sol em seus olhos. Foi provavelmente por isso que ele acrescentou: — Por esta e pelas outras vezes.

Os lábios de Piper se contorceram, e ela baixou a cabeça um pouco, como se tentasse disfarçar o sorriso.

— Obrigada. Está desculpado.

Brendan emitiu um resmungo e apontou o queixo em direção ao Boia Vermelha.

— Chamaram minha senha pouco antes de você sair correndo por causa do fogo. Vai lá e come o que eu pedi. — Como ela o ignorou, ele repetiu para si o que tinha dito e percebeu qual era o problema: uma ordem. — Se você quiser — disse, para se emendar.

Ela murmurou alguma coisa e passou por ele; o cérebro de Brendan captou o perfume dela e, pelo jeito, foi afetado de algum modo, porque ele a seguiu sem enviar qualquer comando para os pés. Todo mundo se virou e ficou olhando quando eles entraram no restaurante e se sentaram no mesmo lugar onde Brendan estava antes. Que inferno, os clientes aguardando o pedido nem sequer tentaram disfarçar a curiosidade.

Brendan não queria que ninguém ficasse de butuca na conversa. Não era da conta deles. Só por causa disso, sentou-se ao lado de Piper e arrastou um pouco a cadeira dela para ficar mais perto.

Brendan empurrou o prato de peixe com batatas fritas para Piper, depois pegou um garfo e o entregou na mão dela.

— Então... — Ela espetou a menor batata frita do prato, e ele franziu o cenho. — Seu amigo é seu capitão substituto. Então você é... o capitão?

Graças a Deus. Um assunto do qual ele sabia falar.

— Isso mesmo. Sou o capitão do *Della Ray*.

— Ah. — Ela inclinou a cabeça. — De onde vem esse nome?

— Herdei o timão do meu sogro, Mick. O nome é uma homenagem à mulher dele.

— Que romântico. — Se mencionar os sogros dele causava algum desconforto, Piper não demonstrou. Pelo contrário, parecia mais interessada. — Hannah e eu caminhamos pelo porto hoje à tarde. Muitos barcos têm nome de mulher. Tem um motivo para isso?

Brendan imaginou Piper desfilando pelo porto dele e se perguntou quantos acidentes de carro ela teria causado.

— As mulheres são protetoras. Acolhedoras. Os barcos recebem nome de mulher na esperança de que elas protejam a tripulação. E, com sorte, interceder por nós junto à outra mulher importante na nossa vida, o oceano.

Ela mordeu um pedaço de peixe e mastigou, sorrindo.

— Já teve alguma mulher na sua tripulação?

— Pelo amor de Deus, não. — E lá se foi o sorriso. — Eu tento *não* afundar.

Uma expressão de deleite perpassou o rosto dela.

— Então, o conceito de mulher traz tranquilidade, mas a presença de uma mulher de verdade seria um desastre.

— É.

— Bom, isso faz total sentido. — O sarcasmo dela foi acompanhado de uma piscadinha. — Meu padrasto nos falou um pouquinho sobre a pesca do caranguejo-real. Só dura algumas semanas por ano?

— Isso muda a cada temporada, dependendo do abastecimento, da pesca total do ano anterior.

— O que vocês fazem no resto do ano? Além de gritar no meio da rua com mulheres que não fazem mal a ninguém?

— Vai jogar isso na minha cara por muito tempo ainda?

— Estou pensando no caso.

— Tá certo. — Ele notou que Piper havia parado de comer e fez um gesto para que ela voltasse à ação. Quando ela colocou uma quantidade razoável de comida na boca, ele continuou: — No verão, pescamos atum. Aí passamos mais tempo em alto-mar; quatro, cinco dias. Nos intervalos dessas jornadas mais longas, fazemos viagens de uma noite para trazer salmão, truta, bacalhau.

Ela ergueu as sobrancelhas e inclinou o garfo em direção ao prato.

— Você pescou isso aqui?

— Talvez.

Ela cobriu a boca.

— Isso é tão estranho.

Era mesmo? Ele até curtia ficar sentado ali enquanto ela comia algo que trouxera em seu barco. Gostava de saber que sua pesca gerava alguma renda para a cidade ou alimentava a maioria das famílias dali, mas isso nunca o tinha feito sentir aquele orgulho masculino que enchia seu peito naquele momento.

— Quer que eu peça alguma coisa para sua irmã? Ou eles podem embrulhar a comida do Fox, e ele que se vire.

— Ela vai ficar satisfeita com a metade da sua. — Piper empurrou o prato de Fox na direção de Brendan. — Mas você devia comer a dele. Não sei o que é, mas está com uma cara boa.

Brendan soltou um grunhido.

— É empadão.

— Aaah. — Ela ficou esperando, mas ele não se mexeu para pegar o garfo. — Não gosta de empadão?

— Não é peixe com batatas fritas.

— Mas não é ruim.

— Não é, só não é o que eu costumo pedir. — Ele se ajeitou na cadeira e se perguntou se sempre tinha sido assim, tão desconfortável. — Sempre peço o peixe com batatas fritas.

Piper o estudou daquele jeito mais uma vez, lançando de novo aquele olhar, com a cabeça inclinada para baixo; e ele desejou que ela parasse com aquilo. Todas as vezes que Piper vinha com aquele olhar, ele sentia uma pressão no zíper das calças jeans.

— Nunca provou outro prato do menu?

— Nunca. Já sei do que eu gosto.

— Mas tem uma hora que enjoa.

— Para mim, não tem por que trocar o certo pelo duvidoso.

— Ah, não. — Uma expressão séria brotou em seu rosto. — Você acha que tem uma pescadora escondida nesse empadão, Brendan?

A gargalhada alta dele a fez pular da cadeira. Caramba, *até ele* pulou. Alguém já o pegara desprevenido desse jeito? Não, ele achava que não. Virou-se discretamente e descobriu que os funcionários do Boia Vermelha e meia dúzia de clientes estavam olhando para dele. Quando voltou a encarar Piper, ela estava lhe entregando o garfo.

— Experimenta o empadão. Te desafio a provar.
— Não vou gostar.
— E daí?
*E daí?*
— Eu não *experimento* coisas. Se tomar a decisão de comer o empadão, tenho que comer tudo. Não ando por aí só degustando as coisas e deixando o resto pra lá. Isso é coisa de gente indecisa.
— Se Hannah estivesse aqui, ela ia dizer que seu problema é psicológico.
Brendan olhou para o teto e suspirou.
— Bom, eu não parecia ter nenhum problema até vocês duas aparecerem e começarem a apontar para eles.
Houve uma pausa.
— Brendan.
Ele baixou a cabeça.
— O quê?
Ela estendeu o garfo na direção dele.
— Prova o empadão. Não vai te matar.
— Caramba. Se você faz tanta questão...
Brendan arrancou o garfo da mão dela, com cuidado para não arranhá-la com os dentes de metal. Enquanto ele segurava o talher bem acima da crosta do empadão, ela mantinha as mãos fechadas próximas ao rosto, pressionando os dedos contra a boca. Piper soltou um gritinho. Ele balançou a cabeça, mas, em parte, estava aliviado porque ela não parecia estar detestando a companhia — embora estivesse se divertindo à custa dele. Mas Brendan supunha que, de certa forma, ele estava lhe devendo isso depois daquela cena na rua, não estava?

É.

Ele enfiou o garfo no empadão e pegou um pouco de frango, vegetais e molho. Então enfiou na boca e mastigou.

— Detestei.

Alguém atrás do balcão fez um barulho de espanto.

— Sem querer ofender — berrou ele, sem se virar. — É que não é peixe com batatas fritas.

Piper afastou as mãos do rosto.

— Bom, que decepção.

Ele continuou comendo, apesar de a consistência líquida do molho fazer seu lábio superior se contrair.

— Você vai comer tudo mesmo, né? — sussurrou ela.

Brendan pôs para dentro mais um bom pedaço.

— Eu disse que ia.

Os dois comeram em silêncio por uns minutos, até ele perceber que ela estava voltando a atenção para a janela. Viu que Piper estava pensando no incidente com a frigideira. Outra pontada de culpa o atingiu em cheio por ter gritado com ela.

— Pensando em cozinhar de novo?

Ela examinou o prato de comida, quase intacto.

— Não sei. O objetivo era sobreviver à primeira noite, e depois pensar no resto. — Piper olhou para ele de soslaio. — Talvez eu tenha mais sorte se der um nome de mulher para o fogão.

Brendan pensou por um segundo.

— Éris.

Ela inclinou a cabeça, curiosa para entender.

— A deusa do caos.

— Engraçadinho.

Piper baixou o talher, indicando que tinha acabado de comer, e Brendan sentiu a urgência do momento. Estavam sentados ali havia uns bons dez minutos, e ele ainda não sabia nada sobre ela. Ou pelo menos nada importante. E não se incomodaria em ter uma noção de quem ela era, aquela garota que passava uma imagem de mulher paparicada em um minuto e, no seguinte, de alguém vulnerável. Droga, havia algo fascinante em relação ao modo como ela brilhava em uma direção e depois em outra, dando pistas de algo mais profundo, até sair dançando para longe. Ele tinha mesmo conversado sobre pesca durante a maior parte do jantar?

Ele *queria* perguntar à Hannah o que ela quis dizer quando falou que os homens tratavam Piper como lixo. Ele ficou remoendo essa frase desde que a escutara.

— Não chegou a me responder hoje de manhã. Por que exatamente está aqui em Westport? — Foi o que ele acabou perguntando. Piper estava ajeitando o cabelo com os dedos, mas parou ao ouvir o questionamento. — Você disse três meses — continuou ele. — É um período bem específico.

Abaixo da mesa, a perna dela começou tremer.

— É uma história um tanto esquisita.

— Precisa de uma cerveja antes de contar?

Ela franziu os lábios.

— Não. — Piper fechou os olhos e sentiu um calafrio. — Foi mais do que esquisita, na verdade. Foi humilhante. Não sei se devo te dar essa munição.

Cara, ele realmente tinha sido um canalha.

— Não vou usar isso contra você, Piper.

Ela voltou os olhos azul-celeste para ele e pareceu satisfeita com o que quer que tenha visto.

— Tudo bem. Mas não me julgue logo de cara.

Ela soltou o ar.

— Passei por um término de namoro horrível. Na frente de todo mundo. E eu não queria ser rotulada como patética nas redes sociais, né? Aí, mandei mensagem para centenas de pessoas e comandei uma invasão à piscina no terraço do Mondrian. A coisa saiu do controle. Tipo, a ponto de ter helicópteros da polícia, fogos de artifício e nudez. Acabei sendo detida, e, por causa disso, meu padrasto quase perdeu o dinheiro de um patrocinador para a produção do próximo filme dele. Então, ele me mandou para cá, com pouquíssimo dinheiro, para me ensinar uma lição... e me obrigar a ser autossuficiente. Hannah não me deixou vir sozinha.

Já fazia ao menos um minuto que o garfo de Brendan estava suspenso no ar. Ele tentou juntar as peças para entender, mas tudo naquele mundo que ela havia descrito era tão distante do dele que a história praticamente parecia uma fantasia.

— Quando foi isso?

— Umas semanas atrás — disse ela, e deu um suspiro. — Nossa, a situação toda parece muito pior quando conto a história inteira, juntando todas as partes de uma vez só. — Ela mordia os lábios e tentava decifrar a expressão dele. — Você está pensando em quê? Que estava certo e eu não passo de uma pirralha rica e mimada?

— Não ponha palavras na minha boca. Já está me fazendo comer essa droga de empadão.

— Não estou, não!

Brendan deu mais uma garfada naquela gororoba, sem conseguir parar de pensar no término horrível que ela havia mencionado. Por que parecia que sua coluna tinha travado?

— Estou pensando em muitas coisas — disse. — Acima de tudo, não consigo imaginar você na cadeia.
— Não foi tão ruim. A guarda, Lina, foi um amor. Ela me deixou usar o banheiro dos funcionários.
— Como conseguiu isso?
— As pessoas gostam de mim. — Ela olhou para ele com um ar de superioridade, sem deixar de transmitir certo charme. — Na maioria das vezes.
Ele bufou.
— É, já saquei. Você jogou charme.
Piper se sobressaltou. Depois, deu de ombros.
— Pois é. — Silêncio durante uns segundos. — Você não me deixou jogar charme. E aí achei que era casado. Meu esquema todo foi para o espaço, e agora não sei como agir. Tentar flertar de novo não faz sentido.
Fazia sim, caramba.
— Experimenta.
— Não. Não consigo! — exclamou ela. — Já passou a fase da paquera.
Por acaso ele estava suando? O que é que havia de errado com ele?
— Qual é o próximo estágio depois da paquera? Quando as coisas já estiverem assentadas?
— *Assentadas?* Credo. — Ela deu de ombros. — Além do mais, nem sei. Nunca cheguei a esse ponto. — Piper cruzou as pernas, o que atraiu o olhar dele para o deslizar dos shorts por aquela parte de trás da coxa dela, macia. E, mais uma vez, o zíper da calça dele deixou tudo confinado.
— Desviamos muito do assunto sobre minha história sórdida.

— Não desviamos, não — respondeu ele. — Ainda estou digerindo essa coisa toda. Junto com...

— Não ouse falar do empadão de novo. — Ambos ofereceram um esboço de sorriso. — Enfim, a não ser que eu consiga dar um golpe para voltar para Los Angeles, Hannah e eu vamos ficar aqui até o Dia das Bruxas. Acho que minha maior chance é passar menos tempo cozinhando e mais tempo pensando em como dar o golpe. — Ela tamborilou uma das unhas na mesa. — Talvez, se houvesse um jeito de provar que aprendi a ser responsável, Daniel me deixe voltar para casa.

Brendan estava obcecado com a parte da festa de Piper que incluiu nudez — de que maneira, exatamente? *Ela* ficou pelada? —, então ele falou de um jeito mais ríspido do que queria.

— Tenho uma ideia para você. Por que não tenta curtir de verdade seu tempo fora do nono círculo do Inferno que é Los Angeles?

— Quem disse que não estou me divertindo? Olha só pra mim, levando bronca enquanto como peixe com batatas fritas. Se isso não é aproveitar, não sei o que é. — Ela deu um sorrisinho e colocou uma batata frita na boca, e ele tentou não encarar enquanto ela mastigava. — Mas você tem razão. Eu poderia me esforçar mais. Quem sabe eu seduzo um desses pescadores bonitos lá do porto e o convenço a me levar para uma pescaria?

Ele sentiu uma queimação na garganta ao imaginá-la no barco de outro homem.

— Pode ser. Se quiser ter uma experiência bem meia-boca.

— Está dizendo que pode oferecer uma melhor?

— Com toda a certeza.

Os dois ainda estavam falando de pesca? Brendan não sabia. Mas ele estava excitado... e ela parecia estar esperando alguma coisa. Que ele a convidasse para passear no barco dele?

Um pânico sutil manteve sua boca fechada por tempo demais. Piper o examinou com o olhar e deixou tudo aquilo para lá, levantando-se quando a irmã e Fox apareceram na frente do restaurante.

— Ali estão eles. Vou embalar para viagem o que sobrou daqui — disse. Ela se inclinou e o cumprimentou com um beijo em cada bochecha, como se eles estivessem na droga de uma cidade como Paris ou algo do gênero. — Obrigada pelo jantar, capitão. Prometo que não vou mais te dar trabalho.

Conforme ela colocava o resto do peixe com batatas fritas na embalagem e saía depressa para reencontrar a irmã, Brendan ficou na dúvida se queria que Piper não desse mais trabalho para ele. Na manhã seguinte, ele iria partir para uma pesca de três dias, então — presumindo que *quisesse* ver a garota de Los Angeles mais vezes — teria que esperar outra oportunidade. Que talvez não surgisse.

Fox se jogou na cadeira ao lado dele, com um sorriso de orelha a orelha.

— E aí? Como foi, capitão?

— Cala a boca.

## Capítulo dez

Piper estava presa em um pesadelo no qual ratos gigantes com narizinhos inquietos a perseguiam por um labirinto enquanto ela empunhava uma frigideira em chamas. Então, quando escutou a batida na porta na manhã seguinte, seu pensamento ao despertar foi: "O rei rato veio me buscar." Ela se sentou rapidamente e bateu com a cabeça na cama de cima do beliche com tanta força que fez barulho.

— Ai — reclamou, levantando a máscara dos olhos até a testa e sentindo com o dedo o lugar onde havia batido. Já estava inchado.

Um bocejo veio de cima.

— Bateu a cabeça de novo?

— Bati — murmurou Piper, tentando se lembrar do motivo para ter acordado. Não era como se muita luz solar conseguisse passar pelas janelas ou pelo prédio ao lado. Não quando mal um centímetro a separava da parede do vizinho. O apartamento estava todo escuro. O sol nem devia ter nascido ainda.

Bateram duas vezes na porta, e Piper gritou, a mão voando para o peito.

— Rei rato — ofegou.
Hannah riu.
— O quê?
— Nada.
Piper se concentrou e encarou a porta, cautelosa.
— Quem é?
— É o Brendan.
— Ah.

Ela olhou para cima e soube que Hannah também estava franzindo o cenho, como ela, mesmo que não conseguissem se ver. Do que o capitão razinza precisava que não podia esperar até um horário de gente normal? Toda vez que Piper pensava que eles tinham se visto pela última vez, ele voltava a aparecer, impossível de ignorar. Confundindo-a.

Piper não havia mentido sobre não saber como agir na presença dele. De modo geral, era fácil seduzir, flertar, elogiar e colocar os homens na palma da sua mão. Até eles se entediarem e seguirem em frente, o que pareciam fazer cada vez mais rápido. Mas essa não era a questão. Brendan havia roubado essa sua cartada de sedutora, e agora não dava mais para usá-la. Ele já tinha visto demais. Na primeira vez que se encontraram, Piper estava num estado lamentável, toda molhada e ofendeu sua querida Westport. No segundo encontro, ela ofendeu sua falecida esposa. Da terceira vez, ela quase queimou aquela relíquia de prédio.

Apesar de que comer com ele tinha sido... legal.

Talvez essa não fosse a palavra correta.

*Diferente*. Com certeza tinha sido diferente. Ela tinha conversado com um homem sem tentar exibir seu melhor ângulo e rir do modo certo o tempo todo. Ele *pareceu* interessado no que ela tinha a dizer. Será que estava mesmo?

Claro, Brendan não se encantara de imediato com sua aparência. Os olhares sedutores ensaiados por Piper só o tinham deixado mais rabugento. Quem sabe ele quisesse que fossem amigos! Tipo, com base no caráter dela. Não seria legal?

— Hum — murmurou Piper, em meio a um bocejo. — Amigos.

Balançando as pernas na beira da cama, ela enfiou os pés na sandália preta de veludo Dolce & Gabbana e andou até a porta. Antes de abri-la, cedeu à vaidade e limpou as remelas no canto dos olhos. Abriu a porta e esticou o pescoço para olhar para o rosto do capitão carrancudo.

Piper começou a dizer bom-dia, mas Brendan pigarreou alto e se virou, encarando o batente da porta.

— Vou esperar até você se vestir.

— O quê...? — Com o nariz franzido, ela olhou para a blusa regata e calcinha que vestia. — Ah.

— Aqui — chamou Hannah, sonolenta, jogando um travesseiro para Piper.

— Obrigada.

Ela o pegou e o segurou na frente de si como uma armadura bufante.

Espera aí. Aquele homem, que ela considerava um pouco mais do que um valentão, estava corando?

— Ah, para, Brendan. — Ela riu. — Tem coisa bem pior no meu Instagram. No Instagram de qualquer um, na verdade.

— Não no meu — disse Hannah, a voz abafada. Um segundo depois, ela estava roncando baixo.

Pela primeira vez, Piper notou o kit de ferramentas aos pés do capitão.

— Pra que tudo isso?

Enfim, Brendan permitiu que sua atenção voltasse para ela, e um músculo no maxilar dele se moveu. O travesseiro cobria Piper do pescoço até a parte superior das coxas, mas as curvas de sua bunda na calcinha ainda estavam visíveis. Os olhos de Brendan viajavam por aquela onda agora, continuando pela linha de suas costas, o pomo de adão subindo e descendo.

— Troquei a fechadura da porta lá de baixo — informou ele, com a voz rouca, o olhar encontrando o dela. — Vim trocar essa também. Só vai levar alguns minutos.

— Ah. — Piper se endireitou. — Por quê?

— Partiremos esta manhã e ficaremos fora por três noites. A última viagem de pesca antes da temporada de caranguejo. Só... — Ele se agachou e começou a remexer na sua caixa, o metal tinindo, então ela mal conseguia ouvir o que ele dizia. — Queria ter certeza de que este lugar está seguro.

Os dedos de Piper apertaram o travesseiro.

— Isso é muito legal da sua parte.

— Bem. — Com as ferramentas em mãos, ele ajeitou a postura. — Percebi que você não tinha feito isso. Mesmo depois de dois dias.

Ela balançou a cabeça.

— Você tinha que acabar com o momento, não é?

Brendan resmungou e começou a trabalhar, aparentemente decidido a ignorá-la. Certo. Só para irritá-lo, ela deixou o travesseiro cair e foi preparar o café. Na viagem de Hannah e Fox até a loja de discos, a caçula achara uma loja de eletrônicos administrada por uma família e comprara uma cafeteira pequena, do tipo que se encontra num quarto de hotel. Eles estavam vendendo por *dez dólares*. Quem vendia alguma coisa por dez dólares? Elas tinham se alegrado com os achados de Hannah do mesmo jeito que Piper costumava celebrar ao encontrar um vestido Balmain de quatrocentos dólares em liquidação.

— Gostaria de uma xícara de café? — ofereceu Piper a Brendan.

— Não, obrigado. Já bebi uma.

— Deixa eu adivinhar. — Depois de colocar a água no medidor, ela despejou o líquido no reservatório da máquina e a ligou. — Você nunca bebe mais do que uma xícara.

Grunhido.

— Duas aos domingos. — As sobrancelhas do capitão se ergueram e se estreitaram. — O que é essa marca vermelha na sua cabeça?

— Ah. — Piper levantou a mão até o calombo. — Não estou acostumada a dormir com outra cama a um metro acima de mim. Fico batendo a cabeça nela.

Brendan emitiu um som. Continuou com o cenho franzido. O mau humor visível fez Piper sorrir.

— Vai pescar o que dessa vez?

— Linguado. Bodião.

Ela revirou os olhos para a resposta abrupta, inclinando-se sobre a bancada lascada da cozinha.

— Bem, Hannah e eu conversamos e vamos seguir sua sugestão. — Ela pegou o café pronto, remexendo-o com o dedo e dando um gole. — Queremos aproveitar nosso tempo em Westport. Me diz aonde ir. O que fazer.

Brendan levou mais um minuto para terminar de instalar a fechadura. Ele a testou e recolocou as ferramentas na caixa antes de se aproximar de Piper, tirando algo do bolso de trás. Ela sentiu um formigamento na pele macia da parte interna das coxas e soube que ele estava dando uma olhada nela, porém fingiu não perceber. Sobretudo porque não sabia como se sentia em relação a isso. Aquela queimação familiar do olhar de um homem não estava lhe causando o êxtase obrigatório de vitória. A atenção de Brendan a deixava meio... inquieta. Ele teria que estar morto para não olhar. Mas interesse de verdade era outra coisa. Ela nem sabia o que faria se Brendan demonstrasse mais do que uma atenção passageira à sua beleza.

E ele ainda usava a aliança de casamento.

O que significava que ainda estava ligado à falecida esposa.

Então ela e Brendan seriam amigos. Com certeza, apenas amigos.

O capitão pigarreou.

— Você está a cinco minutos de caminhada do farol. E ainda está quente, dá para pegar uma praia. Tem uma pequena vinícola na cidade também. Meus homens sempre reclamam de ter que ir lá quando têm algum encontro. Lá tem um negócio chamado espaço para selfies. Então você provavelmente vai amar.

— Faz sentido.

— Também trouxe pra você alguns cardápios descartáveis — disse ele, numa voz baixa, pondo-os na bancada.

E, com Brendan parado tão perto, era impossível não perceber a grande diferença de altura entre eles. Ou sentir seu cheiro de água salgada e de quem não tem tempo para baboseiras.

*Amigos*, relembrou ela a si mesma.

Um viúvo enlutado não era material para um casinho.

Engolindo em seco, Piper olhou para os cardápios. Ele tinha levado três.

Ela franziu os lábios.

— Acho que está muito cedo para ser insultada.

— Não estou dizendo para você não cozinhar. Eles são planos B.

O capitão abriu o primeiro cardápio dobrado, de um restaurante chinês.

— Em cada um deles, me adiantei e circulei o que costumo pedir, então você vai saber qual é o melhor prato.

Ela bateu com o quadril no capitão, embora, graças à diferença de trinta centímetros entre os dois, a batida tenha sido em algum lugar da coxa dele.

— Quer dizer, os únicos que já experimentou?

Um sorriso ameaçou surgir no rosto de Brendan.

— São a mesma coisa.

— Argh.

— Seu celular está por perto? — perguntou ele.

Assentindo, Piper se virou, deu dois passos, pegou o travesseiro descartado e o segurou sobre a bunda para acabar com o sofrimento de Brendan — e avisá-lo de que ela tinha recebido a mensagem de "apenas amigos". Puxou o celular do lugar de honra sob o próprio travesseiro e então girou, movendo o travesseiro jogado por Hannah mais uma vez para bloquear sua frente. Quando ela se virou, Brendan a estava observando com curiosidade, mas não comentou sobre o decoro repentino da mulher.

— Se você e sua irmã tiverem algum problema enquanto eu estiver fora, liguem para o Mick. — Ele abaixou o rosto. — Ele é... é meu sogro.

— Nós nos conhecemos ontem — declarou Piper, sorrindo com a tensão de Brendan ao mencionar que tinha um sogro. — Ele é um fofo.

O capitão pareceu surpreso por um momento.
— Ah. Tá bom. Bem, ele não fica muito longe daqui. Pega esse contato no caso de precisarem de algo.
— Sim, capitão. — Ela bateu os pés descalços. — E, depois disso, vou limpar o convés.
Ele bufou.
— Só porque usou o esfregão uma única vez...
O rosto de Piper se iluminou.
— Ah, você reparou no nosso trabalho de limpeza, não foi?
— Reparei. Nada mal — comentou ele, olhando ao redor do apartamento. — Posso falar o número?
Piper o tranquilizou digitando o número de telefone de Mick em seu celular enquanto ele ditava.
— Obrigada...
— Salva o meu também — pediu ele, abrupto, subitamente fascinado com um dos cardápios. — Não vou ter sinal no mar, mas...
— Salvo para o caso de eu precisar de conselhos culinários quando você voltar?
Ele fez um som afirmativo com a garganta.
Piper apertou os lábios para esconder um sorriso. Ela tinha visto Brendan com o amigo dele, Fox. Como ficarem se alfinetando fazia parte da dinâmica dos dois. Não deveria mesmo ser uma surpresa que fazer novos amigos não fosse algo natural para ele.
— Tá bom. Me dá esse número, capitão.
Brendan pareceu aliviado com o encorajamento, recitando o número enquanto ela digitava no celular. Quando Piper apertou "ligar" no telefone, a cabeça dele se ergueu como se estivesse tentando descobrir de onde vinha o som.
— É seu celular — explicou ela, e riu. — Estou ligando pra que você também tenha meu número.

— Ah. — Ele assentiu, o canto da boca se repuxando um pouco. — Certo.

Piper pôs a mão em concha ao redor da boca e sussurrou:
— Devo esperar nudes?

— Pelo amor de Deus, Piper — reclamou Brendan, enquanto ajeitava os cardápios, dando a entender que aquela conversa estava encerrada. Mas ele hesitou um segundo antes de andar até a porta. — Agora que estou nos seus contatos, isso quer dizer que, na próxima vez que você invadir uma piscina numa cobertura, eu vou estar entre os vários convidados?

Brendan piscou para demonstrar que estava brincando. Porém, Piper não conseguiu evitar sorrir para a imagem mental daquele homem gigante e simples no meio de um mar de alpinistas sociais refinados de Los Angeles.

— Ah, sim. Você estará.

— Ótimo.

Depois de mais uma olhada bastante discreta nas pernas dela, Brendan tossiu em seu punho e se virou de novo. Pegou a caixa de ferramentas e começou a descer as escadas. Simples assim. Seu trabalho estava feito e formalidades eram uma estupidez. Piper o seguiu, olhando para ele do topo dos degraus.

— Somos amigos, Brendan?

— Não — gritou ele, sem perder o ritmo.

O queixo de Piper caiu e deixou uma risada escapar enquanto fechava a porta.

Hannah se sentou e perguntou:
— O que está acontecendo aí?

Devagar, Piper balançou a cabeça.
— Não tenho a mínima ideia.

# Capítulo onze

Brendan estava sentado no passadiço do *Della Ray* encarando a tela do celular.

Ele deveria estar ajudando a tripulação a guardar os mantimentos e o gelo que usariam para manter os peixes frescos no porão. Todavia, eles iriam desatracar em dez minutos, e Brendan precisava aproveitar os últimos momentos de acesso à internet, mesmo ela sendo instável no porto.

O capitão havia baixado o Instagram. Naquele momento, estavam lhe pedindo informações pessoais. Brendan precisava ser um membro daquela bobagem para ver as fotos? Meu Deus. Não deveria estar fazendo aquilo. Mesmo que Piper tivesse dado de livre e espontânea vontade a informação de que ela, aparentemente, estava meio despida naquela droga de aplicativo, ele não deveria estar olhando. Na verdade, se ele esperava se concentrar um pouco que fosse na viagem, com certeza não deveria estar aumentando a coleção preciosa de imagens de Piper que já flutuava em sua mente.

Em primeiro e mais importante lugar, estava a lembrança de Piper atendendo à porta usando aquela calcinha branca.

Branca. Ele não esperava aquilo. Talvez rosa-choque ou azul-pavão. Mas, caramba, ver o algodão branco envolvendo a boceta dela, um contraste entre inocência e sensualidade, provocou nele uma semiereção uma hora depois do ocorrido, além de tê-lo feito baixar aplicativos como um adolescente ridículo. Ele estava rangendo os dentes desde que saíra do Sem Nome, privado de ter a palma das mãos alisando as curvas macias da bunda dela — meu Deus, não devia estar pensando nisso.

Por que ela tinha se coberto com o travesseiro da segunda vez?

Será que ele estava tão claramente excitado que a deixou desconfortável?

Ao considerar a possibilidade, Brendan franziu o cenho. Não gostava da ideia de ver Piper nervosa.

Não perto dele. Não mesmo.

— Tudo carregado. Prontos pra ir — anunciou Fox, entrando no passadiço, o chapéu de marinheiro abaixado sobre os olhos. Mas não baixo o suficiente para que Brendan não os visse se iluminando.

— Baixou o Instagram, Cap?

— Quem está baixando o Instagram? — perguntou Sanders, abaixando a cabeça ruiva rechonchuda sob o batente da porta. — Quem ainda não tem Instagram?

— Quem tem mais o que fazer — resmungou Brendan, calando a boca dos dois. — Eles estão me pedindo pra criar um nome de usuário.

Um terceiro membro da tripulação, Deke, também entrou, dando um gole na garrafa de Coca-Cola que segurava entre seus dedos negros.

— Usuário pra quê?

Brendan jogou a cabeça para trás.
— Meu Deus do céu.
— Instagram — respondeu Sanders para Deke.
— Está pesquisando a Piper, não é? — questionou Fox, com aquela eterna cara de malandro. — Está baixando umas fotos pra manter você aquecido na viagem?
— Dá pra fazer isso? — perguntou Brendan, subindo um pouco o tom. — Qualquer um pode simplesmente baixar fotos dela?
— Ou minhas, ou suas, ou de qualquer um — respondeu Deke. — Está na internet, cara.
Brendan encarou o celular com uma nova onda de contrariedade. Até onde sabia, aquilo era mais uma razão para entrar naquele aplicativo idiota e ver como era.
— Ele não me deixa usar meu próprio nome como usuário.
— É provavelmente porque uns novecentos Brendan Taggart entraram antes de você.
— O que uso, então?
— CapitãoGato69 — sugeriu Fox.
— TenhoSiriPraVc — acrescentou Deke.
— EscorregadioQuandoMolhado.
Brendan os encarou.
— Estão todos demitidos. Vão pra casa.
— Tá bom, tá bom, vamos levar a sério — declarou Fox, erguendo as mãos. — Já tentou CapitãoBrendanTaggart?
Ele grunhiu, apertando uma tecla de cada vez. Levou uma eternidade, porque seus dedos eram tão grandes que era difícil apertar o caractere certo.
— Funcionou — resmungou por fim, remexendo-se na cadeira do capitão. — E agora?

Deke se acomodou ao lado de Sanders, como se eles estivessem no meio da hora da fofoca.

— Procura o nome dela — disse ele, pegando o próprio celular.

Brendan apontou um dedo para o pescador.

— É melhor você não estar fazendo o mesmo.

O homem guardou o celular no bolso de novo sem dizer nada.

— O capitão está um pouco sensível em relação a Piper — explicou Fox, ainda ostentando o sorriso presunçoso. — Ele não sabe o que fazer com seus sentimentos confusos de homem.

Brendan ignorou o amigo e digitou o nome de Piper na barra de pesquisa, suspirando quando uma lista inteira de opções apareceu.

— Esse selo azul quer dizer que é ela?

— Caramba! — Sanders se animou. — Ela é verificada?

— Isso é bom ou ruim?

Deke terminou a Coca, deixando escapar um arroto que todos só ignoraram. Já fazia parte da trilha sonora daquele barco.

— Quer dizer que ela tem muitos seguidores. Quer dizer que ela é famosa na internet, chefe.

Brendan clicou no nome... e Piper explodiu na tela do seu celular. Meu Deus, ele não sabia para onde olhar primeiro. Num quadradinho, tinha uma foto dela ajoelhada na água da praia, as costas nuas, usando nada além de um biquíni fio-dental. Ele poderia ficar olhando aquela bunda bonita dela o dia todo — e, sem dúvida, voltaria ali mais tarde quando estivesse sozinho —, porém havia mais. Muito mais. *Milhares* de fotos de Piper.

Em outra, ela usava um vestido vermelho, os lábios no mesmo tom, segurava um martíni, o pé levantado como se estivesse dando um chute de brincadeira. Mais linda do que alguém tinha o direito de ser. Brendan se concentrou numa foto recente, de algumas semanas atrás, e viu seu queixo cair com o espetáculo. Quando ela lhe contou a história de como fora presa e enviada para Westport, ele presumiu que Piper a tivesse floreado um pouco.

Não.

Lá estava ela, no meio da multidão barulhenta, envolta em fumaça e fogos de artifício, os braços jogados. Feliz e vibrante. E o que era aquele número de pessoas que tinham clicado no coração?

Mais de *três milhões*?

Brendan esfregou a mão pelo rosto.

Piper Bellinger era de outro planeta, um planeta muito mais extravagante.

*Ela é muita areia para o seu caminhão.*

Muita mesmo.

Ficou envergonhado ao lembrar que lhe havia oferecido peixe e batatas fritas na noite anterior, quando ela, claramente, estava acostumada com caviar e champanhe. Se pudesse voltar no tempo e não levar para ela aqueles cardápios idiotas, não pensaria duas vezes. Meu Deus, ela deveria estar rindo dele.

— E então? — perguntou Fox.

Brendan pigarreou alto.

— O que "seguir" quer dizer?

— Não — disse Deke correndo. — Não clica.

O dedão de Brendan já estava voltando.

— Tarde demais.

Todos os três membros da tripulação se levantaram.

— Não. Brendan, não me diz que você clicou no botão azul — resmungou Sanders, com as mãos na cabeleira ruiva dele. — Ela vai ver que você a seguiu. Vai saber que você a espiou na internet.

— Não dá só pra deixar de seguir?

Brendan já ia apertar o botão de novo.

Fox se jogou para a frente.

— Não! Não, é pior ainda. Se ela já tiver visto que você a seguiu, vai pensar que você está de joguinho.

— Nossa, vou apagar tudo — disse Brendan, jogando aquele aparelho infrator no painel, onde ele bateu contra o vidro. A tripulação o encarou com expectativa, esperando que ele fizesse o que tinha dito. — Depois — resmungou o capitão, ligando motor. — Vão trabalhar.

Assim que os três homens saíram de vista, ele pegou de volta o celular, devagar. Segurando-o nas mãos por um momento, Brendan abriu novamente o aplicativo e rolou pelo feed de Piper até que uma imagem o parou. Ela estava sentada ao lado de Hannah em um trampolim, enrolada na mesma toalha que a irmã, com gotas de água por todo o rosto. Aquela parecia a Piper com quem tinha jantado na noite anterior. Ela era aquela garota ali? Ou a viajante cheia de atitude?

O número de fotos dela brilhando em festas, bailes e até mesmo em prêmios sugeria que Piper amava os holofotes, dinheiro e luxo. Coisas das quais ele não entendia nada. Além disso, estava claro que Piper preferia homens refinados e que gostavam de se cuidar, provavelmente com a conta bancária combinando com a dela. E isso significava que seu interesse na garota não era só de dar nos nervos, mas também era ridículo. Ele era um pescador conservador. Piper era uma socialite rica e aventureira. Ele nem conseguia pedir um prato diferente no restaurante, e ela jantava com celebridades. *Namorava* celebridades.

Ele só precisava não deixar transparecer a admiração que sentisse por Piper nos próximos meses, para não fazer papel de ridículo.

Depois de dar uma última olhada na foto dela sorrindo no trampolim, Brendan pôs o celular no bolso com determinação e focou no que sabia fazer.

Pescar.

# Capítulo doze

É óbvio que elas visitaram a vinícola primeiro.

Brendan tinha razão (que saco), Piper amou o espaço para selfies, uma parede pintada em tons de pedras preciosas para parecer vidro colorido, emoldurada por trepadeiras que subiam pelas laterais e se enrolavam em uma placa com a palavra "VINHO" em néon. No fundo, havia um altar onde se podia venerar os deuses das redes sociais.

Hannah não era muito de beber. Graças a quatro taças de vinho, foram feitas muitas tentativas de tirar uma foto de Piper que não estivesse tremida até finalmente conseguirem uma boa.

Piper escolheu um filtro e postou a foto no Instagram. De modo automático, clicou nas notificações.

— Nossa, olha isso. — Sua pulsação acelerou. — Brendan me seguiu. — Ela clicou no perfil dele e quase se engasgou. — Ah. Eu sou a *única* pessoa que ele segue. Ele acabou de criar a conta.

Hannah apertou as bochechas.

— Ah, cara. Coisa de principiante.

— É... — Mas também era uma coisa muito, muito legal. Com relação ao fato de Brendan ter visto as várias fotos que mostravam a lateral dos seus seios e sua bunda? Até mesmo suas publicações mais simplesinhas eram um pouco provocantes. E se a falta de modéstia dela o desanimasse? Ele realmente criou um perfil *só* para segui-la?

Talvez Hannah tivesse razão sobre redes sociais dominarem os pensamentos e os momentos de diversão de Piper. Agora ela iria passar os próximos três dias se perguntando quais fotos Brendan tinha visto e o que tinha achado delas. Será que riria das legendas? Se o feed do Instagram era uma espiada na vida de Piper Bellinger, isso iria contar mais do que a impressão que ela tinha passado na vida real?

— Você devia ter visto a lojinha de discos, Pipes — disse Hannah, depois de um gole do vinho. Era a cara da irmã poetizar sobre uma loja de discos depois de beber muito em vez de poetizar sobre um ex-namorado ou uma paixão. Hannah vivia encolhida com fones de ouvido e o rosto enterrado em letras de música. Quando ela fez dezesseis anos, Piper levou a irmã para seu primeiro show, do Mumford & Sons, e a pobre garota ficou tão animada que quase desmaiou. A alma dela era feita de notas musicais.

— Eles tinham um cartaz do show do Alice in Chains de 1993. Pregado na parede como se não fosse nada! Só porque ainda não tiveram tempo de tirar dali!

Piper riu com o entusiasmo da irmã.

— Por que não comprou nada?

— Eu quis. Tinha um vinil do *Purple Rain* muito bom mesmo, mas o preço estava muito baixo. Seria como roubar.

— Você é uma boa pessoa, irmãzinha.

Piper estava com uma vontade persistente de rolar o feed do Instagram e ver tudo pelos olhos de Brendan, mas ignorou o desejo com determinação.

— Então. O que achou do Fox?

Hannah abaixou os óculos.

— Ah, não. Não me pergunta isso.

— O quê? Ele é bonito.

— Não é meu tipo.

— Tinha que ser mais deprimido e amargurado, né?

Hannah bufou.

— O celular dele tocou, tipo, umas cem vezes em vinte minutos. Ou era uma garota apaixonada ou várias admiradoras, e aposto na última opção.

— É... — admitiu Piper. — Ele parece mesmo ser mulherengo.

Hannah balançou os pés.

— Além disso, acho que ele só estava dando uma moral para o amigo ali. Não perdeu tempo em exaltar as virtudes do Brendan.

— É mesmo? — Piper deu um gole despreocupado demais no vinho. — O que ele disse de Brendan? Só por curiosidade.

Sua irmã estreitou os olhos.

— Não diz que está interessada nele.

— Nossa, não. A aliança de casamento dele está, tipo, soldada no dedo.

— E ele te trata mal. — Hannah se mexeu no banco; parecia se preparar para dizer algo. — Você tem se envolvido com uns caras babacas ultimamente, né? Teve o Adrian. Antes dele, o cara que produziu aquele piloto de ficção científica da HBO... Não consigo me lembrar do nome. Só quero ter certeza de que você não está começando a seguir um padrão.

Piper se afastou um pouco.

— Um padrão em que escolho homens que fazem eu me sentir uma merda?

— Bem... é.

Ela pensou nos últimos três relacionamentos. O que não demorou tanto, já que, juntos, eles duraram seis semanas.

— Droga. Talvez você tenha razão.

— Tenho? — As sobrancelhas de Hannah se ergueram. — Quer dizer... eu sei.

— Tá bom, vou tomar mais cuidado — afirmou Piper, alisando o meio do peito, onde sentia uma dorzinha incômoda. Se a irmã estava certa, por que ela estaria escolhendo péssimas opções? A ideia de um relacionamento *bom* a assustava? Pois ela achava que não conseguiria manter um? Não era apenas possível, como provável. Ainda assim, colocar Brendan na categoria de "péssima opção" não parecia justo. — Nenhum daqueles caras era do tipo que pede desculpas. Com certeza não era do tipo que sofre pela esposa morta. Acho que talvez eu esteja mais curiosa em relação a Brendan do que qualquer outra coisa. Não temos homens como ele em Los Angeles.

— Isso é verdade.

— Tivemos uma conversa de verdade, sem segundas intenções. Nenhum de nós olhou o celular sequer *uma vez*. Foi bem estranho. Estou provavelmente... encantada por isso.

— Bom, toma cuidado. — Com a língua no canto da boca, Hannah começou a dobrar um guardanapo fazendo um aviãozinho. — Ou se divirta um pouco com Fox. Aposto que seria muito menos complicado.

Piper não conseguia se lembrar do rosto do homem. Apenas que o tinha classificado como atraente.

Agora, o rosto de *Brendan*. Ela conseguia se lembrar das rugas no canto dos olhos dele. Das manchinhas prateadas pontilhando o verde das íris. Das mãos gigantes e da largura dos ombros.

Piper se sacudiu. Eles tinham jantado juntos no dia anterior.

Claro que ela ia se lembrar dessas coisas.

*Você consegue pelo menos se lembrar da voz do Adrian?*

— Acho que vou só ficar sozinha nessa viagem — murmurou Piper.

Duas horas depois, elas caminharam pela rua de volta para casa. Já tinha passado da hora de Piper colocar sua irmã mais nova na cama. Eram quatro da tarde, mas quem estava prestando atenção nisso?

Ao cruzar a rua em direção ao prédio, os passos de Piper diminuíram. Parecia que elas tinham um visitante. Um velhinho com uma caixa de ferramentas e um sorriso caloroso.

— Senhoras.

— Hum, oi.

Piper cutucou Hannah para chamar a atenção dela, enquanto assentia para o homem que esperava do lado de fora do Sem Nome. Pensando bem, encontrar alguém da cidade na porta delas na volta para casa estava virando um hábito.

— Oi. Posso ajudar?

— Na verdade, eu vim ajudar.

Com a mão livre, ele tirou um pedaço de papel do bolso da camisa.

— Sou dono da loja de ferragens no West Pacific. Meus filhos cuidam do lugar agora, mas eles têm filhos, então só chegam no fim da manhã. Quando eu abri hoje, havia um bilhete pregado na minha porta.

Ele estendeu o papel para Piper. Como aquilo poderia pertencer a ela? Sem dar muita bola, ela pegou o bilhete e olhou a letra bruta sentindo um nó na garganta.

BAR SEM NOME. APARTAMENTO DE CIMA. PIPER BELLINGER.
PRECISA DE ESTOFAMENTO INSTALADO NA BASE DA CAMA DE CIMA DO BELICHE. ELA FICA BATENDO A CABEÇA.
CAPITÃO TAGGART

— Nossa — disse ela, se abanando com o bilhete. *Será que estou nas nuvens?*

Ela tinha acabado de decidir ser só amiga do capitão do mar. *Aquilo*, com certeza, não iria ajudá-la a esquecer a atração bem irritante que sentia por ele.

— Ele deixou dinheiro para pagar — anunciou o homem, estendendo a mão para dar um tapinha no braço de Piper. — Acho que você vai ter que me ajudar nas escadas. Minhas pernas decidiram que eu já vivi o bastante quando fiz setenta anos, mas o restante de mim ainda está aqui.

— Com certeza. Claro. Me deixe levar as ferramentas.

Grata por ter algo que tirasse seu pensamento daquela atitude de Brendan, Piper pegou a caixa empoeirada.

— Hum, Hannah?

— O quê? — Seus olhos redondos piscaram, demonstrando entendimento. — Ah.

Bocejando, Hannah transferiu seu peso bêbado para o lado, abrindo caminho para Piper destrancar a porta. Eles entraram, andando em uma marcha lenta e cômica em direção às escadas. Piper enganchou o braço na direita do velho, e eles seguiram os passos tortos de Hannah até o apartamento.

— Sou a Piper, a propósito. A garota do bilhete.

— Eu devia ter perguntado. Minha esposa faria umas perguntas se eu deixasse uma estranha me acompanhar até o apartamento dela. — Piper riu, ajudando-o pelo quinto e sexto degrau, o ritmo devagar e firme. — Sou Abe. Vi você andando ontem no porto. Estou sempre sentado do lado de fora do museu marítimo lendo meu jornal.

— Isso! É dali que conheço o senhor.

Ele parecia contente por ela ter se lembrado.

— Eu costumava ler o jornal na rua todo dia, mas está ficando mais difícil subir a escada até a varanda. Só consigo subir às quartas e quintas-feiras agora. São os dias de folga da minha filha, que trabalha no mercado. Ela me acompanha e me ajuda subir os degraus, então consigo me sentar na sombra. Nos outros dias, me sento no jardim e rezo para que o sol não esteja tão forte.

Ainda segurando Abe, Piper destrancou a porta do apartamento.

Depois que entraram e ela colocou uma garrafa de água nas mãos de Hannah, Piper apontou para o beliche.

— É esse. Talvez já dê até para ver o contorno da minha cabeça nas tábuas.

Abe assentiu e se abaixou *bem* devagar para mexer na caixa de ferramentas.

— Agora que estamos na luz, também consigo ver o hematoma que está ostentando. Que bom que vamos consertar isso.

Enquanto Abe começava a trabalhar fixando espuma na cama de cima do beliche com uma pistola de pregos, Piper tentava evitar as cutucadas brincalhonas de Hannah.

— Brendan não gosta de Piper dodói. Brendan conserta.
— Ah, fica quieta — sussurrou ela para a irmã. — Isso é o que as pessoas fazem em cidades pequenas como esta. Quem sabe ele está tentando jogar na minha cara o quanto Los Angeles é péssima.
— Não. Primeiro a fechadura. Agora isso. — Nossa, ela realmente se embolou nas palavras, de tão bêbada. — Ele é um campeão mesmo.
— Achei que você nem gostasse dele. O que aconteceu com o "deixa minha irmã em paz, seu escroto"?
— Na hora eu estava falando sério — resmungou Hannah.
— Olha, só estou matando tempo até que eu possa voltar para meu hábitat natural. Não preciso de distrações.
— Mas...
— Você não está me encorajando a passar esse tempo com um pescador de caranguejo, né? — Ela deu a Hannah uma olhada rápida e depois deu de ombros. — Vou contar para a mamãe.
Hannah revirou os olhos e abriu a boca para retrucar, mas Abe interrompeu-a com um alegre "Tudo pronto!".
Caramba, será que estavam falando alto no fim daquela conversa?
A risada de Abe revelava que ele devia ter entendido a expressão preocupada dela.
— Espero que eu não esteja sendo inconveniente, mas foi legal ouvir um pouco da briguinha entre irmãs. Os meus filhos cresceram, se casaram e se mudaram, sabe. Passo muito tempo com eles na loja, mas eles têm o descaramento de se darem bem.
Piper se inclinou para ajudar Abe a colocar tudo de volta na caixa de ferramentas.

— Então... hum. — Ela abaixou o tom de voz. — Você conhece bem o capitão Taggart?

Sua irmã fez um som de desdém.

— Todo mundo conhece o capitão, mas ele é reservado. Não joga muita conversa fora, só vai à loja e compra o que precisa. Entra e sai. — Abe bateu no joelho e se ergueu. — Ele é extremamente focado.

— Ele é — concordou Piper, pensando durante muito tempo naqueles olhos verde-acinzentados. No esforço enorme que fizeram para não olhar abaixo do pescoço dela. Quando Abe pigarreou, Piper percebeu que ela estava encarando o nada. — Desculpa. Me deixa ajudar o senhor na escada.

— Já vou indo — disse Abe quando eles chegaram ao primeiro andar, com um sorriso nos lábios. — E você já foi ver a Opal?

Opal. Opal.

Piper procurou por esse nome em sua memória. Mick Forrester não tinha mencionado uma Opal e anotado o endereço da mulher? Por que todo mundo pensava que ela visitaria essa pessoa? Estava claro que precisava de umas respostas.

— Hum, não. Ainda não.

Ele pareceu um pouco desapontado, mas logo disfarçou.

— Certo. Bem, foi bom ver você, Piper. Não esquece de me dar um oi quando me vir do lado de fora do museu.

— Não vou esquecer. — Ela lhe entregou a caixa de ferramentas com cuidado, tratando de verificar se ele aguentava o peso. Enquanto o observava caminhar até a porta, aqueles pés se arrastando, aquelas pernas caminhando com rigidez, uma ideia lhe ocorreu. — Ei, Abe. Tenho bastante tempo livre aqui, e o museu fica só a uma rápida caminhada. Então... tipo, não sei, se o senhor quiser se sentar do lado de fora e ler seu jornal mais do que duas vezes por semana, posso ir até lá e ajudar o senhor a subir a varanda.

Por que ela estava com medo daquele velhinho recusar?

Era assim que um homem se sentia quando pedia o número dela?

Seus nervos se acalmaram quando Abe se virou com uma expressão esperançosa.

— Faria isso?

— Claro — respondeu ela, surpresa com o quanto se sentia bem em ser útil. — Sexta de manhã? Posso encontrar o senhor do lado de fora da loja de ferragens depois da minha corrida.

Ele piscou.

— Combinado.

Hannah tinha parado com as bebidas, então elas evitaram outras viagens até a vinícola. Em vez disso, fizeram uma faxina. Até colocaram algumas cortinas listradas de verde e branco no apartamento. Seguindo a sugestão de Brendan, elas visitaram o farol e fizeram uma viagem de um dia até a praia, embora o monte de pedras e a necessidade de vestir um moletom às três da tarde tornasse aquele lugar nada parecido com o litoral da Califórnia. Ainda assim, Piper relaxou, se divertiu, e o restante da semana passou mais rápido do que o esperado.

Ela foi correr na sexta-feira de manhã e, no fim, parou do lado de fora da loja de ferragens, onde Abe esperava com um jornal dobrado debaixo do braço. Ele a encheu de perguntas sobre a vida em Los Angeles no caminho até o museu marítimo — também era um homem que quase nunca se aventurava para além de Westport —, e ela o deixou na cadeira de jardim com a promessa de que o encontraria de novo na manhã seguinte.

Piper caminhou até o fim de um dos cais no porto e se sentou balançando os pés na beirada, olhando para a enorme boca do Pacífico.

O que Brendan estaria fazendo naquele exato momento?

Ela meio que esperava que a distância e o tempo a livrassem do formigamento irredutível que sentia toda vez que pensava nele. Mas três dias tinham passado, e a imagem de Brendan ainda surgia na sua mente com uma regularidade irritante. Naquela manhã, ela acordara de repente e se sentara rápido, e a espuma havia impedido que sua testa batesse na cama de cima do beliche. Piper tinha voltado para o travesseiro com um suspiro apaixonado.

Será que ele estava pensando nela?

— Aff, Piper. — Ela se levantou da beira do cais. — Dá um jeito na sua vida.

Ela precisava de outra distração. Outra maneira de passar um pouco do tempo, para que seus pensamentos não ficassem retornando a Brendan.

Talvez aquela fosse uma boa hora para resolver o mistério que envolvia a tal da Opal.

Piper tinha tirado uma foto do endereço que Mick lhe dera do lado de fora do Sem Nome, e ela o procurava naquele momento, teclando com o dedão. Distração alcançada. Ela tinha dito a Mick que visitaria a mulher, e, com o dia todo pela frente, não havia momento melhor do que o presente.

Piper pôs o endereço no aplicativo de mapas, reclamando sozinha por ter chegado ao local depois de meros dois minutos de caminhada. Opal vivia em um prédio residencial com vista para o Grays Harbor, e era meio estranho tocar no apartamento de alguém sem ligar antes, mas a porta do vestíbulo se destrancou de imediato. Com um dar de ombros, Piper pegou o elevador até o quinto andar e bateu na porta do apartamento 5F.

A porta se abriu, e uma mulher que Piper estimou ter uns sessenta e tantos anos saltou para trás, a mão voando para o pescoço.

— Meu Deus, achei que fosse a Barbara, minha cabeleireira.

— Ah, desculpa. — Piper sentiu as bochechas ruborizadas queimarem. — Bem que achei esquisito você ter liberado minha entrada tão rápido. Você é a Opal, certo?

— Sou. E não quero comprar nada.

— Não, não estou vendendo nada. Sou Piper. Bellinger — disse estendendo a mão para Opal. — Mick me disse que eu deveria vir vê-la. Sou... a filha de Henry Cross?

Um tipo diferente de tensão tomou conta dos ombros de Opal.

— Ah, meu Deus — ofegou ela.

Algo mudou no ar, causando arrepios nos fios na nuca de Piper.

— Você... me conheceu quando eu era bebê, ou...

— Sim, sim, conheci. — Opal levou a mão à boca e depois a abaixou. — Sou Opal Cross. Sou sua avó.

*Sou sua avó.*

As palavras pareciam destinadas a outra pessoa.

Para aquelas que ganhavam suéteres feios tricotados no Natal ou adormeciam no banco de trás de uma caminhonete depois de uma viagem de carro até Bakersfield. Os avós maternos de Piper viviam em Utah e mantinham contato ligando de vez em quando, mas os avós paternos... bem, ela tinha parado de se perguntar sobre qualquer parente do lado do pai biológico havia tanto tempo que a possibilidade tinha se esvaído no nada.

Mas a mulher não tinha se esvaído. Estava parada bem na frente de Piper, parecendo ter visto um fantasma.

— Me desculpe — sussurrou a garota, depois de um longo silêncio. — Mick me disse para vir aqui. Ele achou que eu sabia quem você era. Mas eu... desculpe, eu não sabia.

Opal se recompôs e assentiu.

— Isso não me surpreende. Eu e sua mãe não terminamos bem. — Ela passou os olhos por Piper mais uma vez, balançando levemente a cabeça, sem palavras. — Por favor, entre. Eu... Barbara deve chegar em breve para o café, então a mesa está posta.

— Obrigada.

Piper entrou no apartamento atordoada, os dedos se remexendo na bainha da blusa de corrida. Ela estava conhecendo a avó, de quem até já havia se esquecido, vestida com roupas de corrida suadas.

Clássico.

— Bem, mal sei por onde começar — disse Opal, juntando-se a Piper na salinha bem ao lado da cozinha. — Sente-se, por favor. Café?

O modo como aquela mulher olhava para Piper a deixava um pouco sem graça, como se a neta tivesse retornado dos mortos. Mas parecia um pouco que era isso que havia acontecido. Era como se Piper tivesse entrado em uma peça que já estava em andamento e todos soubessem a trama, menos ela.

— Não, obrigada. — Piper gesticulou para a porta deslizante de vidro que levava a uma pequena varanda. — B-bela vista.

— É bonita, né? — Opal se sentou na cadeira, pegando uma xícara de café pela metade e bebendo-a. — No início, eu queria um apartamento de frente para o porto, para me sentir mais próxima de Henry. Mas, tantos anos depois, este lugar virou uma lembrança triste. — Ela estremeceu. — Desculpa. Não é que eu queira falar nesse assunto assim, parecendo ser tão indiferente. Mas assim consigo ser mais franca e direta.

— Tudo bem. A senhora pode ser direta — garantiu Piper a ela, mesmo que se sentisse um pouco abalada. Não só por uma avó ter brotado do nada, mas também pelo modo como ela falava sobre Henry, como se ele tivesse falecido no dia anterior, e não 24 anos antes. — Não me lembro muito do meu pai. Só pequenas coisas. E não me contaram muito.

— Sim — disse Opal, encostando-se na cadeira com o maxilar cerrado. — Sua mãe estava determinada a deixar tudo para trás. Mas para alguns de nós isso é mais difícil. — Após um momento, ela continuou: — Criei Henry sozinha desde que ele era um menininho. O pai dele foi... bem, uma relação sem compromisso, em que nenhum de nós quis investir. Seu pai era tudo que eu tinha, além dos meus amigos. — Ela soltou um suspiro, recompondo-se. — O que está fazendo de volta em Westport?

— Minha irmã e eu... — Piper se calou antes que chegasse à parte dos lança-confetes e dos helicópteros da polícia. Parecia que a necessidade de passar uma boa impressão para a avó era forte, mesmo que a estivesse conhecendo depois de adulta. — Estamos de férias. — Por algum motivo, ela acrescentou: — E aprendendo um pouco mais sobre nossas raízes enquanto estamos aqui.

Opal se iluminou, até pareceu aliviada.

— Fico muito feliz em ouvir isso.

Piper se ajeitou na cadeira. Ela queria que o pai se tornasse... uma presença mais substancial na sua vida? Uma boa parte de Piper não *queria* ter uma ligação afetiva com Westport. Ter descoberto todo aquele novo território de seu mundo, da sua existência, lhe causava medo. O que ela deveria fazer com isso?

Ela tinha se sentido tão pequena diante da estátua de bronze... E se o mesmo acontecesse agora? E se seu desapego do passado se estendesse a Opal e ela deixasse a mulher triste? Aquela senhora claramente já tinha passado por bastante coisa e não precisava que Piper lhe arranjasse ainda mais problemas.

Ainda assim, de fato não doeria descobrir *um pouco* mais sobre Henry Cross, o homem que tinha gerado ela e Hannah. O homem do qual as pessoas falavam com uma reverência implícita. Que fora homenageado com um memorial no porto. Será que doeria? Bem naquela manhã, quando estava correndo, ela tinha visto uma coroa de flores posta aos pés dele. Sua mãe estava certa. Ele *era* Westport. E, embora tenha sentido menos emoção do que esperava quando visitara a estátua de bronze pela primeira vez, ela com certeza queria saber mais sobre ele.

— A senhora... tem alguma coisa do Henry? Talvez algumas fotos?

— Estava esperando você me perguntar.

Opal se levantou com uma agilidade incomum para uma mulher da idade dela, atravessou a sala de estar e retirou uma caixa da prateleira sob a televisão. Ela se sentou de novo e tirou a tampa, revirando alguns pedaços de papel antes de remover um envelope no qual estava escrito *Henry*. Ela o deslizou pela mesa até Piper.

— Vai em frente.

Piper girou o envelope nas mãos, hesitando por um momento antes de levantar a aba. Dele saiu uma licença de pescador antiga com uma foto granulada de Henry em um canto laminado. Não dava para ver a maior parte dela por causa do estrago no documento causado pela água. Havia uma foto de Maureen 25 anos mais jovem. E uma pequena foto instantânea de Piper e Hannah, com a fita adesiva ainda grudada na parte de trás.

— Essas estavam no beliche dele no *Della Ray* — explicou Opal.

Piper sentiu uma pressão na garganta.

— Ah — ela conseguiu dizer, passando o dedo pelas laterais curvadas da foto dela e de Hannah.

Henry Cross não foi um fantasma. Ele foi um homem de carne e osso, com um coração, e ele as amara. Maureen, Piper, Hannah. Opal. Será que elas foram parte dos últimos pensamentos dele? Era maluquice sentir que elas o haviam abandonado? Sim, ele havia escolhido aquele trabalho perigoso, porém ainda merecia ser lembrado pelas pessoas que amava. Ele teve Opal, mas e o restante de sua família mais próxima?

— Seu pai era um homem determinado. Amava uma boa discussão. Amava rir quando terminava. — Opal suspirou. — Seu pai te amou muito. Falava que você era a primeirinha imediata dele.

Aquele sentimento do qual Piper sentira falta no memorial... chegou naquele momento numa onda lenta, e ela teve que piscar para segurar a pressão repentina por trás dos olhos.

— Me desculpa se isso foi demais — disse Opal, pondo uma das mãos no pulso de Piper, hesitante. — Não recebo muitas visitas, e a maioria dos meus amigos... Bem, é uma coisa complicada...

Piper ergueu os olhos da foto dela e de Hannah.

— O que foi?

— Bem. — Opal baixou o olhar para a xícara de café. — As pessoas tendem a evitar quem está de luto. Tendem a evitar o luto, em geral. E não há pessoa mais mergulhada no luto do que aquela que perdeu um filho. A certa altura, acho que decidi poupar todo mundo do meu sofrimento e comecei a ficar em casa. É por isso que recebo a minha cabeleireira aqui. — Ela riu. — Não que alguém veja o resultado.

— Mas... você é tão legal — declarou Piper, limpando a emoção na garganta provocada pelas fotos. — De jeito nenhum as pessoas evitam a senhora, Opal. A senhora tem que sair um pouco. Ir de bar em bar. Dar trabalho para os homens de Westport.

Os olhos da avó brilharam em divertimento.

— Aposto que esse é mais seu departamento.

Piper sorriu.

— A senhora está certa.

Opal remexeu a xícara em círculo, parecendo incerta.
— Não sei. Eu me acostumei a ficar sozinha. Faz anos que não converso tanto com uma pessoa assim, que não seja a Barbara. Talvez eu nem saiba mais como socializar. — Ela expirou. — Mas vou pensar nisso. Vou mesmo.

Não era pouca coisa se comprometer a começar um relacionamento com aquela mulher. Aquela era a avó dela, não apenas uma conhecida passageira. A relação poderia ser um compromisso para a vida toda. Uma relação consistente.

— Bom. Quando estiver pronta... vou ser sua parceira.

Opal engoliu em seco e abaixou a cabeça.

— Combinado.

Elas ficaram sentadas num silêncio amigável por um momento, até que Opal verificou o relógio e suspirou.

— Amo muito a Barbara, mas a mulher atrasa mais do que uma noiva.

Piper apertou os lábios, analisando o cabelo curto grisalho da mulher.

— O que pretende pedir que ela faça?

— Só aparar, como sempre.

— Ou... — Piper se levantou e ficou atrás de Opal. — Posso?

— Por favor!

Piper deslizou os dedos pelo cabelo da avó e sentiu a textura.

— A senhora não sabe disso, Opal, mas tem uma gênia dos cosméticos bem na sua frente. — Seus lábios se curvaram. — Já pensou em raspar uma parte do cabelo?

Vinte minutos depois, Piper tinha modelado o cabelo de Opal em um monte liso sutil no centro da cabeça, aproveitando a falta de corte para torcer e arrepiar os fios grisalhos.

E então elas abriram uma maquiagem Mary Kay que Opal acabara concordando em comprar de uma vendedora de porta — que a levou a suspeitar de todos os seus visitantes — e a transformou em uma beldade.

Piper entregou o espelho a Opal sentindo o maior prazer.

— E aí?

Opal arfou.

— Essa sou eu?

Piper bufou.

— Claro que sim, é você.

— Bem. — Sua avó virou a cabeça para a direita e para a esquerda. — Ora, ora, ora.

— Está considerando ir mesmo ao bar agora, né?

— Pode apostar que sim. — Ela se olhou no espelho de novo, em seguida para Piper. — Obrigada por isso. — Opal respirou bem fundo. — Você... vai voltar para me ver de novo?

— Claro. E vou trazer Hannah da próxima vez.

— Ah, eu vou *amar*. Ela era tão pequenininha da última vez que a vi.

Piper se inclinou e beijou as bochechas de Opal, o que ela pareceu achar engraçado além da conta, e então saiu do pequeno apartamento, surpresa ao perceber que se sentia... leve. Animada, até. Ela foi andando pelas ruas de volta ao Sem Nome sem recorrer ao celular, reconhecendo os pontos turísticos pelo caminho e familiarizada com os sorrisos simpáticos e as gaivotas que sobrevoavam.

O envelope contendo as posses de Henry estava enfiado no bolso, e aquilo parecia ancorá-la naquele lugar. Ela parou do lado de fora do Sem Nome, tirando um momento para observar o prédio desbotado e, daquela vez... tentou realmente enxergá-lo. Pensar de verdade no homem que tinha feito a vida dentro daquelas paredes havia tanto tempo. Pensar em Maureen se apaixonando por aquele homem, apaixonando-se tanto a ponto de se casar e ter duas filhas com ele.

Piper era uma dessas filhas. Um produto daquele amor. Não importava o que ela sentia em relação ao passado, ele era real. E isso não era algo que podia ignorar ou do qual podia se desligar. Não importava o quanto a assustasse.

Sentindo-se reflexiva e um pouco inquieta, ela foi procurar Hannah.

Piper e Hannah tinham os olhos fixos no telefone enquanto ouviam a voz da mãe pelo alto-falante.

— Contatei Opal várias vezes ao longo dos anos — dizia Maureen. — É tão teimosa quanto o pai de vocês era. Ela encarou minha partida como uma traição, e não tinha jeito de fazê-la pensar diferente. E... eu era egoísta. Só queria deixar toda aquela vida para trás. A dor.

— Você podia ter me falado dela antes de eu vir — disse Piper, meio que cantando. — Fui pega de surpresa.

Maureen fez um som de aflição.

— Eu estava bem à beira de... — Maureen suspirou. — Acho que não queria ver o rosto de vocês quando contasse que havia escondido algo tão importante. Me desculpem.

Vinte minutos depois, Piper andava pelo piso arranhado do Sem Nome enquanto Hannah estava sentada de pernas cruzadas sobre um barril comendo batata frita, com um olhar distante no rosto. Sua irmã ainda estava processando a notícia de que elas tinham uma avó, porém era provável que só fosse compreender totalmente quando estivesse sozinha com seus discos.

Estendendo a mão para fazer um carinho no ombro da caçula na tentativa de confortá-la, Piper olhou ao redor e examinou o espaço. Ela estava sofrendo uma perturbação emocional por causa do choque de descobrir um membro da família há muito perdido... ou estava começando a desenvolver um interesse pelo lugar?

Elas eram tão jovens quando Maureen as levou. Não era culpa delas que tivessem se esquecido do pai, porém não podiam exatamente ignorá-lo naquele momento. Não com lembranças dele em todo lugar. E aquele bar desordenado era a representação perfeita de um legado esquecido. Algo que um dia esteve vivo... e agora era corroído.

E se ele pudesse ser trazido de volta à vida?

Por onde uma pessoa poderia começar?

Piper viu seu reflexo em uma seção de vidros quebrados espiando de trás de um pedaço de madeira compensada. Seu talento para encontrar a melhor luz não podia ser desconsiderado, contudo havia somente algumas lâmpadas cobertas com teias de aranha, nenhuma luminária. Era praticamente o pior pesadelo de qualquer um com mais de 25 anos, pois aquilo ressaltava cada marquinha, cada ruga, no rosto da pessoa. O lugar tinha certo clima de bar clandestino que combinaria bem com uma luz vermelha suave. Melancólica.

*Humm*. Ela não era nenhuma decoradora. Maureen pagava uma designer de interiores para redecorar a casa em Bel-Air todo ano, e isso incluía os quartos delas. Porém, Piper entendia de ambientação. Do que incitava as pessoas a permanecer por mais tempo no lugar.

Alguns homens iam a bares assistir a jogos. Ou qualquer coisa. Mas o que *enchia* um bar de homens? Mulheres. Recorra às mulheres, e os homens começariam a soltar o dinheiro só por uma chance de se dar bem.

Por onde ela poderia começar ali?

— Vamos imaginar que nós queremos deixar o lugar um pouco mais bonito. Considerando que temos um orçamento limitado, você acha que conseguiríamos torná-lo lucrativo?

Hannah pareceu ter sido pega de surpresa.

— De onde surgiu isso?

— Não sei. Quando estava conversando com a Opal, comecei a pensar em como é injusto que a própria família do Henry nunca tenha vivido o luto por ele. Claro, a maior parte foi por causa da decisão da nossa mãe, mas quem sabe esse seja um jeito de se redimir. De... se conectar com ele um pouco. Ter uma participação no modo como ele é lembrado. Isso é bobagem?

— Não. — Hannah respondeu meneando a cabeça. — Não, claro que não é. Só é muito para digerir de uma vez.

Piper tentou uma tática diferente.

— No mínimo, isso pode ser um jeito de convencer o Daniel de que somos pessoas responsáveis e proativas. Podemos dar um trato neste bar, mostrar a ele como somos maravilhosamente capazes e ganhar uma viagem de volta antecipada para Los Angeles.

Hannah ergueu uma sobrancelha.

— Não é má ideia. Não mesmo. — Com um suspiro bem profundo, sua irmã caçula pulou do banco, limpando as mãos na parte de trás da calça jeans. — Quer dizer, precisamos de uma cabine de DJ, óbvio.

— Ali no canto, perto da janela? — indicou Piper. — Gostei. Quem estivesse passando aqui na calçada poderia ver a MC Hannah tocar, e as pessoas tropeçariam umas nas outras para entrar aqui.

As irmãs estavam de costas uma para a outra enquanto tocavam a revolução no bar.

— Esse lugar não é grande o suficiente para uma pista de dança, mas podemos construir uma prateleira na parede para as pessoas apoiarem as bebidas. Pode ser um espaço para elas ficarem de pé.

— Caramba! Isso é total uma opção de nome. Espaço Fique de Pé.

— Amei. — Hannah pressionou os lábios. — A gente teria de limpar bastante.

As duas gemeram.

— Acha que conseguimos consertar as cadeiras? — questionou Piper, passando o dedo pelas costas do banco torto. — Talvez polir o bar?

Hannah bufou.

— Quer dizer, o que mais temos para fazer?

— Nossa, você está certa. Acredita que só se passaram *cinco dias*? — Piper passou um nó do dedo no canto do olho. — Qual é a pior coisa que pode acontecer? A gente faz um monte de trabalho, gasta nosso dinheiro todo, Daniel não fica impressionado e nos força a terminar nossa sentença, que, na verdade, deveria ser só a *minha* sentença?

— Não se apegue a detalhes. E o melhor que pode acontecer é voltarmos mais cedo pra casa.

Pensativas, elas deram de ombros

Naquele momento, os últimos raios do pôr do sol entraram pela janela encardida, iluminando o espelho atrás da madeira compensada. Havia uma ponta branca de algo do outro lado e, sem pensar, Piper se moveu naquela direção, pisando em garrafas vazias para se apertar atrás do balcão e pegar o objeto branco entre os dedos. Ela deu um puxão e uma fotografia saiu dali. Nela, havia duas pessoas que Piper não reconheceu e que pareciam estar cantando naquele mesmo estabelecimento, embora numa versão muito mais limpa, seus cabelos indicando que estavam nos anos 1980.

— Ah. Uma foto. — Hannah esticou o pescoço para dar uma espiada melhor na área atrás da madeira compensada. — Acha que tem mais?

— Podíamos tirar essa tábua, mas ou vamos acabar com farpas nos dedos, ou uma horda de aranhas vai sair cavalgando montadas em ratos, segurando tridentes.

Hannah suspirou.

— Depois de limpar o banheiro do andar de cima, estou bem resistente para qualquer coisa desagradável. Vamos lá.

Piper choramingou enquanto segurava a madeira, a pegada de Hannah se apertando ao lado da sua.

— Certo. Um, dois, *três!*

Elas jogaram a placa de madeira no chão e saltaram para trás, esperando as consequências, mas não houve nenhuma. Em vez disso, se viram encarando um espelho coberto de fotos antigas. Ambas franziram o cenho uma para a outra e deram um passo para a frente ao mesmo tempo, cada uma analisando uma fotografia.

— Esse cara parece familiar — disse Piper, baixinho. — Ele está bem mais novo nessa foto, mas acho que é aquele que esteve aqui na noite de domingo. Disse que se lembrava da nossa mãe.

Hannah se inclinou e olhou.

— Caramba, é ele com certeza. — A risada dela era de incredulidade. — Nossa, vovô. Arrasava lá nos tempos dele.

Piper riu.

— Reconheceu alguém nas suas?

— Não. — Hannah retirou outra foto. — Espera. Pipes.

Piper estava ocupada analisando os rostos do passado que a encaravam, então não ouviu de imediato a urgência na voz de Hannah. Porém, quando o silêncio se estendeu, ela ergueu o olhar e encontrou o rosto pálido da irmã, os dedos trêmulos enquanto examinava a foto.

— O que foi? — perguntou Piper, deslizando para o lado de Hannah. — Ah.

Sua mão voou para o coração subitamente acelerado.

Enquanto a estátua de bronze de Henry tinha sido impessoal e a licença de pesca, granulada, um homem sério fazendo uma pose padrão, naquela foto havia vida. Henry estava rindo, com uma toalha branca sobre um ombro, um bigode sombreando o lábio superior. Seus olhos... saltavam da superfície brilhosa da fotografia, cintilando. Tão parecidos com os delas.

— É nosso pai.

— Piper, ele é igual a gente.

— É...

Ela estava respirando com dificuldade. Pegou a mão de Hannah, e elas viraram juntas a foto. A escrita estava desbotada, porém era fácil distinguir as palavras *Henry Cross*. E o ano, *1991*.

Nenhuma das duas disse nada por um bom tempo.

Talvez Piper estivesse apenas emocionada com a prova física de que o pai biológico delas realmente existia, uma foto descoberta enquanto estavam no bar dele, mas de repente ela sentiu... como se o destino a tivesse colocado bem naquele lugar. A vida delas em Los Angeles sempre havia sido uma coisa vaga, fragmentada. Mas parecia real naquele momento. Algo a se explorar. Algo que talvez estivesse faltando, sem ela saber o suficiente para compreender o sentimento.

— Devemos arrumar o bar — declarou Piper. — Temos que arrumar. Não só para podermos ir para casa mais cedo, mas... sabe. Como um tipo de homenagem.

— Você leu minha mente, Pipes. — Hannah deitou a cabeça no ombro da irmã enquanto continuavam encarando o homem que as tinha gerado, seu rosto com um sorriso de outro tempo. — Vamos fazer isso.

## Capítulo treze

Brendan observava através dos binóculos conforme Westport tomava forma, reconfortante e familiar, no horizonte.
    Seu amor pelo oceano sempre tornava difícil o retorno para casa. Não havia outro lugar em que ele ficasse mais à vontade do que com as mãos ao leme, sentindo o motor zumbindo sob os pés e com um rádio ao alcance para que ele pudesse dar ordens. Com a certeza de que esses comandos sempre seriam obedecidos, sem perguntas. O *Della Ray* era uma segunda pele, e ele a usava sempre que possível, ansioso pela oscilação das águas, pelos golpes das ondas no casco, o cheiro do sal, do peixe e pelas possibilidades.
    Mas aquela volta para casa não tinha a mesma sensação de sempre. Ele não estava contando as horas até que pudesse voltar para a água. Ou tentando ignorar as emoções que se agarravam no interior de sua garganta quando levava a tripulação em segurança para casa. Havia somente nervosismo daquela vez. Um nervosismo agitado, ansioso e banhado em suor.
    Sua mente não estivera focada nos últimos três dias. Ah, eles tinham enchido a barriga do navio com peixes, feito a

droga do trabalho, como sempre. Porém, uma garota de Los Angeles ocupou espaço demais na sua mente para seu gosto.

Só Deus sabia que aquela também *não* era a noite de explorar aquele espaço na sua mente.

Assim que eles ancorassem o barco e descarregassem a pesca para levar até o mercado, ele deveria comparecer ao jantar anual em homenagem a Desiree. Todo ano, faça chuva ou faça sol, Mick organizava a reunião no Afunde o Navio, e Brendan nunca falhava ao coordenar a escala de pesca de acordo com o evento. Porém, daquela vez... ele se perguntava como passaria a noite sabendo que pensara em Piper sem parar por três dias.

Não importava quantas vezes lamentasse a presença glamorosa dela na internet. Não importava quantas vezes lembrasse a si mesmo de que eles eram de mundos diferentes e que ela não pretendia fazer parte do dele por muito tempo. Ainda assim, pensava nela. Preocupava-se com o seu bem-estar enquanto ele estava no mar. Receava que ela não estivesse comendo os itens corretos dos cardápios que tinha deixado. Torcia para que a loja de ferragens tivesse visto seu bilhete e que ela não estivesse mais batendo a cabeça no beliche.

Pensava no corpo dela.

Pensava a ponto de sua mente perder o rumo.

Imaginava como ela seria macia debaixo dele, como provavelmente precisaria de atenção na cama e em como ele lhe daria isso. Muitas e muitas vezes, até que ela arranhasse suas costas.

Muitos dos homens a bordo começavam a verificar se tinham sinal no celular assim que avistavam o porto, e Brendan, em geral, revirava os olhos para eles, sem a menor paciência. E agora ele estava com o celular na mão e ficava deslizando e colocando a senha, querendo dar uma olhada na droga do Instagram dela. Alguns dias atrás, ele mal tinha ouvido falar daquela porcaria de aplicativo e agora estava com o dedão sobre o ícone, pronto para se esbaldar com as fotos de Piper. Ele nunca tinha estado tão excitado a ponto de precisar se masturbar no barco, porém tinha sido necessário na primeira noite. E na segunda.

Três barras surgiram no canto superior esquerdo da tela, e ele clicou, prendendo a respiração. A primeira coisa que viu foi o contorno branco de uma cabeça. Clicou nela.

Piper estava seguindo ele também?

Ele grunhiu e olhou por cima do ombro antes de sorrir.

Havia uma foto nova no feed, e ele a aumentou, sentindo seu maldito coração acelerar dentro do peito. Ela tinha seguido a sugestão dele e ido até a vinícola, e, caramba, Piper estava linda.

**Bebendo juízo tinto.**

Ele estava rindo da legenda quando uma mensagem de Mick surgiu.

**Me liga**, era tudo o que dizia.

O sorriso de Brendan desmoronou, e ele se levantou, o pulso ficando lento enquanto a ligação para o sogro completava. Droga, Piper tinha arrumado problemas de novo, não tinha? Era provável que ela tivesse começado outro incêndio ou quebrado o pescoço ao cair das escadas ao tentar correr de um rato. Ou...

— Alô, oi, Brendan.

— O que foi? — quis saber ele. — O que houve?

— Eita, calma. — Mick riu. Música tocava ao fundo. — Não aconteceu nada. Só queria te lembrar de hoje à noite.

A culpa se remexeu como um saca-rolhas em seu estômago. Ali estava aquele homem preparando uma festa de memorial de sete anos sem a filha, e Brendan estava preocupado com Piper. Não conseguia pensar em nada além dela. Isso não estava certo. Ele não era um homem melhor do que isso?

Brendan olhou para a aliança de casamento no dedo e engoliu em seco. Sete anos. Não conseguia mais se lembrar da voz de Desiree, do rosto, da risada. Entretanto, ele não era do tipo que voltava atrás num juramento com facilidade. Quando uma promessa saía de sua boca, era mantida. Sua esposa fazia parte da trama do tecido de sua vida em Westport tão completamente que era quase como se ela nunca tivesse morrido. O que talvez explicasse ele ainda estar agarrado ao *até que a morte nos separe* do juramento.

Vestígios dela o rodeavam ali. Seus pais, o memorial anual, as pessoas que tinham ido ao casamento. Ele tinha achado desrespeitoso tirar o anel, mas, naquele momento... naquele momento estava começando a parecer mais errado mantê-lo.

Contudo, aquela noite não era a noite de tomar grandes decisões.

Ele tinha o dever de ir ao memorial e estar totalmente presente lá, então ele estaria.

— Estarei lá — respondeu Brendan. — Claro que estarei.

Nos primeiros anos depois do falecimento de Desiree, os jantares em sua homenagem foram uma encenação do seu funeral. Ninguém sorria, todos falavam baixo. Era difícil não se sentir desrespeitoso de estar algo mais além de enlutado quando Mick e Della espalhavam fotos da filha por todo lugar, traziam bolos de glacê azul-claro com o nome dela. Contudo, com o passar dos anos, o clima foi se atenuando por algum motivo. Não totalmente, mas, pelo menos, ninguém iria chorar naquela noite.

Era provável que o local não se esforçasse muito em cultivar uma atmosfera tranquila. O porão do Afunde o Navio não tinha sido reformado como a parte de cima. Era um regresso aos dias de painel de madeira e luz fosca baixa, e ele lembrava a Brendan do casco de seu navio, tanto que ele quase conseguia sentir a ondulação e a profundidade do oceano sob os pés.

Mesas e cadeiras desmontáveis foram colocadas contra a parede mais distante, repleta de louças cobertas e de um santuário à luz de velas para Desiree, bem ali ao lado da salada de macarrão. Bancos e mesas altas preenchiam o restante do espaço, junto com um pequeno bar usado somente para festas, e era onde Brendan estava com seu capitão substituto, tentando evitar conversas fiadas.

Pelo canto do olho, Brendan percebeu que Fox o analisava e o ignorou, fazendo um sinal ao garçom para pedir outra cerveja. Não era segredo o que Fox achava daquele evento anual.

— Sei o que vai dizer. — Brendan suspirou. — Não preciso ouvir de novo.

— Que pena. Você vai ouvir. — Parecia que Fox tinha recebido ordens suficientes nos últimos três dias e estava cansado daquilo. — Isso não é justo com você. Arrastar você de volta para esse... limbo todo santo ano, merda. Você merece seguir em frente.

— Ninguém está arrastando ninguém.

— Claro. — Fox girou a garrafa de cerveja sobre o bar. — Ela não iria querer isso para você. Não iria querer estar te algemando assim.

— Esqueça isso, Fox. — Brendan massageou o nariz. — É apenas uma noite.

— Não é só uma noite. — Ele mantinha a voz baixa, o olhar desviado para que ninguém notasse a conversa deles. — Olha, eu te conheço. Sei como pensa. É uma cutucada anual para manter o curso. Ficar parado. Para fazer o que acha que é honrado. Quando é que vai ser o bastante?

Caramba, ele até concordava com Fox. Pelo tempo que aquele memorial fazia parte da programação do ano, Brendan ficava pensando *Devo a ela mais um ano. Devo mais um ano a ela.* Até que esse pensamento se transformara em *Devo mais um ano ao memorial.* Ou *Devo a Mick mais um ano.* Por tudo que o sogro tinha feito por Brendan. Ele o tornara capitão do *Della Ray.* Essa fé e confiança iriam embora se Brendan seguisse em frente?

Por qualquer que fosse a razão, em algum momento, o casamento em si deixou de ser a causa do luto, porém ele não tinha ideia de quando isso havia acontecido. A vida era uma sequência infinita de dias em terra seguida de dias no mar. Não havia tempo para pensar em si mesmo ou em como se "sentia". E ele não era um canalha egoísta e caprichoso.

— Olha — tentou Fox de novo, depois de um longo gole de cerveja. — Você sabe que eu amo Mick, mas, para ele, você ainda é casado com a filha dele, e isso é muita pressão em cima voc...

— Olá a todos!

Brendan parou sua bebida a meio caminho da boca. Aquela era a voz da Piper.

Piper estava ali?

Ele agarrou seu copo com cuidado e olhou para a porta por cima do ombro. Ali estava ela. De paetês, claro. Rosa bem chamativo. E ele não podia negar que a primeira emoção que sentiu foi prazer. Em vê-la. E depois alívio por ela não ter voltado para Los Angeles ainda. Então uma ansiedade para conversar com ela, estar perto dela.

Porém, logo depois, o rosto dele perdeu a cor.

Não. Aquilo não estava certo. Ela não deveria estar ali.

Num braço, Piper carregava aquela bolsa ridícula em forma de batom. E, sobre o outro, levava uma bandeja de bebidas que, com certeza, tinha trazido do bar do andar de cima. Ela andou por um mar de convidados pasmos e enfeitiçados, oferecendo-lhes o que parecia ser tequila.

— Por que essas caras tristes? — Mexeu no cabelo e riu, ela própria dando um gole. Meu Deus. Aquilo estava acontecendo em câmera lenta. — Liguem a música! Vamos começar essa festa, vamos?

— Ah, merda — murmurou Fox.

Brendan viu o momento exato em que Piper percebeu que tinha invadido um memorial. O passo dela ficou mais lento, aqueles olhos grandes azuis se arregalaram ao notar o santuário improvisado ao lado da salada de macarrão, o painel com uma foto enorme de formatura de Desiree, seu nome escrito embaixo. *Desiree Taggart*. Ela abriu a boca, chocada, e se atrapalhou com a bandeja de bebidas, recompondo-se a tempo de impedi-las de cair no chão.

— Ah, eu, eu não... não sabia — disse ela.

Largou as bebidas na mesa mais próxima como se fossem uma ofensa, e foi nesse momento que se deparou com

Brendan. O capitão sentiu um aperto no estômago diante da humilhação total estampada no rosto dela.

— Piper.

— Desculpa. Eu... nossa! — Ela se dirigiu para a saída, bateu o quadril contra uma cadeira, derrubando-a no chão, o barulho fazendo Piper estremecer. — Mil desculpas.

Ela saiu tão rápido quanto tinha chegado, como se alguém tivesse tirado todo o som e a cor do cômodo. O antes e depois de Piper. Brendan não pensou, só jogou a cerveja no bar e foi atrás dela. Quando chegou ao pé da escada, ela já tinha terminado de subir, então ele apertou o passo, serpenteando pela multidão de sexta-feira à noite, agradecido por sua altura lhe permitir procurar pelos paetês cor-de-rosa.

Por que ele se sentia como se tivesse levado um soco no estômago?

*Ela não precisava ter visto aquilo*, pensava ele. *Ela não precisava ter visto aquilo.*

Brendan avistou de soslaio algo cor-de-rosa atravessando a rua. Ali estava Piper, no que parecia ser um salto agulha, indo em direção ao porto em vez de voltar para casa. Alguém o chamou no bar, mas ele ignorou e saiu porta afora para seguir a garota.

— Piper.

— Ah, não. Não, não, não. — Ela alcançou a calçada do outro lado e se virou, acenando com as palmas voltadas para ele. — Por favor, você tem que voltar. Não pode sair do memorial da sua esposa para vir atrás da idiota que acabou com o evento.

Mesmo que ele quisesse, não poderia voltar. Seu corpo não permitiria. Porque, por mais que odiasse o constrangimento óbvio dela, ele preferia estar ali, perseguindo-a na rua, do que naquele porão. Nem tinha como comparar. E, sim, ele não podia mais negar que suas prioridades estavam mudando. Sendo um sujeito que prezava por hábitos, isso o assustava, porém se recusava a apenas deixá-la ir embora.

— Você não acabou com nada.

Piper bufou e continuou andando.

Ele a seguiu.

— Você não vai correr mais do que eu nesses saltos.

— Brendan, *por favor*. Me deixe morrer de vergonha em paz.

— Não.

Ainda evitando olhar para ele, ela diminuiu o passo até parar e envolveu o próprio tronco com os braços.

— Foi muita idiotice minha ter deixado aquelas bebidas lá. Beberia umas seis doses agora.

Ele a ouviu fungar e sentiu um aperto no peito. Não era que ver mulheres chorando o assustava. Se assustasse, isso meio que faria dele um fraco, não? Porém, ele não havia conhecido muitas mulheres ao longo da vida, então levou um momento para considerar o melhor a ser feito. Ela estava se abraçando. Então quem sabe... talvez um abraço vindo dele, também, não seria má ideia?

Brendan se aproximou por trás de Piper e pôs as mãos curvadas sobre seus ombros, garantindo que ela não iria fugir se ele a tocasse. Meu Deus, eles eram tão macios. E se ele a arranhasse com seus calos? A cabeça girou um pouco para olhar sua mão pousada, e ele tinha certeza de que nenhum dos dois respirou quando ele puxou as costas de Piper contra seu peito, envolvendo os braços ao redor dela. Ao ver que Piper não o mandou à merda, Brendan se arriscou mais e pôs o queixo sobre a cabeça dela.

Piper emitiu um som.

— Você não me odeia mesmo?

— Não fale besteira.

— Eu não sabia mesmo. Desculpa.

— Já chega de desculpas.

— Todos eles devem me odiar, mesmo que você não me odeie. Eles têm que odiar. — Brendan começou a dizer que aquela conclusão também era boba, porém ela falou junto com ele, soando tão desolada que o capitão teve que abraçá-la mais forte. — Nossa, eu *sou* uma cabeça-oca, não sou?

Ele não gostava nada daquela pergunta. Nem do modo como foi feita, como se alguém já a tivesse chamado daquele insulto idiota. Brendan a virou nos braços e logo pareceu se esquecer de como se respirava. Ela estava linda demais com os olhos marejados e as bochechas coradas de vergonha, toda ela banhada pela luz do luar. Ele precisou usar cada gota da força de vontade que tinha para não levar os lábios até os dela, pois aquele não era o momento certo. Havia um fantasma entre eles e uma aliança em seu dedo, e tudo isso precisava ser resolvido primeiro.

— Vem, vamos nos sentar — disse Brendan, de um jeito grosso, pegando o cotovelo de Piper e a guiando até um dos bancos de frente para o porto noturno.

Ela se sentou e cruzou as pernas em um movimento fluido, com os olhos meio perdidos. Agachando-se ao lado dela, Brendan ocupou o restante do espaço no banco, mas ela pareceu não se importar com o fato de suas coxas estarem se encostando, lado a lado.

— Você não é cabeça-oca. Quem disse isso?

— Não importa. É verdade.

— Não é verdade, não — disparou ele.

— Ah, sim, é verdade. Deixei um rastro interminável de provas. Sou tipo uma lesma gostosa. — Ela bateu com as mãos nos olhos. — Eu realmente perguntei "por que essas caras tristes" em um memorial? Meu Deus do *céu*.

Inacreditavelmente, Brendan sentiu que iria romper em gargalhadas.

— Você disse isso mesmo. Bem antes de virar uma dose.

Ela o socou na coxa.

— Não ouse rir — disse ela.

— Desculpa. — Ele forçou os lábios a pararem de tremer. — Se for fazer você se sentir melhor... aquele jantar precisava de um pouco de leveza. Você fez um favor para todo mundo.

Brendan sentiu que ela estava olhando para ele.

— Hoje deve ter sido difícil para você.

— Foi difícil sete anos atrás. Seis. Até mesmo cinco. Agora é só... — Ele procurou a palavra certa. — Respeito. Obrigação.

Piper ficou em silêncio por tanto tempo que Brendan precisou olhar em sua direção, se deparando com a cara de espanto dela.

— Sete anos? — Ela mostrou sete dedos para ele. — Tantos assim?

O capitão assentiu.

Piper olhou para o porto, expirando, mas não antes que ele visse a atenção dela se voltar para sua aliança.

— Nossa! Achei que tivesse sido há um ano. Talvez menos. Ela deve ter sido muito especial.

Claro que aquilo era verdade. Brendan não sabia como explicar a conveniência... a praticidade do seu antigo casamento sem soar desrespeitoso a uma mulher que não podia mais se defender. Naquele dia, sobretudo, ele não faria isso. Porém, não conseguia negar a urgência em se abrir de algum jeito. Parecia justo quando Piper estava sentada ali, tão vulnerável. Ele não queria que ela passasse por aquilo sozinha.

— Eu estava fora quando aconteceu. Foi um aneurisma. Ela tinha saído para uma caminhada na praia. Sozinha. — Ele respirou fundo. — Ela sempre ia sozinha, até quando eu estava em casa. Eu não era, hum... um marido muito bom. Não me adapto a novas rotinas ou a padrões diferentes. Tenho certeza de que você está chocada.

Ela ficou quieta.

— Dizem que, mesmo que eu estivesse lá — continuou ele —, não poderia ter feito nada, mas poderia ter tentado. Nunca tentei. Então isso... ano após ano, acho que isso sou eu tentando. Depois do que já aconteceu.

Piper não respondeu de imediato.

— Não sei muito sobre casamentos, mas acho que as pessoas amadurecem e melhoram com o tempo. Você também teria amadurecido. Só não teve a chance. — Ela suspirou na brisa da noite. — Sinto muito que isso tenha acontecido com você.

Brendan assentiu, torcendo para que ela mudasse de assunto. Talvez Fox estivesse certo: ele vinha há muito tempo pagando uma penitência, porque continuar preso ao passado daquele jeito só estava lhe trazendo um grande desassossego.

— Minha relação mais duradoura durou três semanas — disse ela, erguendo três dedos. — Essa quantidade. Mas em semanas.

Brendan escondeu um sorriso. Por que a ideia de que nenhum homem em Los Angeles conseguia prender Piper meio que lhe agradava? E... o que *seria preciso* para isso?

— Foi o que chamou você de cabeça-oca?

— Você está dando atenção demais para isso. — Ela deu de ombros. — Sim, foi ele. E eu provei que ele estava certo no segundo seguinte, quando achei que ele estava terminando porque eu tinha comentado com meu terapeuta sobre a compatibilidade dos nossos signos. Nem se eu tivesse mesmo a intenção teria parecido tão idiota.

— Me irrita quando você se xinga assim.

— Te irrita? Essa é uma grande reviravolta.

Brendan contraiu o canto dos lábios.

— Mereço ouvir isso.

— Não, não merece — declarou ela, então suspirou e permaneceu em silêncio por um momento. — Desde que chegamos aqui, nunca tinha ficado tão óbvio que eu não sei o que estou fazendo na vida. Sou muito boa em ir às festas e tirar fotos, e não tem nada de errado com isso. Mas e se for só isso? E se for só *isso*? — Ela o olhou, parecendo reflexiva. — E você continua me vendo fazer essas besteiras, mas não posso me esconder atrás de uma bebida e de um sorriso sedutor aqui. Neste lugar, sou apenas eu.

Brendan estava confuso e não conseguia disfarçar.

— *Apenas* você?

Mais uma vez, ele vislumbrou notas de insegurança sob a imagem aparentemente perfeita de Piper Bellinger, e elas despertaram seu instinto protetor. Ele a havia ridicularizado no início. Naquele momento, no entanto, ele queria confrontar tudo que a magoasse. Caramba, que confusão.

Piper não tinha respondido, secando, quieta, os olhos úmidos. O choro não havia incomodado tanto Brendan por um tempo, porém, àquela altura, ele já deveria ter conseguido parar as lágrimas dela. O que estava fazendo de errado ali? Recordando-se de que o abraço a tinha feito, pelo menos, parar de fugir, Brendan pôs o braço esquerdo sobre os ombros dela e puxou-a para seu lado. Talvez criar uma distração fosse a melhor tática.

— O que você fez enquanto eu estava fora?

— Quer dizer, além dos tours no porto com todos os pescadores locais?

Apesar do tom brincalhão, ele sentiu que levou uma alfinetada.

— Engraçadinha.

Seus lábios se curvaram, mas, depois de alguns segundos, ela ficou séria.

— Na verdade, muita coisa aconteceu desde quando você foi embora. Conheci minha avó, Opal.

Brendan ficou um pouco confuso.

— Você nunca tinha conhecido a sua avó até essa viagem? Nunca tinham se falado por telefone ou...

— Não. — Suas bochechas coraram um pouco. — Também *nunca* saberia dela se não tivesse vindo para cá. Ela estava apenas sentada no apartamento dela esse tempo todo, de luto pelo meu pai. Saber disso meio que torna minha vida em Los Angeles um faz de conta. A ignorância feliz é uma bênção. Ela teve algumas questões com minha mãe. Não entramos muito nos detalhes, mas acho que minha mãe queria se esquecer de tudo, e Opal queria...

— Sofrer as consequências.

— "Consequências" é um jeito legal de dizer "viver no mundo real", mas você está certo. — Ela olhou para o próprio colo. — Eu e Hannah fomos ver o memorial que fizeram para o Henry, e eu não sabia o que deveria sentir, mas não achei que seria apenas *nada*. E continuou assim até hoje, quando descobrimos uma colagem de fotos no bar. Atrás de uma madeira. Ele ria em uma das fotos, e foi quando... por fim, aconteceu um reconhecimento.

Brendan a examinou. Aquela jovem que ele tinha presumido ser uma garota boba que só queria saber de pegação. E agora ele se via querendo puxá-la mais para perto, oferecer conforto. Querendo que ela confiasse nele para isso.

— E o que você sentiu nesse reconhecimento?

— Foi assustador — respondeu ela, expirando. — Mas sou um pouco culpada por ignorar esse lugar, o passado, mesmo que não seja completamente culpa minha. Talvez isso me faça tender a achar assustador. Do meu jeito. Então fiz um moicano na Opal, e vamos dar uma arrumada no bar do Henry a partir de amanhã. Cabelo e festas são duas coisas que sei fazer bem.

Quando o dedão dele tinha começado a acariciar os ombros de Piper?

Ele se ordenou a parar. Mesmo que a sensação fosse boa.

— Você está lidando com um monte de informação nova do seu jeito — disse ele, num tom direto. — Não tem nada de errado nisso. Você está se adaptando. Eu queria ter mais dessa mentalidade.

Piper o encarou, o olhar suave e um pouco agradecido, fazendo a pulsação dele acelerar. Eles se entreolharam por três longos segundos, então ambos desviaram o olhar às pressas. Brendan tossiu para quebrar a tensão crescente entre eles.

— Ei, lembra quando você era a única que eu seguia no Instagram?

Ela caiu na gargalhada, uma coisa tão linda e vibrante, que ele só conseguia admirar.

— No que estava pensando?
— Eu só estava clicando em botões, querida.
Mais risadas. Daquela vez, ela de fato pressionou a testa no ombro dele.
— Me faz me sentir melhor em relação ao mundo saber que alguém por aí não está fazendo joguinhos. — Ela tamborilou os dedos no joelho nu. — Então, quais fotos você olhou?
Ele deu um longo suspiro.
— Muitas.
Ela mordeu o lábio inferior e abaixou a cabeça.
Eles ficaram sentados em silêncio por alguns segundos.
— Qual garota você é? A das fotos ou a que está sentada ao meu lado?
— Acho que as duas — respondeu Piper, depois de uma pausa. — Gosto de me vestir bem e ser admirada. E gosto de fazer compras, dançar, ser paparicada e elogiada. Sou uma má pessoa por causa disso?
Brendan nunca tinha conhecido alguém como ela. Aqueles luxos não faziam parte do mundo dele. Nunca tinha pensado em nada além de pesca, trabalhar duro e bater metas, porém queria responder da maneira certa, porque era importante para ela.
— Estive em vários barcos com muitos homens que falam o tempo todo de mulheres. E, para mim, parece que a maioria das pessoas gosta de ser admirada e elogiada, elas só não admitem isso abertamente. Admitir isso não faz de você uma má pessoa, e sim uma pessoa verdadeira.
Ela piscou rapidamente.
— Hum.
— Me deixe terminar. — Ele pôs a palma das mãos na cabeça dela e a levou de volta para seu ombro. — Achei que

você não sobreviveria nem uma noite naquele apartamento. Piper, nem eu teria ficado ali, e já dormi em beliches com homens sujos por semanas a fio. Mas você ficou. E sorriu para mim quando eu estava sendo um filho da mãe. Você também é uma boa irmã. Acho que tudo isso compensa o fato de você carregar essa bolsa feia por aí.

Piper se sentou com a postura ereta e se engasgou com uma risada.

— Você tem ideia de quanto custa essa bolsa feia?

— Provavelmente menos do que eu pagaria para queimá-la.

— Mas eu amo esta bolsa.

Ele suspirou, passando a mão no cabelo.

— Então acho que eu não queimaria.

Ela o encarava com olhos suaves e uma boca exuberante, e, se fosse qualquer outra noite, se o momento fosse oportuno, ele a teria beijado e feito de tudo para levá-la para casa. Para sua cama. Mas não podia ainda. Então, embora o fizesse sofrer, ele se levantou e ajudou Piper a fazer o mesmo.

— Vem, vou garantir que vai chegar bem em casa.

— Tá bem. Caramba, tá bem. — Ela o deixou ajudá-la. — Você tem que voltar. E Hannah deve estar se perguntando onde estou.

— Por que ela não veio hoje à noite?

— Minha irmã não é tão chegada a festas. Eu que herdei os genes da farra. Além disso, ela ainda está um pouco traumatizada com a ressaca da vinícola.

— Ah.

Lado a lado, eles começaram a voltar, escolhendo uma calçada diferente para evitar o Afunde o Navio. Quando ela esfregou os braços, Brendan se recriminou por não ter pegado o casaco antes de sair atrás dela, porque daria tudo para enrolá-la nele bem naquele momento. Pegá-lo de volta na manhã seguinte com o cheiro dela.

— Você conseguiu — murmurou ela, depois de terem andado por duas quadras. — Ainda estou envergonhada por ter invadido a festa. Mas me sinto... melhor. — Ela estreitou os olhos para ele. — Brendan, acho que isso significa que somos amigos.

Eles chegaram à porta do prédio, e ele esperou que ela a destrancasse.

— Piper, eu não saio por aí abraçando as mulheres.

Ela parou na porta. Olhou para trás.

— O que isso significa?

Ele cedeu a apenas um toque de tentação, pondo uma mecha emaranhada atrás da orelha da mulher. Suave.

— Significa que estarei por perto.

Sabendo que tentaria provar a boca de Piper se ficasse ali mais um segundo, Brendan se afastou alguns passos e se virou. A imagem dela aturdida — e com certeza cautelosa — rondou a sua mente por todo o caminho de volta ao Afunde o Navio.

Mais tarde naquela noite, Brendan estava parado na frente da cômoda, remexendo o círculo de ouro no dedo. Usá-lo sempre havia parecido a coisa certa a fazer. Nobre. Uma vez que algo era parte dele, uma vez que promessas eram feitas, elas persistiam. Ficava preso a elas. A vida de um pescador era enraizada em tradições, e ele sempre havia se sentido confortável com isso. Protocolos podiam mudar, mas o ritmo do oceano era sempre o mesmo. As canções permaneciam as mesmas, o pôr do sol era confiável e eterno, as marés sempre seguiam um fluxo.

Ele não tinha pensado sobre que rumo sua vida tomaria. Ou se *poderia* desviar para outra direção. Havia somente rotina, manutenção de equilíbrio, trabalho, andanças, conservação dos costumes que aprendera. Ironicamente, tinham sido aquelas mesmas qualidades que o tornaram um marido negligente. Ausente. Ele nunca aprendeu a mudar. A se permitir outras experiências. Novas possibilidades.

Mas agora era diferente. Pela primeira vez, Brendan se sentia motivado a se desapegar dos hábitos. Tinha sentado no porto naquela noite com os braços ao redor de Piper, e ali não era onde ele *deveria* estar.

Mas ele não desejara estar em nenhum outro lugar. Não queria estar pagando penitência por ter sido um marido ruim. Não queria estar tratando com deferência os sogros, que ainda viviam como se a filha tivesse morrido no dia anterior. Nem planejando rotas ou carregando caixas para o barco.

Não, ele quis ficar sentado ali com a garota de Los Angeles.

Ao admitir essa verdade para si mesmo, não fazia mais sentido usar aquela aliança.

Isso fazia dele uma fraude, o que ele não podia permitir. Nem por mais um dia sequer.

A maré tinha mudado, e ele não cometeria o mesmo erro duas vezes. Não permaneceria enraizado nos próprios hábitos e rotinas a ponto de deixar de aproveitar as boas oportunidades que a vida lhe apresentava.

Depois que tirou a aliança dourada e a colocou em um lugar seguro na gaveta das meias, ele se despediu e se desculpou pela última vez. Então apagou a luz.

## Capítulo catorze

Havia uma diferença entre decidir reformar o bar e de fato começar a colocar a mão na massa.

As irmãs logo concluíram que não havia jeito de recuperar o piso do lugar. Porém, graças ao excesso de buracos do tamanho de um pé no assoalho, elas conseguiam ver o concreto abaixo dele, e assim a ideia de um estilo industrial-mais-náutico-chique nasceu.

Arrancar madeiras do chão era mais difícil do que parecia. Era um trabalho sujo, suado e asqueroso, sobretudo porque nenhuma delas conseguiu abrir as janelas, significando que, ainda por cima, tiveram que trabalhar sem direito à circulação de ar. Mas estavam fazendo progresso, e, ao meio-dia do sábado, conseguiram encher um saco de lixo gigantesco com o antigo piso do Sem Nome.

Piper amarrou a ponta do saco com um floreio, tentando com muito esforço não chorar por causa do estado deplorável das suas unhas, e o arrastou até a rua — ou pelo menos tentou. A droga do saco não se movia.

— Ei, Hanns, me ajuda a levar essa coisa lá para fora.

Sua irmã largou a barra de metal que comprara naquela manhã na loja de ferragens, ficou ao lado de Piper e segurou o saco de lixo.

— Um, dois, *três*.

Nada.

Piper se afastou, passando o punho na testa com uma careta.

— Não parei pra pensar na parte em que teríamos que movê-lo.

— Nem eu, mas sei lá. A gente pode separar o lixo em algumas sacolas, que aí não fica tão pesado.

Um gemendo saiu dos lábios de Piper.

— Como isso aconteceu? Por que estou passando o sábado revirando lixo?

— Irresponsabilidade. Uma noite na prisão...

— Grossa — bufou Piper.

— Sabe que te amo. — Hannah retirou as luvas. — Quer parar para o almoço?

— *Quero*. — Elas deram dois passos e se jogaram em bancos um ao lado do outro. Considerando a empreitada exaustiva e difícil que a reforma do bar acabou mostrando, se olhassem de certa distância, a quantidade de trabalho que tinham feito em algumas horas até que era meio satisfatória. — Será que conseguimos pintar o chão? Com, tipo, um azul-escuro como o oceano? Existe tinta para piso?

— Nem me pergunte. Sou só a DJ.

Agora que Piper teve a ideia, ela queria saber.

— Quem sabe eu vá com você até a loja de ferragens da próxima vez. Só para dar uma fuxicada.

Hannah sorriu, mas não ergueu o olhar.

— Tá bom.

Um minuto de silêncio se passou.

— Contei que invadi o memorial da esposa do Brendan ontem à noite? Entrei com uma bandeja de bebidas como se estivesse nas férias de primavera em Miami.

A irmã virou a cabeça lentamente.

— Está me zoando?

— Não. — Ela puxou um fio condutor imaginário. — O trem Piper segue desgovernado.

Para o crédito de Hannah, ela levou quinze segundos inteiros para começar a rir.

— Meu Deus, não estou rindo disso... quer dizer, é uma coisa triste, um memorial. Mas, ah, Piper. Só... meu Deus.

— É. — Ela bateu um pouco de poeira da calça de yoga.

— Você acha minha bolsa em formato de batom feia?

— Hum...

Hannah foi poupada de ter que responder quando a porta da frente do Sem Nome se abriu. Brendan entrou carregando uma bandeja de café e uma sacola de papel branca. Havia algo diferente nele naquela manhã, porém Piper não conseguiu descobrir o quê. Não de cara. Ele vestia aquela combinação de suéter, gorro e jeans de sempre, simples e já detonada, e trazia o cheiro do oceano, de café e açúcar. Seus olhos verde-acinzentados encontraram os de Piper e se detiveram ali tempo o bastante para causar um tremor de ansiedade na barriga dela, antes de ele avaliar o espaço e o quanto haviam progredido.

— Oi — cumprimentou ele, em um tom barítono.

— Oi para você também — murmurou Piper.

*Piper, eu não saio por aí abraçando as mulheres.*

Ela tinha ficado deitada metade da noite analisando cada parte daquela afirmação. Reformulando-a várias e várias vezes, avaliando-a de vários ângulos, sempre chegando mais ou menos à mesma conclusão. Brendan não saía por aí abraçando mulheres, então ele ter abraçado Piper significava alguma coisa. Era provável que o capitão só quisesse transar com ela, certo? E Piper estava... interessada nisso, ao que parecia, visto que seus mamilos viraram pontinhas sensíveis no segundo em que ele entrou no Sem Nome com aquelas coxas grandes de gladiador e a barba escura e densa. Ah, sim. Ela estava bem interessada. Porém, não do jeito como costumava se interessar por homens.

Porque Brendan vinha com um rolo inteiro de fita de proteção em volta dele.

Ele não era um cara só para dar uns amassos. Isso fazia dele o que, então? O que mais *tinha* ali? Além do padrasto, ela havia cruzado com poucos homens feitos para um relacionamento sério. Brendan seria um deles? O que ele queria com *ela*?

Também havia uma boa chance de ela estar entendendo tudo errado. Aquilo poderia muito bem ser só uma amizade, e, já que ela nunca tivera uma amizade de verdade com um homem, as intenções platônicas poderiam passar despercebidas. Aquela era uma cidade pequena. As pessoas eram gentis. Elas tiravam o chapéu.

Era provável que tivesse passado tempo demais em Los Angeles e isso a tornara cética. Ele só tinha dado aquele abraço por educação. *Relaxa, Piper.*

— Esse café é para a gente? — perguntou Hannah, esperançosa.

— É. — Ele cruzou a distância, pondo a bandeja no barril na frente das irmãs. — Tem açúcar e outras coisas na sacola. — Ele pousou o saco branco e esfregou a nuca. — Não sabia como vocês gostavam.

— Nosso herói — declarou Piper, abrindo a sacola e dando um suspiro sonhador para os donuts lá dentro. Mas, primeiro, cafeína. Ela pegou um adoçante e um dos cremes sem lactose e misturou tudo no café. Quando ergueu o olhar para Brendan, ele estava observando de perto o que ela fazia, com uma ruga de tensão entre as sobrancelhas. Estava tentando decorar como ela gostava do café? Não podia ser.

Piper engoliu em seco.

— Obrigada. Você foi muito atencioso.

— Sim, obrigada — acrescentou Hannah, revirando a sacola atrás de um donut depois de dar um gole no café puro dela. — Nem é feito de couve-flor. Não estamos mais em Los Angeles mesmo, Pipes.

— Couve-flor? Minha nossa! — Brendan tirou o próprio café da bandeja, e foi quando Piper percebeu o que de fato estava diferente nele naquela manhã.

Ele tinha tirado a aliança de casamento.

Após sete anos.

O olhar de Piper encontrou o de Brendan. Ele sabia que ela tinha visto. E então aconteceu um tipo de comunicação silenciosa entre eles, mas ela não falava aquela língua. Nunca tinha conversado ou estado perto de um homem que conseguia falar tanto sem pronunciar uma única palavra. Ela não conseguia traduzir o que tinha se passado entre eles, ou talvez só não estivesse pronta para decifrar o significado.

Uma gota de suor deslizou por suas costas, e ela, do nada, conseguia ouvir a própria respiração curta. Ninguém nunca tinha olhado em seus olhos por tanto tempo. Era como se ele conseguisse ler sua mente, como se soubesse tudo sobre ela e gostasse de cada detalhe. Como se quisesse uma parte para si.

E então ela soube, pela determinação no rosto dele e pela energia confiante, que Brendan Taggart não pensava nela como amiga.

— Esse donut está incrível — afirmou Hannah, as palavras abafadas por causa da massa dentro da boca. — Tem caramelo nesse glacê. Pipes, você tem que experimentar... — Ela se interrompeu, o olhar indo e voltando entre Piper e Brendan. — O que está acontecendo aqui?

— Nada — respondeu Piper, com uma voz estridente.

— Não sei. Hum. Brendan, sabe se é, tipo, possível pintar concreto?

O embaraço de Piper parecia diverti-lo.

— É possível.

— Ah, legal, legal, legal. — Exasperada com o próprio embaraço, ela se levantou do banco subitamente. E então se sentou em outro numa tentativa de dar espaço a Brendan. — Decidimos por um estilo industrial e náutico. Uma vibe depósito chique, mas com, tipo, coisa de pescadores.

— Coisa de pescadores — repetiu ele, dando um gole no café. — Tipo o quê?

— Bem, vamos usar cores escuras, preto com metais, cinza, vermelho, mas vamos dar um pouco de ar antigo a tudo. A maioria dos barcos no porto tem o tom mais fechado e envelhecido, certo? Então estava pensando que podíamos juntar o novo e o velho ao pendurar redes no teto, mas posso pintá-las com spray dourado ou preto para ficar na mesma vibe. Mas são só ideias ainda. Talvez... — Suas mãos tremiam em seu peito. — Tipo, talvez eu tenha que repensar tudo...

A expressão de Brendan tinha ido de divertimento a reflexão. Ou talvez... reprovação? Ela não sabia dizer. Parecia que semanas haviam se passado desde a primeira noite em que ela tinha atravessado aquelas portas e o capitão deixara claro que o Sem Nome pertencia aos moradores da cidade. Então era provável que ele odiasse suas ideias e o fato de que ela queria mudar tudo para começo de conversa.

— Certo — disse ele. — Bem, se você quer um estilo náutico, não vai pagar muito caro por nada nas lojas turísticas do porto. Tem uma loja de material para pesca em Aberdeen que oferece redes de brinde com a maioria das compras, e nenhuma tem uma droga de estrela-do-mar grudada. — Seus lábios se curvaram num gole de café. — Não posso ajudar com o spray dourado.

— Ah. — Piper deu um suspiro que não sabia que estava segurando. — Obrigada. Estamos com pouco dinheiro, sobretudo depois da viagenzinha até a vinícola, então isso ajuda.

Ele resmungou e passou por ela, pisando no vão no chão. Parecia estar indo em direção às escadas dos fundos, então Piper franziu o cenho quando ele passou por elas, parando na frente de outro painel de madeira que tinha sido pregado para cobrir buracos na parede. Só que, quando Brendan arrancou a madeira e a jogou longe, foi possível ver que havia uma porta no lugar.

O queixo de Piper caiu.

— Aonde ela leva?

Brendan pousou o café na superfície mais próxima, então tentou a maçaneta enferrujada. Ela girou, mas a porta não abriu. Não até que ele colocasse o ombro grande contra ela e empurrasse...

Piper viu o céu.

Uma árvore caída e, claro, mais teias de aranha, porém havia um céu.

— Um espaço ao ar livre? Hannah saltou do banco, a boca aberta.
— Não pode ser. Tipo um pátio?
Brendan assentiu.
— Foi lacrado durante uma tempestade há alguns anos. Não estava sendo muito usado, de qualquer forma, com toda a chuva. — Ele apoiou a mão na soleira. — Vocês querem isso limpo.
As irmãs assentiram ao mesmo tempo.
— Sim. Como fazemos isso?
Ele não respondeu.
— Quando a árvore for tirada, vocês vão ver que o pátio tem um tamanho decente. Piso cinza-escuro, então acho que isso combina com... qual vai ser mesmo o estilo do bar? Tem uma lareira de pedra no canto. — Ele apontou para ela com o queixo. — Vocês vão querer colocar uma pérgola, pôr uma cobertura impermeável. Mesmo num clima úmido, vão conseguir acender o fogo.

O que ele descrevia parecia acolhedor, rústico e muito *além* da capacidade delas.

Piper riu e deu um suspiro.
— Bem, isso parece incrível, mas...
— Só partimos para a temporada de caranguejo no próximo sábado. Vou trabalhar nisso. — Ele se virou e caminhou até a saída, parando ao lado da sacola impossível de se carregar. — É para levar isso para a rua?
— Sim, por favor — respondeu Piper.

Com praticamente nenhum esforço, Brendan a jogou sobre o ombro direito e saiu, levando o aroma de água salgada e virilidade com ele. Piper e Hannah encararam a porta por longos minutos, o vento que vinha do pátio congelando sua nuca.

— Acho que foi isso — disse Hannah, enfim, rindo. — Acho que ele não vai voltar.

Mas Brendan voltou, *sim*... no dia seguinte, acompanhado de Fox, Sanders e de um homem chamado Deke. Os quatro rebocaram a árvore pela frente do bar, e, com um olhar indecifrável direcionado para Piper, Brendan logo foi embora de novo.

Na segunda-feira bem cedinho ele voltou. Segurando uma caixa de ferramentas dessa vez, Brendan apenas entrou como se sua saída dramática nunca tivesse acontecido.

Piper e Hannah, que estavam no processo de arrancar gesso da parede de tijolos em perfeito estado, espiaram pela porta da frente e viram uma caminhonete carregada de madeiras. Em várias viagens, Brendan passou pelo bar levando a madeira até o pátio dos fundos, junto com uma serra de mesa, enquanto Piper e Hannah observavam tudo com a cabeça indo de um lado a outro, como se assistissem a uma partida de tênis.

— Espera, acho... — sussurrou Hannah. — Acho que ele vai construir aquela pérgola pra você.

— Quer dizer para *nós*? — murmurou Piper de volta.

— Não. Quis dizer para *você*.

— Isso é loucura. Se ele gosta de mim, por que simplesmente não me chama pra sair com ele?

Elas trocaram um olhar intrigado.

Hannah inspirou.

— Você acha que ele está, tipo, cortejando você?

Piper riu.

— *O quê?* Não. — Ela precisou pressionar a mão no abdome para acalmar uma sensação estranha. — Tá bom, mas e se ele estiver? E se estiver funcionando?

— Está?

— Não sei. Ninguém nunca construiu nada para mim!

Elas deram um pulo quando Brendan entrou no bar de novo, trazendo painéis de madeira grandes equilibrados sobre seu ombro largo. Quando ele pôs a madeira no chão, pegou a parte de trás do suéter e o retirou, levando a camisa de baixo junto, e, minha nossa, Piper apenas avistou um indício de fenda acima do quadril dele e um trecho de músculos trincados antes que a camisa voltasse para o lugar, porém aquilo fora o suficiente para fazê-la se apertar onde importava.

— Ah, sim — disse Piper, rouca. — Está funcionando. — Ela suspirou. — Droga.

— Por que "droga"? — Hannah lhe deu um sorriso compreensível. — Por que nossa mãe deu aquele aviso sinistro sobre pescadores? — Ela fez um som estranho de descrença. — Você não deixaria ficar sério. Ia ser sem compromisso.

Sim. Por ela, seria.

Mas e por Brendan?

Um cara que constrói uma pérgola não parece ser do tipo que não quer compromisso. E a ausência da aliança de casamento era quase uma presença maior do que o anel tinha sido. Toda vez que eles se entreolhavam, um tremor quente subia pelas costas de Piper, pois havia uma promessa ali, mas também... paciência. Maturidade.

Ela já tinha namorado um homem de verdade? Ou todos tinham sido garotos?

Era tarde de quarta-feira, e eles tinham feito uma pausa para o almoço. Brendan, Deke, Fox e Sanders comiam sanduíches enrolados no papel da embalagem, enquanto Hannah e Piper em geral escutavam as teorias da tripulação sobre a próxima pilhagem de caranguejos, e foi quando Piper se deu conta.

Ela pegou o celular só para ter certeza, assoprando poeira da tela.

E decidiu que as coisas não poderiam continuar daquele jeito.

— Brendan — chamou ela, durante uma pausa na conversa sobre caranguejo. — Você ainda não postou sua primeira foto no Instagram.

Ele parou o sanduíche a meio caminho da boca.

— Isso não é obrigatório, é?

Fox deu a Piper um aceno exagerado de cabeça por trás do capitão, pedindo que ela seguisse com aquilo.

— Claro que é. Eles excluem a conta se você não postar. — Ela ficou olhando o próprio celular, fingindo estar deslizando a tela. — Estou surpresa que ainda não tenham excluído.

— Não dá para olhar fotos se não tiver conta, chefe — declarou Deke, de modo muito casual. Piper só podia imaginar o quanto aqueles caras estavam acostumados a implicar uns com os outros. — Só dizendo.

Brendan deu uma olhada para Piper. Se ela estava vendo direito, ser zoado por vigiar a conta de Instagram dela tinha deixado a pontinha das orelhas do capitão um pouco vermelhas.

— Posso postar uma foto de qualquer coisa, né? Até desse sanduíche?

Até onde eles conseguiriam ir sem que ele percebesse a mentira? Já era um acordo tácito, fazer o capitão postar uma foto na internet por qualquer meio necessário.

— A primeira foto tem que ser do seu rosto — falou Hannah, esfregando o cabelo sob o boné de beisebol. — Sabe, tecnologia de reconhecimento facial.

— Isso. — Sanders apontou o sanduíche para Hannah. — Isso mesmo que ela disse.

— A luz está perfeita agora. — Piper se levantou e cruzou o Sem Nome em direção a Brendan, balançado o celular no ar. — Vem, posso te ajudar com a pose.

— Pose? — Ele puxou o gorro. — Aham.

— Só aceite. Todos nós fazemos isso, cara — declarou Sanders. — Sabe as fotos de noivado que fiz no ano passado? Duas horas posando. Em cima da droga de um *cavalo*.

— *Viu?* Você só vai ter que posar com um cavalete. — Piper pôs a mão nos bíceps do tamanho de um melão de Brendan e apertou, liberando uma agitação inconfundível na própria barriga. — Vai ser divertido.

— Acho que a gente não tem a mesma ideia de diversão — afirmou ele, duvidoso.

— Não? — Ciente de que estava brincando com fogo, porém incapaz de se conter, Piper se inclinou e murmurou no seu ouvido: — Consigo pensar em algumas coisas que nós dois acharíamos divertidas.

Brendan engoliu em seco. Uma veia saltada na têmpora.

— Uma foto.

— Fabuloso.

Piper levantou Brendan, levando o gigante hesitante lá para fora, as botas triturando os detritos da obra. Um rápido arrastar dos barris indicou-lhe que Hannah e a tripulação estavam seguindo os dois para o pátio, ávidos para verem aquele momento raro e incrível.

— Todo mundo vai se lembrar de onde estava quando Brendan tirou a primeira foto para o Instagram — disse Deke com uma seriedade simulada.

— Primeira e última — corrigiu o capitão.

— Vai saber, talvez você crie um hábito — disse Piper, indo para trás do cavalete, onde Brendan estava parado. — Certo, com camisa? Sem?

O capitão a olhou como se ela estivesse louca.

— Com.

Piper franziu o nariz para ele.

— Tá bom, mas posso só... — Ela apanhou a manga da camisa vermelha suada dele e a levantou, revelando o formato profundo dos tríceps. — Nossa! Assim vai ficar bom.

Brendan resmungou, parecendo irritado consigo mesmo por ter curtido o elogio.

Mas, sem dúvida alguma, ele flexionou os tríceps um pouco.

Piper escondeu o sorriso e se moveu para ficar a uma curta distância, com o celular a postos no modo retrato.

— Certo, mão esquerda no cavalete, segure a broca à direita.

— Ferramentas grandes! — gritou Hannah. — Viva o simbolismo.

— Isso é ridículo. — Ele olhou ao redor. — Está óbvio que não estou furando nada.

— Distraia eles com seu sorriso — disse Hannah, entre longos goles de refrigerante. — Mostre a eles esses dentes brancos.

— Quem são *eles*? — quis saber Brendan. — Piper é minha única seguidora.

Todos ignoraram isso.

— Posta alguma coisa, e eu vou pensar no seu caso — disse Sanders, fazendo pouco caso.

— Ria como se estivéssemos carregando cem caranguejos por caixa — sugeriu Fox.

— Já fizemos isso. Você se lembra de mim rindo naquele dia?

— É um argumento válido — disse Deke. — Quem sabe o capitão só saiba fazer cara de idiota.

Por fim, Piper ficou com pena de Brendan e se aproximou do cavalete.

— Me esqueci de falar algo para você. É meio que segredo — disse Piper.

Ela gesticulou com o dedo para ele se aproximar, agradecendo quando ele se inclinou como se estivesse enfeitiçado. Seu suor quente a rodeou, e ela ficou na ponta do pé, ávida para chegar mais perto. Talvez até exigindo mais proximidade.

— Tenho pedido os pratos que você sugeriu daqueles cardápios, e você estava certo. São os melhores.

Ela capturou o sorriso dele de perto com um clique na tela.

— Olha isso — sussurrou, virando o celular na direção dele. — Você leva jeito.

O canto dos seus lábios se repuxou, levando a barba junto.

— Você vai clicar no coração na foto?

— Uhum. — Nossa, ela estava abertamente flertando com o capitão naquele momento. Aquilo significava que a fase da paquera estava de volta? Ou ela estava em algum território desconhecido na relação deles? — Clicaria duas vezes se pudesse.

Ele emitiu um som pela garganta, inclinando-se para ficar mais próximo.

— Sei que eles não exigem uma foto para manter a conta ativa. Isso tudo foi pra fazer você sorrir, não eu. — O olhar dele baixou para a boca de Piper, demorando a voltar para seus olhos. — Valeu muito a pena. — Com isso, ele largou a broca e olhou para a tripulação. — De volta ao trabalho.

Tudo que Piper poderia fazer era encarar o lugar de onde ele tinha acabado de sair.

Arrepios. Ele tinha causado arrepios nela.

Durante a semana, conforme Brendan construía a pérgola no pátio dos fundos, tornava-se impossível para Piper não se sentir cada vez mais... importante. Havia um calor em seu interior tentando chegar ao exterior a cada zumbido da serra, a cada golpe do martelo. Ela costumava achar que nada poderia deixá-la mais sexy do que um par de Louboutins, mas aquele homem construindo algo com as próprias mãos para ela não só a excitava, como também a fazia se sentir cobiçada. Desejada. De um modo que não era superficial, mas consistente.

Isso era apavorante.

Porém, não era só o trabalho de Brendan que a fazia se sentir bem, era a própria persistência dela. Piper e Hannah desciam as escadas toda manhã e começavam o trabalho:

carregavam lixo, pregavam as sancas curvadas, poliam o caixilho da janela e davam-lhe demãos frescas de tintas e organizavam o depósito atrás do bar. Uma sensação aconchegante de orgulho se instalava ao contemplarem cada novo projeto.

Na quinta-feira, fim de tarde, os sons de construção pararam no pátio dos fundos, o martelo e a serra silenciaram. Hannah tinha ido passar a tarde com Opal, então só havia Piper e Brendan no Sem Nome. Ela estava polindo algumas prateleiras atrás do bar quando as botas dele passaram pelo limiar da porta, a pele de sua nuca se aquecendo por causa do capitão.

— Terminei — anunciou Brendan, com um timbre baixo.
— Quer ir olhar?

Os nervos de Piper estavam à flor da pele, porém ela largou a lixa e se levantou. Ele a observou se aproximar, sua altura e respiração preenchendo a soleira da porta, seu olhar apenas descendo de modo breve para o decote da regata dela. Mas aquilo foi o suficiente para as pupilas de Brendan dilatarem, seu maxilar cerrar.

Ela tinha poeira da cabeça aos pés. Estivera assim pelos últimos seis dias. E isso não parecia ter importado nem um pouco. Em calças de corrida sujas ou de paetês, ela ainda era digna de uma pérgola. Brendan tinha trabalhado duro apenas porque gostava *dela* e não só da sua aparência? A ideia de ele ter aparecido para vê-la, ajudá-la, sem esperar nada em troca a deixava ironicamente confortável no próprio corpo, mesmo sem nenhum dos seus adereços de sempre.

No último segundo, ele se mexeu para que ela pudesse passar pela porta, e Piper precisou usar todo o autocontrole que tinha para não passar as mãos na Montanha de

Músculos. Ou se inclinar e inalar o verdadeiro cheiro do esforço masculino. Meu Deus, a cada dia que passava, ela ficava menos fascinada pelos homens arrumadinhos que conhecia. Ela gostaria de ver aqueles caras tentarem operar uma serra de mesa.

Piper pisou do lado de fora e olhou para cima, dando uma risada arrastada cheia de prazer e surpresa.

— O quê? Você... Brendan, você acabou de *construir* isso? — Com o rosto voltado para o céu, ela girou devagar o corpo. — Está lindo. Incrível. Esse pátio era uma selva no domingo. Agora olha isso. — Ela juntou as mãos entre os seios. — Obrigada.

Brendan limpava a sujeira das mãos com um pano enquanto a olhava com firmeza sob a barra escura do gorro.

— Que bom que gostou.

— Não. Eu *amei*.

Ele grunhiu.

— Está pronta?

— Pronta para o quê?

— Para eu te chamar para jantar comigo.

Sua pulsação acelerou, descontrolada. Se acalmou. E acelerou de novo.

— Você achou que precisava construir uma pérgola para me convencer a aceitar?

— Não. Eu, hum... — Ele jogou o pano no chão e enfiou as mãos no bolso. — Precisava de algo para me manter ocupado enquanto acalmava meu nervosismo para pedir.

Ah.

Ah, não. Aquela agitaçãozinha inquietante em sua barriga explodiu, voando em dezenas de direções e cambaleando para partes importantes do seu interior. Ela precisava fazer algo em relação a isso antes que... o quê? Não sabia o que *acontecia* com homens sérios. Homens que a cortejavam e não saíam por aí colocando os braços ao redor de mulheres a torto e a direito.

— Nossa. Eu... eu não sei o que dizer. Só que... com certeza vou jantar com você, Brendan. Eu amaria isso.

Ele desviou o olhar, assentindo com firmeza, um sorriso surgindo no canto da boca.

— Tudo bem.

— Mas... — Ela engoliu em seco quando aqueles olhos verdes intensos voltaram a encará-la. — Bem, gosto de você, Brendan. Mas só quero ser franca e dizer, sabe... que vou voltar para Los Angeles. Um dos motivos de estarmos reformando o bar é para impressionar Daniel, nosso padrasto. Estamos torcendo para que essa amostra de responsabilidade seja nossa passagem de volta para a casa. — Ela sorriu. — Então nós dois sabemos que esse jantar é casual. De amigos, até. Certo? Nós sabemos disso. — Ela riu, nervosa, prendendo o cabelo em um rabo de cavalo. — Só estou dizendo o óbvio.

As bochechas dele se contraíram.

— Claro.

Piper franziu os lábios.

— Então... concordamos nisso.

Um segundo se passou enquanto ele a analisava.

— Olha, nós dois sabemos que eu gosto de definir bem as coisas, mas eu... não consegui fazer isso com você. Então vamos ver o que acontece.

Ela sentiu o pânico em sua garganta.

— Mas...

Ele apenas continuou guardando as ferramentas.

— Busco você amanhã à noite. Sete horas.

Sem esperar por uma resposta, ele se virou e caminhou para o bar, em direção à saída.

Ela parou para pensar consigo mesma por um momento, e então saiu atrás dele.

— Mas, Brendan...

Num segundo, ele segurava a caixa de ferramentas; no outro, a caixa estava no chão, e ele se virava. O impulso de Piper a jogou contra o corpo de Brendan, forte, e seu braço de capitão de barco a envolveu abaixo da cintura, levantando-a o suficiente para que apenas seus dedos encostassem o concreto. E então ele a inclinou para trás naquele braço de aço, selando a boca na dela num beijo épico. Era como um cartaz de filme, com o protagonista curvando o corpo grande e musculoso sobre a moça extasiada, se deleitando.

O que ela estava pensando? Seu cérebro com certeza estava com algum problema, e não era de admirar. A boca que se chocou com a dela era afetuosa e ao mesmo tempo ávida. Respeitosa, mas com um desejo que Piper nunca tinha conhecido. Quando seus lábios se conectaram e se mantiveram unidos, seus dedos se fecharam na gola da camisa de Brendan, e aquele braço abaixo da cintura dela a ergueu, nivelando a frente de seus corpos, e, meu Deus, ele simplesmente a devorou. Os lábios de Brendan abriram os dela, os dedos de trabalhador se embrenhando em seu cabelo, a língua entrando em sua boca com tudo, invadindo-a e disparando chamas pelas suas zonas erógenas.

E ele *gemeu*.

Aquele homem enorme, corajoso e durão gemeu como se nunca tivesse provado nada tão bom na vida e precisasse de mais. Ele os separou para que os dois tomassem ar, e então voltou ao trabalho, sua língua acariciando a de

Piper sem parar. Ainda segurando firme a gola da camisa de Brendan, Piper montou nele, sua boca tão ávida quanto a dele.

*Meu Deus, meu Deus, meu Deus.*

Eles iam transar, bem ali, naquele momento. Um beijo daqueles só poderia acabar assim. Com ele gemendo por um motivo diferente, aquele quadril firme separando suas coxas para receber suas investidas. Como eles ficaram tão próximos um do outro durante uma semana sem que aquilo acontecesse? A cada movimento da boca do capitão, Piper perdia a cabeça...

A porta do Sem Nome se abriu, deixando os sons distantes do porto entrarem.

— Ah! Me desculpem... — disse Hannah, toda sem graça. — Hum, só vou...

Brendan tinha interrompido o beijo, com a respiração pesada, os olhos brilhantes. Ele encarou a boca de Piper por longos segundos enquanto o cérebro dela se esforçava para se recuperar, as mãos dele em algum momento deixando seu cabelo. *Não*, quase choramingou ela. *Volta.*

— Amanhã à noite — disse ele, rouco. — Às sete.

Ele manteve os olhos em Piper até o último segundo possível antes de desaparecer pela porta. Quando isso aconteceu, ela cambaleou até a parte de trás do bar e tirou uma cerveja do cooler. Graças aos céus eles tiveram a brilhante ideia de enchê-lo de gelo. Piper bebeu com vontade, tentando acalmar a libido, mas sem sucesso. A costura de sua calcinha estava úmida, os mamilos duros e doloridos, seus dedos ansiosos para se enrolarem de novo na camisa de Brendan.

— Vou precisar de sua ajuda, Hanns — declarou ela, por fim. — Tipo, muita ajuda.

Sua irmã a encarava com os olhos arregalados. Era a primeira vez que via Piper abalada por causa de um homem.

— Ajuda com o quê?

— Para me lembrar de que o que acontecer entre mim e Brendan... é temporário.

— Pode deixar, maninha. — Hannah deu a volta no bar, abriu uma cerveja e ficou ao lado de Piper. — Jesus. Nunca vi você tão excitada. Quem diria que seu fetiche seria espaços públicos?

Piper bufou e logo começou a rir.

— Temos um encontro em aproximadamente 24 horas. Sabe o que isso significa?

— Que precisa começar a se arrumar agora?

— Isso.

Hannah riu.

— Vai. Eu limpo aqui.

Piper deu um beijo na têmpora da irmã e correu para as escadas, indo direto para o guarda-roupa. Pressionou a garrafa de cerveja na boca e examinou suas escolhas, imaginando qual vestido diria *Não sou do tipo que se compromete*.

Porque ela não era.

Ainda mais em Westport. Ela só precisava lembrar Brendan disso.

Com um aceno de cabeça firme, escolheu o minivestido godê de veludo Alexander Wang. Se estava ali só para se divertir, iria se divertir *muito*. E tentar se esquecer do quanto seu coração estava envolvido naquele beijo.

## Capítulo quinze

Brendan arrumou os talheres na mesa da sala de jantar, tentando se lembrar da última vez que teve motivo para usar mais de um conjunto. Se Fox ou alguém da tripulação fosse lá, eles comiam com as mãos ou com garfos de plástico. Piper estava acostumada com o melhor, porém isso não poderia ser providenciado. Em vez de ir com calma depois de sete anos sem se envolver com nenhuma mulher, ele tinha mergulhado de cabeça em uma que talvez fosse impossível de impressionar.

Claro, ele estava intimidado pelo nível de luxo com que Piper estava acostumada, porém não podia deixar que a tentativa o assustasse.

Tentar era o melhor que Brendan podia fazer, pois... Piper Bellinger tinha mexido com ele.

Durante a semana, ele tinha assistido a cada segundo do trabalho dela no Sem Nome — e tinha começado a achar aquele jeito dela de garota rica que gosta de luxo e tudo do bom e do melhor... bem, adorável. Ela o dominava. Não o usava como desculpa para odiar trabalho manual ou para amar sapatos caros e selfies. E, caramba, toda vez que ela se estremecia por causa da sujeira sob as unhas, ele queria deitá-la num travesseiro de seda e fazer todo o trabalho por ela, para que Piper não precisasse passar por isso. *Ele* queria mimá-la. Muito.

Era óbvio que ela odiava obras, mas ainda assim aparecia todo dia com um sorriso corajoso e fazia o trabalho. Além disso, arranjava tempo para levar Hannah para ver Opal, e ele viu com os próprios olhos o contentamento dela crescer, dia após dia, pelo fato de ter uma avó. Percebeu o modo como ela mencionava Opal nas conversas sem soar formal ou estranha. Ela estava vivendo coisas novas e se saindo bem nisso.

Se ela conseguia, ele também conseguiria.

Brendan abriu o freezer e verificou o champanhe de novo, esperando que o preço alto significasse que fosse passável. Tinha provado a boca de Piper na noite anterior, e seu orgulho demandava só o melhor na língua dela. Ele precisaria ir além da sua zona de conforto por aquela mulher. Ela não se contentaria com cerveja, hambúrgueres e um jogo no Afunde o Navio. Não tinha como. Ela iria fazê-lo se esforçar para mantê-la feliz, e ele *queria* esse desafio.

Não tinha sido assim da primeira e única vez que namorara uma mulher. Não houvera urgência, ou ansiedade, ou um desejo voraz que nunca era saciado. Tinha havido aceitação, compreensão. Tudo era calmo.

Mas as batidas do seu coração enquanto ele subia na caminhonete não seguiam num ritmo tranquilo.

O Sem Nome ficava a uma distância que era possível cobrir a pé, mas talvez Piper estivesse usando algum sapato desconfortável, então ele iria buscá-la e levá-la de carro. Sair de casa naquela hora não fazia parte da sua rotina, e todo mundo que avistava a caminhonete erguia as sobrancelhas, acenando, hesitante. Sabiam que ele partiria na manhã seguinte para a temporada de caranguejo, e era provável que estivessem se perguntando por que ele não estava indo dormir cedo com duas semanas de mar traiçoeiro pela frente.

Havia uma mulher que ele precisava ver primeiro. Era por isso.

Brendan estacionou no meio-fio do lado de fora do Sem Nome. Testou a entrada da frente e a encontrou destrancada, então entrou e subiu as escadas até o apartamento de Piper. Não era a primeira vez que a via vestida para matar, então não deveria ter ficado surpreso quando ela atendeu à porta, com um sorriso sedutor e um cheiro exótico. Num vestido tão curto que ele veria tudo se recuasse dois degraus.

Ele quase passou mal.

— Olá, marujo.

— Piper.

Brendan respirou fundo, fazendo tudo o que podia para evitar que a ereção instantânea se tornasse incontrolável. Jesus, o encontro nem tinha começado ainda, e ele já precisava se recompor.

— Sabe que vamos apenas para a minha casa, certo?

— Uhum. — Ela fez um beicinho. — Não gostou do vestido?

Naquele momento, Brendan a entendeu. Entendeu o que ela estava fazendo. Transformando aquela noite em sexo. Tentando manter as coisas entre eles casuais. Vendo-o como uma amizade colorida. Se ele fosse um homem menos determinado, ela teria conseguido. Facilmente. Ela era o paraíso de pernas, e era provável que um monte de idiotas de mente fraca não fosse capaz de resistir a tomar *tudo* o que ela estivesse disposta a oferecer.

Porém, ele se recordou do beijo dos dois. Era provável que se lembrasse dele pelo resto da vida. Piper não tinha escondido nada quando suas bocas estavam se tocando. Ela ficara assustada, surpresa, excitada e assustada de novo. Ele sabia como era. E, ainda que não pudesse afirmar que era capaz de oferecer àquela mulher o suficiente para deixá-la feliz, ele não permitiria que Piper definisse aquela relação como um lance sem compromisso. Porque o que ela o fazia sentir não era casual. Nem um pouco.

— Você sabe que amei, Piper. Você está linda.

Ela corou ao receber o elogio.

— E você não está usando o gorro. — Ela estendeu a mão e passou os dedos pelo cabelo do capitão, as unhas encostando levemente no couro cabeludo. — Não acredito que esteve escondendo tudo isso de mim.

Meu Deus, outra vez ele corria o risco de passar mal.

Não era só o fato de que ele não era tocado por uma mulher havia sete anos. A questão era o toque *daquela* mulher.

— O ar está frio. Você tem casaco ou quer usar o meu?

Hannah apareceu na porta atrás da irmã, fones de ouvido envolvendo o pescoço. Ela pôs um suéter preto sobre os ombros de Piper e bufou.

— Traga ela para casa em uma hora adequada, por favor.

Brendan balançou a cabeça para a mais jovem e ofereceu a mão para Piper.

— Não tenho muita escolha. Partimos para o Alasca de manhã.

Hannah murmurou por um segundo, cantando baixinho uma música sobre o fundo do profundo mar azul, mas ele não a reconheceu. Parecendo sem palavras, Hannah afagou os ombros da irmã e fechou a porta.

Juntando as mãos nas de Brendan, Piper estava divertida.

— Ela já deve estar fazendo uma playlist com músicas sobre mar e marinheiros para você. Não consegue evitar.

— Quando não estamos montando armadilhas ou tirando-as do mar, estamos tentando dormir um pouco. Não temos muito tempo para músicas. — Ele pigarreou. — Mas não vou dizer isso a ela.

Brendan abriu a porta para ela, e Piper sorriu para ele quando passou. Havia alguns clientes esperando do lado de fora do Boia Vermelha do outro lado da rua. Quando o viram ajudando Piper a subir na caminhonete — e claro, ela usava aqueles saltos agulha de novo —, cutucaram um ao outro, e um deles até correu para dentro a fim de repassar a fofoca. Sendo a informação falsa ou verdadeira, acalmaria sua mente saber que a cidade estava ciente de que Piper estava comprometida.

Embora ela mesma ainda não soubesse disso.

O trajeto de carro até a casa de Brendan durou três minutos. Ele estacionou na calçada, dando a volta pela frente da caminhonete para ajudá-la a sair. Ele não tinha como evitar olhar para as pernas dela quando Piper se virou toda elegante, usando os ombros de Brendan para se equilibrar conforme descia do lado do carona.

— Obrigada — murmurou ela, passando um dedo pelo centro do seu peito. — Tão cavalheiro.

— Isso mesmo. — Ele ergueu o queixo dela. — É exatamente isso que vou ser, Piper.

A ousadia dela vacilou um pouco.

— Acho que veremos.

— É, veremos.

Ela tirou o queixo de suas mãos e desfilou pela calçada, o que era jogar sujo. O tecido verde do vestido se alongou e se mexeu sobre a bunda dela, fazendo-o questionar, de imediato, se ser um cavalheiro era superestimado.

Sim, ele queria levá-la para a cama mais do que qualquer outra coisa. Cada músculo de seu corpo estava contraído e tenso com a visão das pernas lindas dela na escuridão do lado de fora de sua porta da frente. Porém, ele não conseguia ignorar a intuição de que ir muito rápido com Piper seria um erro. Talvez ela até quisesse que ele cedesse, só para que pudesse rotulá-lo como uma *aventura*.

A pior parte disso era que... talvez ele fosse mesmo apenas uma aventura para ela. Naquela noite, ela parecia vestida para desfilar por uma mansão de Hollywood, não para comer uma refeição caseira no apartamento de solteiro dele. Brendan podia estar delirante em tentar ter alguma coisa com ela. Se Piper estava determinada a voltar para Los Angeles, não havia jeito de pará-la. Mas algo em seu interior, uma intuição, não lhe permitia não dar seu máximo a ela.

Brendan destrancou a porta, acendeu as luzes e se virou para observar a reação de Piper. Ela conseguiria ver a maior parte do lugar imediatamente. O primeiro andar era um conceito aberto, com a sala de estar à direita, a cozinha e a sala de jantar à esquerda. Não era coberto de bugigangas ou atulhado de fotos. Tudo era simples, moderno, e a mobília havia sido feita à mão por algum morador da cidade com madeira flutuante — e ele gostava disso. Gostava que sua casa fosse uma representação da habilidade que as pessoas de Westport tinham com madeira do mar.

— Ah. — Ela expirou, uma covinha surgindo na bochecha. — Brendan... você já arrumou a mesa.

— Arrumei.

Recordando dos seus modos, ele foi até a cozinha e tirou a garrafa de champanhe da geladeira. Ela parou ao lado da mesa de jantar, aparentando estar sem fala ao vê-lo sacar a rolha e servir a bebida.

— Você vai ter que me dizer se isso é bom. Só tinham dois tipos na loja de bebidas, e o outro vinha numa lata.

Ela riu, pousou a bolsa e retirou o suéter em um movimento lento e sensual, que fez com que a compostura de Brendan vacilasse.

— Por que não toma um pouco comigo?

— Bebo cerveja. Não champanhe.

Piper apoiou o quadril na mesa, e Brendan quase deixou a taça transbordar.

— Aposto que vou convencer você a tomar um pouco até o fim da noite.

Jesus, era provável que ela conseguisse convencê-lo a fazer muitas coisas se decidisse se esforçar, porém ele achou que deveria guardar isso para si. Ele lhe deu a taça de champanhe que tinha comprado naquela mesma tarde, observou-a dar um gole, e a lembrança do beijo voltou a sua mente com tudo.

— Está ótimo — disse ela, suspirando.

O alívio se instalou ao lado da necessidade. Ele ignorou a última. Por enquanto.

— Só vou colocar o peixe no forno e depois mostro algo a você.

— Certo.

Brendan abriu a geladeira e retirou a assadeira coberta com alumínio. Ele já tinha preparado o linguado, marinado com limão, sal e pimenta. Em Westport, todos aprendem desde jovens a preparar peixe para o jantar, mesmo que a pessoa nunca tenha aperfeiçoado outra habilidade na cozinha. Era necessário, e ele agradecia a Deus por esse conhecimento naquele momento. Enquanto acendia o forno e colocava a assadeira lá dentro, o capitão percebeu que a cozinha pareceria para sempre entediante sem Piper nela. Ela era de outro mundo, parada de modo sedutor com seu corpo de matar projetado com perfeição, o cotovelo no quadril, o punho remexendo o champanhe de modo preguiçoso.

— Vem. — Antes que ele cedesse à tentação e a erguesse sobre a mesa, esquecendo de vez o jantar, ele pegou a mão livre de Piper, guiando-a pela sala de estar em direção aos fundos da casa. Ele acendeu a luz do pátio de trás e abriu a porta, gesticulando para que ela fosse na frente.

— Pensei em mostrar a você o que é possível fazer com o espaço ao ar livre do bar, se quiser acrescentar um pouco de verde. — Ocorreu a ele, então, que talvez jardinagem não fosse exatamente uma característica sexy para um homem possuir. — Só precisava de algo para fazer nos dias de folga...

O suspiro dela o cortou.

— Nossa! Meu Deus, Brendan. É mágico aqui. — Ela andou pelo caminho de pedras cortadas rudemente, de algum jeito não tropeçando com os saltos. As samambaias, as quais ele precisava mesmo aparar, raspavam pelo quadril dela conforme passava. O som de gotejamento característico da água na pedra parecia chamá-la, e Piper parou na frente dela, passando um dedo pela superfície. Havia uma única cadeira de ferro fundido inclinada no canto onde ele às vezes se sentava com uma cerveja depois de uma longa viagem, tentando retomar o equilíbrio. — Não tinha pensado em você como jardineiro, mas agora consigo ver. Você ama suas raízes. — Ela olhou para ele por cima do ombro. — Você molda tudo do jeito que gosta.

*Moldo?*

Ele teria achado o mesmo até recentemente.

Passar sempre pelas mesmas emoções, fazer uma coisa de novo e de novo, tinha se tornado menos... satisfatório. Não podia negar.

— Amo mesmo esse lugar — afirmou ele, devagar.

— Westport.

— Nunca pensaria em ir embora.

Uma afirmação, não pergunta.

— Não — respondeu ele mesmo assim, resistindo ao desejo de explicar aquele *não* definitivo.

Ela se inclinou parar cheirar a flor de um dos arbustos de ásteres.

— E férias? Você já tirou alguma vez?

Ele esfregou a nuca.

— Quando eu era criança, meus pais me levavam para acampar na ilha Whidbey. Eles se mudaram para Eugene, em Oregon, um tempo atrás para ficarem mais próximos da família da minha mãe.

— Sem viagens recreativas desde a infância? Nadinha?

Brendan balançou a cabeça, rindo quando Piper lhe deu um olhar escandalizado.

— As pessoas viajam para ver o mar. Não preciso ir a lugar nenhum pra isso. Ele está bem aqui no meu quintal.

Piper se aproximou, o olhar divertido.

— Minha mãe me avisou sobre vocês, pescadores de caranguejo, e seus casos de amor com o mar. Achei que ela estivesse sendo dramática, mas você não consegue mesmo resistir ao chamado da água, consegue? — Ela analisou seu rosto. — Você está em um relacionamento sério.

Algo se remexeu em seu estômago.

— Como assim, ela te avisou?

O ombro dela subiu e desceu.

— Ela ama o marido, Daniel. Mas... acho que houve uma conversa de luto não vivido. Por causa do que aconteceu com Henry. — Ela encarou o nada, como se tentasse se lembrar da conversa. — Ela disse para mim e Hannah que pescadores sempre escolhem o mar. Eles sempre retornam, mesmo que isso assuste aqueles que amam. Baseado nisso, presumo que ela queria que Henry se demitisse e... você sabe o resto.

Aquela conversa o pegou desprevenido. Alguma vez ele se renderia aos maiores riscos do seu trabalho? Não. Não, enfrentar as ondas e a correnteza era o trabalho da sua vida. Havia água salgada correndo por suas veias. Deixar claro que ele sempre escolheria o mar, não importava qual fosse a outra opção, já fazia com que perdesse pontos com Piper — e eles nem tinham jantado ainda.

Porém, quando ela ergueu o rosto para a luz do luar e ele avistou apenas curiosidade sincera ali, sentiu-se impulsionado a fazê-la entender.

— Todo ano, recebo alguns novatos no barco. Pescadores de caranguejo de primeira viagem. A maioria é adolescente tentando fazer um pouco de dinheiro rápido, nunca passam da primeira temporada. Mas, de vez em quando, tem um... consigo ver do passadiço. A ligação que os pescadores constroem com o mar. E sei que eles nunca vão fugir dele.

Ela sorriu.

— Como você.

Uma voz sussurrou no fundo de sua mente, *você está se sabotando*. Mas Brendan era um homem honesto, o que costumava contar contra ele.

— Sim. Como eu. — O capitão examinou o contorno dos cabelos dela. — Aquele hematoma da sua cabeça finalmente sumiu.

Piper ergueu a mão e esfregou o lugar.

— Sumiu. Eu te agradeci direito por ter enviado Abe para forrar a cama de cima do beliche?

— Não precisa agradecer.

Piper eliminou a distância restante entre eles, parando com os seios só a poucos centímetros do seu peito. Ela era macia, graciosa, feminina. Tão menor do que ele. Com ela tão perto, Brendan se sentia como um gigante domesticado, segurando a respiração e esperando, esperando para ver o que a linda garota faria a seguir.

— Você poderia ter dado um beijo pra melhorar.

Ele expirou com força, graças a todo o sangue do corpo indo para baixo, para seu pau.

— Você disse que seu flerte não funcionava comigo. Não parece ser esse o caso hoje à noite.

Os lábios dela se curvaram.

— Talvez porque eu tenha vindo com armadura.

Brendan inclinou a cabeça e deixou o olhar passear pelos ombros nus dela, pelas pernas, então de volta para o decote fundo e apertado.

— Essa armadura não conseguiria proteger você de nada.

Ela entrou na casa, deixando seu cheiro sedutor como rastro.

Brendan sempre achara que lutar contra o mar seria eternamente seu maior desafio. Porém, isso tinha sido antes de conhecer Piper. Talvez não soubesse ainda o porquê ou o que era aquela coisa entre eles, mas sua intuição nunca falhava. Ele nunca tinha perdido uma batalha contra a água quando dava ouvidos a ela, e esperava muito que essa mesma intuição não a deixasse na mão naquele momento.

## Capítulo dezesseis

Piper observou Brendan se sentar ao lado oposto da mesa e franziu a testa.

Pelo visto, não era fácil seduzir o capitão. Quando escolheu o vestido, ela não esperava que a peça chegasse a cruzar a porta da frente, mas lá estavam eles, sentados na sua sala de jantar, um ambiente com um charme masculino, prontos para comer uma refeição *preparada por ele*.

E ele também comprou uma garrafa de champanhe para ela.

Piper já ganhara joias de outros homens, já fora levada para restaurantes finos — um ficante muito empolgado até lhe deu um Rolls-Royce no seu aniversário de 22 anos. Não era segredo para ninguém que ela gostava de coisas sofisticadas. Mas nenhum desses presentes a fez se sentir tão especial quanto aquela refeição caseira.

Mas ela não queria se sentir especial ao lado de Brendan. Queria?

Desde que chegara a Westport, já havia tido mais conversas francas com Brendan do que com qualquer outra pessoa na vida, tirando Hannah. Ela queria saber mais sobre ele, queria contar mais sobre si, e *isso* a fazia sentir um medo gigantesco.

Afinal, isso ia dar em quê?

Ela só ficaria três meses em Westport, sendo que já havia passado quase duas semanas. No dia seguinte, *ele* partiria e só voltaria dali a quinze dias. Depois, estaria sempre indo e voltando do mar, e cada viagem levaria três dias. Essa situação tinha todos os ingredientes para uma relação sem compromisso e temporária. Mas a recusa dele em rotular o que havia entre os dois deixava a porta escancarada para um vaivém de possibilidades.

Na verdade, ela nem sabia *ser* mais do que uma ficante.

E a marca branca ao redor do dedo dele, impossível de ignorar, e o fato de que ela era a primeira pessoa com quem ele saía após tirar a aliança? Era demais para alguém cujo relacionamento mais longo durou apenas três semanas e detonou sua autoconfiança. O que ele esperava que acontecesse entre os dois, o que quer fosse... ela não poderia atender a essa expectativa.

E talvez esse fosse, na verdade, o problema.

O capitão de barco fortão aguardou em silêncio que ela desse a primeira garfada, com os cotovelos na mesa, sem prática nenhuma de como se comportar em um encontro. Quando um músculo se contraiu na bochecha dele, Piper viu que Brendan estava nervoso pensando se ela iria gostar da comida. Mas tudo que passava pela cabeça dela devia estar estampado em seu rosto, porque ele ergueu uma sobrancelha enquanto a encarava. Após movimentar os ombros para liberar a tensão, Piper espetou o garfo no peixe branco e macio, também pegou uma batata e levou tudo em direção aos lábios. Mastigou.

— Nossa! Caramba, está ótimo.

— Está?

— Com certeza. — Ela deu mais uma garfada, e finalmente ele começou a comer. — Você costuma cozinhar?

— Costumo. — Ele comia do jeito que fazia todas as outras coisas. Sem frescuras. Era espetar o garfo e colocar a comida na boca. Sem parar. — Menos nas segundas à noite.

— Ah, o Boia Vermelha é um compromisso semanal. Eu devia ter imaginado. — Ela riu. — Eu fico te zoando por ter uma rotina para tudo, mas provavelmente é isso que faz de você um bom capitão.

— Saí da minha rotina esta semana, não foi?

— Foi. — Ela estudou Brendan por um instante. Inclusive, advertiu-se para não se aprofundar demais no motivo de ele ter feito essa mudança. Mas sua curiosidade acabou falando mais alto. — E qual foi o motivo? Quer dizer, o que te fez tomar a decisão de — *tirar a aliança?* — mudar o planejado?

Brendan parecia estar escolhendo as palavras.

— Nunca sou impulsivo. No mar, regularidade significa segurança, e me acostumei a seguir as regras o tempo inteiro. Isso faz de mim alguém digno de assumir a responsabilidade pela vida de outras pessoas, sabe? Ou pelo menos eu me baseava nessa lógica no começo, e ela acabou ficando. Durante muito tempo. Mas nos últimos tempos, aqui no continente... alguém sabotou várias vezes minha rotina, e nem por isso o mundo acabou. — Ele observou Piper, como se quisesse analisar a reação dela para saber se deveria continuar ou não. — Foi como se eu estivesse simplesmente indo com a maré, mesmo sabendo que uma hora ela ia mudar. E então ela mudou, e em vez de caos... eu só, é... — Uns segundos de silêncio. — Vi a possibilidade de seguir um novo caminho.

Piper demonstrou nervosismo.

— E essa nova maré, por acaso, trouxe uma bolsa em formato de batom?

— Algo do tipo.

— Então eu *consigo* canalizar meu caos para fazer o bem. No futuro, talvez precise que você testemunhe a meu favor em algum julgamento. — Suas palavras não transmitiram tanto a leveza que ela esperava, sobretudo porque parecia ter ficado sem ar após a confissão dele. Piper Bellinger teve um efeito positivo em alguém. Ele havia admitido em voz alta. — Mas não fui só eu que forcei a mudança — disse ela, rindo em seguida, na ânsia de atenuar a palpitação no peito. — Deve ter tido outros fatores.

Brendan ia começar a falar alguma coisa, mas se deteve.

Desde que o conhecera, ela suspeitava que ele nunca havia dito nada sem um motivo. Se estava se contendo, ela só podia supor que era algo muito importante. Piper se viu pousando o garfo na mesa, com vontade de lhe dar atenção total.

— O que é?

Ele pigarreou.

— Vou comprar um segundo barco para a próxima temporada. Está em construção agora. Vou ver como anda o processo quando estiver em Dutch Harbor... É o porto no Alasca onde vamos esperar durante uma semana depois de instalarmos as armadilhas.

— Que legal. — Ela franziu as sobrancelhas. — E como vai comandar dois barcos?

— Não vou. Eu vou passar para o Fox o comando do *Della Ray*.

Piper sorriu enquanto tomava um gole de champanhe.

— Ele já sabe disso?

— Não. Não posso dar tempo para ele pensar numa desculpa para cair fora.

— Ele faria isso? Parece um cara... autoconfiante.

— Que jeito simpático de dizer que é um babaca arrogante. E ele é mesmo. Mas Fox é mais inteligente do que ele pensa. — Brendan fez uma pausa e olhou para baixo com a sobrancelha arqueada. — Talvez passar adiante o *Della Ray* seja uma boa maneira de me distanciar do passado.

Piper ficou imóvel.

— Por que você quer se distanciar?

— Fora a questão de já estar na hora? Acho que... parte de mim se sente obrigada a continuar no passado enquanto estiver no comando do barco do Mick. — Ele deslizou a mão pelo rosto, rindo sem motivo. — Não acredito que estou falando isso em voz alta, sendo que normalmente guardo essas coisas para mim. Talvez eu *deva* guardar só para mim.

— Não faz isso. — Ver o capitão se abrindo fez Piper ficar com a boca seca. Ele olhava para ela, do outro lado da mesa, de um jeito vulnerável, tão raro entre os homens, como se valorizasse de verdade a opinião dela. — Você não precisa se sentir culpado por querer ter um pouco de espaço depois de sete anos, Brendan — disse ela, baixinho. — Isso é muito mais do que a maioria das pessoas faria. Só o fato de sentir essa culpa já prova que é uma boa pessoa. Apesar de não tirar o gorro para jantar.

O verde dos seus olhos ganhou uma tonalidade mais quente.

— Obrigado. Por não me julgar.

Ao sentir que Brendan precisava mudar de assunto, Piper olhou em volta da sala de jantar.

— Quem sou eu para julgar alguém? Especialmente uma pessoa com uma casa maneira que não é dos pais dela. Com dois barcos e um projeto de vida. É intimidador, na verdade.

Ele franziu a testa.

— Você se sente intimidada por *mim*?

— Não tanto por você. Mais pela sua ética de trabalho. Nem sei se estou falando isso certo, o que mostra que quase *não* falo coisas como "ética de trabalho" em voz alta. — Piper sentiu a necessidade de ficar quite com ele, de premiar a honestidade dele com um pouco da sua. Diante das confissões de Brendan, ficava mais fácil confessar seus próprios pecados. — Minha amiga Kirby e eu criamos uma linha de batom chamada Beijinho, deve ter uns três anos. Quando acabou a festa de lançamento e nos demos conta do tamanho do trabalho a ser feito, doamos o estoque para os amigos e fomos para Saint-Tropez. Porque estávamos cansadas.

— Talvez não fosse a carreira ideal.

— É, pois é. — Seus lábios estremeceram. — Dorminhoca profissional era meu plano B, e nisso eu arrasei. Em parte, é por isso que estou aqui. Mas *também* porque minha amiga Kirby me delatou para a polícia.

— Não creio — disse ele, com uma expressão mais séria.

— Pois é! Ela me apontou como a líder do grupo e tirou o corpo fora. — Piper gesticulou de um modo expansivo.

— Mas não tem problema. Ainda somos amigas. Só não posso confiar nela, nem lhe contar nada importante.

Ele parecia bastante concentrado no que ela estava dizendo.

— Você tem muitos amigos assim?

— Tenho. — Ela desenhou um círculo na taça de champanhe. — É mais pela imagem do que por qualquer outra coisa, eu acho. Influência. Visibilidade. Mas é estranho, sabe. Faz só duas semanas que saí de Los Angeles, e é como se eu nunca tivesse morado lá. Nenhum dos meus amigos me mandou mensagem ou direct. Eles têm coisa melhor para fazer. Enquanto isso, as pessoas ainda deixam flores no memorial do Henry, mesmo depois de 24 anos. Então... até que ponto uma imagem é real ou significativa quando tudo o que se ganha com ela pode desaparecer em duas semanas?

— Só que *você* não desapareceu. Está sentada bem aí.

— Estou. Estou aqui. Nesta mesa. Em Westport. — Ela engoliu a saliva. — Tentando descobrir o que fazer quando ninguém estava vendo. E me perguntando se talvez seja isso o que realmente importa. — Deu uma gargalhada, que saiu um tanto descontrolada. — Pode ser que isso pareça coisa de amador para quem constrói um *barco* e não conta nada a absolutamente ninguém.

— Não parece, não. — Ele esperou seus olhares se cruzassem. — Parece é que você foi arrancada do seu ambiente natural e jogada em um lugar desconhecido. Acha que eu iria lidar tão bem com a situação se me mandassem para um lugar onde eu não conhecesse ninguém e não tivesse nenhum trabalho?

Ela suspirou.

— Onde iria arranjar seu peixe com batatas fritas nas noites de segunda?

Ele tentou conter um sorriso.

— Você está se saindo muito bem, querida.

A culpa foi desse *querida* brusco. As coxas dela se juntaram, sorrateiramente, debaixo da mesa, e se espremeram, uma contra a outra; os dedos dos pés flexionaram dentro dos sapatos. Ela queria as mãos de Brendan percorrendo seu corpo. Todinho. Mas também estava com medo de se aproximar dele, porque, mais uma vez, a camada sexy de fumaça atrás da qual se escondia havia se dissipado, e só sobrara ela. Brendan a olhava com uma combinação de fogo e ternura, e Piper precisava aumentar a intensidade dessa chama.

Tudo isso estava indo longe demais, rápido demais, e ela estava começando a gostar muito dele, até demais da conta.

Talvez estivesse passando por uma crise existencial, mas ainda queria ter Los Angeles de volta, assim como todas as armadilhas reluzentes oferecidas pela cidade. Não queria? Claro, após semanas sem nenhum contato com os amigos, Los Angeles havia ficado menos atraente. Ela estava curtindo de verdade não checar as atualizações a cada dez segundos. Mas os altos e baixos da fama faziam parte do jogo, certo? Ultimamente, não estava sentindo mais aquela fissura pela adrenalina do reconhecimento e da adoração, mas isso iria voltar. Sempre voltava. Não havia outra opção a não ser voltar para casa, e, além do mais, a temporada em Westport a faria valorizar seus privilégios. Não era essa a lição que ela deveria aprender com essa experiência?

Era.

Resumindo, ela havia passado 28 anos construindo uma imagem e não conseguiria simplesmente recomeçar do zero.

Ela poderia ficar com Brendan naquela noite e, ao mesmo tempo, não perder de vista essa realidade?

Claro que poderia.

Piper ignorou a sensação estranha na garganta, afastou a cadeira da mesa e ficou de pé, com o champanhe na mão. Ela deu a volta em torno do móvel, devagar, satisfeita por ele se mostrar intimidado. Mas os olhos e a cabeça baixa eram teimosos.

Bom, se ele estava disposto a persistir, ela teria que jogar para ganhar.

Piper deslizou o corpo entre Brendan e a mesa, chegando o móvel uns centímetros para trás para ficar confortável, de pé, entre as coxas dele. Os olhos de Brendan eram cobiça pura, brilhando diante do decote dela, das coxas, das ancas, da boca. Assim que ela correu os dedos que estavam livres pelos cabelos dele, aquele peitoral largo começou a arquejar, as pálpebras quase se cerraram.

— Piper — disse ele, com uma voz rouca. — Não foi por isso que te chamei para jantar.

Ela retirou os dedos, apoiou na mesa a taça de champanhe que segurava com a outra mão e enfiou os dedos por debaixo das tiras do vestido.

— Pode até ser que não tenha sido só por isso — sussurrou, puxando para baixo o tecido de veludo verde, para revelar os seios nus, a poucos centímetros da boca dele. — Mas foi um dos motivos, não foi?

Brendan abriu os olhos, e um calafrio percorreu seu corpo; as mãos agarraram o quadril dela, com um movimento ligeiro.

— Ah, puta que pariu, como eles são lindos, sua gostosa.

— Ele se inclinou e beijou a pele macia entre os peitos dela, com a respiração pesada, enquanto contraía os braços para trazê-la mais para perto, como se fosse algo incontrolável.

— É aqui que você passa esse perfume, não é? Bem aqui, entre esses peitinhos gostosos.

A ânsia nas mãos dele, o veludo roçando na pele, tudo isso fez os mamilos dela entumecerem.

— Coloquei aqui para você esta noite — sussurrou, com a respiração próxima ao cabelo dele. — É tudo para você.

Ele gemeu e virou a cabeça de lado, ligeiramente, para respirar com o rosto colado no mamilo dela.

— Sei o que você está fazendo. Quer que isso aqui seja só sexo.

Ela sentiu a pulsação nas orelhas.

— Para de pensar demais e me pega.

Ainda assim, ele hesitou, trancou os dentes com força.

Piper se inclinou para trás para alcançar a taça e tomou um gole, bem devagar. Ela bebeu a maior parte do líquido borbulhante, mas deixou um restinho na língua e lambeu os lábios de Brendan. Enfiou-a, misturada com champanhe, na boca dele.

— Eu te falei que ia fazer você provar — murmurou, lambendo a ponta da língua dele para provocá-lo. — Quer mais?

Aquele corpo enorme se dobrou sobre ela; marcas de tensão surgiam nos cantos da boca de Brendan.

— Por favor...

— Não precisa implorar — disse Piper, ao levar a taça de champanhe até os seios, derramar o líquido e deixá-lo escorrer por um mamilo, depois pelo outro. Brendan começou a arfar. — Não por algo que nós dois queremos. Me pega, Brendan. Me prova. Por favor?

— Nossa, eu preciso.

Ele buscou o mamilo esquerdo dela com a boca, pressionou os dentes à mostra contra o bico rijo, depois o esfregou com a língua, enquanto trazia a cintura dela para a frente, um movimento que fez as costas dela arquearem tanto que Piper precisou agarrar os cabelos dele com as mãos para se equilibrar. Ela estava totalmente boquiaberta, vendo-o saboreá-la e manipular seu corpo. Nada de joguinhos. Apenas desejo.

A boca de Brendan seguiu, ávida, para o umbigo dela, e ele lambeu a cavidade para onde haviam escorrido gotas de champanhe; depois subiu em direção ao outro seio e o chupou, dessa vez com mais força. Devorou-o. O plano dela de ficar no controle da situação estava ameaçado: os lábios dele proporcionavam uma textura e uma sucção incríveis, sua bunda batia contra a mesa de maneira desajeitada, um gemido estava prestes a pular da sua garganta.

— Brendan. — Ela arfou. — *Brendan*.

— Eu sei, linda. Me deixa passar a mão por baixo do vestido? — perguntou, com a voz áspera, já apalpando as coxas dela por trás; a barba roçando o mamilo, pra lá e pra cá, e incitando um calor úmido no vértice das coxas dela. — *Piper*.

— O quê? — Ela estava ofegante, zonza. — Pode. Vai. Vai.

Aquelas mãos ocupadas se moviam mais rápido do que a luz e agarravam a bunda de Piper de um jeito tão bruto que a deixava sem ar. Ele a trouxe mais para a frente, para colar o rosto na sua barriga, sem parar de massagear, apertar e levantar as polpas da sua bunda; e os dedos calejados se enroscavam na calcinha fio dental, com pressa de tocar, de modelar.

— V-você deve ser do tipo que curte bunda — disse ela, balbuciando.

— Não, Piper. Sou do tipo que gosta *desta* bunda.

— Ah. — Ela deu um sorriso insinuante.

Isso era bizarramente romântico. E possessivo. E ela gostava até demais das duas coisas. Precisava retomar o controle de algum modo, pois tinha errado feio no cálculo da rapidez com que Brendan conseguiria deixá-la de quatro. A atração que ela sentia era ainda mais perigosa do que havia imaginado.

— Brendan. — Conseguiu articular o nome dele e segurou os ombros largos para, com o máximo de força possível, empurrá-lo de volta para a cadeira. — E-espera, eu...

— Foi mal — disse ele, entre uma respiração e outra. — Não é só porque faz muito tempo que estou no zero a zero, é que calhou de você ser a mulher mais gostosa do mundo, porra.

Piper havia escutado direito o que ele disse? Ela sacudiu a cabeça para voltar a si, mas boa parte da nuvem de luxúria permaneceu no mesmo lugar.

— Peraí, sei que você usava a aliança, mas... não transar? Nunca rolou? Conhecendo você, eu devia ter imaginado, mas...

Seu olhar percorreu o corpo dele e parou quando avistou o contorno da ereção, que parecia enorme. Havia uma protuberância pressionando a braguilha do jeans, grande e sólida. Ele enfiou a mão na calça; a frustração sexual era evidente nas linhas rudes do seu rosto.

Existia uma maneira de reconquistar o controle desse embate corporal entre os dois *e* dar prazer a ele — então, de repente, ela ficou com muita vontade.

— Ai, Brendan. — Ela ficou de joelhos e beijou a protuberância grossa. — Temos que dar um jeito nisto aqui, não é?

Ele deitou a cabeça para trás, o peito se elevava e afundava.

— Piper, não precisa.

Ela pôs as mãos, em concha, em volta da ereção enorme dele, e a massageou por cima do jeans. Ele gemeu por entre os dentes.

— Eu quero — sussurrou. — Quero te dar muito prazer.

Ela abriu o botão da calça e abriu o zíper com cuidado, depois respirou fundo quando o membro dele cresceu ainda mais dentro da cueca, por não estar mais confinado. Os nós dos dedos de Brendan estavam sem cor, contra os braços da cadeira, mas ele prendeu totalmente a respiração quando ela baixou a cueca e viu de perto a ereção. *Máscula.* Não havia outro modo de descrever o volume e a rigidez implacáveis dele, os pelos pretos e grossos na base, o saco pesado. Ele era comprido, macio e grosso; as veias saltavam como linhas em um mapa, e nossa... Sim. Ela estava falando a verdade. Queria mesmo lhe dar prazer. O desejo era tão forte que estava começando a ficar molhada no meio das pernas. *Queria* ficar de joelhos e dar prazer àquele homem que estava na seca há tanto tempo. Aquele homem que a havia tratado com cuidado e respeito e ficara ansioso quando ela foi provar a comida dele.

Além do mais, ela podia definir de antemão que aquilo era só sexo.

Só sexo.

— Olha só para você, Piper — disse Brendan, com uma rouquidão na voz. — Caramba, eu não tinha a menor chance, né?

Com os lábios generosos, ela deu uma chupada forte no membro dele. E mais uma. Esperou até ele começar a revirar os olhos, então deslizou a língua pela parte carnuda, da base até o topo, e, chegando lá, abocanhou a cabeça aveludada. Com a língua esticada e tesa, provocou a fenda salgada, as bordas sensíveis, depois foi engolindo tudo, mais e mais fundo, até o ponto de sentir lágrimas despontando das suas pálpebras. Nossa, sua língua o sentia pulsar, sentia espasmos de vida intensos e rápidos, os quais sua feminilidade começava a ecoar, fazendo-a gemer junto à carne robusta dele.

— Meu Deus, que boca, sua gostosa. — Ao gemer, ele agarrou os cabelos dela, pedindo com a mão que acelerasse, mesmo se contradizendo segundos depois. — Para. *Para.* Eu vou gozar.

Piper o deixou se desvencilhar da sua boca, mas antes traçou um espiral com a língua, e a mão direita estava mandando ver, deixando-o mais duro a cada movimento. É, ele não ia aguentar muito mais, e havia algo de excitante nisso. O fato de ele precisar muito de um alívio.

— Onde você quer gozar? — sussurrou, ao pegar o saco dele e manipulá-lo com carinho, inclinando-se para passar a língua em volta da ponta arroxeada. — Pode ser onde quiser, capitão.

— *Caralho* — exclamou Brendan, sem conseguir se conter; suas coxas começavam a vibrar. Em vez de responder à perguntinha instigante dela, ele fechou os olhos, e as narinas se abriram com uma inspiração. — Não.

Aí, o inesperado aconteceu.

Quando estava à beira do seu merecido orgasmo, Brendan avançou e a abraçou pela cintura, para colocá-la sentada na mesa de jantar. Ela vacilou, zonza com a subida rápida, mas voltou à realidade assim que Brendan se ajoelhou e arrancou a camisa.

— Nooossa — disse ela, em câmera lenta. — Ooolha só issooo.

O cara era *todo definido*.

Piper já sabia, até certo ponto, que Brendan era malhado para cacete. Os braços dele sempre forçavam a malha do moletom, o peito era sulcado de músculos, mas ela não tinha noção do nível da definição. Os músculos esculpidos do peitoral terminavam em um declive acentuado; depois, vinha uma cadeia montanhosa de gomos no abdome. Mas não do tipo arrogante. Havia carne ali. E pelos. Ele era peludo. Parecia um homem de verdade que trabalhava no meio da natureza, o que ele realmente era. E não tinha nenhuma tatuagem, o que era tão típico. Claro que ele não iria topar aquela trabalheira toda e perder tempo fazendo uma.

*Volta para a Terra, Piper.*

— Peraí, eu estava... — Ela apontou para a ereção dele.

— Você estava...

— Não se preocupa comigo — falou, com a voz áspera, ao puxá-la para a beirada da mesa. — Abre essas pernas e deixa eu ver, Piper.

Ela se contraiu toda por dentro, sentindo prazer com o jeito brusco dele.

— Mas...

— Acha que vou deixar você me chupar e depois passar duas semanas fora? Não vai rolar. Se você não gozar, linda, ninguém goza.

Como se estivessem no piloto automático, suas pernas se escancararam na mesa. Ai, isso não era uma boa ideia.

Ela nem sabia que parte dela estava no comando. A cabeça, o coração, as partes íntimas. Talvez todas estivessem na sala de comando, três sacanas apertando botões no seu painel de controle. A única coisa que ela sabia era que Brendan precisava parar de revelar mais qualidades.

Agora iriam acrescentar *generosidade* à lista?

A barra do vestido delicado nas mãos de capitão de Brendan a fizeram gemer. Ele levantou a saia, e só Deus sabia o que estava vendo. O tecido da calcinha já era transparente; fora isso, ela nunca tinha ficado tão molhada em toda sua vida. Sem falar que as mãos impacientes dele na sua bunda haviam tirado a peça do lugar.

Ele olhava bem fixo para a junção entre as coxas dela, segurando com mais força os joelhos de Piper; quase soltando um palavrão.

— É, sou um idiota mesmo por te deixar sem atenção durante duas semanas.

Ela arfou.

— Está dizendo que exijo muitos cuidados?

— Vai negar? — Ele puxou para o lado a tira de tecido que protegia seu âmago, onde, graças a Deus, ela havia feito uma depilação perfeita pouco antes de ir embora de Los Angeles. — Foda-se. Pode exigir todos os cuidados que quiser, querida. Mas só eu vou tomar conta disso. — Ele foi deslizando o polegar ao longo do sexo dela. — Entendido?

Piper concordou, como se estivesse em transe.

Do que adiantava dizer não? Pelo menos, esse acordo verbal específico era relacionado a sexo. Não tinha nada emocional envolvido. Ela não iria fingir que poderia sentir por alguém nessa cidade uma fração sequer do que tinha interesse por Brendan. Aliás, parando para pensar, era provável que precisasse viajar para bem longe até encontrar alguém assim.

Os lábios dele subiram em silêncio pela parte interna da coxa dela; os dedos, em movimentos bruscos, engancharam nas laterais da calcinha.

— Levanta — falou, com a voz grossa, mordiscando a pele sensível dela. — Quero tirar.

Ah, que maravilha. A voz dele poderia soar ainda mais grave? Ecoava até seu clitóris, e ela tombou para trás, apoiando-se nos cotovelos para levantar o quadril o suficiente e deixar Brendan puxar o fio dental até tirá-lo. Ela observou aquele homem, mais excitante a cada instante, na expectativa de que deixasse a calcinha cair no chão. Em vez disso, ele envolveu seu membro com o tecido fino e preto, depois encostou a boca e o nariz no sexo úmido dela, gemendo conforme se tocava, com a mão firme, para cima e para baixo.

— Senhor... — Piper respirou fundo, quase saindo de si.

— Está vendo, linda? — Ele esfregava a boca de um lado para o outro, por entre as dobras úmidas dela, masturbando-se com furor. — Você também vai me fazer chegar lá.

Quando foi que ela bateu com as costas na mesa?

Um segundo atrás, ela estava olhando para baixo, vendo a cabeça de Brendan; no seguinte, mirava o teto, de olhos arregalados. A língua de Brendan serpenteava devagar através do vale do sexo dela; Piper buscou os cabelos dele, em um movimento involuntário, mas, se ele parasse, se ele *parasse*, ela iria morrer.

— Isso, Piper. Me puxa com força. Mostra o quanto quer a minha língua.

Não, não, não. A voz dele estava mais áspera do que nunca. Ela iria gozar só com aquele tom de barítono?

— Brendan. — Ela ergueu as pernas para enganchá-las nos ombros dele e recebeu um rosnado, mais uma puxada bruta para trazer suas ancas para a beirada da mesa. — Por favor, por favor. *Por favor.*

Ela nunca havia implorado por nada sexual. Especialmente por nada oral. Os homens sempre davam a impressão de que estavam fazendo um favor à mulher. Ou talvez ela só nunca estivesse envolvida e tivesse criado uma justificativa para tudo continuar do mesmo jeito. Ela não iria conseguir deixar de se envolver dessa vez, e isso... ah, não havia a menor dúvida de que isso não era uma dificuldade para Brendan — ele deixou bem claro para ela. O antebraço dele se apoiou no quadril dela, colando-o na mesa, e ele gemeu forte ao lambê-la de novo e arrastar a ponta da língua até o clitóris, provocando-o; já as ondulações do ombro de Brendan informavam a Piper que a mão dele se movia avidamente, fora do seu campo de visão. Segurando a calcinha.

Ele era o homem mais habilidoso que já havia conhecido, e ela agradeceu a Deus por isso naquele momento, porque ele selou o lábio superior bem no topo do clitóris; a língua não parava, nem alterava o ritmo. Era simplesmente perfeito, esbanjava fricção e pressão no clitóris entumecido dela, e ela realmente iria chegar lá por causa disso. Ai, meu Deus, ela ia ter um orgasmo. Tipo, um orgasmo de verdade, autêntico. Não ia fingir só para inflar o ego dele. Aquilo estava acontecendo.

— Por favor, não para, Brendan. Está perfeito. É... ai, meu Deus, ai, Senhor.

Suas coxas começaram a tremer descontroladamente, ela não via mais nada além de faíscas dançando em frente aos seus olhos. Os dedos que havia mergulhado no cabelo dele o trouxeram mais para perto, as pernas envolviam a cabeça dele, o quadril se erguia, buscava, o corpo se contorcia da cintura para baixo. Ela ainda não o removera daquele local perfeito, e quem sabe ele fosse Deus. Piper não sabia. Não sabia de nada, só do prazer intenso que tomava seu corpo. Mas aí ele levantou o antebraço dos quadris dela para pressionar a base da mão contra a entrada úmida dela, girando — com força —, e ela urrou. Porra, ela urrou. E não parou quando ele enfiou um de seus dedos grossos nela, encontrou o ponto G e aplicou uma pressão firme.

Ela chegou ao clímax. Uma palavra insuficiente para falar da viagem a uma dimensão distante onde fadas dançavam e jujubas caíam como chuva do céu. Quando sentiu uma pontada nas costas, percebeu que as havia arqueado bastante, de forma involuntária. Encarou, em um torpor, o quadril suspenso; um alívio sem fim a percorria, contraindo e relaxando a musculatura. Nossa, uau. Caramba.

Brendan se debruçou por cima do corpo desvanecido dela; e o rosto dele estava praticamente irreconhecível com o tesão que o fazia sorrir, um ardor deixava seus olhos brilhantes. Aquela parte enorme dele continuava dura, a mão subia e descia, um lado da calcinha envolvia o membro; a outra, seu punho.

— Posso esfregar aí, linda? — perguntou, com a voz grossa; o peito nu estava ofegante, e uma linha fina de suor brilhava nos músculos trabalhados. — Só quero esfregar onde te fiz gozar.

— Vem.

Ele se jogou por cima de Piper, o rosto aterrissou na curva do pescoço dela, e a mão posicionou sua rigidez entre as coxas dela, bem em cima da carne ultrassensível.

— Um dia, não vai demorar, Piper, vou te foder todinha. — Ele alternou entre esfregar a cabeça rija pelas dobras encharcadas dela e se estimular. — Vou tirar essa porra de história de "amigo" dessa sua boquinha linda. Você vai se esquecer de dizer qualquer coisa que não seja meu nome. Logo, logo, querida.

O clitóris dela reagiu de novo, inacreditavelmente, e aquele clima de conexão, de mais promessas de prazer, deve ter sido a razão de ela ter inclinado um pouco a cabeça e sussurrado no ouvido dele.

— Promete?

Com um gemido abafado do nome de Piper, ele atingiu o ápice, jorrando o líquido na barriga dela; a mão se movia confusa, os dentes dele à mostra, contra a lateral do pescoço dela.

— Piper. *Piper.*

O poder, a euforia de ouvir Brendan falando seu nome quando chegou ao orgasmo eram tão incríveis que ela não conseguia ficar parada. Passou a língua pela extensão do pescoço dele, esfregou o meio das coxas em seu tórax ofegante, arranhou os ombros e as costas dele, até embaixo. Quando o corpo pesado dele desabou sobre ela, Piper continuou, pois um instinto que nunca havia sentido a levou a aconchegar, a sussurrar palavras de exaltação que queria dizer de verdade, literalmente. Ela poderia ter ficado ali, deitada, até sabe-se lá quando, apenas existindo debaixo do peso reconfortante do corpo dele, e essa calmaria a fez retomar os sentidos.

Tudo bem, a transa foi boa.

Ou... a *quase* transa, seja como for.

Mas foi melhor do que qualquer penetração que ela tenha experimentado. Disparado.

*Porque você gosta dele. Para caramba. E pelo que ele é, não pelo que pode fazer por você.*

Essa constatação foi como levar um tapa forte na cara. *Meu Deus.* Ela jamais havia pensando sobre suas ações do passado dessa forma, mas fazia sentido. Superficial. Tão superficial. Quem era ela para aceitar a gentileza oferecida por aquele homem? Brendan poderia ter esperado para tirar a aliança para alguma garota altruísta da cidade, que ficaria contente em acenar, pelo resto da vida, quando ele fosse para o mar.

Piper sentiu uma pontada no peito e tentou se sentar, mas não conseguiu se mover porque Brendan ainda a prendia na mesa. A cabeça dele se levantou, os olhos se apertaram como se já conseguisse notar a tensão crescente dela.

— Piper.

— O quê? — sussurrou ela, exasperada com seus pensamentos.

— Não fica pensando demais.

Ela deu um sorriso sarcástico e revirou os olhos.

— Entendido, entendido, capitão. — Com algum esforço, tentou fazer o que ele pedira. Tentou deixar as preocupações para depois. Afinal, ele iria partir de manhã e passar duas semanas fora. Ela teria tempo de sobra para trazer a cabeça idiota dela de volta do mundo da lua. — Isso foi... caramba. — *Deixa o clima leve. Sensual.* — Foi muito, muito bom.

Brendan resmungou. Ele baixou a cabeça e sorriu no vale formado por seus seios, o que fez o coração de Piper palpitar.

— Bom?

Ele bufou e beijou os peitos dela, um de cada vez, de pé, visivelmente relutante em deixá-la. Depois de guardar sua ereção, que ainda não havia passado totalmente, e fechar o zíper das calças, ele alcançou o porta-guardanapos na mesa e enxugou o líquido em Piper, limpando com a mesma eficiência com que fazia todo o resto. E se mostrou deslumbrado com a aparência dela.

— Vou morrer de fome sem seu sabor.

Apesar da languidez dos músculos, ela conseguiu se sentar e ajeitar o vestido. Ficou desconcertada ao ver a calcinha amontoada e molhada no chão; as memórias da meia hora anterior fluíram. Nossa. Ela estivera tão... presente. Em cada segundo com ele.

Em outros momentos de intimidade, ela passara o tempo inteiro tendo pensamentos obsessivos sobre a própria aparência, sobre o que o cara estaria pensando, sobre ela atender ou não às expectativas dele. Mas, com Brendan, não sentiu nenhuma dessas ansiedades. Nenhuma. Porque... ele gostava *dela*. Não apenas da sua aparência. Mas também da sua personalidade e das suas opiniões. Quando Brendan a tocava, não havia barreiras entre eles, não havia limites. Essa noite teve *tudo* a ver com limites, mas, em vez de serem demarcados, eles foram afastados cada vez mais para longe.

Ela pulou da mesa e aterrissou no salto alto que ainda estava usando, e lhe deu um empurrãozinho com o quadril, de um jeito atrevido.

— Quem sabe deixo você provar de novo quando voltar.

— Quem sabe, é?

Ele pegou o braço dela e a girou, deixando-a de costas para a geladeira, presa ali por sua figura robusta. O corpo de Piper se derreteu imediatamente e a traiu, na ânsia de ser agarrado pela força dele; a cabeça se inclinou para trás. A boca forte de Brendan encontrou os lábios dela já se entreabrindo, a língua dele mergulhou fundo, levando o sabor leve do clímax dela e passando-o para ela através de carícias; um rugido baixo de satisfação fervilhava na garganta dele. Quando ele se desvencilhou, os olhos verde-acinzentados buscaram o rosto dela, a mão a segurou pela lateral da face.

— Isso teve gosto de "quem sabe" para você? — perguntou Brendan.

Em outras palavras, ela estaria de volta para mais.

— De repente, tem alguém aqui todo se achando. — Piper bufou.

— Não estou me achando, querida. — Ele a beijou na boca, de novo, mas de um jeito suave. — Sou determinado.

Ela deu uma engasgada. Determinado a fazer o quê?

Ai, caramba, ela precisava sair dali.

— Preciso acordar cedo — soltou ela. — E você também, certo? Então.

— Então. — Parecia que ele estava se esforçando para não sorrir, e isso era irritante.

Ainda sem camisa, ele catou o cardigã de Piper e a ajudou a vesti-lo, depois entregou a bolsa dela. No último segundo, pôs a própria camisa e pegou as chaves do carro.

— Vou te dar um desconto desta vez, Piper, e te levar em casa. — Ele entrelaçou os dedos nos dela e a puxou em direção à porta. — Justo neste ano, a temporada de caranguejo vai começar mais cedo. Tinha que ser, né? Não fosse isso, ia levar mais ou menos uma semana para você estar na minha...

— Ia levar mais tempo.

— Mas que droga. — Ele abriu a porta. — Vamos ter que esperar até eu voltar.

Até parece. De jeito nenhum. Isso não iria rolar, ninguém estaria na de ninguém. Duas semanas era, tipo assim, um milhão de anos. Até lá, um não ia nem se lembrar do nome do outro. Iriam se esbarrar na rua e se lembrar vagamente de um jantar com peixe e de uma orgia de sexo oral.

*Você está mentindo para si mesma.*

E ela continuou fazendo isso durante todo o trajeto de volta para casa. Continuou a mentir para se tranquilizar quando Brendan subiu, ao lado dela, as escadas para o apartamento. Mas o fingimento se partiu em mil pedaços quando ele a beijou como se nunca mais fosse vê-la; a boca do capitão acariciou a dela com muita ternura, os joelhos de Piper amoleceram, e ela precisou se segurar na gola da camisa dele para continuar de pé.

— Aqui — disse ele, com a respiração trêmula, ao tirar uma chave do bolso. — Estou te dando a chave extra lá de casa, tudo bem? Por via das dúvidas, se você ou sua irmã precisarem de um lugar para ir enquanto eu estiver fora da cidade.

Piper olhou para o objeto, horrorizada.

— Uma *chave*?

— Vai esfriar nas próximas duas semanas, e o aquecimento daqui não deve ser lá essas coisas. — Ele depositou a chave na palma da mão dela e a fez fechar os dedos. Beijou-a na testa. — Para de surtar.

Ela balbuciou uma série de disparates.
Ele achava que ela iria mesmo usar aquilo?
Porque ela não iria.
Ele riu da expressão dela e se virou para ir embora. Foi aí que ela entrou em pânico. Um pânico diferente do que sentiu quando ele lhe entregou a chave. Ela pensou na estátua de latão e em Opal despejando na mesa tudo o que havia dentro de um envelope.

— Brendan!

Ele olhou para trás devagar, com a sobrancelha erguida.

— Por favor, tenha cuidado — sussurrou.

Os olhos dele se encheram de gratidão, e ele a mediu da cabeça aos pés antes de continuar caminhando. A porta do andar de baixo se fechou atrás dele, e se seguiu um silêncio.

Bem mais tarde, ela se deu conta do que Brendan estivera fazendo ao examinar os traços dela, as mãos, a cintura requebrada.

Ele estava guardando-a na memória.

Por via das dúvidas?

# Capítulo dezessete

A tempestade começou treze dias depois.

Piper vinha seguindo a mesma rotina todos os dias. Corria no porto logo após o nascer do sol. Levava Abe no museu marítimo pela manhã, fazia uma visita a Opal no caminho de volta para casa, muitas vezes com Hannah a tiracolo. Trabalhava no bar até a hora do jantar e, por fim, capotava. Elas haviam avançado horrores na reforma do Sem Nome e iam começar a decorar na semana seguinte, logo após instalarem as sancas brancas, novinhas em folha, e passarem uma nova demão de tinta no piso de concreto.

Na semana anterior, foram de Uber a uma loja de equipamentos de pesca indicada por Brendan, e lá compraram boa parte do que precisavam para compor o tema náutico da decoração, depois compraram pela internet mais itens por um preço em conta. Ainda naquela semana, para a grande surpresa delas, os filhos de Abe passaram no Sem Nome para deixar cadeiras e bancos altos de bar feitos à mão, porque queriam agradecer o cuidado de levar Abe no museu todas as manhãs. Piper lhes disse que não era necessário, mas eles fizeram questão de que ela aceitasse, graças a Deus, porque assim as irmãs finalmente tinham móveis de verdade!

Piper e Hannah estavam tranquilamente envernizando o bar vintage, quando um estrondo de trovão as fez dar um pulo.

— Eita — disse Hannah, ao enxugar a testa com as costas da mão. — Parecia um tiro de canhão.

— É.

Piper enfiou um tufo de cabelo solto no rabo de cavalo e cruzou o bar para olhar pela janela. Sentiu um calafrio descendo na espinha quando viu que o Boia Vermelha estava fechando mais cedo. A mesma coisa com a loja de iscas, duas portas adiante. Será que ia cair uma tempestade muito forte?

*Brendan.*

Não, Westport era longe demais do mar de Bering para ele ser atingido pela mesma tempestade, não era? Ela não fazia a menor ideia. Piper vinha do sul da Califórnia, caramba, onde o sol brilhava e, fora uma neblina ou outra, o clima era apenas uma entidade vaga que era motivo de preocupação só para os moradores dos outros estados.

Ele não vai ter problemas.

Piper pressionou a mão contra o peito e se deu conta de que o coração estava acelerado.

— Ei, liga para a loja de discos para perguntar se eles vão fechar mais cedo?

Nas últimas duas semanas, Hannah havia se tornado uma presença constante na loja. Após ter revelado seu conhecimento sobre qualquer coisa relacionada a música, pediram-lhe uma ajuda para dar uma renovada no lugar. Embora isso tenha reduzido as horas de trabalho de Hannah no bar, Piper foi incapaz de negar à irmã uma oportunidade épica de ostentar seus conhecimentos musicais. Hannah virou uma funcionária não oficial da Disco e Aquilo e até fez amigos por lá, com os quais encontrava na loja e depois saía para tomar um café.

— Posso, claro — disse Hannah, tirando rápido o celular do bolso de trás. — Vou mandar mensagem para Shauna.

— Tá.

Piper respirou fundo, mas a pressão no peito não aliviava. Era para Brendan voltar dali a dois dias, e ela vinha se preparando mentalmente para manter uma relação sem amarras com ele. Mas a tempestade encobrindo o céu não a deixava pensar com clareza, menos ainda lembrar que seu envolvimento com o capitão deveria permanecer sem compromisso. Só que ela precisava se lembrar disso, certo? O Sem Nome estava quase pronto, e elas estavam bem perto de definir uma data para a grande reinauguração, quando ligariam para Daniel e o convidariam. Caso esse plano para impressionar o padrasto funcionasse, as irmãs estariam na reta final muito em breve. Rumo a Los Angeles. Ela não poderia se dar ao luxo de se envolver com Brendan, ainda que estivesse com saudade. Ainda que ficasse de olho em cada esquina de Westport, só por via das dúvidas, caso ele tivesse voltado mais cedo para casa.

— Vou correr até o Boia Vermelha para ver se eles sabem o que está acontecendo.

Piper foi em direção à porta, e a irmã lhe deu um tchau. Assim que pôs o pé na rua, o vento a fez dar dois passos para o lado; o cabelo escapou do rabo de cavalo e fustigou seu rosto, formando uma nuvem que lhe obscureceu a visão.

Sem perder tempo, ela segurou todos os fios, olhou para o céu e, então, deparou-se com nuvens acinzentadas imensas, que se avultavam e a encaravam de volta. Sentiu um frio na barriga, e uma descarga de medo lhe revirou o estômago.

Parecia que a coisa era séria.

Ela sentiu um nó na garganta e correu pela rua, até alcançar a moça que trabalhava no caixa e já estava de saída, quase escondida pelo capuz da capa de chuva.

— Oi! É... Será que vai cair uma tempestade muito forte? — indagou Piper, claramente a mais californiana de todas as garotas da Califórnia.

A moça riu como se fosse brincadeira, mas parou ao perceber que Piper tinha falado sério.

— Tem um tufão se aproximando.

Mas o que era um tufão, caramba? Ela conteve o impulso de pegar o celular para pesquisar.

— Ah, mas, tipo assim, só vai atingir aqui a costa de Washington, certo? Ou é algo maior?

— Não, na verdade, está vindo para cá lá do Alasca. É por isso que a gente sabe que vai ser um daqueles filhos da mãe que saem arrasando tudo, desculpa o jeito de falar.

— Lá do Alasca — disse Piper, com a voz esganiçada; as mãos estavam ficando dormentes. — Tá bem, obrigada.

A garota se apressou e entrou na caminhonete à espera dela, assim que começaram a cair as primeiras gotas de chuva. Piper nem conseguia se lembrar de como fez o caminho de volta e se abrigou na entrada do Sem Nome. Ela pegou o celular e, com os dedos tremendo, pesquisou por "tufão".

As duas primeiras palavras que apareceram foram "ciclone tropical".

Em seguida, "um sistema organizado, em rotação, de nuvens e tempestades acompanhadas de trovões, o qual se desenvolve em águas tropicais ou subtropicais".

— Ai, meu Deus.

Ela teve que inspirar e expirar devagar, para não acabar vomitando.

Brendan era muito bom no que fazia. Era inteligente. O homem mais competente e autoconfiante que ela já conhecera. Simplesmente não iria acontecer nada com ele, de jeito nenhum. Nem com Fox, Deke e Sanders. Eles eram pescadores grandes, fortes e tementes a Deus. Não tinha como acontecer nada, não é?

O rosto sorridente de Henry surgiu na sua mente. Quase ao mesmo tempo, a voz de Mick se infiltrou em seus pensamentos. E o mar de Bering é gelado para caramba; em apenas um minuto, suga o ar de dentro dos pulmões.

Com Brendan, não. Isso não iria acontecer com Brendan.

Fazer com que as pernas a levassem para dentro do bar exigia esforço, mas ela conseguiu entrar no Sem Nome e se apoiou de costas, sem forças, na parede. Demorou uns instantes para perceber que Hannah estava vestindo um moletom.

— Ei, a Shauna perguntou se eu podia dar uma passadinha rápida lá para ajudá-la a fechar a loja. Devo estar de volta em dez minutos. — Ela estancou quando viu a expressão no rosto de Piper. — Você está bem?

— É um tufão. Está vindo do Alasca.

Hannah riu ao ajeitar a alça da bolsa transversal junto ao peito.

— Falou que nem meteorologista. E o que é um tufão?

— Um ciclone tropical — respondeu Piper, que nem um robô. — Um sistema organizado, em rotação, de nuvens e tempestades acompanhadas de trovões, o qual se desenvolve em águas tropicais ou subtropicais.

— Que merda. — Hannah arregalou os olhos quando compreendeu a situação — Aaah, merda.

— Ele vai ficar bem. Eles vão ficar bem.

— Claro que vão. — Hannah hesitou, depois começou a tirar a bolsa. — Vou ficar aqui com você...

— Não. Vai logo, vai logo. — Ela deu uma risada nervosa. — Acho que aguento dez minutos.

A irmã estava em dúvida.

— Tem certeza?

— Absoluta.

Nenhuma das duas tinha noção se, em dez minutos, a tempestade poderia piorar muito ou não.

A chuva batia tão forte na janela que Piper se posicionou no centro do bar, para ficar mais segura. Parecia que estava ventando do lado de dentro. Com uma sensação crescente de pavor, ela observou mais e mais pessoas correndo na rua em busca de abrigo, até o momento em que ficou tudo deserto. As trovoadas faziam o chão tremer, seguidas por relâmpagos ziguezagueando no céu.

Piper se atrapalhou com o celular, mas achou o número de Hannah na lista de favoritos e ligou para ela.

— Oi — disse, assim que a irmã atendeu. — Acho melhor você não sair daí, ok?

— Shauna está dizendo a mesma coisa. Como é que foi piorar tão rápido?

— Não sei. — Ela fechou os olhos. Brendan estava enfrentando a mesma tempestade. Rápida. Violenta. — Estou bem aqui. Só fica aí em um lugar seguro e não sai até melhorar. Combinado, Hanns?

— Beleza.

Piper desligou, ficou indo de um lado para o outro e, quando a luz acabou, andou com passos vacilantes.

Ela ficou parada na escuridão quase total e seguiu um dos instintos mais bobos da sua vida — e, *meu Deus*, isso não era pouca coisa. Mas ela não conseguia ficar parada ali, só pensando e se preocupando, fazendo especulações. Precisava sair dali... e queria ficar perto de Brendan do único modo possível. Então, trancou a porta do Sem Nome e saiu correndo em direção à casa dele. De carro, levaria apenas dez minutos. Ela conseguiria chegar em cinco minutos se corresse rápido. E aí estaria em segurança. E quem sabe ficar perto dele também mantivesse o próprio Brendan em segurança? Era uma ideia ridícula, mas ela se prendeu a isso com força e deu um passo firme na calçada.

Um trovão ressoou atrás dela, fazendo-a acelerar; os tênis já estavam ensopados após dois quarteirões, porque agora estava chovendo canivete. Ela virou uma esquina, depois outra e correu por uma rua estreita que parecia um tanto familiar? Na noite do primeiro encontro deles, estava ocupada demais com outras coisas para notar o nome das ruas. Mas então, lá estava. A caminhonete de Brendan, estacionada na frente da casa dele, parecendo tão sólida e confiável quanto o dono.

Uma onda de alívio tomou conta dela, e Piper apertou o passo; a chave da casa dele lhe beliscava a palma da mão. Correu pelo caminho da entrada e destrancou a porta com os dedos pálidos, batendo o queixo, depois acabou tropeçando na soleira e caiu no chão, mas conseguiu dar um chute para fechar a porta. E então a tempestade não era nada mais além de estrondos abafados; sua própria respiração ofegante se sobressaía a ela.

— Olá? — chamou Piper, ao se sentar, porque lhe pareceu que era a coisa a se fazer. Ele podia ter voltado mais cedo e só não tinha ido vê-la ainda. — Brendan?

Não houve resposta.

Ela usou a barra da blusa para enxugar as gotas de chuva do rosto, levantou-se e caminhou por aquela casa silenciosa e aconchegante, enquanto o vento fustigava as vidraças e as fazia chacoalhar. Isso era coisa de stalker? Ela mordeu os lábios ao pensar nisso, preocupada, mas ele tinha lhe dado a chave, não foi? Além disso, havia algo de muito convidativo ali, quase como se a casa estivesse aguardando por ela. Na sala, o perfume dele pairava no ar, um cheiro de homem e água salgada.

Piper usou apenas os pés para tirar os sapatos e andou descalça até a cozinha, onde ligou a cafeteira dele, louca para se aquecer. Quando o café ficou pronto, ela abriu a geladeira para pegar leite... e uma garrafa fechada de champanhe rolou em sua direção, dentro da gaveta de legumes. A que ela tomara até a metade ainda estava apoiada na porta, mas... ele havia comprado duas? Por via das dúvidas, caso ela passasse por lá enquanto ele estivesse fora?

Sentiu um aperto na garganta conforme subia as escadas, levando a caneca. Tentou negar para si mesma que foi muito natural deixar o café na pia do banheiro dele, enquanto tirava as roupas molhadas e as pendurava no porta-toalhas. Levou a caneca para o chuveiro e tomou café, enquanto a água afugentava para longe aquele frio que ia até os ossos. Ensaboou-se com sabonete líquido, e o vapor em suspensão levou o cheiro dele até ela, fazendo seus mamilos entumecerem. Com isso, fechou os olhos, encostou a testa no azulejo e pediu a Deus, com toda a educação, que fizesse aquele homem teimoso voltar para casa são e salvo.

Minutos depois, enrolada na toalha, foi até o quarto de Brendan, acendeu um abajur na mesinha de cabeceira e deu um suspiro. Muito prático. Azul-marinho e bege por todos os lados, paredes brancas austeras, tábuas de correr ruidosas, as quais lembravam o deque das embarcações que ela observara à beira-mar. Havia uma janela bem em frente à cama dele, com vista para o porto. Para o mar. O amor da vida dele. Como se fosse a primeira coisa que ele precisasse ver pela manhã.

Ela enviou uma mensagem de texto para Hannah para ter certeza de que estava tudo bem com a irmã, depois desabou na cama, agarrada ao travesseiro de Brendan, rezando para que tudo já tivesse passado quando acordasse. Para ele entrar por aquela porta.

Deus devia estar ocupado atendendo às preces de outra pessoa.

Brendan se desligou das palavras vindas do rádio, um falatório interminável da guarda costeira, e se concentrou somente no que era preciso. Puxar os covos. Não era o primeiro tufão da vida deles, nem seria o último. O desempenho deles estava dentro das expectativas para aquela época do ano no mar de Bering e na região próxima do Pacífico. Não era à toa que se tratava de um trabalho perigoso, e eles não tinham alternativa a não ser resistir, terminar de recolher as linhas de pesca e conseguir chegar a Dutch. Então, ele mirou as águas adiante, em busca de ondulações fora do comum, enquanto monitorava o deque movimentado abaixo.

Sua tripulação funcionava como uma máquina bem azeitada, embora todos estivessem demonstrando sinais de cansaço, após uma semana içando os covos. A boia seguinte surgiu ao lado do barco e, com um movimento que já havia treinado muitas vezes, Sanders atirou o gancho de pesca e puxou a linha para prendê-la no guincho. Do outro lado, Deke completou o serviço, ao ativar o sistema hidráulico para erguer o covo. Os homens no deque comemoraram, exultantes, apesar de sua voz ter sido abafada pela fúria da tempestade cercando o barco e pelo ruído do motor lá embaixo.

Caranguejos até a metade. Se não atingissem a cota com aquele covo, ficaria faltando pouco, contanto que os animais fossem machos, pois, assim, não teriam que devolver muitos para o oceano. Era contra a regulação ambiental caçar as fêmeas, para não afetar a reprodução da espécie.

Do passadiço, ele aguardou que Fox sinalizasse o número. Setenta.

Brendan registrou o valor no diário e balbuciou conforme fazia as contas. A cota autorizada para a temporada pela comissão de manejo da vida silvestre era de 36 toneladas de caranguejo. Eles haviam atingido 99 por cento da meta, e faltava coletar cinco covos. Porém, com a tempestade ameaçadora lá fora e a exaustão crescente dos homens, não valia a pena continuar. Sobretudo se conseguisse vender a pesca ao mercado antes dos russos e obter um preço melhor.

Ele fez um sinal para Fox concluir a operação, guardar o equipamento no deque e levar todos para baixo. Eles iriam retornar mais cedo para Dutch. E a porra do alívio que sentiu foi tão mais intenso do que o de costume... Até precisou respirar fundo várias vezes para se recuperar; os dedos flexionados no timão, enquanto esperava as ondas passarem para mudar a direção do barco.

E lá em casa, será que essa tempestade já havia atingido o continente?

Onde ela estava?

Será que estaria esperando por ele?

Brendan apoiou o corpo na lateral do passadiço, conforme o *Della Ray* transpôs uma onda de três andares e bateu contra um fosso escuro de águas turbulentas. Maldita tempestade. Não era mais forte do que as desafiadas por eles no passado, mas dessa vez... o barco não parecia tão sólido abaixo dos seus pés. E a trepidação do timão não estava forte demais?

Sentia que sua vida podia ser facilmente levada embora.

Ele não tinha essas preocupações desde quando era um novato, porque jamais tivera uma vontade tão grande de voltar para casa. Isso nunca tinha acontecido na sua vida inteira, porra.

Um barco de pesca de caranguejo, não muito longe deles, perdera um tripulante na véspera, quando o pé do sujeito se enroscou em uma corda e o arrastou direto para o fundo do mar. Outro barco havia desaparecido, com sete homens a bordo. Era uma temporada ruim, com mais perdas do que a média. Poderia facilmente ter sido alguém da sua tripulação. Poderia até mesmo ter sido ele.

Ao ver pelo canto do olho uma espuma elevada, caindo a toda velocidade, com a crista virada para o barco, Brendan pegou o rádio e gritou para o pessoal do deque se preparar para o impacto. *Uma onda gigante.* E, pela primeira vez, Brendan se ressentiu da adrenalina alucinante que sentia diante do perigo. Por desafiar a natureza e vencer. Naquele momento, era a única coisa que o separava de Piper.

Após ser atingido pela onda, o barco rangeu e balançou de um lado para o outro. Por um longo instante, as águas escoaram violentas pelo passadiço e embaçaram sua visão do deque. Enquanto seu mundo revirava, tudo o que conseguia ouvir era a voz de Piper pedindo que ele tivesse cuidado.

A guarda costeira berrou uma mensagem através do rádio, entrecortada pela estática, e ele rezou.

Rezou como nunca.

*Só me deixe voltar para casa e vê-la.*

Mas, naquele momento, o mar de Bering preferiu refrescar sua memória sobre quem exatamente estava no comando.

## Capítulo dezoito

Piper acordou com o toque do celular.

Ela olhou confusa para o aparelho, depois para o ambiente onde estava. Paredes brancas, colcha azul-marinho, cadeira bege encostada em um canto, perto da luminária. Nenhum barulho de tempestade. Tinha acabado?

O mundo ao seu redor estava assustadoramente silencioso, exceto pelo toque estridente do celular. Ela ignorou o embrulho no estômago. A luminosidade no horizonte lhe dizia que era de manhã, bem cedo. Agora com certeza estava tudo bem, certo?

Após cheirar uma última vez o travesseiro de Brendan, atendeu a ligação da irmã.

— Oi, Hanns. Você está bem?

— Estou, está tudo bem comigo. Acabei de voltar para o prédio. Onde você está?

Piper sentiu as bochechas ficarem quentes.

— Na casa do Brendan — respondeu, com vergonha.

— Ah. — Houve uma longa pausa. — Piper...

De súbito, ela ficou alerta e se sentou, enquanto afastava os fios de cabelo caídos no rosto.

— O que foi?

— Não sei de nenhum detalhe, tá? Mas cruzei com a esposa de um dos tripulantes no caminho de volta. Talvez do Sanders? E ela só falou que... aconteceu um acidente.

O ar congelou em seus pulmões.

— O quê? — Piper pressionou a mão entre os seios, em uma tentativa de controlar as batidas cada vez mais aceleradas do coração. — Que tipo de acidente?

— Ela não falou. Mas estava preocupada, indo para o hospital.

— Qual... o quê? — Piper pulou para fora da cama, nua, já que a toalha havia se soltado durante a noite. — Ela falou alguma coisa sobre Brendan?

— Só que ele estava no hospital.

— *O quê?*

— Tenho certeza de que ele está bem, Piper. Tipo... o cara é feito de aço.

— É, mas ele enfrentou uma massa de água, cacete, e um ciclone. Um *ciclone*! — Ela estava aos berros, fora da cama, dando voltas, tentando decidir o que fazer. Por onde começar. — Certo, certo, não somos namorados. Não posso simplesmente chegar no hospital, posso?

— Pipes, quero ver quem vai conseguir te segurar.

Ela já estava consentindo. Como de costume, a irmã caçula estava certa. Se ficasse ali, à espera de notícias, iria surtar completamente.

— Ela falou qual era o hospital?

— O Grays Harbor Community. Já procurei no mapa, fica a meia hora daqui. Primeiro, eles foram levados para um hospital no Alasca, depois pegaram um voo para cá.

Piper escancarou a gaveta do meio da cômoda e catou a primeira camisa que encontrou, depois correu para o banheiro.

— De helicóptero? Ai, meu Deus, isso é grave. — Deparou-se com os próprios olhos ensandecidos, refletidos no espelho da pia. — Tenho que ir. Já te ligo.

— Peraí! Como é que você vai para lá?

— Vou pegar a caminhonete do Brendan. Deve ter uma chave reserva em algum lugar por aqui. Ele é do tipo que faz cópia de chave. — A mão que segurava o celular estava tremendo. — Eu te ligo depois. Tchau.

Em cinco minutos, vestiu a camisa de Brendan e as calças de ioga da véspera, que haviam secado. Achou uma escova de dentes nova debaixo da pia e a usou em tempo recorde, depois desceu correndo as escadas, enquanto ia penteando o cabelo com os dedos. Após enfiar os pés no par de tênis, que ainda estava encharcado, começou a procurar a chave reserva da caminhonete. Não a encontrou nas gavetas, nem em nenhum dos ganchos para pendurar objetos. Onde Brendan a guardaria?

Enquanto tentava desesperadamente não se ater à imagem dele em uma cama de hospital, inconsciente e com ferimentos graves, ela disparou até a cozinha, subiu na bancada da pia e vasculhou o topo do armário. Bingo.

Segundos depois, já estava do lado de fora, sentada no banco do motorista da caminhonete gigantesca de Brendan. E, droga, também dava para sentir o cheiro dele ali. Tão forte que precisou se concentrar para digitar o nome do hospital no aplicativo de mapas. Ainda xingou todas as vezes que o corretor ortográfico sugeriu as letras erradas.

— Pelo amor de Deus — ela choramingou. — Hoje não! Enfim conseguiu partir para o local e pisou fundo pelas ruas de Westport, silenciosas, desertas e cheias de destroços espalhados, até entrar em uma via expressa que não conhecia. Não tinha ninguém nas estradas, o que ela achou péssimo. Passava a impressão de que a tempestade da noite anterior tinha sido ainda mais grave. Com uma probabilidade maior de ter causado fatalidades.

*Por favor, por favor, por favor. Brendan, não.*

Certo, tudo bem. Ela não estava planejando ter nada sério com o cara, mas precisava muito, mas *muito*, que ele estivesse vivo. Se alguém tão cheio de vida, resistente e teimoso poderia desaparecer da face da Terra, que esperança restava para as outras pessoas?

Ela enxugou com o ombro as lágrimas que escorriam pelas bochechas.

Não ter nada sério com Brendan.

Então, tá.

Piper demorou 25 minutos para chegar ao hospital, que estava tão silencioso quanto as estradas. Havia alguns carros estacionados em frente, e uma funcionária sonolenta na recepção.

— Sanders. Taggart — exclamou ela.

A mulher não tirou os olhos da tela do computador enquanto orientava Piper a ir para o quarto andar e movimentava a cabeça para indicar o hall dos elevadores, do outro lado da recepção. Após entrar no elevador, seus dedos paralisaram antes de tocar o botão.

O quarto andar era o da UTI.

*Não. Não. Não.*

Após apertá-lo, ela fechou os olhos e respirou fundo várias vezes, praticamente se atirando contra as portas assim que se abriram. Foi recebida mais uma vez por um ambiente deserto. Os médicos e as enfermeiras não deveriam passar correndo para salvar a vida de Brendan? Os tênis molhados guincharam no piso de linóleo do corredor mal iluminado, conforme ela caminhava até o balcão de informações. Mas não havia ninguém lá. Será que deveria esperar ou simplesmente sair procurando de quarto em quarto?

Uma enfermeira saiu de um quarto e se apressou em direção a outro, com uma prancheta na mão.

Ela estava indo ver Brendan? Havia algo de errado?

Sentindo o coração quase pular para fora do peito, Piper foi andando, cautelosa, em direção ao quarto onde entrara a enfermeira...

— Piper?

Ela virou a cabeça ao ouvir a voz grave de Brendan. E lá estava ele, vestido com aquelas roupas que eram sua marca registrada: calça jeans, gorro e moletom, com as mangas arregaçadas até os cotovelos. A luz do corredor piscava acima da cabeça dele e, por um momento, ela se perguntou se aquilo significava que ele era um fantasma. Mas não era. Não, tinha o cheiro dele, a ruga marcada entre as sobrancelhas, a voz de barítono. Ele estava ali. Vivo, vivo, vivo. Graças a Deus. Seus olhos eram muito verdes. Ela já havia notado que tinham um tom tão bonito? Estavam cercados de olheiras, mas eram incríveis.

— Ufa, que bom — murmurou, chorosa; logo em seguida, a imagem dele ficou embaçada. — V-você está bem. — Ela tentou ser discreta ao enxugar as lágrimas nos olhos. — Disseram que aconteceu um acidente, então eu... eu só pensei em vir até aqui para saber como estavam as coisas. Ser uma vizinha legal e tal.

— Ser uma vizinha legal.

Sua voz rouca produziu uma espécie de arrepio quente que percorreu a espinha dela, de cima até embaixo.

— É. Eu até trouxe sua caminhonete.

Brendan deu um passo adiante; seus olhos pareciam menos cansados a cada instante.

— Você estava na minha casa?

Ela fez que sim, recuou e quase esbarrou em um carrinho com suprimentos.

O peito dele estava ofegante, e ele deu mais um passo para a frente.

— Essa camisa é minha, querida?

*Querida.* Mas por que ele tinha que chamá-la assim?

— Não, é que eu tenho uma parecida.

— Piper.

— Hum?

— Por favor. Vem aqui, por favor.

O coração de Brendan martelava; os tendões das mãos latejavam com a tensão por não tocá-la. Ela foi até o hospital. Usando uma roupa dele. Ela percebeu que suas lágrimas escorriam pelas bochechas, que estava tremendo da cabeça aos pés? Não, não percebeu. Considerando o jeito sedutor de levantar os ombros e as tentativas de dar uma piscadinha para ele, Piper acreditava que estava agindo com naturalidade, e isso lhe ardia no peito.

Essa garota. Ele não iria largar dela. Não tinha outro jeito. Na noite anterior, por um momento pensou que a sorte havia lhe abandonado, e só surgiram imagens dela, uma atrás da outra, e ele se revoltou diante da injustiça de ter conhecido Piper, mas não ter tido tempo de estar com ela. Caso os dois não estivessem no começo de algo que seria para valer, sua intuição seria uma grande mentirosa. Para ser honesto, ela estava tentando lhe dizer que Piper seria importante desde o segundo em que a viu com o chapéu desengonçado, pela janela do Sem Nome.

— Piper.
— Hum?
— Por favor. Vem aqui, por favor.

Ela balançou a cabeça e parou tentando abrir um sorriso que passasse tranquilidade.

— Para quê? Para me colocar na estação de recarga? Você tem um dos trabalhos mais perigosos do *país*, Brendan. — Seu lábio inferior se remexeu. — Não quero seus abraços.

Ele arqueou a sobrancelha.

— Estação de recarga?
— É o nome que dei para isso... — Ainda se afastando dele, ela jogou o cabelo para trás e fungou. — Deixa pra lá.
— Quando eu te abraço? — *Caralho*. Seu coração estava acelerando cada vez mais, como um motor de carro. — Meus abraços são uma estação de recarga para você?
— Para de dar um sentido para as minhas palavras.

Ele sentiu algo se formar na garganta e teve a impressão de que jamais conseguiria engolir aquela coisa. Não enquanto Piper estivesse olhando para ele, com sua combinação de beleza, força, vulnerabilidade, confusão e complicações.

— Eu devia ter ligado, mas deixei meu celular no barco, e foi um caos transportá-lo para cá de helicóptero. Não tive tempo de arranjar outro telefone e aí pensei que você poderia estar dormindo. — Ele fez uma pausa. — Pode ficar brava comigo enquanto vou te beijando, meu bem? Foi a única coisa que quis fazer nas duas últimas semanas.

— Tá, tudo bem — sussurrou ela, caminhando em direção a ele. Acelerou ao dar o último passo e se jogou. Ele fez um som áspero ao lhe dar o abraço mais apertado possível e levantou-a do chão quando ela começou a tremer mais.

— Não, querida. Não fica assim. — Ao dar vários beijos no cabelo dela, desconfiou que aquele cheiro era do seu xampu. — Eu estou bem. Estou aqui.

O rosto dela estava grudado na lateral do seu pescoço.

— O que aconteceu?

— Sanders teve uma concussão. Foi grave. Uma onda o derrubou, ele deslizou pelo deque e bateu com o rosto em uma das armadilhas de metal. Voltamos para Dutch, então o levei ao hospital. — Ele acariciou as costas dela. — Encarreguei Fox de levar os caranguejos para o mercado e vim no voo com o Sanders, hoje de manhã.

— Ele vai ficar bem?

— Vai, vai ficar bem.

Piper assentiu e o abraçou mais forte, agarrada ao pescoço dele.

— E o sistema hidráulico funcionou bem durante toda a viagem? Não teve problemas com a pressão do óleo?

Brendan soltou uma gargalhada e pendeu a cabeça para trás, para fitar os olhos dela.

— Andou pesquisando no Google enquanto eu estava fora?

— Talvez, um pouquinho — disse Piper, enterrando mais a cabeça no pescoço dele. — Vai querer me beijar mesmo, agora que meus olhos estão vermelhos e inchados?

Brendan segurou os cabelos dela, com delicadeza, e aproximou o rosto de Piper até estarem com o nariz colado um no outro.

— Quero te beijar mais ainda agora que seus olhos estão vermelhos e inchados.

No momento em que as bocas se encontraram, Brendan soube que havia cometido um erro. Ele deveria ter esperado para beijá-la quando estivessem em casa, na sua cama, porque a incerteza dos últimos onze dias ressurgiu e o atingiu em cheio. E a mesma coisa havia acontecido com Piper, isso ele podia sentir.

Ela deu um gemido vacilante e abriu sua boca doce para ele; o fôlego saiu em respiros curtos, quase imediatamente, assim como o dele. Brendan mal tinha deslizado a língua entre os lábios de Piper, quando ela agarrou seus ombros, puxou-se para cima, contra seu peitoral, e entrelaçou as pernas em volta do seu quadril. Porra, ele já estava ficando duro, mas, com isso, seu pau surgiu para fora da braguilha, enrijecendo para caramba quando Piper posicionou seu sexo cálido em cima do dele, e a fricção o fez soltar um palavrão. Desejou que estivessem em qualquer outro lugar que não fosse um corredor de hospital, a meia hora de casa.

Ainda assim, ele não resistiu e a beijou de um jeito bruto, faminto, como vinha sonhando em fazer todas as noites desde que partira, e continuou segurando os cabelos dela para guiá-la para a esquerda, para a direita, e encontrar os lábios dela enquanto inclinava a própria cabeça, engolindo os gemidinhos de Piper como se fossem sua última refeição. Meu Deus, meu Deus, o gosto dela era bom demais. Melhor do que qualquer porto depois de uma tempestade.

Voltar para casa. Ele tinha conseguido.

— Piper — grunhiu, ao dar dois passos e prensá-la contra a parede mais próxima; a boca se arrastava por aquele pescoço delicioso, a mão esquerda deslizava para cobrir o peito dela. — Não posso te comer aqui, linda. Mas é exatamente isso que vou fazer se a gente continuar desse jeito.

Os olhos azuis inebriados encontraram os dele; a boca estava molhada dos beijos.

— Preciso de você agora — disse Piper, com a voz rouca, puxando a gola da camisa dele. — Agora, agora, Brendan. Por favor, não consigo esperar.

Brendan aprendeu uma coisa sobre si naquele momento. Se aquela mulher tascasse a palavra "por favor" em qualquer pedido, ele iria dar um jeito de atendê-lo.

*Constrói um palácio para mim, por favor.*

*Com quantos andares, meu bem?*

Antes de ela completar a frase, Brendan já a estava carregando para o lado mais escuro do corredor do hospital. Graças a Deus, o andar estava quase vazio, porque nada iria impedi-lo de possuí-la naquele momento. Afinal, ela estava deixando marcas de dentes no seu pescoço, as coxas estavam agarradas à sua cintura, como uma planta se enroscando nele. Ele parou em frente ao quarto mais distante da pouca movimentação para atender Sanders, e olhou pelo vidro para confirmar se estava ocupado, depois a levou para dentro e a capturou com um beijo conforme os conduzia para o canto mais afastado da porta. Ela roçou a boceta para cima e para baixo na rigidez dele, enquanto murmurava na boca de Brendan e dava puxões para tirar a camisa dele. Nossa, estava tão excitado que o ambiente do hospital se tornara um mínimo detalhe. Ainda assim, não queria que ninguém entrasse e visse Piper em um momento íntimo — o qual era exclusivo para ele —, então se forçou a se concentrar. Apenas o tempo necessário para fazer tudo direito.

Ele a colocou de volta no chão, de pé, e juntou toda a força de vontade para se descolar da boca de Piper.

— Não sai daí — disse, ao escorá-la na parede.

Isso mesmo, escorar. Pelo jeito, as pernas dela não estavam funcionando, e até parece que ele não se sentiu lisonjeado por estar em forma o suficiente para deixar Piper excitada e desnorteada. Graças a Deus.

Querendo senti-la de novo o quanto antes, ele foi até a porta e prendeu a maçaneta com o encosto de uma cadeira. Ao voltar para o canto, fechou a cortina para escondê-los caso alguém passasse em frente ao quarto. Em seguida, estava diante de Piper, segurando seu rosto, admirando o anseio ardente nos olhos azuis. Que era por ele. Menos de doze horas atrás, tivera a certeza de que a sorte lhe abandonara, mas havia se enganado. Tinha sorte de sobra.

Ela enfiou as mãos por baixo do moletom dele e foi subindo, arrastando as unhas através dos pelos do peito de Brendan.

— Tira a camisa para mim? — sussurrou, esfregando os gominhos do abdome dele com a base das mãos. — Por favor? Adoro seu corpo.

— Essa fala é minha — disse ele, fraquejando, balançado pela confissão dela.

É, Brendan se cuidava, e o trabalho mantinha seu corpo forte e habilidoso, mas estava bem longe da perfeição. O que não era o caso dela. Porém, como já notara, quando Piper pedia "por favor", ele a atendia, e foi o que fez, arrancando o moletom com um movimento rápido. Assim que passou a gola pela cabeça, encontrou-a pronta para um beijo.

Com os lábios ávidos e úmidos, o beijo deles atingiu um ponto que não dava para voltar atrás. Os dois lutaram com o elástico no cós da calça de ioga dela, até conseguirem passá--la pelo quadril e baixá-la mais um pouco, para ela chutar a roupa para longe. Então, Piper voltou a subir nele, as coxas ágeis roçavam na cintura de Brendan, e o quadril dele se projetou para pressionar o pau contra a maciez dela, o que a deixou imprensada contra a parede.

— Percebi que a gente não precisou tirar calcinha nenhuma — disse, entre um beijo e outro, ao agarrar a bunda incrível dela com ambas as mãos e massagear as polpas quase com fúria, porque o deixavam maluco, caramba. — Dirigiu até aqui na minha caminhonete com a boceta assim, Piper?

Ela mordeu o lábio superior dele, puxou a pele.

— Também dormi na sua cama assim.

— Nossa.

Começou um ruído em seu peito, que não cessou até despir a blusa emprestada que ela usava e atirá-la no chão, deixando Piper completamente, e muito felizmente, nua. Nua e envolta nele, o cabelo todo bagunçado como de quem acabara de acordar, os olhos inchados de chorar por Brendan. Se o pau dele não estivesse latejando de vontade, talvez ficasse de joelhos para venerá-la. Todos aqueles momentos no barco, implorando para vê-la mais uma vez, tiveram razão de ser. Inclusive, deveria ter implorado mais, porque ela era uma sereia, um anjo misericordioso, uma mulher safada, tudo isso ao mesmo tempo. Um sonho, caralho.

E ela estava fazendo de tudo para abrir a braguilha do jeans.

Brendan a ajudou, desabotoou a parte de cima e estremeceu conforme baixava o zíper e seu pau surgia, ganhando ainda mais volume com o espaço para respirar. Ele preencheu a reentrância entre as pernas dela, e Piper gemeu, afundando os calcanhares na bunda do capitão para trazê-lo mais para perto — e ele foi, friccionando a carne escorregadiça dela. Uma estocada, e estaria em casa.

Então lhe ocorreu a pior coisa possível.

— Que merda, Piper. — Ele viu sua vida passar como um filme. — Estou sem camisinha.

Ela o estava beijando no pescoço e parou de repente, ofegante.

— Mentira. Por favor, diz que é mentira.

— Não é. Eu não ando com isso.

A cabeça de Piper se inclinou para trás com um soluço, e ele não resistiu à vontade de lamber o contorno sexy do pescoço dela, depois mordiscou o lóbulo de sua orelha.

— Não achei que iria te encontrar... — disse ele.

Os dois viraram a cabeça ao mesmo tempo, então outro beijo os aproximou, cada vez mais fundo, e ele mexeu o quadril sem pensar, excitado; com o movimento de foder, seu membro deslizava para cima e para baixo pelos lábios macios do sexo dela, sem transpor a entrada.

— Brendan — disse ela, sem fôlego.

— Fala, linda.

— Fiz um exame. Pouco antes de vir. — Ambos respiraram pesado, as bocas quase coladas. — Não tenho nada, tomo anticoncepcional e só preciso muito de você agora. Muito.

Ele deitou o rosto no pescoço dela, soltou um gemido e estendeu o braço entre o corpo dos dois para pegar na sua ereção.

— Eu também não tenho nada. Caramba, Piper, você vai me deixar te foder sem nada?

— Vou. Vou.

Ela quase miou esse segundo "vou", e as bolas dele doeram de tesão, o que o fez cerrar os dentes e, mentalmente, passar uma ordem para não gozar muito rápido. Mas, quando meteu os primeiros centímetros dentro dela, toda quente e molhada, ficou óbvio que seria um desafio e tanto.

— Nossa, como você é gostosa. Meu Deus. — Ele bombeou mais fundo, e ela quase perdeu o fôlego. — Você é apertadinha demais.

Quando a preencheu por completo, ela quicava sem parar, então ele precisava focar, focar em ficar parado. Só o tempo necessário para organizar seu desejo, para reunir alguma sensação de controle, ou iria simplesmente possuí-la com furor. Só precisava de um minuto. Só um minuto.

— Forte. — Ao suplicar, as costas dela se arquearam, descolando da parede. — Eu quero forte.

Já era aquele um minuto dele.

A primeira estocada de Brendan ergueu o corpo dela parede acima, e Piper tentou abafar um grito; aqueles lindos olhos se turvaram. Ele tapou a boca de Piper e deu outra estocada, mais forte; os olhos deles se encontraram acima da curva da mão de Brendan. Houve uma perturbação bem no meio do peito dele, a qual deve ter ficado estampada no rosto, pois algo flamejou no olhar de Piper. Uma ondulação de pânico no lago da sua luxúria.

Ela afastou a mão dele aos poucos, sua expressão mudou. As pálpebras ficaram semicerradas, e Piper olhava para ele através do véu formado por elas, enquanto mordia o lábio.

— Gosta deste jeito? — Ela contraía a boceta com movimentos ritmados, sussurrando, matando-o aos poucos. — Quer que eu abra mais as pernas ou assim está bom, capitão?

As pernas dele quase cederam, mas Brendan se segurou. Manteve-se firme, embora parte dele estivesse tão sedenta por se aliviar que ficou tentado a deixar Piper tratar essa relação apenas como sexo. Embora ela tivesse dormido na cama dele, se preocupado com ele a ponto de aparecer chorando no hospital. Mas ele iria travar essa batalha com ela tanto quanto fosse necessário. Até ela se dar conta de que não estava conseguindo enganá-lo e que havia algo a mais entre eles. Bem mais, caramba.

Ao colar a boca no ouvido dela, Brendan começou a fodê-la — com força —, e as pernas dela balançavam a cada estocada violenta.

— Veio até aqui para ser uma vizinha legal, Piper? Estou sendo um vizinho legal por te oferecer meu pau?

Nossa, ele adorou o jeito com que ela respondeu com o nome dele, em um gemido.

— Eu estava no meio da porra de uma tempestade pensando em você. Pensando em como fica bonita no meu jardim. Pensando em você à minha espera, no final do meu cais, do meu porto. Você me esperando lá, diante do pôr do sol, para eu poder tocá-la antes mesmo de tocar na terra. — Ele sentiu nos lábios a pulsação no pescoço dela e passou os dentes por cima da veia do pescoço, enquanto bombeava com força. — Fiquei pensando nessa boca, nesses olhos, nessas pernas e nessa boceta. O tempo todo. Agora para com esse fingimento de merda, linda, e me fala que sentiu saudade.

Ela inspirou fundo, os dedos se curvaram nos ombros dele.

— Senti saudade.

Um bálsamo se espalhou pelo seu coração, embora a vontade, a ânsia que sentia, tenha ficado mais forte, quente.

— Você pode me fazer comer nessa sua mãozinha linda, mas eu não vou ficar fazendo joguinho sobre o que existe entre nós. Entendeu, Piper?

Eles cerraram os olhos logo após o beijo. Sabiam que a disputa entre eles estava longe de acabar, mas o desejo por ora iria ofuscá-la. Ele segurou firme a bunda de Piper e ergueu-a mais ainda contra a parede; para escorar os joelhos dela, usou o quadril. Posicionou-se para cima e mais fundo no interior de Piper, de modo a atingir aquele ponto dentro dela — e aí foi nela com tudo. Os gemidos guturais de Piper lhe diziam para continuar bem ali, para manter aquele ritmo, e foi o que fez. Segurou a semente quente dentro dele, louca para se liberar, e se concentrou nas mudanças de expressão dela conforme aumentava o ritmo. Mudou de confiante para surpresa, depois para desesperada.

— Ai, meu Deus, Brendan, não p-para. — Seus olhos não viam mais nada; as unhas afundavam na pele dos ombros dele. — Mais forte. Mais forte. Você vai... você vai me fazer...

— Todas as vezes, Piper.

Em alto-mar, ele havia relembrado mil vezes o momento em que Piper teve um orgasmo com sua língua no clitóris dela, deitada na mesa da cozinha, mas sentir aquilo acontecer em volta do seu pau ativou instintos primitivos dentro dele, e ele liberou tudo, enquanto pressionava testa com testa e adentrava o canal doce e apertado dela, que já entrava em convulsão.

— Vai, linda. Vai com tudo. Me mostra o que eu faço com essa boceta que gosta de tudo do bom e do melhor.

Piper ficou totalmente boquiaberta, os músculos se contraíram, e bateu com as mãos nos ombros dele; e então sucumbiu, a carne trêmula ao redor dele. Ela se contorceu entre Brendan e a parede, debatendo-se contra o prazer, ao mesmo tempo que necessitava dele. Seus olhos estavam arregalados, sem enxergar nada.

— Brendan. Meu Deus. Meu Deus. *Brendan.*

Ouvir seu nome nos lábios de Piper o fez cruzar o limite, e o lacre que o refreava se rompeu. Veio uma sensação inebriante junto à base da coluna, o desejo incandescente o atingiu bem embaixo, em cheio, com uma urgência que jamais havia sentido. As pernas de Piper foram relaxando quando ele gozou, mas ela continuou abraçando-o apertado conforme ele tinha espasmos involuntários. Manteve os pés fora do chão até ele liberar totalmente aquela pressão inacreditável. E ele desabou sobre ela.

— *Puta mer...* — disse ela; o rosto colado no pescoço dele.

— Puta merda.

Os batimentos cardíacos pulsavam na jugular dele.

— Concordo plenamente — disse ele.

Ela soltou uma gargalhada extasiada.

Brendan a beijou na têmpora e afastou-se um pouco, em busca do olhar dela.

— Não fica tensa comigo, Piper.

— Pode ser que nunca mais eu fique tensa — sussurrou, cerrando as pálpebras.

O peito de Brendan explodia de orgulho, e ele a beijou na testa, nas bochechas, na boca, depois se ajoelhou para lhe dar beijos na barriga e apanhou a camisa emprestada dela antes de se levantar. Colocou a blusa em cima da cabeça de Piper e a ajudou a passar cada braço pelas mangas, depois fechou o zíper da calça. Enquanto Piper estava encostada na parede, em um torpor que não lhe incomodava nem um pouco, ele achou uma caixa de lenços de papel, puxou vários e limpou seu gozo das reentrâncias das coxas dela.

Esse último gesto a fez despertar.

— Deixa comigo — disse ele, estendendo o braço para pegar a caixa de lenços.

Ele pegou no pulso dela.

— Eu gosto de fazer isso.

— Brendan... — Ela ficou nervosa, mas tentou não demonstrar. — Só porque fiquei com saudade...

Pronto.

— Hã?

— Bem... — Ela se abaixou para pegar as calças e começou a vesti-las com as mãos tremendo. — Eu... eu estou com medo de fazer você achar que...

— Caramba. — Rindo para si mesmo, ele parou uns instantes, antes de passar a cabeça pela gola do moletom, e ignorou uma leve pontada no peito. — Fico só imaginando com que tipo de idiotas você já namorou, Piper. Mas não sou um deles. Já sou adulto, e sei o que nós dois temos. Sei que vai me fazer batalhar por você, e isso não me assusta.

Por um momento, ela ficou com um ar sonhador, mas logo voltou à realidade.

— Batalhar por mim? Mas não tem nada para batalhar!

— Mas o que isso quer dizer? — bradou ele.

— Quer dizer que... — Ela torceu as mãos. — Eu... Eu não estou disponível para namorar.

Brendan suspirou. Estava chateado? Sim. Queria estar em qualquer outro lugar do mundo? Não. E isso era confuso para caralho, mas, pelo visto, era o que ele curtia no momento. Ficar confuso, encantado e todo desarmado diante daquela mulher.

— Como você quer chamar o que a gente tem? Vamos tentar chegar num consenso.

— Amizade colorida, com benefícios?

— Não.

— Por quê?

Ele esticou o braço, colocou a mão em concha na boceta dela, de um jeito bruto, por cima da malha da calça de ioga, e provocou a região da costura com o dedo do meio.

— Isso aqui vai muito além de um benefício.

Piper ficou balançada.

Ele retirou a mão depressa e a agarrou, trazendo-a para perto de seu peitoral.

— Que tal falarmos que somos "mais do que amigos"?

— Mas isso pode significar qualquer coisa. — Ela desenhou círculos imaginários no peito dele, enquanto ele contava seus cílios. — Quem é casado é mais do que amigo.

Era cedo demais para analisar por que ele havia gostado tanto da palavra "casado" saindo dos lábios dela, certo?

— Vamos ficar com "mais do que amigos" — grunhiu ele, beijando-a antes que ela pudesse reclamar.

Ela demorou alguns segundos para reagir, mas, em pouco tempo, as bocas quase ficaram sem ar. Ele a imprensou contra a parede mais uma vez, a palma de Piper moldou a frente do jeans, onde o pau dele se avolumava de novo, a postos, ansioso por mais...

— Brendan Taggart, por favor, dirija-se ao balcão de informações do quarto andar — comunicou uma voz cansada através do sistema de alto-falante; em seguida, a mensagem foi repetida duas vezes, enquanto eles permaneciam como duas estátuas flagradas em um beijo.

— Caralho — soltou ele, ao respirar fundo e desejar que a ereção passasse. Mas isso não iria acontecer de jeito nenhum, então tentou se ajeitar para não dar muito na vista, pegou a mão de Piper e a puxou em direção à porta. — Vem comigo.

— Ah. — Ele olhou para trás e viu Piper arrumando o cabelo desgrenhado, de um modo que achou adorável. — Hum. Tudo bem.

Brendan retirou a cadeira cujo encosto tinha encaixado embaixo da maçaneta, e os dois caminharam juntos pelo corredor escuro do hospital. Ele olhou para Piper, tentando decifrar como ela se sentia quanto ao rótulo de "mais do que amigos". Aquela conversa, aquela guerra, estava longe do fim, mas para ele era inevitável sentir que havia vencido uma batalha só por estarem de mãos dadas, como se fosse a coisa mais natural do mundo. *Você não vai se livrar de mim, Piper.*

— Brendan?

A voz do sogro provocou um sobressalto nele. Brendan desprendeu a atenção de Piper e a direcionou para Mick, que perambulava pelo balcão de informações.

— Mick.

O sogro se deteve, e, ao olhar de Brendan para Piper, seu rosto ficou consternado. Ao ver as mãos deles entrelaçadas. O cabelo bagunçado dela. Por alguns segundos, Brendan não conseguiu disfarçar a culpa. Não completamente. Mas só porque ele deveria ter procurado Mick, contado ao homem seus sentimentos por Piper. Dar-lhe uma rasteira desse jeito era a última coisa que queria ter feito. O sogro jamais tinha visto Brendan com outra pessoa além da filha dele, e o choque devia ser grande.

Absorto nesses arrependimentos, Brendan não reagiu rápido o suficiente quando Piper soltou sua mão.

Tentou alcançar a mão dela, mas já não dava mais.

— Oi, Mick — disse ela, com a voz baixa, umedecendo os lábios.

Mick não respondeu. Aliás, ele ignorou Piper completamente, e Brendan sentiu uma onda de raiva. Mas a culpa era dele. Ele tinha pulado uma etapa crucial, e ali estavam os três, em uma situação desconfortável que poderia ter sido evitada. E, droga, a última coisa que ele queria era dar a Piper mais um motivo para manter uma distância entre eles.

— Ah, ótimo — disse uma enfermeira sorridente que apareceu no balcão. — Você o encontrou.

— Só vim ver como o Sanders está — murmurou Mick, apontando o dedão para uma direção aleatória.

— Ah, é... Eu vou... — Piper começou uma frase. — Eu, é... você volta de carona com Mick, né? — Ela não olhava para ele e estava prestes a sair dali, direto para os elevadores. — Hannah deve estar preocupada, sem saber onde estou. Melhor eu voltar para casa.

Brendan seguiu Piper e a agarrou pelo cotovelo antes que ela pudesse chamar o elevador.

— Fica aqui. Vamos voltar de carro juntos.

— Para. — Ela deu uma batidinha no peito dele de um jeito brincalhão, que os levava de volta ao flerte. — Você precisa ficar aqui para ver se o Sanders vai ficar bem. A gente se vê mais tarde!

— Piper.

— Brendan. — Ela imitou o jeito dele de falar e a expressão séria, enquanto tentava apertar o botão do elevador, com toda a pressa do mundo. — Está tudo bem, tá? — Como ele ainda hesitava em soltá-la, Piper deixou a intrepidez de lado e implorou com o olhar. — Por favor.

Ele cedeu, relutante, e a observou desaparecer por trás das portas do elevador, já sentindo falta do peso da mão dela na dele. Queria ir atrás dela, ao menos beijá-la antes de ela pegar a estrada, mas sentiu que precisava lhe dar espaço. Só esperava que o progresso que haviam feito naquela manhã na jornada para o "mais do que amigos" não fosse por água abaixo em questão de minutos.

O dever e o respeito o chamavam, então, prometendo-se acertar as coisas com Piper mais tarde, deu meia-volta e foi encarar o sogro.

Mick estendeu a mão quando Brendan se aproximou.

— Não precisa se explicar, Brendan. Sei que você é um jovem com lenha para queimar. — Ele coçou atrás do pescoço. — Poucos rapazes iam deixar uma garota como aquela passar despercebida.

— Não... Ela... É impossível deixar ela passar.

Ele aguentou um dia inteiro, não foi? Ou foi menos? Até começar a sentir que ela era... inevitável. Brendan não se conteve e deu uma olhada em direção ao elevador. Quando se virou, Mick estava com o olhar fixo em seu dedo anelar. Ou melhor, na falta de um objeto específico. As rugas ao redor dos olhos de Mick empalideceram, e um brilho as preencheu.

Brendan detestava o sentimento de deslealdade que o dominava. Racionalmente, ele sabia que não havia nada de desleal em tentar conquistar Piper. Nem um pouco. Mas aquele homem que trouxera Brendan para debaixo da asa, que o nomeara capitão do barco dele, que se tornara um ótimo amigo e uma figura paterna... merda, doía saber que o havia magoado. Estava bem ali na ponta da língua a explicação de que estava levando Piper a sério, que não era queimar lenha, mas o fato de Mick ter visto que ele finalmente tirara a aliança já bastava para aquele dia. Não precisava destruir o homem. Ainda mais porque, provavelmente, Mick via na ausência da aliança de Brendan mais uma parte da sua filha que ia embora.

Ele deu um tapinha no ombro de Mick.

— Vamos lá conferir como está o Sanders, pode ser?

Visivelmente grato por mudarem de assunto, Mick assentiu, e eles foram andando pela ala onde Sanders se recuperava.

## Capítulo dezenove

Piper foi se arrastando para subir a escada até o apartamento e destrancou a porta. No caminho de volta para casa, ao sentir a barriga roncar, ela havia parado para comprar café e algo para comer, e agora já era quase meio-dia. Também havia mandado uma mensagem para Hannah avisando que Brendan e a tripulação estavam bem, depois ignorou totalmente as perguntas que se seguiram sobre como tinham sido as coisas no hospital. Porque... como *tinham sido* as coisas no hospital?

Ainda sem respostas concretas, andou lentamente pelo apartamento, levando um latte de canela para Hannah, com a esperança de que a irmã estivesse trabalhando na loja de discos. Ela, porém, estava deitada na cama de cima do beliche, com os ouvidos tapados pelo headphone, como sempre, lamentando-se sobre uma simples reviravolta do destino.

Quando Piper deu uma batida no beliche, Hannah soltou um gritinho, sentou-se no mesmo instante e baixou o headphone até a nuca. A cara assustada logo se alegrou.

— Puxa. Pra mim?

Piper entregou o copo para a irmã.

— Hummm.

Hannah ergueu a sobrancelha enquanto tomava um gole.

— Você está com uma cara... diferente hoje.

— Tomei banho ontem à noite e dormi de cabelo molhado — murmurou Piper, aérea, ao sentar na cama de baixo.

Ela olhou para a parede mais distante do apartamento — que, na verdade, era bem *próxima* — e tentou processar o que havia vivido horas atrás.

A irmã pulou do alto do beliche.

— Piper. — Ela se aninhou junto à irmã e deu uma cutucada nas costelas de Piper com o cotovelo. — Você está muito calada. Fala comigo.

Piper apertou os lábios, sem dizer nada.

— Ah, para.

Silêncio.

— Começa com uma coisa boba. Inofensiva. Como foi na estrada?

— Não lembro. — Incapaz de continuar guardando certa informação para si, por mais que fosse se arrepender depois por ter compartilhado, Piper estendeu o braço e agarrou o joelho da irmã. — Hannah, ele... ele me fez ter um orgasmo vaginal.

Hannah quase derrubou o café.

— O quê? Tipo... você gozou só com a penetração?

— Isso — sussurrou Piper, abanando o rosto. — Foi tipo, eu pensei... será? E depois... não, sem chance. Mas aí, sim. Sim, sim, caralho, *sim*. Encostada na parede. Uma *parede*, Hanns. — Ela fechou os olhos e pensou em mais uma coisa. — Foi a transa mais incrível da minha vida. E ele nem precisou se esforçar muito.

— Ai, Piper. Você está muito ferrada.

— Não. — Piper se endireitou. — Não, deu para escapar quase ilesa. Ele me fez admitir que somos mais do que amigos, mas não rolou quase nenhum chamego, e não combinamos de nos ver de novo. Só vou evitá-lo por um tempo.

Hannah se pôs de pé e interpelou Piper.

— Está com medo de quê?

Piper bufou.

— Não estou com medo.

E ela não estava mesmo. Estava? Esse peso constante no estômago era perfeitamente normal. Assim como a certeza de que Brendan acabaria descobrindo que existem centenas de mulheres iguais a Piper Bellinger; ela definitivamente não era o tipo de garota por quem um homem mantém uma aliança no dedo durante sete anos, isso com certeza!

Era só um pássaro exótico naquela cidadezinha monótona, e ele iria acabar percebendo isso.

Ou não iria.

O que era ainda *mais* assustador.

E se os sentimentos dele por ela fossem mesmo genuínos? Piper não conseguiria continuar lutando contra os dela por muito mais tempo. Estavam piorando a cada dia. Ela havia dirigido que nem uma desesperada até o hospital, quase que em luto. Passando mal. E a *alegria* que sentiu quando ele apareceu, são e salvo... Meu Deus, ela estava ficando exausta só de pensar na ginástica que seu coração tinha feito.

E se esses sentimentos ficassem cada vez mais profundos, tanto os dele quanto os dela... o que aconteceria depois?

Ela ficaria em Westport?

— Há!

Hannah destampou o café para tomar uma golada.

— Você sabe que essa conversa está acontecendo só na sua cabeça, né? Eu não consigo ouvir.

— Não vou ficar aqui. — Piper respirou, o coração estava quase saindo pela boca. — Ele não pode me obrigar.

Ela arrancou o celular do bolso e mexeu na tela até abrir o Instagram e rolar seu feed colorido. Aquelas fotos e o estilo de vida despreocupado que representavam estavam lhe parecendo quase de outro mundo, e isso era assustador. Significava que ela estava de fato considerando um *novo* caminho? Um em que ela não iria postar para ser venerada, embora a veneração fosse falsa? Sua rotina em Westport era gratificante de uma maneira que jamais esperou, mas ainda era um peixe fora d'água ali. Em Los Angeles, ela se encaixava como uma luva, pelo menos nas aparências. Era boa em ser Piper Bellinger, a socialite. Ainda era uma incógnita se Piper poderia ou não se tornar uma moradora de Westport.

Ela pegou o telefone e mostrou a tela repleta de fotos para Hannah.

— Para o bem ou para o mal, essa garota aí sou eu, né? Estou me distanciando muito dessa Piper. Muito rápido.

— Certo — disse Hannah, devagar. — Brendan faz você sentir que precisa mudar?

Piper refletiu sobre a pergunta.

— Não. Ele até falou que minha boceta dava trabalho, gosta de tudo do bom e do melhor, mas como se fosse algo bom. Acho que ele *gosta* de mim desse jeito. Isso é péssimo.

— É, parece a pior coisa do mundo. O que está pegando de verdade, Piper?

Piper explodiu.

— Hannah, fiquei com um medo do caralho na noite passada!

A irmã assentiu, séria.

— Eu sei.

— E ele nem é meu namorado.

— Por enquanto.

— Grossa.

Ela continuava mostrando o celular.

— Essa garota aqui não é... forte o suficiente. Para ficar preocupada assim o tempo todo. Por amar uma pessoa e perdê-la, como a mamãe e Opal perderam Henry. Eu não sou desse jeito, Hannah. Vou para festas e divulgo marcas de biquíni, caramba. Não sei quem eu *sou* em Westport.

Hannah se aproximou de Piper e a abraçou.

— Nossa! Um orgasmo vaginal e uma crise existencial no mesmo dia. Você deve estar esgotada.

— Estou. Estou exausta.

Piper retribuiu o abraço de Hannah e prostrou-se, com a testa apoiada, sem cerimônia, no pescoço da irmã. Pensou na expressão de Mick quando a viu de mãos dadas com Brendan e sentiu como se encolhesse por dentro. Na verdade, ela nem sequer estava pronta para contar a Hannah esse momento. Sobre ter se sentido muito baixa. Não necessariamente uma destruidora de lares, mas... uma intrusa. Uma outsider. *Quem essa garota festeira de Los Angeles pensa que é para aparecer aqui e tentar ocupar o lugar de uma esposa de pescador, nascida e criada na nossa cidade?*

Um alerta de mensagem soou no celular de Piper.

De quem?

Não era possível ser Brendan. Ele havia deixado o celular no barco. E nenhum dos amigos dela entrara em contato nem para dizer um oi após ela se mudar do código postal de Bel-Air.

Piper segurou a tela, e um sorriso brotou em seu rosto.

— Ai, que ótima notícia.

Hannah deixou os braços escaparem do pescoço da irmã.

— O que é?

— Plena sexta-feira à noite, e finalmente nossa avó está pronta para a farra.

Como alguém que sempre levou a badalação a sério, Piper não perdeu tempo.

Tomou banho, penteou o cabelo, maquiou-se com cuidado e se aventurou, determinada, em direção ao porto, levando uma seleção de vestidos dentro de uma capa, inclusive um para ela. Opal era pequena e delicada, e, com alguns ajustes de última hora, Piper iria transformá-la numa mulher poderosa num piscar de olhos.

No instante em que Opal abriu a porta, usando um robe lavanda curtinho, fofíssimo, Piper percebeu que ela estava meio em dúvida sobre a saída.

— Ah, não. — Piper a interrompeu com um selinho. — Todo mundo fica nervoso antes de uma festa, Opal. Está me ouvindo? Todo mundo. Mas por acaso deixamos isso nos deter? Não. A gente persevera. Fica bêbada até não sentir mais nada.

Visivelmente incentivada, Opal cedeu, mas logo em seguida pareceu mudar de ideia.

— Sou muito fraca para bebida. Não tomo nada além de café desde os anos 1990.

— Que triste. Mas é por isso que usamos o método Bellinger. Toma um copo d'água a cada copo de bebida. Depois, come uma torrada e toma dois comprimidos de Advil antes de deitar. Funciona direitinho. Você vai conseguir correr uma maratona amanhã de manhã.

— Não consigo correr uma agora.

— Pois é. Para você ver como a coisa funciona bem.

Opal morreu de rir.

— Desde que você começou a me visitar, Piper, já gargalhei mais do que em dez anos. Hannah não conseguiu vir?

— Não, era o turno dela na loja de discos. Mas ela mandou um beijo.

Após um gesto de agradecimento, a avó voltou a atenção para a capa com os vestidos, por isso não viu a umidade inesperada dançando nos olhos de Piper.

— Bem, querida. Vamos ver o que você trouxe.

Levou apenas três horas para transformar Opal, fechada em seu luto quase como uma eremita, em dama da sociedade. Após Piper aplicar mousse no cabelo da avó e maquiá-la, Opal escolheu um vestido sozinha.

Era evidente que ela tinha bom gosto, pois foi direto no Versace com mangas bufantes.

— A aprendiz virou a mestre, vó.

Opal levou um sustinho ao ser chamada assim, e Piper também ficou paralisada. A palavra simplesmente escapuliu de sua boca, mas soou absurdamente natural. Por fim, Opal se aproximou mais e envolveu Piper com um abraço apertado, pouco depois deu um passo para trás para observá-la.

— Obrigada.

Piper fez que sim, sem conseguir dizer nada por causa do nó em sua garganta, e observou Opal se retirar do quarto para se trocar. Surpresa ao notar o tremor nas mãos, tirou a legging e o suéter que usou para ir até lá e colocou um vestidinho curto Balmain, com estampa de zebra verde e preta. A força do hábito falou mais alto, então ela pegou o celular para tirar uma foto e, ao fazer isso, levou um susto, pois havia uma mensagem de Brendan.

**Quero te ver hoje à noite.**

Ondas e mais ondas de arrepios percorreram sua barriga. Meu Deus, ela adorava como ele ia direto ao ponto. Nada de joguinhos. Nada de conversa fiada. Somente *Eu quero isto aqui, meu bem. Agora é sua vez.*

Ela queria ver Brendan? Sim. Não podia negar. Mais do que isso, queria que ele a visse daquele jeito. Desejava contemplar a admiração masculina expressa no rosto dele e ter absoluta convicção de que Brendan iria pensar em transar com ela. E seria tão mais fácil fingir naturalidade usando a armadura de guerra, rodeada por testemunhas em um bar. Talvez a vida noturna de Westport não fosse *exatamente* igual ao que Piper estava acostumada, mas era mais próxima do seu hábitat do que um bar em reforma ou um hospital mal iluminado.

Piper precisava se sentir como ela mesma. Precisava se lembrar da vida que tinha.

A vida que iria retomar. Em breve.

Nas últimas semanas, em várias ocasiões, perdera o equilíbrio por conta dos seus sentimentos. Ou da situação na qual se encontrava, mais de mil quilômetros longe de casa. Sem amigos, um peixe fora d'água.

Desde o começo, Brendan impediu que ela sustentasse qualquer dissimulação. Com ele, nunca conseguiu deixar de ser sincera. Na verdade, em um nível assustador. Mas, por ora, ele não estava diante dela, transbordando toda aquela intensidade, estava? Além disso, a Piper de Los Angeles estava enferrujada e exigia ser aplacada. *Essa* Piper não mandaria uma mensagem dizendo que também queria vê-lo naquela noite. Hã-hã. Ela deixaria uma pista e sairia para dançar em meio às luzes estroboscópicas.

**Tô saindo para curtir. Quem sabe a gente se fala mais tarde no Afunde o Navio. Bj**

Apareceram três pontinhos na tela para informar que Brendan estava digitando.

E aí eles sumiram.

Ela pressionou a mão no estômago para conter a adrenalina.

Opal saiu do banheiro parecendo um piteuzinho orgânico.

— Que tal?

— Que tal? — Piper deu um assobio. — Se prepara, Westport. Um tremendo avião está chegando na área.

A única experiência de Piper no Afunde o Navio não foi nada boa, e atravessar aquela porta de novo era tenso. Mas aquela noite não tinha a ver com as lembranças da velha

Piper, e sim com fazer aquela mulher, de quem ela já gostava bastante, sair da toca.

Opal e Piper entraram de braços dados no bar barulhento. Pescadores ocupavam a longa fileira de bancos próxima à entrada, celebrando a conclusão de mais uma semana de trabalho em alto-mar. E o fato de terem sobrevivido à tempestade da noite anterior parecia deixar o ambiente ainda mais alegre. Os balconistas serviam cerveja aos homens, a maioria deles mais velhos, e a seus amigos e esposas. Não tinha ninguém fumando, mas um cheiro de fumaça de cigarro vinha do lado de fora e impregnava nas roupas. A voz de Neil Young se entrelaçava entre as conversas e risadas.

Opal deu uma empacada assim que pisaram na soleira, mas Piper deu uns tapinhas no braço dela e atravessou com a avó a parte mais tumultuada até chegar ao fundo do estabelecimento, onde havia lugares para sentar. Da última vez, ela ficou no bar só até pedir aquela fatídica bandeja de shots, mas foi tempo suficiente para reconhecer o terreno. E ficou aliviada ao ver que, também naquela noite, as mesas do fundo eram ocupadas por mulheres. Algumas eram da idade de Opal, outras mais da geração de Piper, e todas estavam falando ao mesmo tempo.

Duas das mulheres mais velhas se cutucaram ao identificar Opal. Uma por uma, as mais de dez mulheres do grupo foram notando a presença dela. Por um longo momento, olharam fixo para Opal, boquiabertas... em seguida, todas a encurralaram ao mesmo tempo.

— Opal — disse, ao se levantar, uma mulher de cabelo curto vermelho com cara de simpática. — Você saiu de casa!

— E está toda gostosona! — completou outra.

As risadas se espalharam entre as mesas, e Piper conseguia sentir a satisfação de Opal.

— Bom, agora tenho uma estilista chique — comentou, apertando o braço de Piper. — Minha neta.

Westport era uma cidade pequena, então era óbvio que algumas delas já sabiam que as irmãs Bellinger estavam morando lá e eram parentes de Opal, enquanto outras estavam ligando os pontos naquela hora e ficando admiradas. De qualquer maneira, o grupo como um todo parecia surpreso por vê-las saindo juntas, demonstrando tanta proximidade.

— Vocês têm... lugar para mais duas? — perguntou Opal.

O grupo se reacomodou e pegou cadeiras de outras mesas. Havia um brilho diferente no olhar de Opal quando ela fitou Piper e soltou um suspiro.

— É como se eu nunca tivesse saído daqui.

Piper se inclinou e lhe deu um beijo na bochecha.

— Por que não vai se sentar? Vou pegar uns drinques para a gente. Tequila para você, certo?

— Ah, para com isso. — Opal deu um tapinha de brincadeira no braço de Piper. — Um Hi-Fi com dois limões, por favor.

— Caramba — murmurou Piper, com um sorriso, enquanto Opal se afastava. A senhora pediu uma cadeira e, na mesma hora, recebeu uma enxurrada de atenção, bem merecida. — Estou achando que você vai ficar ótima.

Piper pagou uma rodada de drinques para as duas e se sentou ao lado de Opal. Após meia hora de um papo que fluiu muito bem, a noite parecia ser um encontro de mulheres bem tranquilo. Até que uma das garotas, de vinte e poucos anos, pagou um drinque para Piper em troca de uma dica de beleza. Na verdade, ela nem precisava da bebida. Adorava distribuir conselhos baseados no tom de pele da menina e no formato do rosto... Mas aí outra garota pôs um shot na frente de Piper e perguntou sobre a rotina de beleza dela. Outra trocou um coquetel de vodca com limão por dicas de looks sensuais para usar no inverno, quando sempre faz "um frio do cão e chove o tempo todo".

Daí em diante, foi tudo ladeira abaixo.

— Tudo se resume ao estilo — berrou Piper, no ambiente com música alta, uma hora depois, enquanto forçava os olhos para enxergar apenas um grupo de pessoas, em vez de dois.

Ou será que eram dois grupos? Quando foi que essa gente apareceu ali?

Ela tentou se lembrar do fio da meada. Só estava falando bobagens sem sentido? Não, as meninas tinham arrastado mesas para o lado para criar uma passarela nos fundos do Afunde o Navio e estavam absortas, ouvindo o que ela dizia. *Dá seu show, Piper.*

— Vocês, eu, todas nós, meninas. Nós temos o poder. — Ela apontou para o bar, lotado de homens. — Eles sabem disso. Eles sabem que a gente sabe. O segredo é mostrar para eles que sabemos que eles sabem que a gente sabe. Faz sentido?

A mulherada disse que sim, em coro, e brindou com seus drinques.

— Vejam só como eu ando — disse Piper, ao jogar o cabelo para trás dos ombros e desfilar pelas tábuas de correr. No final da passarela improvisada, deu uma viradinha. Não foi sua melhor performance, mas foi bastante digna após quatro, talvez oito drinques. — Olhem para o meu rosto. É tipo assim, não estou com tempo para *suas* palhaçadas. Estou ocupada. Vivendo!

— Com isso aí, vou conseguir arranjar alguém para transar? — indagou uma das meninas.

Piper agarrou o rosto da garota e olhou para ela com intensidade.

— Vai.

— Eu acredito em você.

— Ei, Piper. — Apareceu outra garota. Ou eram irmãs gêmeas? — Está chegando o Dia do Trabalho. A gente devia fazer uma festa e testar as dicas de maquiagem.

— Ai, meu Deus. — A Piper respirou, conforme sua melhor/pior ideia brotava daquela embriaguez maravilhosa. — Eu devia dar a festa. Tenho um *bar*.

— Ei, pessoal! A Piper vai dar uma festa no Dia do Trabalho!

A comemoração foi ensurdecedora.

— Desfila de novo para a gente ver!

Piper tomou um shot que alguém lhe ofereceu.

— Foda-se! Vamos dançar!

## Capítulo vinte

Brendan se encostou na parede do Afunde o Navio e ficou de braços cruzados, com um sorriso tranquilo no rosto, enquanto observava Piper lançar sua mágica em todos que a cercavam.

Ela estava podre de bêbada... e adorável.

Todo mundo que falava com Piper recebia a atenção total dela e saía como se tivesse ouvido os segredos do universo. Ela criava conexões quase instantâneas com as pessoas, caramba, e o pessoal a adorava. Piper percebia que estava fazendo isso?

Alguém gritou para o barman tocar Beyoncé, e as mesas foram empurradas ainda mais para o canto, o que fez o espaço se transformar de uma passarela exclusiva para Piper em pista de dança, então só lhe restava ficar ali parado, observando-a, enquanto a pulsação se avolumava — assim como outra parte do seu corpo — com a maneira como ela balançava o quadril; os braços jogados para cima, livres e displicentes, e os olhos, sonhadores. Ela estava chamando a atenção de muitos homens no bar e, sinceramente, ele não gostava disso, mas Piper era a garota por quem estava caidinho. Fazia parte do jogo ficar com ciúme.

Piper parou na pista de dança e mudou de expressão ao franzir a testa. Em seguida, como se enfim tivesse sentido a presença de Brendan, virou e olhou diretamente para ele. E, quando o rosto dela assumiu uma expressão de pura alegria e ela acenou com entusiasmo, Brendan soube que a amava.

Deus era testemunha, tudo havia acontecido muito rápido, mas ele não foi capaz de pisar no freio.

Não quando ela era o destino.

Sua boca ficou seca, mas conseguiu acenar de volta.

Ele nunca havia sentido aquela emoção. Não era como o simples companheirismo do seu casamento. Nem como a relação de amor e ódio que tinha com o mar. O que sentia por Piper o tornava um jovem vivendo a agonia da primeira paixão, ao mesmo tempo que evocava suas raízes mais profundas e maduras. Em outras palavras, para ficar com essa mulher, Brendan tomaria uma atitude e faria o que fosse necessário, com a merda do seu coração o tempo inteiro acelerado.

Mesmo que ele dedicasse cada gota de esforço para ficar com Piper, talvez ela ainda fosse embora. Ela podia dançar até o pôr do sol e a qualquer momento voltar para aquela vida extravagante, deixando-o para trás, atordoado. Era o que mais o assustava.

Mas, com determinação, Brendan deixou de lado esses pensamentos sombrios. Porque Piper estava caminhando em sua direção naquele exato momento, toda corada por ter bebido e dançado, e ele simplesmente abriu os braços, confiante de que ela seguiria direto para um abraço. Seus olhos se fecharam automaticamente quando Piper o fez, a boca distribuiu beijos pelo topo da cabeça dela. Nossa, ela cabia em seu corpo de um jeito que lhe despertava um instinto protetor, pronto para lhe servir de escudo, ao mesmo tempo que o deixava duro, faminto.

— Você veio — murmurou ela, alegre, ao ficar na ponta dos pés para cheirar o pescoço dele.

— Claro que vim, meu bem.

— Sanders está bem? A tripulação conseguiu voltar?

— Sanders está em casa — falou, com a voz áspera, bem perto do ouvido dela, derretido pela preocupação demonstrada com os homens de sua equipe. — O resto do pessoal também. Chegaram ao porto faz pouco tempo.

— Que ótimo. — Ela virou a cabeça e lançou um olhar acusatório para trás. — Essas mulheres sem escrúpulos daqui me embebedaram.

— Estou vendo. — Seus lábios se contorceram, enquanto as mãos acariciavam as costas dela. — Quer dançar mais um pouco, ou posso te levar para casa?

— Que casa seria essa?

— A minha.

— Hummm — Ela o fitou com um olho só. — Não estou em posse das minhas faculdades mentais, Brendan. Você não pode usar nada que eu disser hoje à noite contra mim. É só uma saideira.

— Tá bom, eu prometo.

— Ótimo, porque fiquei com saudade. De novo. — Ela o beijou no queixo, depois levou os lábios até a orelha de Brendan e gemeu de um jeito que fez o pau dele endurecer. — Hoje de manhã, com você, foi a melhor transa da minha vida, disparado, disparado.

Ela falou bem na hora em que a música parou.

*Todo mundo* no bar ouviu.

Dois homens ergueram a caneca de cerveja para saudar Brendan, mas, por sorte, a embriaguez de Piper a deixou alheia a sua confissão pública. E, caramba, o fato de Piper ter contado, na prática, para toda Westport que eles tinham ido para a cama — e que, até então, ele tinha mandado superbem — era uma forma de aplacar aquele ciúme.

A música recomeçou, mas ela não parecia a fim de fazer outra coisa a não ser ficar ali com ele, abraçada, o que para Brendan era bem conveniente.

— Olha eu aqui, mais uma vez, na estação de recarga! — Piper cantarolou e riu consigo mesma. — Eu gosto daqui. É tão quentinho. Você é um ursão de pelúcia forte, vindo do mar. Tipo atum do mar, só que é um urso.

A gargalhada de Brendan chamou atenção.

— Gosto dessa sua versão bêbada.

— Faz bem. Estou com um total de zero inibições neste momento. — Ela cheirou o pescoço dele de novo e deu um beijo, dois beijos. — Ou qualquer número menor que zero.

Ele deslizou a mão pelo cabelo dela.

— Hoje só vou botar você na cama.

— Puxa, vou poder dormir na estação de recarga?

O coração dele estava quase saltando pela boca.

— Vai, querida. Pode dormir nela todas as noites.

Ela suspirou contente.

— Quando eu estava vindo para o bar, vi Hannah voltando para casa e dei uma passada lá para pegar uma bolsa para você passar a noite fora.

— Que gentileza sua. — Em um instante, a expressão dela passou do torpor para a preocupação. — Mas, Brendan, e se eu for um empadão?

— O quê?

— Você provou um pedaço de mim e, mesmo que decida que não gostou muito, vai se dignar a comer tudo até o final. Você não faz nada pela metade. É tudo ou nada. Caso eu seja o empadão, você precisa me contar. Não pode só continuar comendo, comendo e... Estou mais bêbada do que eu pensava.

É, ela podia estar bêbada, mas a preocupação era genuína. A aflição na voz dela deixou isso evidente e o perturbou. Não porque houvesse a menor chance de ser verdade... ela era uma mulher, não a porra de um empadão. A preocupação de Piper o incomodou porque ela se sentia insegura. Ainda. E ele precisava dar um jeito de resolver isso.

— Vamos para casa — disse Brendan.

— Tudo bem. Deixa só eu conferir se Opal tem carona para voltar.

Piper foi rápido falar com a mulherada e deu vários abraços em cada uma antes de voltar para perto dele. Brendan passou o braço em volta dos ombros dela e a conduziu para sair do bar. Destrancou a porta da caminhonete, estacionada perto da entrada, e a levou até o banco do passageiro, depois colocou o cinto dela. Quando ele se sentou no banco do motorista, a cabeça de Piper estava recostada, e ela o estudava.

— Vamos conversar depois sobre o que você falou. De manhã. Quando estiver lúcida e puder se lembrar do que vou dizer sobre isso.

— Acho que é uma boa ideia. Estou sentindo que eu falaria demais agora.

— Fico tentado a deixar você falar, para saber o que vou enfrentar. Mas não quero que me fale coisas das quais vai se arrepender amanhã.

Piper ficou em silêncio, enquanto ele saiu com o carro e entrou na primeira rua à direita.

— Você fala sobre estar comigo como se fosse uma batalha.

— E é, de certa forma. Mas fico grato por ser eu a lutar.

Brendan sentia que ela estava estudando seu perfil.

— Também vale a pena lutar por você. Se fosse banido para Los Angeles por três meses, eu faria de tudo para te manter por lá. — Ela fez uma pausa. — Só que nada iria adiantar. Para você, é um lugar muito fora da realidade. Você iria odiar.

— Odiar é uma palavra forte, querida. Você estaria lá.

— Tá... — Ela fez um gesto com a mão. — Tem centenas de Pipers lá.

Brendan achou graça da piada dela. Aí se deu conta de que era sério.

— Piper, não existe *ninguém* igual a você.

Ela sorriu como se fosse para agradá-lo.

— *Piper*.

Ela pareceu espantada com o tom dele.

— Eita. O que foi?

Ele virou o carro para o acostamento, pisou fundo no freio e estacionou.

— Você me ouviu? — Brendan estendeu a mão para levantar o queixo dela. — Não existe ninguém igual a você.

— Por que está ficando tão exaltado?

— Porque eu... — Ele passou a mão pelos cabelos. — Eu achava que era um cara intuitivo. Inteligente. Mas sempre me deparo com aspectos que não consigo enxergar quando se trata de algo muito importante. Você. *Você* é importante. Achava que você só estivesse com medo de compromisso.

Ou que achasse que não poderia fazer parte de Westport. Mas é mais do que isso, não é? Acha que tenho algum tipo de interesse passageiro por você? Como se pudesse mudar assim, com o vento?

— É assim com todo mundo! — Seus olhos brilhavam. De dor, de irritação. — Não só com os caras. Com meus amigos, com meu padrasto. Sou a cor da moda nesta estação, muito procurada hoje, na arara das promoções de uma loja qualquer amanhã. Sou apenas... algo do momento.

— Para mim, não. — Meu Deus, ele queria chacoalhar Piper, beijá-la e depois sacudi-la um pouco mais. — Para mim, não.

Ela afastou rápido o queixo, para longe do alcance dele, e se jogou de volta no assento.

— Podemos conversar sobre isso amanhã, como você tinha falado?

Brendan arrancou com o carro.

— Ah, mas nós vamos conversar sobre isso, sim.

— Ótimo! Talvez eu pense em uns assuntos a serem discutidos.

— Eu também, querida.

Passaram em frente ao Sem Nome, e ela fez um barulhinho. Deu uma fungada.

— O que foi? — perguntou ele, com um tom mais ameno.

— Eu estava me lembrando da vez que mandou Abe ir lá prender a espuma na cama de cima. Na verdade, você é uma pessoa muita atenciosa, incrível, e não quero ficar brigando com você.

Ele quase deixou escapar um *eu te amo* ali mesmo, mas fechou a boca no último instante. Era um momento muito delicado para acrescentar uma confissão. Mas achava que não iria conseguir guardar aquilo por muito tempo.

— Também não quero ficar brigando com você, Piper. Só quero te levar para casa, vesti-la com uma camisa minha e descobrir se você ronca.

Ela respirou fundo; já parecia um pouco mais bem-humorada.

— Eu não ronco.
— Então vamos ver.
— Você tem torrada e Advil?
— Tenho.

Pouco depois, ele estacionou na entrada da casa. Brendan saltou do carro, contornou a frente do veículo até o lado de Piper e sorriu quando ela se derreteu em seus braços. Ele a abraçou e acalentou por alguns instantes na escuridão, no que considerou que talvez fosse uma desculpa em silêncio de ambas as partes, por terem gritado um com o outro no caminho. E ele queria fazer isso pelo resto da vida. Buscá-la de uma saída com as amigas, sentir sua maciez e docilidade, ser seu homem.

— Você nem vai me dar uns amassos hoje, vai? — disse ela, a voz abafada pelo ombro dele. — Deve achar que isso seria se aproveitar de mim.

Brendan suspirou.

— Exato.

Ela fez um beicinho.

— Você é romântico, e eu detesto isso.
— Que tal eu prometer que vou te compensar por isso amanhã?
— Podemos negociar um beijo de boa-noite?
— Acho que isso eu consigo.

Satisfeita, Piper deixou que ele a levasse para dentro. Enquanto Brendan lhe fazia uma torrada, ela sentou na beira da bancada da cozinha, segurando um copo d'água. Estava tão bonita que ele precisava virar a cabeça o tempo todo para admirá-la, para conferir se era real. Se não a tinha inventado em um sonho.

— No que você está pensando? — indagou ela, após engolir um pedaço de torrada.

— Que gosto de te ver aqui. — Ele apoiou as mãos na bancada e abaixou para beijar os joelhos nus dela, um de cada vez. — Que gostei de entrar no meu quarto hoje e ver o contorno do seu corpo no edredom. — Então algo ocorreu a ele. — Quando você esteve aqui?

Ela ficou nervosa. Não respondeu.

— Não foi na hora daquela tempestade. — Ele começou a ter um tique no olho direito. — Não é?

Piper pousou a torrada e tocou na testa com as costas da mão. Cambaleou de um jeito dramático.

— Estou me sentindo fraca, Brendan. Acho que vou desmaiar.

Ele resmungou e a tirou da bancada. As pernas dela estavam entrelaçadas em volta do quadril dele, e foi assim que Brendan saiu da cozinha e subiu as escadas, para levá-la para cima.

— Vou acrescentar isso à minha lista de assuntos a serem discutidos amanhã.

Ela deu um gemido; os dedos brincavam com as pontas do cabelo dele.

— Pelo jeito, amanhã teremos um momento de diversão bem sexy.

— Vamos chegar nessa parte depois.
— Antes.
— Depois.
— Antes *e* depois.

Brendan colocou Piper na beirada da cama, mexido por como era perfeito tê-la ali. Seu peito se encheu de emoção, mas ele se virou antes que ela percebesse.

— Tira esse vestido. — Ele abriu uma gaveta e tirou uma das suas roupas favoritas: uma camiseta branca surrada, na qual estava escrito "Grays Harbor" em letra cursiva, bem no meio. — Falando nisso, você usa calça jeans...? — Quando ele se virou de novo, Piper estava esparramada na cama, de calcinha fio dental roxa neon. E mais nada. — Não deve ser confortável dormir com isso — falou, com a voz rouca, já arrependido de ter prometido só lhe dar um beijo de boa-noite.

Ela ergueu os joelhos.

— Acho que você vai ter que vir até aqui para tirar.

— Nossa. — O volume em seu jeans aumentou, projetando-se contra o zíper, e ele expirou forte. — Um dos dois vai acabar me matando, você ou o oceano.

De repente, ela baixou as pernas e cobriu os seios com as mãos. E talvez ele não devesse ter ficado espantado quando lágrimas surgiram nos olhos dela, mas ficou. Isso lhe deu um aperto na garganta.

— Puxa — disse, com a voz bem rouca. — Que coisa mais idiota que eu falei.

— Não tem problema.

— Tem, sim. — Ele a levantou e passou a gola da camisa pela cabeça dela, segurando-a com força contra seu peito. — Não foi legal. Desculpa.

— Podemos acrescentar isso à lista de assuntos para amanhã — falou ela, encarando-o por tempo suficiente para o batimento cardíaco dele triplicar. Em seguida, derrubou-o nos travesseiros. — Quero meu beijo — murmurou, junto aos lábios dele, vencendo-o com a mistura úmida e lenta das línguas; as pernas macias e nuas se arrastavam pelas coxas dele, e os dedos agarravam o cós do jeans para puxá-lo mais para perto, até estarem colados da cintura para baixo, maciez contra rigidez, homem contra mulher. — Talvez sejamos um pouquinho mais do que mais que amigos — sussurrou ela, ao enfiar a cabeça debaixo do queixo dele. — Boa noite, Brendan.

As pálpebras dele se cerraram como persianas, os braços a envolveram mais.

*Eu te amo...* Sua boca se mexeu, sem emitir um som, acima da cabeça dela.

Ele ficou horas sem conseguir dormir.

## Capítulo vinte e um

Sons típicos de uma casa pela manhã estavam vindo de algum lugar. Gavetas eram abertas e fechadas com cuidado, pés descalços caminhando pelo chão, o ruído da cafeteira. Piper abriu um olho, mas não se mexeu. Não podia, para não perder nem a posição perfeita na roupa de cama aconchegante e fofa, nem o cheiro de Brendan. Nunca dormira tão bem, sem dúvida. Ela acordou em algum momento com vontade de fazer xixi e se viu presa à estação de recarga, com a respiração leve de Brendan colada em sua nuca. E decidiu segurar a vontade.

O que ela tinha falado na noite anterior?

Alguma coisa sobre empadões.

Também se lembrava de tentar seduzi-lo, sem sucesso. Que derrota.

Houve uma discussão no carro, voltando para casa.

Nada de sexo.

Ela só precisava ver como estava o humor dele para descobrir se havia falado ou feito algo irremediavelmente constrangedor. Havia uma grande chance disso ter acontecido, porque senão ele ainda estaria na cama, não é? Tipo, por favor. Uma mulher cheia de tesão. *Bem* aqui.

A bexiga de Piper estava quase estourando, e ela se sentou, grata pelo bom funcionamento do método Bellinger, e andou na ponta dos pés até o banheiro. Ignorou a sensação quente e viscosa no estômago quando encontrou sua escova de dentes da manhã anterior posicionada ao lado da de Brendan, no armário acima da pia. Onde mais ele deveria colocá-la?

Com a escova na boca, pegou um frasco de perfume fechado e cheirou. Mas aquilo não era dele, com certeza, e não conseguia imaginá-lo usando aquela fragrância. Fora isso, só havia o aparelho e um creme de barbear, mais um desodorante. O armário do banheiro dela em Los Angeles provavelmente daria um faniquito nele, de tão lotado que era.

Ela terminou de escovar os dentes, jogou água no rosto, penteou o cabelo com os dedos, começou a descer as escadas... e... e tirou a sorte grande.

Brendan estava em pé na cozinha, só de cueca boxer preta.

Piper se espremeu contra a parede para observá-lo sem ser descoberta. Ele estava encurvado sobre a bancada da cozinha, lendo um jornal, e, que maravilha, aquele monte de músculos dele, másculos, tudo o que ela queria de café da manhã. De onde saíram aquelas coxas? Ele as usava para ancorar o barco? Eram generosas, rasgadas de músculos e...

— Quer café? — perguntou Brendan, sem tirar os olhos do jornal.

— *Aham?* — Ela fez o som bem alto e terminou de descer as escadas, totalmente ciente de que Brendan estava de cueca, enquanto ela não usava nada além da camiseta dele e a calcinha. — Hum, sim? Café, claro. Claro.

Ele esboçou um sorriso.

— Certo.

Piper franziu o nariz para ele.

— Que história é essa de ficar ainda mais arrogante, hein?

Brendan lhe serviu café, preparado exatamente do jeito que ela gostava.

— Talvez você tenha me falado ontem à noite, no bar, que fui a melhor transa da sua vida, disparado, disparado.

Ela sentiu um calor nas bochechas.

— Eu falei "disparado" duas vezes, foi?

Após lhe entregar o café, ele se recostou na bancada e cruzou os tornozelos.

— Falou, sim.

Para esconder o sorriso tímido, ela tomou um gole de café.

— Acho que também posso ter virado uma consultora de beleza profissional ontem à noite. Uma cujo pagamento é em drinques. — Mais e mais memórias da noite anterior vinham à tona. — E, ai, meu Deus, eu me ofereci para dar uma festa no Dia do Trabalho, lá no bar.

— Xiiii.

— Mal posso esperar para contar para Hannah.

Piper envolveu a caneca com as mãos, apreciando o calor. Não apenas o da própria bebida, mas o da cozinha de Brendan como um todo. O jeito com que olhava para ela com afeição, sem a menor pressa de sair dali. Quando foi que ela havia começado a gostar dessas coisas? O silêncio entre os dois não precisava ser preenchido, mas sua mente estava a mil, então acabou falando mesmo assim.

— Quem é que compraria um perfume para você?

Ele ergueu uma das sobrancelhas.

— Está falando do que está no armário do banheiro? Foi presente de aniversário do Sanders. A mulher dele que escolheu. Óbvio. Ele nem sabia o que era até eu abrir... e os caras passaram meses sacaneando ele. Eu devo ter guardado só porque me faz rir.

— Você é muito próximo deles. Da sua tripulação.

— Tenho que ser. Damos a vida... — Ele se interrompeu e tomou um gole repentino de café.

— Nas mãos dos colegas?

Ao dizer isso, as lembranças de ter chorado na cama dele, na véspera, começaram a pipocar na mente de Piper, em sequência. Então, provavelmente já era. Acabaram as cortinas de fumaça, as tentativas de se esconder ou de ficar só de flerte com aquele homem. Ainda que não conseguisse se recordar de cada segundo da noite anterior, ela sentia que as camadas haviam sido removidas. Pelas mãos de Brendan. Por suas palavras. Sua presença.

— De qualquer maneira, não seria a fragrância que eu escolheria para você.

O rosto dele se iluminou, interessado.

— Qual você escolheria?

— Nenhuma. Você já tem o oceano na sua pele. E não é seu estilo mudar o que já está dando certo. — Algo se aqueceu nos olhos de Brendan com aquelas palavras. Com a prova de que ela estava memorizando seus mínimos detalhes? — Mas, se eu tivesse que escolher uma fragrância... seria algo ligado a chuva, musgo. Que me fizesse lembrar do seu jardim. Do quanto você é rústico. E sólido. — A atenção dela caminhou para a linha de pelos escuros, cuja continuação a cueca escondia. — Muito masculino.

O peito dele subiu e desceu, com um arrepio.

— Você está realmente estragando meus planos para a manhã, Piper.

— Quais são seus planos?

— Te levar num passeio no *Della Ray*.

O rosto dela se iluminou com um sorriso.

— O quê? Está falando sério?

— Uhum. Estar no mar é bom para conversar.

— Ah, certo. — Ela se inclinou para trás; seu entusiasmo levou um balde de água fria com a lembrança de que havia chegado a hora do acerto de contas. — Os assuntos a serem discutidos.

— Isso mesmo. — Ele a percorreu com um olhar ardente que fez os mamilos dela despontarem. — Só que agora eu só quero te levar de volta para a cama.

A respiração dela se encurtou.

— Não podemos fazer os dois?

Assim que ele negou, ficou óbvio seu arrependimento.

— Na próxima vez que eu te comer, quero ter certeza de que não vai se afastar de mim depois.

— E consigo fugir em um barco?

— Talvez isso tenha passado pela minha cabeça.

Piper soltou uma risada. Brendan realmente a estava levando a sério. E ela havia voltado para casa com ele, na véspera, já sabendo disso. Da maneira mais natural possível, como se fizesse isso o tempo todo. Foi assim que se sentiu quando Brendan a buscou no bar e ela dormiu nos braços dele. Que era algo previsível. Inevitável.

Que desgraçado.

Havia uma chance de ela também o estar levando a sério. Como é que isso foi acontecer?

— Só para deixar claro uma coisa — disse ela, ao baixar a caneca de café. — Você está negando sexo.

— Não, não estou. — Ele contraiu a mandíbula. — Eu posso te comer agora mesmo, virada para essa bancada, Piper. Se é sexo que você quer, eu vou te dar. Mas quero mais do que isso. — O tom era de quem não estava para brincadeira. — Você também, ou não teria vindo para cá no meio de uma tempestade para dormir na minha cama. Aliás, *nunca mais* faça isso. Preciso ter certeza de que vai estar segura quando eu não estiver por perto.

— Eu corro muito bem!

Ele deu um resmungo, cético.

— Tudo bem — disse ela, com uma voz diferente. — A gente vai conversar!

— Ótimo. Assim que você estiver pronta.

Perdida em um oceano de vulnerabilidade emocional, ela lançou mão de sua melhor arma física: despiu a camisa emprestada e a atirou nele. Depois, saiu da cozinha e subiu a escada só de calcinha, sabendo muito bem que ele iria observá-la durante todo o percurso. Se Brendan iria insistir que ela se abrisse completamente para ele, que baixasse todas as suas defesas, Piper iria fazer questão de que fosse um longo dia para os dois.

Conforme o *Della Ray* saía de ré da baia em direção à entrada do porto, ficou evidente para Piper que o barco era uma extensão do próprio Brendan. E as horas que ele passava em terra eram só para preencher o tempo. Ele se sentava no lugar do capitão com propriedade, confiante em cada movimento; o timão deslizava pelas mãos ágeis, os olhos estavam sempre vigilantes. Emoldurado pelos raios de sol que atravessavam a neblina, ele poderia ser um homem vindo do passado ou do presente. Um homem e o oceano. Atemporal.

Piper o acompanhava do assento de capitão substituto, com a bochecha recostada no painel de madeira do passadiço, com a maior sensação de segurança da sua vida. Fisicamente, pelo menos. O barulho do motor abaixo deles representava um alerta sinistro para o órgão batendo em seu peito.

— Que distância vamos navegar?

— Uns oito ou nove quilômetros — disse ele. — Vou jogar as âncoras e fazer um tour com você. Topa?

Ela concordou e instantaneamente se sentiu ansiosa pelo passeio. Ver aquele homem se movimentar em seu hábitat natural... Tinha todos os ingredientes para um filme pornô dos bons. E, quem sabe, caso ela fizesse muitas perguntas ao longo do caminho, os dois poderiam evitar aquela grande conversa.

É, até parece. Não tinha escapatória. O jeito dele de cerrar o maxilar dizia que uma resolução era iminente, e ele estava com uma ressaca bem mais leve do que a dela. Além disso, estava no modo capitão sexy. Não era um bom sinal.

— Ei — Brendan chamou Piper, apontando o queixo barbudo na direção dela. — Vem conduzir isto aqui.

— Eu? — Piper se levantou devagar. — Tem certeza? Levando em conta meu histórico, vou encontrar o único parquímetro deste oceano inteiro e bater de ré nele.

Quando ele riu, linhas de expressão surgiram ao redor dos olhos... e deu um tapinha na coxa grande e robusta. Ah, é, como se ela fosse recusar essa oportunidade.

— Vem para cá.

Ela fingiu que ainda estava indecisa, depois se ajeitou na coxa esquerda dele e agradeceu a Hannah por ter separado uma saia para ela, pois, assim, sentia o tecido da calça jeans de Brendan contra a parte de trás das suas pernas. Os movimentos de seus músculos.

Brendan tirou um antigo chapéu de capitão de um gancho na parede e pôs na cabeça dela. Em seguida, envolveu a cintura de Piper com o braço esquerdo e a posicionou de um jeito mais seguro contra seu peito.

— Está vendo este visor? É só manter o ponteiro mais ou menos aqui. Noroeste. — Ele pegou as mãos dela e a fez segurar o timão, conferindo se estavam firmes antes de soltá-las. — O que achou?

— Legal. — Ela deu uma risada leve, fascinada com as vibrações que começou a sentir na palma das mãos e que subiam até os cotovelos. — Muito legal.

— É, é mesmo.

Sentindo-se leve, de um jeito quase inconsequente, e meio que... sem limites, ela apontou para o horizonte.

— Sereia à vista no porto! — disse Piper, e Brendan bufou no ouvido dela. — Ufa, precisava botar para fora essa referência à *Pequena Sereia*. Estava quase explodindo.

— Nem sei o que pensar dessa história... Meu barco te faz lembrar de um filme da Disney.

— Ah, não fique com ciúmes do príncipe Eric, nós... — Ela se virou e encontrou o rosto de Brendan colado ao seu, os olhos verdes cintilantes miravam sua boca. E não a água, como ela esperava. O braço em volta da sua barriga se contraiu, a palma da mão dele se moldou às suas costelas. Um calor subiu pela parte de dentro das coxas de Piper, e toda a extensão da sua pele ficou mais sensível. — Nem olhe para mim desse jeito — disse ela, de maneira vacilante. — Foi você quem quis conversar primeiro.

Ele expirou forte.

— E depois você subiu minha escada correndo, de fio-dental roxo. Causou um impacto.

— Vivendo e aprendendo — disse ela, cantarolando.

Ele teve vontade de protestar.

— Você vai me punir o dia inteiro, não vai?

— Pode apostar que sim. Imagino que você está repensando a coisa de querer uma pessoa que dá trabalho, uma namora... — Ela se interrompeu a tempo. — Seu sustento está aqui nas minhas mãos, Brendan. Deixa eu me concentrar.

Após quinze minutos, Brendan desacelerou ao passar o manete para a posição vertical. Ele apertou uma sequência de botões, e um ruído constante teve início, o qual explicou que era da descida das âncoras. Depois, houve um silêncio. Só se ouviam as ondas batendo contra a lateral do casco e barulhos suaves do barco compensando a subida e descida das águas do mar. Eles estavam sentados no lugar do capitão, Piper recostava a cabeça no ombro de Brendan, os dedos dele caminhavam para cima e para baixo pelo braço dela.

— Vem cá — disse ele, de um jeito brusco. — Vou te levar no deque.

Ela assentiu e seguiu Brendan para descer a escada do passadiço e sair para a ampla plataforma flutuante que constituía o deque. A embarcação balançava abaixo dos pés deles, mas ele se movimentava como se fosse um piso fixo, e as pernas se ajustavam com facilidade às mudanças de altura. Ela tentou andar com a mesma facilidade dele, mas achou que pareceu estar levemente bêbada.

— Na semana passada, tinha setenta armadilhas de metal empilhadas deste lado. — Ele apontou para a parte do deque mais próxima do passadiço, depois se abaixou para lhe mostrar um tanque coberto. — Quando estamos na temporada de caranguejo, é aqui que colocamos os selecionados. Machos acima de certo peso. A gente os envia lá para baixo para o processamento, depois para o freezer.

— E quando é peixe?

— Guardamos do mesmo jeito. Mas enchemos de gelo. Fica sem água.

Ela cerrou as pálpebras para enxergar os guindastes acima deles, que tinham antenas e refletores fixados no topo, e um calafrio a pegou desprevenida.

— Essas luzes são para ajudar vocês a enxergar no escuro? Ou a ver se está vindo uma onda?

Brendan se aproximou e deu um beijo no ombro dela.

— É. Consigo ver quando elas estão vindo, meu bem.

— Você sabia que... foi assim que Henry morreu? — Por que ela estava sussurrando? — Uma onda gigante o atirou para fora do barco. Mick me contou.

— É, eu sabia. — Ele não disse nada durante um tempo. — Não vou fingir que coisas assim não continuam a acontecer, Piper, mas é bem mais raro hoje em dia. O treinamento para estar no deque é mais completo, os equipamentos modernos diminuem a chance de acontecer uma falha humana. Os barcos também são projetados para oferecer mais segurança, e, depois de todos os ajustes que foram feitos há pouco tempo, o meu é um dos mais seguros.

Piper olhou para ele.

— Foi por isso que me trouxe aqui? — perguntou, baixinho. — Para me mostrar por que não preciso me preocupar enquanto você estiver fora?

— Foi um dos motivos. Não gosto de te ver chorando.

Ela sentiu um nó na garganta.

— Quando eu soube que tinha acontecido um acidente, não parava de pensar no barco virando. Isso pode acontecer?

— É muito difícil. Muito mesmo. Especialmente com um grande como este. — Brendan estudou o rosto de Piper por um instante, depois se posicionou atrás dela e a abraçou na altura dos ombros. — Fecha os olhos.

Ela se forçou a relaxar.

— Tudo bem.

— Só sente como o barco se mexe como se fizesse parte da água. Ele é projetado assim, para compensar as ondas. Como um avião passando por uma turbulência. Tem uns solavancos, mas ele sempre segue adiante. — A mão dele se esgueirou até alcançar o queixo dela, para levantá-lo. — Está vendo como o corrimão é baixo neste barco? E essas aberturas na base? É para a água atravessar e escoar. Uma onda não inunda o barco nem desequilibra o peso dele.

— Mas... já que é tão baixo, não é fácil um homem acabar caindo no mar?

— Até hoje, nunca aconteceu com ninguém da minha equipe. — Ele soltou o queixo dela e a abraçou mais apertado. — Posso te dizer que, quando eu trabalhava na tripulação, antes de me tornar capitão, minhas pernas se tornaram parte do barco. A gente aprende a se equilibrar. Aprende a ler a água, a se firmar, a se soltar. Agora fico no passadiço,

então é quase impossível eu cair no mar, mas passei a ser responsável por cinco homens, não só por mim.
— Qual das duas coisas é mais difícil?
— A responsabilidade.
Sem olhar para trás, ela alcançou a barba dele e fez um carinho.
— Eles têm razão em confiar em você.
Ela sentiu o movimento da garganta dele contra sua nuca.
— Você... está se sentindo melhor?
— Um pouco. Pisar no barco o faz parecer mais sólido.
*Porém, em um dia de céu aberto. Sem uma nuvem à vista. A história é outra quando tem uma tempestade.*
Ele estava se esforçando de um jeito tão fofo para acabar com os medos de Piper que ela ficou em silêncio.
— O que mais está te deixando preocupada? — indagou Brendan, falando no ouvido dela.
Piper deu de ombros, sem responder. Um passo em falso e eles poderiam se enveredar por um terreno perigoso. Talvez ela devesse fazer outra referência à *Pequena Sereia*...
— Piper.
— Pois não?
— O que mais está te deixando preocupada?
Piper suspirou, deixando a verdade escapar, mas ela agiu como se fosse uma preocupação sem importância. O que não era o caso, sem dúvida. Na verdade, estava começando a achar que era o cerne de todas as questões.
— É que eu... não nasci para me preocupar, Brendan. Manter a lareira acesa na casa. Cobrir os ombros com um xale e caminhar até o cais, segurando uma medalhinha no pescoço ou algo assim? Isso tem a ver comigo? Não. Você

*sabe* que sou do tipo que exige muita atenção, não consigo fazer isso. Eu...

Ele continuou quieto, só a abraçando, o que não era nada bom, porque ela começou a divagar.

— Você sabe. Falando apenas hipoteticamente. Uma vez por ano, você vai caçar caranguejo, claro. Mas o tempo todo? Ir dormir pensando que talvez você não volte, todas as noites? Hã-hã. Não sou... — Ela fechou os olhos bem apertados. — Não sou forte o bastante para isso.

— É, sim. Sei que é difícil, mas sim, você é.

— Não. Não sou. Nem toda mulher consegue fazer isso. Ela... — Droga. Piper revirou os olhos por conta do que tinha dito. Ela estava sendo muito ridícula por começar a falar de outra mulher. Mas, assim que as palavras fluíram, sentiu que a pressão no peito diminuiu, como se antes houvesse o peso de um tijolo. — Você teve uma mulher de pescador. Para ela, que nasceu aqui, isso era normal. Não pode esperar a mesma coisa de *mim*. Eu vou... — *Te decepcionar. Decepcionar a mim mesma. Decepcionar Henry.* — Há pouco menos de um mês, eu não tinha nenhuma responsabilidade. Nenhuma preocupação. E agora, agora... tem esta enorme. É enorme. Esse cara com quem me importo muito, tipo, *muito mesmo*, tem o emprego mais perigoso do universo. E eu *nem sequer* tenho um emprego. Nem sequer moro aqui. Não de forma permanente. Tipo, nós *não* combinamos, Brendan. Não vai dar certo, então para...

— Parar o que, Piper? De pensar em você a cada segundo do dia? De ficar com tanta saudade que quase subo pelas paredes, caralho? Parar de ficar sedento por você? Não consigo desligar nenhuma dessas coisas e não quero desligar. — Quando ele virou Piper para encará-la, ela viu que estava claramente preocupado com a revelação dela. *Bom, bem-vindo ao time, mandão.* — Tudo bem, vamos começar pelo começo. Vamos falar do meu casamento. Não de como ela morreu, mas de como eram as coisas.

Ela respirou fundo.

— Não sei se eu quero.

— Confia em mim, querida? Só estou tentando achar uma saída. Para chegar até *você*. — Ele esperou ela concordar, depois fez aquela coisa de afastar as pernas, firmar-se e cruzar os braços. Como se quisesse lhe mostrar que nada o derrubaria. — Eu conhecia Desiree a vida toda, mas não muito bem. Ela era a garota um ano na minha frente na escola. Quieta. Não cheguei a conhecê-la direito até trabalhar para Mick. Bem na época em que meus pais se mudaram da cidade, ele me acolheu e se tornou uma espécie de... guia. Ele me mostrou essa coisa que eu amo. Pescar. Ensinou como pescar bem. E, com o tempo, acho que ela também virou alguém da família para mim. Nunca senti... — Ele baixou o tom de voz. — Nunca existiu uma atração igual à que tenho por você. Não estou falando só de sexo. A gente era amigo, de certa forma. Ela sempre estava tentando atender às expectativas do pai, assim como eu, depois de ele ter me dado o *Della Ray*. Era óbvio que ele achava que a gente formaria um bom casal, então convidei a Desiree para sair e acho que... nós dois só queríamos deixar Mick feliz. Era isso que a gente tinha em comum. Então, só seguimos a maré, mesmo quando não parecia a coisa certa a se fazer. Quando ela morreu, continuei usando a aliança e mantive meus votos para ele ficar curado tanto quanto fosse possível. E aí, você apareceu, Piper. Você aconteceu. E me pareceu errado *sequer* ter feito esses votos com outra pessoa. Ela era forte? Não via problema em se despedir de mim e do Mick todas as vezes que a gente deixava o porto? Não. Acho que não. Mas ela teve décadas de treino. Só faz um mês para você, Piper. Menos, se contar o tempo que passamos fingindo que a gente não se queria. Então, essa comparação é injusta. Você está sendo injusta consigo mesma.

Não havia a menor dúvida de que Brendan acreditava em cada palavra do que estava dizendo. E era difícil não acreditar também, quando ele estava ali, trinta centímetros maior do que ela, um capitão em seu território com uma voz cheia de convicção. Ele ficou enorme naquele momento. Tão intenso que ela precisou se lembrar de respirar. Ela estava feliz com o fato de o casamento dele não ter sido repleto de paixão? Não. Esse homem merecia isso. Assim como Desiree. Mas antes parte da vida dele era como um beco escuro para ela, e acabar com aquele mistério todo tornava as coisas mais fáceis para ela.

— Obrigada por me contar.

— Ainda não terminei.

— Nossa. Quando você começa, não tem nada que te pare.

Brendan deu um passo para a frente e a pegou pelos cotovelos.

— Ontem à noite, você disse umas coisas que me incomodaram, e agora vamos trabalhar nisso. — Ele se inclinou para beijar sua testa, seu nariz, sua boca. — Nunca mais me fale que existem centenas de mulheres iguais a você, porque é a maior bobagem que já ouvi. E um dia, pode acreditar, espero encontrar quem te disse isso. Uma pessoa não reconstrói o legado de alguém que já morreu a não ser que tenha caráter e saiba aceitar responsabilidades. — Ele deu um beijão na têmpora dela. — Na noite passada, fiquei te observando no bar; logo de cara, você virou melhor amiga de todo mundo. Deu a maior atenção e tratou bem cada um ali. E sabe o que significou para mim você aparecer no hospital? — Ele fez uma pausa. — Você tem perseverança, caráter e um coração enorme. Acho que talvez ainda esteja buscando seu caminho, mas eu também estou. Eu e as minhas rotinas idiotas. Achei que já estava com tudo resolvido até começar a sair dessas rotinas por sua causa. E quero continuar a sair delas com você.

Conforme ele falava, Piper se desmilinguiu toda nos braços dele. A ponta do seu nariz estava vermelha, e ela tinha que ficar piscando os olhos, fitando o céu, para evitar as lágrimas. O aconchego e uma sensação de pertencimento se espalharam pelo seu corpo todo, até a ponta dos pés, que curvaram na sapatilha.

— É muita coisa para processar — sussurrou ela.

— Eu entendo...

— Ou seja, agora estamos namorando. Acho que você conseguiu o que queria.

Ele soltou o ar tão forte que o sopro passou pelo topo da cabeça dela. Deu um abraço mais forte, esmagando-a contra aquele peito musculoso.

— Pode apostar que sim. — Houve um segundo de pausa. — Sobre você voltar para Los Angeles...

— Podemos deixar somente essa parte para depois? — Ela pressionou o nariz contra a gola da camisa dele e sentiu seu cheiro nu e cru. — Só por enquanto?

Brendan suspirou, mas ela sentiu que ele estava consentindo.

— Está bem. Por enquanto.

Eles ficaram assim por mais um tempo, Piper na segurança do abraço dele, enquanto o barco subia e descia pelo oceano e raios de sol aqueciam as costas dela.

Ele lhe deu muitas coisas para pensar. Talvez fosse o momento de fazer uma autoavaliação. Ou, ainda mais importante, avaliar como ela se via. Mas uma coisa sobre a qual ela não precisava pensar demais era como valorizar esses momentos com Brendan.

Deu um beijo no queixo do capitão e relaxou para trás, aos entrelaçar os dedos com os dele e curtir o jeito com que ele olhava cada centímetro do seu corpo.

— E vou poder fazer o resto do tour?

— Vai — Ele pigarreou e a puxou em direção ao passadiço. — Vem cá.

Piper virou a cabeça enquanto contemplava Brendan de costas, cada curva, perguntando-se se ele sabia que estava prestes a transar.

Ele acordou decidido a acabar com os fantasmas dela... e foi o que fez. Não havia nada em seu caminho. Até recusou sexo para chegar à raiz dos problemas deles, e, meu Deus, isso não era somente incrível. Era sexy.

O capitão Brendan Taggart era um homem. De verdade.

O primeiro que ela tinha.

E ela conseguia admitir então que ficar com ele significaria desistir de Los Angeles e da vida que conhecia. Só que havia uma raiz que ele não encontrara, apesar de ter revirado bastante: quem Piper Bellinger seria se ficasse em Westport?

Mas isso era uma questão para outra hora.

Isso podia ficar para depois. Naquele momento, a cabeça dela era cem por cento sexo.

Primeiro, Brendan lhe mostrou a casa do motor, e ela balançava a cabeça, com graça, conforme ele explicava para que servia o manete, parabenizando-se por não ter dado nenhuma risada. Em seguida, os dois subiram a escada de volta, rumo à sala da tripulação, a cozinha onde a equipe comia quando estava em alto-mar, e, por fim, entraram no quarto com os beliches.

— Nossa — murmurou ela, ao conferir as camas estreitas e bem arrumadas, encostadas na parede. — Um alojamento apertado. — Eram nove no total, a maioria instalada de duas em duas. Até que era parecido com o beliche que ela dividia com Hannah, mas as camas do barco eram fixadas na parede. Quase todas tinham fotografias coladas ao lado. De crianças, mulheres, homens sorridentes segurando um peixe gigante. Uma tinha um calendário um pouco inapropriado que a fez bufar.

— Foi mal por isso — murmurou Brendan, coçando a nuca. — Não é meu.

Piper revirou os olhos para ele.

— É obvio. — Ela encostou o dedo nos lábios e andou pelo quartinho todo até parar na cama do outro lado da parede, separada das demais tanto quanto era possível em um espaço tão exíguo. Era a única que não tinha uma cama acima. — Não, a sua é esta aqui. A cama sem nenhuma fotografia, não é?

Com uns resmungos, ele confirmou.

— Quer... uma foto mi...?

— Quero.

— Puxa. — Ela estava ficando corada? — Tudo bem. Vamos dar um jeito.

— Obrigado.

Piper se aproximou devagar do novo namorado, mostrando sua intenção pelo olhar, e o verde nos olhos dele se intensificou de um modo drástico; um músculo se contraiu na linha do pescoço forte de Brendan. Ela deixou só os bicos dos seios encontrarem o peitoral dele.

— Você tem um tempo para ficar a sós neste barco?

— Quando preciso, dou um jeito — falou, com a voz áspera. — Precisei muito disso nos últimos tempos.

Foi uma boa maneira de confessar que se masturbava a bordo pensando nela. O prazer feminino se transformou em umidade entre as coxas dela.

— Então que tal umas fotos íntimas? Só para você. — Ela esfregou os seios, de um lado para o outro, e a respiração dele vacilou. — Quer umas disto aqui?

As pálpebras dele quase se fecharam.

— Nossa, eu quero.

Ela mordeu o lábio, deu um passo para trás.

— Pega seu celular.

Brendan pegou o celular no bolso de trás, sem tirar os olhos de Piper conforme abria a câmera. Em seguida, fez um gesto com a cabeça para lhe mostrar que estava pronto.

Ela sempre gostou de ser o centro das atenções, mas ser o único foco daquele homem era fascinante, de um jeito totalmente novo. Porque estava envolvida de coração.

Pelo visto, por inteiro.

O coração de Brendan batia impaciente no peito conforme ela tirava a jaqueta dos ombros e a pendurava, com cuidado, no canto da cama de Brendan. Abaixo deles, o barco fazia barulhos de rangidos e suspiros, enquanto ela deslizava as mãos corpo acima, para apertar os seios, e depois abaixo, para pegar a barra da blusa e levantá-la aos poucos até tirá-la e ficar somente com a saia jeans vermelha e sapatilhas. Piper levou as mãos para trás da cabeça, quebrou a cintura para o lado e deslizou o lábio inferior pelos dentes.

Ele riu, aflito.

— *Que foda.*

— Ainda vamos chegar nessa parte.

Brendan estava ofegante ao erguer o celular e programar o disparo automático.

*Clique.*

Em seguida, ela desabotoou a saia e virou de costas enquanto baixava o zíper. Com um olhar provocante por cima do ombro, deixou a peça vermelha cair. Hannah foi bem engraçadinha ao não separar calcinha nem sutiã para Piper, mas a reação de Brendan ao vê-la pelada de costas com certeza fez valer a pena qualquer irritação que isso tenha causado. É, estava tudo perdoado quando ele deu um passo para a frente, sem nem perceber, com a respiração pesada. *Clique. Clique. Clique.*

Ela apoiou a mão na parede, inclinou-se um pouquinho para a frente, arqueou as costas e remexeu os quadris para mostrar a bunda — CLIQUE —, e isso foi tudo que ficou registrado.

Brendan largou o celular e deu um bote nela.

Ele se abaixou e a levantou, depois a jogou na sua cama, cobrindo o corpo nu de Piper com o dele, totalmente vestido, e grudou a boca na dela. *Ai, Senhor, ai, Senhor,* o contraste fez o sangue dela entrar em ebulição. Ela era vulnerável, desejada, cobiçada, e isso era tudo de bom. Tudo.

— Essa cama não é forte o suficiente para aguentar o que vou fazer com você. — Brendan grunhiu junto à boca de Piper e capturou os lábios dela em um beijo permeado de frustração sexual masculina. Assim, ela não teve um pingo de dúvida de que era a fonte daquilo tudo e que ele iria se vingar.

*Aguenta. Aguenta.*

Sem desgrudar da boca de Piper, Brendan enfiou a mão entre eles e lutou para abrir o zíper. O desespero em seus movimentos frenéticos excitava Piper como nenhuma outra coisa e umedecia as dobras entre suas pernas.

— Rápido — implorou ela, ao morder os lábios dele. — Rápido.

— Porra, Piper, você me deixa duro para caralho. — Os dois puxaram para baixo a cueca boxer, enquanto suas mãos se chocavam e suas línguas se acariciavam; Piper provocava, Brendan atacava. Enfim, seu membro estava livre, e ele se contraiu, tomou fôlego e fechou a mão em volta da própria grossura.

— Fala que você está molhada. Fala para eu meter.

— Eu estou tão molhada — gemeu ela, ao erguer o quadril e roçar a parte de trás dos joelhos contra as costelas de Brendan, que estava ofegante. — Estou pronta. Preciso de você. O mais forte que puder.

Aquele membro pressionou sua entrada, e ela se segurou: uma das mãos voou para o ombro dele; a outra, para a grade de madeira da cama. Ainda assim, não estava pronta para a ferocidade daquela primeira estocada. Com um rugido rouco, o quadril de Brendan fez Piper subir pela cama estreita, conforme a grossura invadia todos os espaços livres dentro dela, e, sem lhe dar tempo para se acostumar, ele já estava bombeando vigorosamente, enquanto a cama sacudia com rangidos ritmados.

A boca de Piper ficou o tempo todo escancarada contra o ombro dele, os olhos lacrimejavam com a intensidade do prazer. Prazer por ter o sexo rijo de Brendan golpeando-a em toda sua umidade como se fosse o dono daquele território, enquanto as mãos calejadas dele forçavam seus joelhos para abri-la ainda mais, conforme convinha para ele. Prazer por ter feito aquele homem viril ficar de joelhos devido ao desejo. Minha nossa, ela amava aquilo. Sabia que Brendan adorava ser desafiado. Sabia que ele adorava o fato de ela adorar desafiá-lo. Perfeito, perfeito, perfeito.

— Grita, gostosa — disse ele, arfando, ao varrer a orelha dela com sua boca aberta. — Geme para o meu pau. Ninguém vai ouvir a gente.

As amarras dentro dela se desfizeram, e qualquer resquício de inibição que ainda tivesse escapou rapidamente. Piper se engasgou nas primeiras tentativas de dizer o nome de Brendan, devido à força intensa que ele exercia sobre ela, aquele corpo enorme avançava por entre suas pernas sem cessar — e ainda completamente vestido, enquanto ela estava nua. Por que isso era excitante de um modo tão profano?

— Brendan — falou, ofegante. Em seguida, falou mais alto. — Brendan. Você é muito bom. Está *tão gostoso*.

— Nunca mais vou conseguir deitar nessa cama sem ter que tocar uma punheta. — Ele encaixou a mão ao redor do queixo dela e, enquanto a olhava bem nos olhos, pressionou-a tão na medida certa que uma nova torrente de umidade cobriu o sexo de Piper, ajudando Brendan a deixá-la desnorteada — Você adora saber disso, né? Adora me deixar completamente doido.

Ela mordeu o lábio e assentiu.

— Tem certeza de que quer ser meu namorado?

— *Tenho* — grunhiu ele, depois caiu por cima dela, prendendo a respiração, o rosto contraído pousando na lateral do pescoço dela. — E não me chama disso agora, ou eu vou gozar.

*Ai. Meu Deus.* Essa confissão provocou uma onda de contrações no centro do corpo de Piper, e ela soltou um suspiro abafado, as mãos voaram direto para a bunda de Brendan, por dentro da calça jeans aberta, as unhas se afundaram na pele e o arranharam, formando caminhos na carne dele.

— Ai, meu Deus. A-agora. Agora.

— *Caralho* — soltou ele, sem querer, ao retomar o ritmo alucinante; o som das batidas úmidas ecoando pelo recinto exíguo. — Foda-se. Não consigo parar. — Ela o lubrificou com seus músculos íntimos, e ele gemeu, bombeou mais forte, fazendo a cama trepidar. — Isso te dá tesão, gostosa? Ouvir que vou chegar lá por ser seu homem? Fazer seu namorado chegar lá? Fala de novo.

Ela correu as unhas pela bunda dura e musculosa dele e as cravou lá embaixo.

— Meu namorado me fode tão bem que deixo ele gozar dentro de mim quando ele quiser — sussurrou ela. Um sorriso, entorpecido e malicioso, surgiu em seus lábios quando ela enfiou o dedo pela fenda da bunda dele e o firmou dentro da entrada rugosa. — Ele sabe como fazer por merecer.

Piper estava pairando à beira de seu próprio orgasmo quando miou essas últimas três palavras, mas a reação de Brendan a empurrou mais ainda em direção a um vazio mental. Ela o contemplou através de uma nuvem opaca de êxtase crescente conforme ele soltava um palavrão, em choque, e o quadril investia alucinadamente contra o corpo dela, os músculos do pescoço pareciam prestes a se arrebentar.

— Caramba, não aguento mais, não aguento mais. Goza comigo, Piper — falou Brendan, com a voz áspera, ao alcançar seu clitóris e acariciá-lo com o dedão. — Sempre satisfaço a boceta da minha namorada, todas as vezes.

E, ai, meu Deus — *bum* —, ela lançou a bomba. Os joelhos se ergueram e abraçaram o corpo dele, as costas arquearam conforme ela gritava, tremia, batia nos ombros dele, tudo isso enquanto lhe desciam lágrimas pelas têmporas. Não iriam acabar. As pulsações quentes, aflitas não iriam acabar, sobretudo quando Brendan foi mais fundo dentro dela, ficou imóvel e aí estremeceu violentamente; o quadril dele fez movimentos desconexos, o volume do seu gemido rivalizou com o grito dela que ainda perdurava no ar. Ela se contorceu embaixo dele, na tentativa de encontrar o fundo daquele prazer, mas só quando a boca dele pousou na dela percebeu... percebeu que aquele fundo não era físico. Precisava da conexão emocional entre eles para se acalmar. Precisava dele, do coração dele, de tudo que o tornava Brendan. Assim que os lábios de ambos se encontraram, o coração dela suspirou feliz e se rendeu, a languidez atravessou seus braços e pernas e a amoleceu toda.

— Shhh, querida. — Ele respirou pesado, os dedos tremiam ao deslizar pela lateral do rosto dela. — Estou aqui. Estou sempre aqui.

Ela não desviou o olhar.

— Eu sei.

A satisfação permeou os olhos verde-acinzentados.

— Que bom. — Brendan deixou Piper e desapareceu no banheiro, logo voltou com o zíper das calças fechado e folhas de papel-toalha. Limpou a parte de dentro da coxa dela e beijou pontos sensíveis conforme executava a tarefa. Em seguida, juntou-se a Piper na cama, e ambos ficaram de lado, as costas dela contra o peito dele, o braço possessivo em volta da cintura dela.

Piper estava caindo no sono quando Brendan fez uma pergunta no ouvido dela, com aquela voz grossa.

— Então a gente simplesmente *não* vai falar sobre a coisa do dedo?

O barco foi balançando no mesmo ritmo, iluminado pelos raios de sol, enquanto eles riam, sem conseguir parar. A oito quilômetros do continente, era fácil fingir que não havia decisões difíceis a serem tomadas.

Em breve.

## Capítulo vinte e dois

Eles atracaram em Grays Harbor naquela tarde. Brendan tinha planejado voltar mais cedo, mas Piper havia adormecido em seu peito, e ele não teria saído dali nem com um guindaste.

Lá vinha ela de novo, mudando os planos dele. Riscando com caneta vermelha seu cronograma.

Conforme estacionou a caminhonete em frente ao Sem Nome e olhou para Piper sentada ao seu lado, ele se recordou da conversa no barco. Eles haviam conseguido esclarecer muitas questões sobre as quais não tinham conversado antes. Seu casamento, os receios dela quanto à profissão dele e, o mais importante, a maneira como ela se via. Todo aquele papo, tudo o que foi elucidado levava à permanência dela em Westport, não importava se ela estava disposta a discutir isso ou não. O que seria necessário para ela considerar ficar ali?

Ele estava pedindo que Piper fizesse muitos sacrifícios. Ela teria que deixar a casa dela, os amigos e tudo o que conhecia na vida.

E Hannah também, no dia em que voltasse para Los Angeles.

Ele só ia se libertar dos seus hábitos, e isso não chegava nem perto do que estava pedindo a Piper. Comparado com o que — com *quem* — ele teria em troca, não era nada.

E isso o incomodava. Bastante.

Fazia-o se sentir um canalha egoísta.

— Ei. — Piper se inclinou em direção ao banco do motorista e o beijou no ombro. — Por que essa cara feia?

Ele não sabia se devia ser sincero ou não. Houve muita honestidade entre os dois no barco, e isso resolveu os obstáculos mais urgentes. Ainda mitigou a apreensão pelo que estava por vir. Tornou-a mais administrável. Mas ele não conseguia lembrá-la da diferença de escala. Não queria que ela pensasse sobre isso ou avaliasse a questão em detalhes. Ainda não, enquanto ele ainda não havia tido tempo de pensar em uma solução.

*Existia* uma solução, caralho?

— Só estava pensando em não ter você na minha cama hoje à noite — disse Brendan, por fim, grato por não ter precisado mentir. Não inteiramente. — Quero você lá.

— Eu também. — Ela tinha a audácia de ficar vermelha e desviar o olhar depois de tudo que fizeram no barco? Que droga. Essa mulher. Ele queria passar décadas decifrando todas as pecinhas que faziam parte dela. — Mas não é justo com Hannah. Ela está em Westport por minha causa, e não posso deixá-la sozinha o tempo todo.

— Eu sei — resmungou ele.

— Eu te mando mensagem — falou, para persuadi-lo. — E não se esquece dos nudes novinhos que você ganhou.

— Piper, não vou esquecer nem quando eu estiver morto.
Ela remexeu os ombros, satisfeita.
— Certo, tudo bem. Que bom. Então, acho que agora é a hora de darmos aquele beijão dramático de namorados e agir como se fôssemos ficar um ano sem nos ver.
Brendan suspirou.
— Sempre achei isso ridículo, o jeito com que os caras não conseguem se desgarrar das esposas e namoradas no cais. Ficava puto por isso nos atrasar. — Ele admirou, impassível, sua bela namorada. — Vou ficar surpreso se eu não tentar te colocar nos meus ombros e te carregar para dentro do barco da próxima vez. Para te levar comigo.
— Sério? — Ela se endireitou no banco. — Você faria isso?
— *Nem* pensar. E se viesse uma tempestade ou você se machucasse? — Por que ele começou a suar do nada? Sua pulsação também estava descompensada, acelerando, atropelando-se. — Eu ia ficar maluco, Piper.
— Hannah chamaria isso de dois pesos, duas medidas.
— Ela pode chamar do que quiser — disse, de um jeito grosseiro. — Você fica aqui a não ser que seja uma viagem curta, como foi hoje. E que *eu esteja* com você. Por favor.
Piper estava tentando conter um sorriso.
— Bom, já que você falou "por favor", acho que vou recusar todos os convites para pescar em barcos.
Embora estivesse sendo sarcástica, Brendan resmungou algo, convencido.
— Você tinha falado alguma coisa sobre um beijão dramático.
Ele se esticou para soltar o cinto dela e esfregou as costas das mãos nos mamilos dela, um de cada vez, ao retirar o braço. Os bicos se contraíram enquanto Brendan olhava, o

quadril dela se ajeitou no banco. Ela interrompeu um gemido triste dele ao se inclinar e puxar sua barba até os lábios se encontrarem para beijá-lo. Primeiro, de leve, depois ambos se atracaram e provaram, demoradamente, os lábios úmidos e a língua do parceiro; a respiração de ambos se estremeceu.

Eles se separaram, relutantes, em meio a suspiros.

— Hummm. — Piper deu uma piscada para ele, voltou para seu banco e empurrou a porta. — Tchau, capitão.

Brendan observou enquanto ela desaparecia atrás da porta e passou a mão no rosto.

Se Piper Bellinger iria acabar o matando, ele morreria feliz.

Ele começou a tomar o caminho de volta para casa, mas se viu fazendo uma curva em direção ao prédio de Fox. Seu melhor amigo morava em um apartamento próximo ao porto, quase colado com o mar, e, enquanto a casa de Brendan tinha um ar de estabilidade, a de Fox era a mais temporária possível. Pintura sem acabamento, só os móveis necessários e uma televisão gigantesca. Em outras palavras, era um apartamento de homem solteiro. Brendan não costumava ir até lá, já que eles ficam juntos durante vários dias — semanas, muitas vezes — seguidos no barco. Sem falar que Brendan tinha sua rotina, que não incluía ir a bares, conhecer mulheres ou essas coisas que Fox fazia no tempo livre.

Mas essa coisa toda de Piper sacrificar tudo enquanto ele abria mão de muito pouco? Era um incômodo cada vez maior, como se raízes estivessem crescendo por debaixo da sua pele. Ficar remoendo o problema na cabeça não resolvia nada. Talvez ele precisasse falar das preocupações em voz alta, só para ter certeza se estava deixando de enxergar algo. Tipo uma solução fácil. Caramba, valia a pena tentar. Melhor do que ir para casa e ficar matutando sobre isso sozinho.

Ao abrir a porta, Fox estava de calça de moletom, descalço, segurando uma garrafa de cerveja. Uma corrente de ar trouxe do apartamento sons de uma partida de beisebol.

— Capitão. — Sua testa estava franzida. — E aí? Algum problema?

— Não. Vai para lá. — Após passar por Fox, ele entrou no apartamento e fez um gesto com a cabeça, indicando a cerveja. — Tem mais uma?

— Umas doze, mais ou menos. Fica à vontade. Na geladeira.

Brendan soltou um grunhido. Pegou uma cerveja na geladeira, desenroscou a tampinha e se sentou junto com Fox, no outro lado do sofá, diante da partida de beisebol. Tentou se concentrar no que estava acontecendo na tela, mas seu cérebro, acostumado a resolver problemas, não iria permitir. Depois de uns cinco minutos, Fox disse alguma coisa.

— Vai me contar por que está roendo a unha aí? Quer dizer, roer unha é meio que um padrão seu, mas não costuma fazer isso no meu sofá.

— Tá esperando alguém?

— Nossa, não. — O amigo bufou. — Você sabe que não saio com ninguém da cidade.

— Ah, é — disse Brendan. — Falando nisso, você costuma se mandar para Seattle depois de um pagamento grande como o que acabamos de receber. O que está fazendo por aqui?

Fox deu de ombros, olhou fixo para a TV.

— Sei lá. Só não estava a fim de viajar desta vez.

Brendan esperou que o amigo contasse mais. Como aparentemente ele não estava muito disposto a fazer isso, Brendan achou que não fazia sentido adiar mais a explicação sobre aquela visita.

— Essas mulheres que você conhece em Seattle... Nunca levou nenhuma delas... a sério, não é?

— Acho que você não está sacando o motivo de se sair de Westport para conhecer mulheres. — Ele ergueu a garrafa de cerveja para fazer um brinde. — "Desculpa, meu anjo. Só vou passar uma noite na cidade. É pegar ou largar." — Virou a garrafa e tomou mais cerveja. — É óbvio, elas sempre topam, caso tenha alguma dúvida.

— Meus parabéns.

— Obrigado. — Fox riu. — Enfim, por que está me perguntando sobre... — Ele parou no meio da frase, com uma expressão de quem já tinha entendido tudo. — Veio aqui atrás de conselhos sobre mulher?

Brendan zombou dele.

— Aí é forçar a barra.

— Foi por isso, não foi? Filho da puta. — Fox abriu um sorriso largo. — Piper ainda está te dando trabalho?

— Quem disse que ela me dá trabalho? — berrou Brendan.

— Relaxa, capitão. O que eu quis dizer... — Fox mirou o teto, tentando achar as melhores palavras. — Já está pronto para partir para outra?

Como se isso fosse possível.

— Não.

— Você não dormiu com ela?

Merda. Ele não gostava de conversar sobre isso. O que havia acontecido entre ele e Piper deveria ser um assunto particular.

— Essa eu não vou responder — resmungou.
Fox olhou para ele, impressionado.
— Ou seja, já dormiu. Então, qual é o problema?
Brendan o encarou.
— Acho que talvez o problema seja eu ter te pedido um conselho.
O amigo ignorou o insulto.
— Pergunta logo o que quer saber. Na verdade, estou até emocionado que tinha me procurado. Eu entendo de duas coisas: pesca e mulheres. E as duas coisas têm muitas semelhanças. Para pescar, a gente usa isca, certo? — Ele apontou para o próprio sorriso. — Olha aqui sua isca para as mulheres.
— Pelo amor de Deus.
— Depois vem o anzol. Que é a primeira coisa que a gente vai dizer.
Um buraco se abriu no estômago de Brendan.
— A primeira coisa que falei para Piper, resumindo, foi para ela voltar para casa.
— É, também me surpreende muito que isso tenha funcionado. — Ele coçou o vinco entre as sobrancelhas. — Onde é que eu estava na minha analogia?
— Você já tinha terminado.
— Não tinha, não. Depois que ela fisga o anzol, basta enrolar a linha. — Ele se inclinou para a frente e apoiou os antebraços nos joelhos. — Mas parece que já fez tudo isso. A não ser... peraí, o objetivo era só transar, certo?
— Eu não tinha a porra de um objetivo. Não no começo. Caso contrário, provavelmente não teria gritado com ela, falado que a bolsa dela era feia e insistido que ela deveria voltar para casa.

Ao sentir um enjoo repentino, Brendan deixou a garrafa de lado e se levantou.

— Nossa, tenho sorte de ela *sequer* me dar bola. Agora tenho a audácia de tentar fazer com que ela fique aqui por mim? Eu sou maluco?

Fox assobiou baixinho.

— Beleza, as coisas avançaram muito da última vez que a gente conversou para cá. — A confusão do amigo era alarmante. — Você quer que *aquela* garota fique *nesta* cidade?

Brendan massageou a pressão no peito.

— Não coloca as coisas desse jeito.

Houve um instante de silêncio.

— Isso aí é fora da minha alçada, capitão. Não tenho nenhum conselho sobre como manter o peixe *no* barco. Em geral, apenas deixo que eles nadem de volta para o mar.

— Cacete, pelo amor de Deus. Para com essa comparação.

— É boa, e você sabe disso.

Brendan se sentou outra vez e entrelaçou as mãos entre os joelhos.

— Se ela voltar para Los Angeles, não tenho outra opção a não ser aceitar. Meu trabalho está aqui. A tripulação depende de mim.

— Sem falar que você iria enlouquecer lá. Não tem a ver com você. Você... *é* Westport.

— E aí só resta Piper abrir mão de tudo. — Havia um tom de desolação na voz dele. — Como posso pedir que ela faça isso?

— Não sei. Mas ela estaria ganhando você. — Ele deu de ombros. — Não deve ser uma troca *tão* merda assim.

— Valeu — disse Brendan, em um tom seco; em seguida, ficou sério. — Se estiver feliz, ela não vai embora. Faz todo o sentido, certo? Mas do que as mulheres gostam? O que faz elas felizes?

Fox apontou para a própria virilha.

Brendan fez um gesto de reprovação.

— Você é um idiota.

Fox riu consigo mesmo.

— Do que as mulheres *gostam*? — Dessa vez, ele parecia estar pensando de fato em uma resposta. — Acho que não existe uma única coisa. Depende da mulher. — Deu de ombros e voltou a ver o jogo. — Veja só a irmã da Piper, por exemplo. Hannah. Ela gosta de discos, certo? Se quisesse deixá-la feliz, eu a levaria para Seattle amanhã. Está rolando uma exposição de vinis em um centro de convenções.

— Como é que ficou sabendo disso?

— Ah, vi na internet, sei lá. — Fox se explicou com uma pressa um tanto exagerada. — A questão é que você tem que pensar especificamente sobre a mulher que você quer. Nem todas gostam de flores e chocolates.

— Certo.

Fox começou a dizer outra coisa, mas uma sequência de notas ressoou no quarto. Levou uns instantes até Brendan perceber que o celular dele estava tocando. Ele mudou de posição no sofá para tirá-lo do bolso de trás.

— Piper — disse ele, ao atender na mesma hora, tentando não explanar que só a promessa de ouvir a voz dela fazia seu coração bater descontroladamente. — Tá tudo bem?

— Tá. O prédio continua intacto. — O tom dela era descontraído, casual, totalmente alheio ao fato de que ele estava do outro lado da cidade tentando encontrar uma mágica qualquer que lhes desse a chance de ter um futuro juntos.

— Hum, seria demais pedir sua caminhonete emprestada para amanhã? Tem uma garota incrível, superartística, que está vendendo um lustre estilo brechó chique no Marketplace, e a gente precisa dele para o bar, não podemos perder essa oportunidade. Está *quarenta paus*. Mas temos que ir lá buscar. Fica no meio do caminho para Seattle.

— Mais ou menos uma hora de carro. — Ele ouviu a voz de Hannah ao fundo.

— Mais ou menos uma hora de carro. — Piper repetiu as palavras da irmã. — A gente estava vendo quanto sairia um Uber, mas aí lembrei que tenho um namorado gostoso, dono de uma caminhonete. — Ela fez uma pausa. — Mas isso não iria bagunçar sua rotina, iria?

Brendan sentiu uma pontada no estômago.

Rotina.

Se ele queria que Piper ficasse em Westport, era necessário que ela confiasse muito nele. A ponto de dar um passo grande. Talvez lhe mostrar o quanto havia avançado em termos de contrariar seus hábitos fizesse uma diferença quando chegasse a hora de ela decidir se voltaria ou não para Los Angeles. Se pudesse lhe oferecer um pouco do que fazia Piper sentir falta de Los Angeles, ele diminuiria o tamanho do passo que iria acabar lhe pedindo para dar.

Brendan poderia ser espontâneo.

Poderia surpreendê-la. Fazê-la feliz. Oferecer as coisas que ela adorava.

Não poderia?

Ele poderia, sim. Na verdade, mal podia esperar para fazer isso.

— Por que não buscamos seu lustre e continuamos na estrada até Seattle? A gente poderia passar a noite lá e voltar para Westport na segunda.

Brendan olhou para Fox e ergueu a sobrancelha. Fox assentiu, impressionado.

— Sério? — Piper soltou uma risada. — O que a gente faria em Seattle?

Não houve hesitação.

— Tem uma exposição de vinil no centro de convenções. Talvez Hannah goste.

— Uma exposição de vinil? — Hannah deu um gritinho ao fundo, seguido do barulho de passos nas tábuas de madeira, cada vez mais próximos.

— Ah, hum... é, posso dizer que ela está interessada. — Uma pequena pausa. — Mas como foi que você ficou sabendo dessa exposição?

Piper deve ter falado muito alto, pois Fox já estava fazendo que não com a cabeça, como se tivesse ouvido.

— Fox que comentou. — Brendan mostrou o dedo para ele. — Ele vai.

O olhar de traído no rosto do amigo foi quase suficiente para envergonhar Brendan. Quase. A oportunidade de passar mais tempo com a namorada superava sua própria desonra. Deus sabia que Piper o desconcentrava, e ele não queria que Hannah ficasse sozinha em uma cidade que ela não conhecia. Piper também não iria querer.

— Então vamos todos juntos? — perguntou Piper, com um tom que combinava satisfação e empolgação.

— Vamos.

Ela riu.

— Beleza. Vai ser divertido. A gente se vê amanhã. — Ela baixou bastante o volume da voz, que ficou um pouco hesitante. — Brendan... estou com saudade.

O coração dele quase saiu pela boca.

— Também estou com saudade.

Eles desligaram.

Fox levantou um dedo na cara dele.

— Está me devendo essa. É sério.

— Tem razão. Estou mesmo. — Brendan se dirigiu para a porta, pronto para uma noite de muito planejamento. — Que tal eu te dar o *Della Ray*?

E fechou a porta na cara de espanto do amigo.

## Capítulo vinte e três

𝒫iper estava com frio na barriga.
Um frio bom.
Naquele dia, ela iria sair da cidade com seu namorado. Não importava que suspeitasse um pouco das circunstâncias. Nem importava que, ao concordar em namorar e viajar com ele, estivesse mergulhando mais fundo num relacionamento. Um que talvez não sobrevivesse ao teste do tempo, dependendo se ela voltaria para Los Angeles mais cedo ou mais tarde. Mas nada disso aconteceria naquele dia. Ou no dia seguinte. Piper iria se divertir, relaxar e aproveitar a viagem. E o próprio Brendan também iria aproveitar algumas viagens dela ao colo dele.

Piper guardou a escova de dentes no saco de dormir e riu da própria piadinha, porém parou quando Hannah lhe lançou um olhar inquisidor. *Se controla, tarada.*

Sério. Era quase desconfortável toda a tensão sexual que andava sentindo nos últimos dias. Orgasmos vaginais estavam acabando com a vida dela. Até mesmo uma simples menção a Brendan fazia sua boceta começar a entoar uma música lenta.

E por falar nisso...

— Acho que vou me depilar quando estivermos na civilização — avisou Piper, tentando lembrar se havia se esquecido de colocar alguma coisa na bagagem. — Quer ir também?

— Pode ser. — Hannah colocou a mochila pesada sobre o ombro. — Só para o caso de irmos à piscina do hotel ou algo assim.

— Assim que eu souber onde vamos ficar, marco pra gente. — Piper bateu as palmas da mão. — Dia de depilação para as irmãs!

— É tudo tão emocionante — comentou Hannah, inexpressiva, com o quadril apoiado na lateral do beliche. — Ei, Fox não está indo para, tipo... ser minha babá. Né?

Piper fez uma careta.

— Brendan disse que ele já ia.

— É, só que naquele dia na loja de discos ele não sabia a diferença entre um compacto e um goma-laca. — Ela estreitou os olhos. — Aí tem coisa...

— Bem-vinda a Westport. É uma característica da cidade. — Piper pôs as mãos nos ombros de Hannah. — Ele não vai para ser sua babá. Você tem 26 anos. Enfim, por que precisaria de babá? Brendan e eu vamos ficar com você o tempo todo.

Hannah ficou de queixo caído.

— Piper, não é possível que você seja tão ingênua.

— Como assim?

— Quando perguntei se Fox ia para ser minha babá, eu estava perguntando se ele vai para me distrair enquanto Brendan passa um tempo sozinho com você e aproveita sua amiga depilada aí. — E então foi a vez de Piper ficar de queixo caído. — Porque eu não ligo. Não mesmo. Estarei com minha turma e posso procurar vinis até que os coelhinhos voltem para casa. Mas não quero que Fox se sinta obrigado a ficar comigo. Isso meio que estragaria a experiência, sabe?

— Entendo o que está dizendo. — Piper apertou o ombro de Hannah. — Você confia em mim?

— Claro que confio.

— Bom. Se alguma de nós sentir que o grupo não está dando certo, nos separamos deles. Tá legal? Se nós duas não estivermos curtindo, não vale a pena.

Hannah assentiu e abriu um pequeno sorriso.

— Fechado.

— Combinado. — Piper umedeceu os lábios. — Ei, antes que eles cheguem, queria te perguntar uma coisa. — Ela respirou fundo. — O que acha de fazermos a grande inauguração do bar repaginado no Dia do Trabalho?

Os lábios de Hannah se moveram, mas não pronunciaram nenhuma palavra.

— É daqui a oito dias! — ela disse, por fim.

Piper deu uma bela risada.

— Mas é possível?

— Você se dispôs a dar uma festa, não é?

Piper grunhiu, retirando as mãos dos ombros da irmã.

— Como sabe disso?

— Conheço *você*. Planejar festas é o que você faz.

— Não consigo evitar. São muito divertidas — ela sussurrou.

Hannah tentou segurar um sorriso e conseguiu.

— Pipes, nem falamos com Daniel ainda. — Ela analisou a irmã. — Você ainda pretende convidá-lo? Ou quer ficar os três meses inteiros aqui?

— Claro que pretendo convidá-lo! — respondeu Piper, no automático. Algo afiado se remexeu em seu interior no momento em que proferiu as palavras. Mas não podia retirá-las.

Não fazia mal ter um plano B, certo? Daniel poderia permitir que Piper voltasse para casa mais cedo, e ela tinha o direito de recusar a oferta. Mesmo que o padrasto concordasse com aquilo, ela não precisava embarcar num avião no mesmo dia. Ela só precisava manter as opções abertas.

Mas, quanto mais tempo passava com Brendan, menos sentia precisar de um plano B. E ela não estava nem *perto* de tomar a decisão de ficar em Westport. Como poderia estar? Podia ter feito amigos no Afunde o Navio. Podia ter começado a se entrosar com Abe, Opal e as meninas do Boia Vermelha. E com os donos da loja de ferragens e algumas das pessoas da cidade que circulavam o dia todo pelo porto. Mas e daí que ela gostasse de parar para bater papo com eles? E daí que não se sentisse mais tão deslocada quanto antes? Isso não queria dizer que deveria ficar ali para sempre.

Piper pensou em Brendan acariciando seu cabelo enquanto cochilavam no beliche dele no *Della Ray*. Pensou no balanço gentil da água e até mesmo no som da respiração do capitão. E precisou forçar a saída das suas próximas palavras.

— Vou ligar e convidar Daniel agora mesmo.

*Só para garantir.*

Hannah ergueu uma sobrancelha.

— Sério?

— Sim. — Piper pegou o celular, ignorando a pontada esquisita de mau agouro em seu estômago, e discou. Seu padrasto atendeu no segundo toque. — Oi, Daniel.

— Piper. — Ele parecia nervoso. — Está tudo bem?

Ela riu, tentando dissipar o frio no peito.

— Por que todo mundo atende minhas ligações desse jeito? Sou tão problemática assim?

— Não. — Mentiroso. — Não, é só que você não liga há algum tempo. Achei que você fosse implorar para voltar para Los Angeles há semanas.

É, bem... Quem poderia prever um capitão enorme e brutamontes que lhe dá orgasmos vaginais e a faz se esquecer de como respirar?

— Hum... — Piper pôs uma mecha de cabelo atrás da orelha e deu um olhar tranquilizador para Hannah. — Na verdade, a gente andou meio distraída. É por isso que estou ligando pra você. Hannah e eu decidimos fazer uma cirurgiazinha plástica no bar.

Silêncio.

— É mesmo?

Ela não sabia dizer se o padrasto estava impressionado ou cético.

— Sim. E vamos fazer a grande inauguração no Dia do Trabalho. Você acha... que pode vir? Por favor?

Após um momento, Daniel suspirou.

— Piper, estou atolado com esse novo projeto.

Aquilo que estava sentindo era alívio? Nossa, se fosse, era inquietante.

— Ah. Bom...

— Você disse Dia do Trabalho? — Ela ouviu alguns cliques no computador. Era provável que o padrasto estivesse abrindo a agenda. — Preciso admitir que estou um tanto curioso pra ver o que você chama de "cirurgia plástica".

— Ele pareceu um pouco seco, porém Piper tentou não se abalar por causa disso. Não tinha dado nenhum motivo para Daniel acreditar que ela era boa de trabalho manual, a não ser que considerasse aquele cachimbo que fizera com uma berinjela no último ano do ensino médio. — Acho que consigo encaixar. Fica a quantas horas de Seattle?

Ela sentiu um peso no estômago. Ele iria.

Piper forçou um sorriso. Isso era uma boa notícia. Era o que ela e Hannah queriam.

Opções. Só para garantir.

— Duas horas, mais ou menos. Acho que consigo encontrar um hotel pra você perto de Westport...

Daniel bufou.

— Não, obrigado. Vou pedir à minha assistente que encontre algo em Seattle. — Ele suspirou. — Bem, está na agenda. Acho que vejo vocês em breve.

— Ótimo! — O sorriso de Piper vacilou. — E minha mãe?

Ele começou a dizer algo e mudou o curso.

— Ela não tem interesse em voltar. Mas vou representar nós dois. Está bem assim? — Mais barulhos de teclado. — Preciso ir agora. Bom falar com você. Um abraço para você e para Hannah.

— Tá bom. Tchau, Daniel. — Piper encerrou a ligação e recompôs o rosto com otimismo, ignorando com firmeza a fogueira começando em seu interior. Meu Deus, por que ela se sentia tão culpada? Fazer o padrasto ir até Westport na esperança de ele encurtar o sabático sempre tinha sido o plano. — Tudo certo!

Hannah assentiu, devagar.

— Certo.

— Certo. E ele mandou um abraço. — Piper abraçou a irmã, balançando-a freneticamente. — Aí está. — Ela pegou a mochila. — Vamos?

Quando as irmãs saíram do prédio, Brendan e Fox estavam apoiados contra a caminhonete ligada, os dois com a mesma expressão estampada no rosto, como se estivessem discutindo. Ao ver Piper, o rosto de Brendan se acalmou e seus olhos se acenderam.

— Bom dia, Piper — cumprimentou, brusco.

— Bom dia, Brendan.

Piper não conseguia evitar perceber que Fox parecia quase... nervoso quando viu Hannah, o corpo magro se afastando da caminhonete para pegar a mochila dela.

— Bom dia — disse ele. — Quer que eu segure isso para você?

— Não, obrigada — respondeu Hannah, contornando-o e jogando a bolsa pela janela aberta do banco de trás. — Vou ficar com ela.

Piper riu.

— Minha irmã não desgruda dos fones de ouvido.

Ela deixou Brendan pegar sua mochila e segurou a lapela da camisa de flanela do capitão, puxando-o para um beijo. Ele se inclinou com avidez, colando seus lábios nos dela e dando-lhe uma leve prova do café que havia tomado. E, num movimento que Piper achou clássico e encantador, ele tirou o gorro e usou-o para esconder seus rostos de vista.

— Senti saudades — sussurrou ela, afastando-se e lhe lançando um olhar expressivo.

O coração de Brendan acelerou, e ele quase arrancou das dobradiças a porta do lado do carona, afastando-se para ajudá-la a entrar. Fox e Hannah subiram na parte de trás, sentando-se o mais afastado possível um do outro. A mochila de Hannah estava no assento entre eles, fazendo Piper imaginar se havia alguma tensão sobre a qual sua irmã não lhe tinha contado. Será que estivera tão envolvida em seu romance que havia perdido algo importante na vida Hannah? Ela jurou remediar aquilo na primeira oportunidade que tivesse.

Eles estavam na estrada havia cinco minutos quando Piper notou o endereço na tela de navegação. Nela estava o nome de um hotel muito luxuoso.

— Espera. Não é aí que vamos ficar, é?

Brendan grunhiu, virando na autoestrada.

Banheiras de mármore, lençóis de algodão egípcio, roupões brancos fofos e uma luz ambiente incrível dançavam por sua mente.

— É? — insistiu Piper.

— Nossa! Tá investindo com tudo, hein! — Hannah riu no banco de trás. — Mandou bem, Brendan. — Então, ela perguntou, mudando o tom de voz: — Espera, mas... quantos quartos você reservou?

— Vou ficar com a Hannah — se adiantou Piper, lançando para a irmã um olhar de "não vou te deixar sozinha nessa" pela divisória do carro.

— Claro que vai — concordou Brendan, sem problema algum. — Reservei três quartos. Eu e Fox teremos um para cada. Ele já me ouve roncar muito no barco.

Três quartos? Um mês atrás, Piper não se preocuparia nem um pouco com o quanto custaria passar uma noite em um hotel de luxo. Mas agora ela levava em conta o preço de *tudo*, até mesmo de uma xícara de café. Reservar três quartos naquele hotel sairia bem caro. Milhares de dólares. Quanto os pescadores ganhavam mesmo? Isso ela não tinha pesquisado.

Mas se preocuparia com aquilo mais tarde. Naquele momento, estava muito ocupada se empolgando com a ideia de uma tábua de queijos no serviço de quarto e chinelos grátis.

O capitão realmente tinha entendido qual era a dela, não tinha?

— Fiz uma playlist de viagem de carro — anunciou Hannah, estendendo-se e entregando o celular a Piper. — Chamei de "Vínculo Seattle". É só apertar o modo aleatório, Pipes.

— Sim, senhora. — Ela conectou o aparelho no rádio de Brendan. — Nunca questiono o DJ.

"The Passenger", de Iggy Pop, tocou primeiro.

— Essa é a voz do Bowie cantando junto — gritou Hannah. — Essa música fala de amizade. De dirigir por aí juntos, vivendo jornadas. — Ela suspirou, melancólica. — Conseguem imaginá-los estacionados ao nosso lado num sinal?

— É isso que vai comprar na exposição? — perguntou-lhe Fox. — Bowie?

— Talvez. A beleza em comprar discos é nunca saber o que você vai levar. — Animada com o assunto favorito, Hannah se endireitou e virou-se para encarar Fox. — Eles têm que falar com você. E, mais importante, você tem que escutar.

Por trás dos óculos, Piper observava a conversa com interesse através do retrovisor.

— Discos são tipo um bom vinho. Alguns estúdios tiveram anos de produção melhores do que outros. Não é só a banda, é a prensagem. Você pode ter todo um sentimento por um álbum, mas a qualidade também conta. — Ela sorriu. — E, se encontra uma boa prensagem de um álbum que ama, não existe nada como a primeira nota quando a agulha toca no disco.

— Você já sentiu isso? — questionou Fox, baixo, depois de um tempo.

Hannah assentiu, solene.

— "A Case of You", da Joni Mitchell. Foi a primeira música que coloquei para tocar do álbum *Blue*. Nunca mais fui a mesma.

"Fast Car", de Tracy Chapman, tocou em seguida. A irmã de Piper cantarolou algumas notas.

— O humor também faz diferença. Se eu estiver feliz, talvez ouça Weezer. Se estiver com saudade de casa, boto Tom Petty para tocar...

Os lábios de Fox esboçaram um sorrisinho.

— Você escuta alguma coisa da sua geração?

— Às vezes. Na maioria das vezes, não.

— Minha Hannah tem alma de senhora — declarou Piper. O amigo de Brendan assentiu, olhando para Hannah.

— Então você tem músicas para cada humor.

— Tenho *centenas* de músicas para cada humor. — A garota suspirou, enquanto abria a mochila e retirava os fones de ouvido e o iPod cheio de músicas, pressionando-os no peito. — Como você está se sentindo agora?

— Não sei. Hum... — Fox expirou para o teto, aquele sorriso ainda despontando nos cantos dos lábios. — Contente.

— Contente — repetiu Hannah. — Por quê?

Fox não respondeu de imediato.

— Porque não preciso dividir um quarto com Brendan. É óbvio. — Ele apontou para os fones de ouvido de Hannah. — O que você tem para isso?

Com ar de superioridade, Hannah lhe entregou os fones. Fox os colocou.

Um momento depois, ele deu uma gargalhada.

Piper se virou para trás.

— Que música colocou para ele?

— "No Scrubs".

Até Brendan riu de Hannah ter colocado aquela música, sobre uma garota rejeitando um homem que não tem nada, mas se acha o maioral. E soltou uma risada grave, parecendo mais um motor enferrujado, que fez Piper querer subir no seu colo e roçar sua barba. Talvez fosse melhor esperar até que ele não estivesse dirigindo para fazer isso.

Durante as duas horas de viagem, Fox e Hannah se aproximaram no banco de trás, um botando uma música para o outro ouvir e discutindo sobre quem havia escolhido a melhor. E, embora Piper não tivesse gostado da tensão entre Fox e a irmã, também não sabia se curtia *aquilo*. Já tinha saído com muitos caras sedutores e conseguia identificar um a quilômetros — e, a não ser que estivesse muito enganada, Fox parecia um desses caras da cabeça aos pés.

Eles chegaram ao hotel antes da hora do almoço, após uma rápida parada para pegar o lustre e cobri-lo com uma lona na parte de trás da caminhonete de Brendan. Piper ganhou alguns preciosos minutos para aproveitar a cascata do saguão e a música suave do piano antes de seguirem para os elevadores.

— Pedi que nos colocassem o mais perto possível um do outro, então estamos todos no 16º andar — avisou Brendan enquanto entregava as chaves dos quartos, assumindo o comando com tanta naturalidade que Piper teve que morder os lábios. — A exposição abre ao meio-dia. Querem se encontrar no saguão?

— Pode ser — responderam as irmãs.

Embora *eu queria era pular em você* fosse o pensamento de Piper.

Eles chegaram ao 16º andar e foram em direções diferentes — e Piper ficou grata por ter meia hora sozinha com a irmã.

— Ei, estava bem íntima do Fox no carro, hein? — sussurrou, pondo a chave do quarto contra o sensor da porta para liberar a fechadura.

Hannah bufou.

— O quê? Não. Só estávamos escutando música.

— É, só que música é tipo sexo para você... — Piper arfou, entrando correndo no quarto. Era magnífico. Luz solar moderada. Vista da água. Um edredom fofinho branco sobre a cama tamanho king, com cabeceira espelhada e luz ambiente. Tons de creme, dourado e mármore. Uma área para se sentar com pufes felpudos e almofadas com borla jogadas. E capas vintage da *Vogue* serviam de decoração.

— Ah, Hannah. — Piper deu um giro com os braços estendidos. — Estou em casa.

— O capitão fez um bom trabalho.

— Fez um bom trabalho mesmo. — Piper trilhou os dedos por um travesseiro em forma de nuvem. — Mas ainda estamos falando de Fox. O que está rolando?

Hannah se sentou no sofá de dois lugares, a mochila no colo.

— É besteira.

— O que é besteira?

Sua irmã bufou.

— No outro dia, quando andamos até a loja de discos, talvez eu até tenha achado ele bonitinho. Estávamos tendo uma conversa boa, mais profunda do que eu esperava, na verdade. E então... o celular dele começou a apitar sem parar. Vários nomes de garotas aparecendo na tela. Tina. Josie. Mika. Fiquei me sentindo meio idiota por olhar para ele dessa maneira. Como se... houvesse a possibilidade. — Ela colocou a mochila de lado com um tremor. — Talvez os produtos de limpeza que queimamos tenham entrado na minha cabeça ou algo assim. Mas foi um lapso de momento. Estou focada no Serguei. Toda focada nele. Mesmo que ele me trate como uma irmãzinha mais nova.

— Então... sem sentimentos melosos por Fox?

— Não mesmo. — Hannah parecia contente consigo mesma. — Mas acho que gosto dele como amigo. Ele é engraçado. Inteligente. Naturalmente, acabei achando ele bonito também. Quer dizer, quem não acharia? Mas tudo isso embarcou no trem platônico. Piuí. Apenas amigos.

— Tem certeza, Hanns? — Piper encarou a irmã. — É óbvio que ele é mulherengo. Não quero que você se machuque ou...

— Pipes. Não estou interessada. — Hannah parecia estar dizendo a verdade. — Juro por Deus.

— Certo.

— Na verdade, tudo bem se eu passar o dia com ele hoje. Não parece que ele vai ficar de babá. — Ela fez um gesto como se estivesse enxotando a irmã. — Você e Brendan podem ir fazer coisas de casal.

— O quê? De jeito nenhum! Quero garimpar discos também.

— Não, não quer. Mas é fofo você fingir.

Piper fez beicinho e em seguida se iluminou.

— Vamos ter nossa reunião de irmãs na depilação! — Ela ofegou. — Quer saber? Reservei num lugar perto do centro de convenções porque achei que ficaríamos por lá. Mas vou cancelar. Aposto que eles fazem depilação aqui. Vamos esbanjar.

— O lugar não importa para mim. Os pelos vão ser arrancados de qualquer jeito.

Piper se lançou ao telefone.

— Essa é a ideia!

## Capítulo vinte e quatro

Brendan esperara ter muito tempo sozinho com Piper enquanto estivessem em Seattle. Não tinha esperado conseguir isso tão cedo, mas com certeza não iria reclamar. Enquanto os quatro estavam parados no saguão luxuoso do hotel se aprontando para se separar, ele fazia o melhor para não se sentir malvestido com sua calça jeans, camisa de flanela e botas. Tinha tirado o gorro assim que entrara no quarto, meio abobado com o nível de extravagância. O preço da diária deles tinha lhe dado um indício de que seria chique, porém Brendan iria passar o tempo todo com medo de deixar pegadas de bota no carpete.

*Ela estava acostumada com isso.*
*É isso que você vai dar a ela.*

Piper ria da cara inconformada de Hannah.

— Foi tão ruim assim?

— Ela nem me avisou. Só *arrancou*.

— Quem não avisou você? — perguntou Fox, dividindo o olhar curioso entre as irmãs. — Meu Deus. O que aconteceu depois que nos separamos?

— Nos depilamos — explicou Piper, alegre. — No quarto. Hannah cutucou as costelas da irmã.
— *Piper*.
Ela parou no meio do ato de afofar o cabelo.
— Que foi? É, tipo, uma função humana básica.
— Não para todo mundo. — Hannah riu, o rosto corado.
— Ai, meu Deus. É melhor eu ir antes que minha irmã me envergonhe mais. — Ela se virou para Fox, a sobrancelha erguida. — Pronto?

Pela primeira vez, o melhor amigo de Brendan parecia estar sem palavras.

— Hum, sim. — Ele tossiu com o punho na frente da boca. — Vamos comprar discos.

— Me encontrem aqui às seis para o jantar — pediu Brendan.

Fox bateu continência displicentemente e seguiu Hannah até a saída.

Eles estavam quase perto da porta giratória quando Piper puxou a camisa de Brendan, fazendo-o olhar para ela.

— Eles me preocupam um pouco. Ela diz que são só amigos, mas não quero que minha irmã tenha o coração partido.

Brendan não diria em voz alta, porém tinha se preocupado com a mesma coisa. Fox não tinha amigas, mas sim casos de uma noite só.

— Vou conversar com ele.

Piper assentiu, mas deu mais uma olhada meio aflita para a irmã e Fox.

— Então... — Ela se virou para Brendan e lhe deu sua total atenção. — Estamos só nós dois. A tarde toda. Vamos fazer um tour?

— Não.

— Não? — perguntou ela, com olhos brincalhões. — O que tem em mente?

É claro que ela pensou que ele iria jogá-la sobre os ombros e levá-la de volta para o quarto. E, caramba, ele estava tentado a passar a droga do dia todo transando com uma Piper lisinha naquela cama ridícula de grande, mas ser previsível não iria contar a seu favor.

— Vou levar você às compras.

O sorriso dela desmoronou. Um brilho revestiu seus olhos. A mão trêmula pressionava a garganta.

— V-você vai? — sussurrou ela.

Brendan pôs uma mecha de cabelo atrás de sua orelha.

— Vou.

— Mas... sério? Agora?

— Sim.

Ela abanou o rosto.

— Comprar o quê?

— O que quiser.

Aqueles olhos azuis piscaram. Piscaram de novo. Uma ruga surgiu entre as sobrancelhas.

— Não consigo... não consigo pensar em uma coisa sequer que eu queira agora.

— Quem sabe quando começar a procurar...

— Não. — Ela umedeceu os lábios, parecendo quase surpresa com as palavras que saíam de sua boca. — Brendan, sempre vou amar fazer compras e ficar em hotéis chiques. Tipo, amar mesmo. Mas não preciso disso. Não preciso que você faça... — ela fez um gesto amplo para o saguão — tudo isso só para me deixar feliz. — Piper encostou a bochecha no peito do capitão. — Pode me levar à estação de recarga, por favor?

Sem demora, ele envolveu os braços em torno de Piper, a boca pressionada no alto da sua cabeça. Até ser tomado pelo alívio ao ouvir aquelas palavras, Brendan não sabia o quanto precisava ouvi-las. Podia até ser capaz de bancar lugares como aquele, mas não conseguia negar a necessidade de ser o suficiente. Curiosamente, justo no momento em que ela tinha acabado com aquela preocupação, ele se viu querendo ainda mais dar a Piper um dia com tudo de que ela mais gostava.

— Vou te levar às compras, amor.
— Não.
— Vou, sim.
— Não, Brendan. Não precisa. Eu ficaria igualmente feliz em assistir aos vendedores jogando peixe de um lado para o outro no Pike Place Market com você. Caramba, realmente ficaria. — Ela se aninhou mais perto, a mão se curvando na camisa de flanela. — Ficaria mesmo, de verdade.

— Piper. — Ele abaixou a boca até seus ouvidos. — Mimar você me deixa de pau duro.

— Por que não falou antes? — Ela pegou a mão dele e o empurrou para a saída. — Vamos às compras!

— Jeans?

Piper ergueu o queixo.

— Você disse o que eu quisesse.

Divertindo-se muito, Brendan seguia Piper pelos corredores da loja chique Pacific Place, observando a bunda dela rebolar sob a saia cor-de-rosa. Ela estava tão à vontade entre os manequins e as araras de roupa que ele ficou contente por ter insistido em irem às compras. Assim que passaram pela porta, as vendedoras caíram em cima de sua namorada, e elas já estavam se chamando pelos apelidos, correndo para pegar um monte de jeans do tamanho de Piper.

— Claro que pode pegar o que quiser — afirmou ele, tentando não esbarrar nas araras com os ombros largos. — Só achei que iria direto para os vestidos.

— Eu até iria. — Ela lhe deu um olhar soberbo por cima do ombro. — Se não me lembrasse de você me perguntando, cheio de deboche, se eu tinha uma calça jeans.

— Na noite em que foi dançar no Afunde o Navio? Achei que não se lembrasse de metade dessa noite.

— Ah, só as partes importantes — respondeu ela. — Tipo você falando mal do meu guarda-roupa.

— Gosto do seu... guarda-roupa. — Então está bem. Ele tinha usado a palavra "guarda-roupa" agora. Levando a sério, também, pelo que parecia. — No começo, achei que era...

— Ridículo?

— Pouco prático — corrigiu ele, com firmeza. — Mas mudei de ideia.

— Você só gosta das minhas roupas agora porque pode tirar todas elas.

— Não é um ponto negativo. Mas principalmente porque elas são você. Esse é o motivo verdadeiro. — Ele observou a vendedora se aproximar com o braço carregado de calças jeans e quase berrou para que ela saísse. — Gosto das coisas que fazem você ser a Piper. Não mude nada agora.

— Não vou mudar nada, Brendan — assegurou ela, e riu, puxando-o para a área do provador. — Mas não vou poder usar os vestidos por muito tempo. Logo o outono vai chegar no noroeste do Pacífico.

A vendedora entrou atrás deles e conduziu Piper para longe, colocando-a na cabine mais próxima com meia dúzia de calças jeans de várias cores e estilos. Depois, ela apontou para uma poltroninha, insinuando com o gesto que Brendan deveria se sentar — e ele se sentou, todo esquisito, se sentindo muito como Gulliver.

— É assim quando você vai às compras em Los Angeles?

— Huum. Não exatamente. — Ela o espiou e deu uma piscadela. — Geralmente não tenho um capitão de um metro e noventa comigo.

Ele emitiu um som de divertimento.

— Isso é melhor ou pior?

— Melhor. Bem melhor. — Ela abriu a cortina e saiu do provador vestindo uma calça jeans clara e um sutiã preto transparente. — Huum, não amei. — Piper se virou e olhou para sua bunda no espelho. — O que acha?

Brendan recolheu o queixo do chão.

— Desculpa. Por que não amou?

Ela fez uma careta.

— O caimento é estranho.

— O que é estranho? — Ele se inclinou para olhar mais de perto e logo se distraiu com a bunda dela. — Quem liga para isso?

A vendedora entrou e inclinou a cabeça.

— Ah, sim. Não. Esses não.

Piper assentiu.

— Foi o que pensei.

— Vocês estão de brincadeira comigo? Estão perfeitos — ele disse.

As duas riram. A vendedora saiu, enquanto Piper voltou para o provador. E Brendan ficou ali se perguntando se estava delirando.

— Sim, com certeza isso é bem diferente de fazer compras com minhas amigas em Los Angeles. Garanto que muitas vezes elas me dizem que algo está bom mesmo quando não está. Sempre rola uma competição. Alguém tentando se sentir superior. — Um zíper foi fechado, e ele assistiu aos pés dela virarem para a direita e para a esquerda, bem debaixo das cortinas, sorrindo ao notar o esmalte das suas unhas. Aquilo era tão Piper. — Acho que já tem um bom tempo que fazer compras deixou de ser divertido e eu nem tinha percebido. Não me leve a mal, adoro roupas. Mas, agora, quando penso em sair para comprar vestidos com Kirby, não acho nenhuma graça nisso. Passei aquele tempo todo tentando obter uma primeira onda eufórica de adrenalina. Mas... negociar uma rede de pesca na loja de suplementos do porto me deixou mais entusiasmada do que comprar minha última bolsa Chanel.

Ela arfou.

Alarmado, Brendan se endireitou.

— O que foi?

— Acho que a lição de Daniel funcionou. — Ela afastou a cortina, revelando a expressão chocada. — Acho que talvez agora eu dê valor ao dinheiro, Brendan.

Se não devia achá-la extremamente adorável, ele estava fracassando com todas as forças.

— Isso é ótimo, Piper — respondeu o capitão, brusco, ordenando a si mesmo a não rir.

— Sim. — Ela apontou para uma calça jeans de lavagem escura que moldava de forma indecente seu quadril delicioso. — Essa não, né?

— Essa *sim*.

Ela fez que não e fechou a cortina de novo.

— E custa cem dólares. Eu olhei o preço! — Depois, ela murmurou: — *Acho* que isso é muito, não?

Ele inclinou a cabeça para trás.

— Ganho mais do que isso com um caranguejo, Piper.

— O quê? Não. Quantos caranguejos você pega?

— Numa temporada? Se bater a meta? Pouco mais de 36 toneladas.

Quando ela puxou a cortina de novo, estava com a calculadora aberta no celular. Com a boca escancarada, Piper lentamente virou a tela para mostrar a ele todos os zeros.

— Brendan, isso é, tipo, *milhões* de dólares. — Ele só a encarou. — Ah, não — lamentou ela, depois de um segundo, balançando a cabeça. — Isso é ruim.

Brendan franziu o cenho.

— Por que é ruim?

— Acabei de descobrir o valor do dinheiro. E agora que tenho um namorado rico? — Ela suspirou, triste, fechando a cortina. — Temos que terminar, Brendan. Para o meu próprio bem.

— *O quê?*

Na mesma hora, Brendan sentiu um aperto agudo no coração. Não. Não, aquilo não estava acontecendo. Ele tinha ouvido errado. Mas, se não tivesse ouvido errado, eles não iriam sair daquela droga de provador até que ela mudasse de ideia. Brendan deu um salto e puxou a cortina, só para encontrar Piper rindo com a mão na boca, se tremendo toda. Uma sensação de alívio tomou conta dele, como se tivessem acionado as duchas de um sistema de irrigação sobre sua cabeça.

— Isso não foi engraçado — declarou, rouco.

— Foi. — Ela riu. — Você sabe que foi.

— Eu estou rindo?

Piper apertou os lábios para afastar o riso, apesar de seus olhos ainda brilharem, divertidos. Mas Brendan não conseguia ficar bravo com ela, sobretudo quando Piper cruzava os punhos na sua nuca, pressionava o corpo macio contra o corpo rígido dele e unia suas bocas num beijo envolvente.

— Desculpa. — Ela lambeu sua língua com gentileza. — Não achei que acreditaria com tanta facilidade.

Ele grunhiu, irritado consigo mesmo por gostar do modo como Piper tentava se redimir. Seus dedos se enrolaram nas pontas do cabelo dele, seus olhos estavam arrependidos. Tudo aquilo era estranhamente tranquilizador. Nossa, estar apaixonado o estava deixando mal. Ele era um caso perdido.

— Vai me perdoar se eu deixar você escolher minha calça jeans? — sussurrou ela contra os lábios dele.

Brendan acariciou a cintura dela.

— Não estou bravo. Não consigo ficar. Não com você.

Ela tirou as mãos da nuca do capitão e lhe entregou o próximo jeans na arara. Enquanto ele assistia, Piper desabotoou a calça que vestia e a deslizou pelas pernas. Nossa Senhora, Piper estava inclinada na frente do espelho, a bunda quase encostada no vidro, e, olhando de cima, ele conseguia ver tudo. A faixa verde-menta de tecido enfiada entre as bandas macias, a marca de biquíni se insinuando.

Quando ela se endireitou, seu rosto estava corado, e o pau de Brendan, apertado contra o zíper.

— Coloca para mim?

Jesus. Não importava que a vendedora pudesse entrar a qualquer minuto. Preso como ele estava por aqueles grandes olhos azuis cheios de luxúria, nada importava a não ser ela. Caramba, talvez esse fosse sempre o caso. Brendan expirou um ar trêmulo e se ajoelhou. Ele começou a abrir o cós da calça para que ela pudesse enfiar os pés, mas o pequeno triângulo da calcinha de Piper prendeu sua atenção quando se lembrou de que ela tinha se depilado naquela manhã.

Na verdade, Brendan nunca tinha parado para pensar muito na... jardinagem de uma mulher antes. Mas, desde a primeira vez que chupara a boceta de Piper, ele ansiava pela *dela*. Sua aparência, sensação, gosto, sua umidade gostosa.

— Posso ver?

Quase tímida, ela assentiu.

Brendan enfiou um dedo no centro do elástico frontal da calcinha e a abaixou, revelando aquela pequena divisão provocante, a protuberância de carne abrindo de leve seus lábios. Ele se moveu para a frente com um rugido, pressionando o rosto na pele luxuriante dela e inspirando fundo.

— Isso é meu.

O abdome dela se contraiu com uma inspiração.

— É.

— Vou te mimar com meu cartão de crédito agora. — Ele beijou o topo do clitóris. — Depois você vai sentar na minha cara e vou mimar você com minha língua até dizer chega.

— *Brendan*.

Ele curvou os braços em torno dos joelhos dela quando eles se flexionaram, e pressionou-a contra a parede do provador. Depois de garantir que ela estava firme, ordenou, sem palavras, que enfiasse as pernas na calça, uma de cada vez. Suas mãos deslizaram pelo calcanhar de Piper, pelos joelhos, coxas, deixando beijos na pele que desaparecia conforme a roupa subia. Doeu fechar o zíper e esconder a boceta dela, mas ele fez isso, passando a língua ao redor do umbigo de Piper enquanto fechava o botão.

Brendan se levantou, girando Piper para que ela pudesse olhar no espelho. Ele puxou a bunda dela na direção de seu colo para fazê-la sentir sua ereção, deixando-a de boca aberta, sem forças.

Com olhos atordoados, ela examinou seu reflexo, sua atenção na mão de Brendan deslizando por sua barriga, os dedos longos mergulhando na parte da frente do cós para agarrar sua boceta de forma bruta, provocando um gemido de espanto.

— Essa. Com certeza.

— Sim, sim, vamos levar essa — disse ela, às pressas. Brendan a segurou com mais força, subindo a mão, e Piper ficou na ponta dos pés, os lábios se abrindo em um arfar.

— Isso, isso, isso.

O capitão plantou um beijo na lateral da nuca de Piper e deu uma mordida, então, devagar, tirou a mão da calça jeans. Quando ela parou de tremer, ele a deixou na frente do espelho, corada, e saiu do provador.

— Boa garota.

— Sabe — ofegou ela através da cortina. — Quando fazemos compras, a jornada importa mais que o destino.

Brendan gesticulou para a vendedora quando esta entrou.

— Ela vai levar tudo.

## Capítulo vinte e cinco

𝒫iper farejou a nuca de Brendan e franziu os lábios, pensativa.

— Não, ainda não é o certo. Muito cítrico.

Brendan apoiou o cotovelo na bancada de vidro, contente e impaciente ao mesmo tempo.

— Piper, daqui a pouco não vai ter mais lugar em mim para testar.

Já era quase fim de tarde, e, depois do almoço no centro da cidade — no qual Brendan experimentou seu primeiro tiramisù e *gostou*! —, eles estavam de volta ao hotel. O capitão parecia estar bem inclinado a levar Piper para o andar de cima o mais rápido possível, porém ela o arrastou até uma loja masculina ao lado do saguão para ver se conseguiam encontrar um perfume para ele.

Ela estava enrolando? Talvez um pouco.

Por algum motivo, seus nervos estavam à flor da pele.

O que era maluquice. E daí que iriam subir para transar? Já tinham feito isso duas vezes, certo? Não havia razão para a pulsação acelerada. Exceto que ela saía de controle toda vez que Brendan beijava sua mão ou colocava o braço sobre seu ombro. E, mesmo sob o ar-condicionado, a pele da sua nuca pegava fogo. Piper se viu respirando fundo, muito fundo, na tentativa de acalmar o coração disparado.

Se conseguisse focar apenas na busca pelo perfume perfeito para Brendan, teria tempo suficiente para relaxar. Ou pelo menos descobrir por que não conseguia fazer isso.

Ela se apoiou no vidro para pegar um frasco verde-musgo quadrado, e Brendan espalmou a mão na base de sua coluna. De maneira casual. Mas o coração de Piper disparou como se ela estivesse fazendo um teste com detector de mentiras e sendo questionada sobre os hábitos de consumo do passado. Tremendo mentalmente, ela ergueu o frasco e o cheirou.

— Ah — sussurrou, cheirando de novo para ter certeza.
— É esse. Esse é seu cheiro.

Talvez fosse loucura, mas achar aquela essência elusiva de Brendan, segurá-la bem ali nas mãos e deixá-la inundar seus sentidos... derrubou o véu que vinha ocultando seus sentimentos. Piper estava perdida e completamente apaixonada por aquele homem.

A mudança de cenário tornou impossível não notar todos os motivos que a atraíam nele. Sua honra, paciência, segurança e firmeza de caráter. Sua capacidade de liderar e ser respeitado sem ter ânsia de poder. Seu amor pela natureza, pela tradição e pelo *lar*. Até o fato de ele ter lidado com os sentimentos do sogro com tanta sensibilidade mexia com ela.

Assim que Piper compreendeu a profundidade de seus sentimentos, aquelas três palavrinhas ameaçaram sair de

sua boca. *Aquela* era a fonte do seu nervosismo. Pois onde isso a levaria? A um relacionamento. Um relacionamento *permanente*. Não *só* com aquele homem, mas com Westport.
— Piper — chamou Brendan, urgente. — Você está bem?
— Claro que estou — respondeu ela, com uma alegria exagerada. — Eu... eu encontrei. É perfeito.
Ele ergueu uma das sobrancelhas, cético, enquanto girava o frasco.
— Splendid Wood?
— Vocês foram feitos um para o outro. — Ela o olhou nos olhos como um filhotinho apaixonado por longos segundos antes de quebrar o encanto. — Hum, mas temos que sentir em você.
Brendan a observava com o cenho franzido, quase confirmando que seu comportamento estava estranho.
— Você já passou nos meus pulsos e nos dois lados do pescoço — avisou ele. — Não tem mais lugar.
— O peito? — Ela olhou ao redor da pequena loja. O balconista estava ocupado do outro lado com um cliente. — Só um teste rápido. Para a gente não gastar dinheiro à toa. — Ela se animou. — Ah, olha só o que estou dizendo, Brendan! Estou quase usando cupons de desconto aqui.
Afeição surgiu no rosto dele.
— Seja rápida — grunhiu o capitão, desabotoando os três primeiros botões da camisa de flanela. — Vou precisar de três banhos para tirar isso.
Piper fez dancinhas, animada com a vitória. Aquele seria perfeito. Ela simplesmente sabia. Com um esforço, segurou o grito e liberou uma névoa de gotículas no peito cabeludo de Brendan enquanto ele segurava a camisa aberta. Ela se

inclinou, enterrando o nariz ali, inalando a combinação de terra e água salgada dele... e, ai, meu Deus, sim, ela estava mesmo apaixonada. Seu cérebro suspirou com felicidade completa e alegria por tê-lo conquistado, achado um jeito de cheirá-lo a qualquer momento que quisesse. Ela deve ter ficado por um longo momento ali, num estado sonhador, expirando com vontade, pois Brendan riu, fazendo-a abrir os olhos.

— O que está pensando aí?

*Que, se eu não tomar cuidado, teremos capitãezinhos bebês correndo por aí.*

E isso era ruim?

Não mesmo. Parecia meio incrível, na verdade.

— Estava pensando que estou orgulhosa de você — respondeu ela, por fim, abotoando a camisa dele. — Você comeu tiramisù hoje. E... e agora planeja viagens para Seattle. Espontaneamente. Você é, tipo, um novo homem agora. E eu estava pensando...

Em como ela também tinha mudado muito desde que havia ido para Westport. Desde que havia conhecido Brendan. O que antes considerava "aproveitar a vida ao máximo" era, na verdade, viver para que os outros pudessem vê-la. Encará-la. Não mentiria para si mesma e fingiria que um mês havia curado completamente seu desejo profundo por atenção. Por enaltecimento. Pelo que, uma vez, tinha interpretado como amor. Mas naquele momento? Ela participava de fato da própria vida. Não só posava e fingia. O mundo era tão maior que Piper, e ela estava vendo isso agora. Estava vendo de verdade.

No provador, enquanto experimentava as calças, nem lhe ocorreu tirar uma selfie no espelho. Só quis estar ali, naquele momento, com aquele homem. Pois o jeito como ele a fazia se sentir era três milhões de vezes melhor do que o jeito como três milhões de estranhos a faziam se sentir.

Caramba. Ela ia dizer ao Brendan que o amava?

Ia.

Sim, ia.

Se ela achou que invadir uma piscina na cobertura de um prédio e fazer a polícia ir até lá tinha sido muito louco, o envolvimento com Brendan parecia um milhão de vezes mais perigoso. Era tipo descer de rapel a lateral daquele hotel em Los Angeles com bastões de dinamite presos nas orelhas. Porque Piper era nova naquilo, e era um longo caminho até ela descobrir onde exatamente ela se encaixava no novo cenário.

E se, no final, ela nem se encaixasse?

O que sentiu quando Adrian a dispensou seria insignificante comparado a como sofreria se as coisas dessem errado com Brendan. Ele sabia com exatidão quem era (comandante de uma embarcação), o que queria (uma frota de barcos) e como conseguir aquilo (aparentemente ganhando milhões de dólares e mandando construírem os barcos?). Enquanto isso, ela passara uma semana tentando achar uma luminária com a vibe certa.

Aquilo podia ser um desastre.

Mas ela o olhou nos olhos naquele momento e ouviu o eco de suas palavras no deque do *Della Ray*. *Você tem perseverança, caráter e um coração enorme.*

E ela escolhia acreditar nele.

— Brendan, eu...

Seu celular começou a tocar loucamente na bolsa. Toques altos e difusos que ela não reconheceu de cara, pois havia muito tempo que não os ouvia.

— Ah. — Ela se afastou um pouco. — Esse é o toque da Kirby.

— Kirby. — Ele fechou a cara. — A garota que entregou você para a polícia.

— A própria. Ela não me liga desde que vim para cá. — Embora algo lhe dissesse para não fazer isso, Piper abriu a bolsa e tirou o celular. — Será que há algo errado? Talvez deva atender.

Brendan não disse nada, só analisou o rosto da namorada.

Piper continuou indecisa, e o telefone acabou parando de tocar.

Ela inspirou, aliviada, contente que a decisão tinha sido tirada das suas mãos... e então o celular começou a berrar novamente. Não era só Kirby ligando, também havia mensagens de nomes que ela mal reconhecia, notificações de e-mail... e outro número com o código de Los Angeles ligava para ela. O que estava acontecendo?

— Acho que preciso atender — murmurou Piper, franzindo o cenho. — Posso te encontrar no elevador?

— Pode — respondeu Brendan, depois de um momento, parecendo querer dizer mais.

— É só uma ligação.

Quando a afirmação saiu de sua boca, como se Piper estivesse tentando tranquilizar a si mesma também, ela saiu da loja. Era mesmo só uma ligação? Seu dedo pairou sobre o botão antes de atender. Aquela era a primeira vez que a vida que levava em Los Angeles a encontrava desde que fora para Washington. Nem tinha atendido ainda, mas sentia como se alguém estivesse a sacudindo, tentando acordá-la de um sonho.

— Você está sendo ridícula — repreendeu a si mesma baixinho ao apertar o botão de atender. Então disse: — Oi, Kirby. Demorou com essas desculpas, hein, querida?

Piper franziu o cenho para seu reflexo nas portas de aço do elevador. Estava imaginando coisas ou ela agora usava um tom muito diferente com os amigos de Los Angeles?

— Piper! Eu pedi desculpas. Não pedi? Ah, meu Deus, se não pedi, peço agora, tipo, estou de joelhos. Sério. Fui uma amiga tão terrível. Só não podia permitir que meu pai cortasse meu dinheiro.

Caramba, por que ela atendeu aquela ligação?

— É, nem eu. — Deve ter sido por causa dos toques e vibrações infinitos na sua orelha. — Olha, tudo bem, Kirby. Não estou com raiva de você. O que houve?

— O que houve? Está falando sério? — Ela ouviu o som de buzinas e um ônibus passando ao fundo. — Já viu a capa da *LA Weekly*?

— Não — respondeu Piper, devagar.

— Você está nela, e muito gostosa, garota. Ah, meu Deus, *a chamada*, Piper. "O desaparecimento da Princesa da Farra". Todo mundo está surtando.

Sua têmpora começou a martelar.

— Não entendi.

— Vai olhar o Instagram deles. O post está bombando — gritou Kirby. — Basicamente, a matéria fala que você deu a festa do século e desapareceu. É, tipo, um enorme mistério, Piper. Você é enigmática tipo o Banksy, ou algo assim. Todos querem saber por que você saiu da Wilshire Boulevard para ficar num porto aleatório. Você nem marcou sua localização! As pessoas estão morrendo de curiosidade.

— Sério? — Ela encontrou um banco e se jogou nele, tentando entender aquelas notícias inesperadas. — Ontem mesmo ninguém estava nem aí.

Kirby ignorou isso.

— Mais importante, querem saber quando você vai voltar e reivindicar seu trono! O que me leva ao principal motivo da ligação. — Ela respirou fundo. — Deixa eu fazer uma festa de boas-vindas para você. Já tenho o local perfeito. Apenas convites exclusivos. O Retorno da Princesa da Farra. Talvez eu tenha vazado a ideia para alguns designers e algumas empresas de bebidas, e eles estão se oferecendo para pagar você, Piper. Um monte de dinheiro para desfilar com seus vestidos, beber suas porcarias na frente das câmeras. Estou falando de seis dígitos. Vamos fazer isso! Vamos fazer de você uma lenda.

Um formigamento subiu pelos braços de Piper. Ela ergueu o olhar e viu Brendan parado a alguns metros, segurando a bolsa com a calça jeans e uma menor, que devia ser a do perfume.

Ele não estava perto o suficiente para ouvir a conversa, porém sua expressão lhe dizia que Brendan sentia a gravidade da ligação.

Mas aquela conversa era importante? Aquele pico de popularidade não ia durar muito tempo. Ela precisaria surfar na onda o mais rápido possível, e então logo procurar outro jeito de voltar aos holofotes. Aquilo tudo não parecia tão importante se comparado ao homem que ela amava em um barco numa tempestade... ou com uma onda inesperada derrubando alguém do convés... uma viagem de volta ao farol.

Um mês atrás, aquela fama caída do céu em um golpe de sorte teria sido a melhor coisa que já havia acontecido em sua vida.

Naquele momento, só a fazia se sentir vazia.

Uma parte irritante de Piper queria aquele estilo de vida com o qual ela lidava com maestria de volta? Sim, queria. Ela estaria mentindo se dissesse que não. Seria muito confortável entrar em uma boate com ar de superioridade ao som da música perfeita e ser aplaudida por nada além de ser bonita, rica e fotogênica.

— Piper. Está aí?

— Estou — resmungou ela, os olhos ainda presos nos de Brendan. — Não posso confirmar.

— Pode, sim — rebateu Kirby, exasperada. — Olha, soube que Daniel cortou seu dinheiro, mas, se fizer essa festa, você vai ganhar o bastante para se mudar, fazer as coisas do seu jeito. A gente pode até renovar o Pucker Up, quem sabe, agora que você tem uma influência a mais. Vou comprar sua passagem de avião de volta para Los Angeles, tá bom? Pode ficar no meu quarto de hóspedes. Feito. Reservei o local para o dia 7 de setembro. Todos já estavam reservados para o Dia do Trabalho.

— Sete de setembro? — Piper massageou o meio da testa. — Não é uma terça-feira?

— E daí? Quantos anos você tem? Quarenta?

Nossa. Essa era sua melhor amiga.

— Kirby, preciso desligar. Vou pensar a respeito.

— Está maluca? Não tem o que pensar. Paris está na minha lista de possíveis DJs para essa festa, e ela está lá no final. Vamos falar desse dia pelo resto de nossas vidas.

Brendan estava se aproximando, seu olhar focado como um laser no rosto dela.

*Não posso contar para ele.*

Não queria contar nada daquilo. Da *LA Weekly*. Da festa sendo planejada em sua homenagem. Do novo título extravagante. Nada daquilo.

Se ela fizesse uma lista de prós e contras para Los Angeles e Westport, *Piper ama Brendan* estaria na coluna de prós de Westport, e isso ganhava de qualquer contra. Eles não podiam conversar sobre um possível retorno a Los Angeles sem Piper revelar seus sentimentos, então... como ela poderia fazer algo a não ser recusar a oportunidade depois de dizer a ele aquelas três palavras? Porém, não estava cem por cento pronta para dizer não a Kirby. Ainda não. Se dissesse não para aquele retorno triunfal ao cenário no qual viveu a última década, estaria dizendo sim para Westport. Sim para ficar com aquele homem que se colocava em perigo como se não fosse nada. Sim para começar do zero.

Kirby tagarelava em seu ouvido sobre um esquema de cores inspirado na Burberry e uma bebida exclusiva chamada Herdeira Festeira.

— Tá bom, obrigada, Kirby. Saudades também. Tenho que ir. Tchau.

— Não se atreva a desli...

Piper encerrou a ligação às pressas e desligou o celular, levantando-se.

— Ei. — Ela abriu seu sorriso mais sedutor e, com sorte, distrativo, para Brendan. — Comprou o perfume? Queria comprar pra você de presente.

— Se faz você querer me cheirar em público, considero um investimento. — Ele parou, acenando para o telefone. — Tudo bem?

— O quê? Sim. — *Pare de tremer as mãos.* — Só uma fofoca que Kirby achou que fosse urgente. Spoiler: não era. Vamos subir, certo?

Piper saltou para a frente e apertou o botão para chamar o elevador, agradecendo aos céus quando um deles abriu, vazio, à esquerda dos dois. Ela agarrou o punho grosso de Brendan, grata por ele se permitir ser arrastado para dentro. Então o empurrou contra a parede do elevador e utilizou duas das suas habilidades favoritas — fuga e distração — para evitar que ele fizesse mais perguntas.

Perguntas que também não queria fazer a si mesma.

## Capítulo vinte e seis

Brendan não conseguia afastar a sensação de que Piper tinha acabado de escapar de seu alcance — e isso o aterrorizava demais.

Enquanto compravam perfume, ela o tinha olhado de uma maneira como nunca havia feito antes. Como se estivesse pronta para abaixar as armas e se render. Nunca ninguém tinha olhado para ele daquele jeito. Assustada e esperançosa, tudo ao mesmo tempo. Exposta de uma maneira linda. E ele mal podia esperar para recompensar essa confiança. Para recompensá-la por ter se atirado de cabeça, pois ele estaria lá para pegá-la. Mal podia esperar para dizer-lhe que a vida antes de ela aparecer em Westport era sem cor, sem luz e sem perspectiva.

As mãos de Piper acariciavam seu peito naquele momento. Desciam para seu abdômen.

Ela se inclinou e enterrou o nariz em seu peito, inalando, gemendo baixinho...

Traçando o contorno de seu pau com os nós dos dedos.

O toque, é claro, era para distraí-lo, prendê-lo entre a necessidade e a irritação. Ele não queria Piper quando a mente dela estava obviamente em outro lugar. Brendan queria aquelas barreiras derrubadas. Queria tudo dela, cada pedaço. Mas havia uma parte sua que também sentia nervosismo. Receio de ele não estar preparado para lutar com qualquer que fosse o inimigo desconhecido que estava contra ele.

O último foi o culpado pela brutalidade dele quando pegou o pulso de Piper, segurando-o longe do zíper aberto.

— Me conta sobre o que realmente era a ligação.

Ela vacilou com o tom dele, afastando-se.

— Eu *contei*. Não era nada.

— Vai mesmo mentir pra mim?

Jesus, ela estava literal e metaforicamente encurralada, presa no elevador sem ter para onde correr. Não que não tivesse procurado por uma saída, até no teto.

— Não tenho que te contar cada detalhe — gaguejou ela, por fim, apertando o botão de abrir porta sem parar, mesmo que ainda estivessem no meio do caminho até o 16º andar. — Pretende ser dominador assim o tempo todo? — Sua risada foi estridente, assustada, e cavou um buraco no peito do capitão. — Porque é um pouquinho demais.

Não. Não iria cair nessa.

— Piper, vem aqui e olhe pra mim.

— Não.

— Por que não?

Ela revirou os olhos.

— Não quero ser interrogada.

— Bom — grunhiu ele. — E eu quero a verdade sem ter que pedir por ela.

Ele a ouviu engolir em seco bem antes de a porta do elevador abrir e ela disparar, caminhando depressa na direção oposta do quarto do capitão, onde ela acabaria se ele não fizesse nada. Brendan a alcançou bem antes que ela pudesse entrar no próprio quarto, envolvendo um braço ao redor de sua cintura e a puxando contra o peito.

— *Chega.*

— Não fala comigo como se eu fosse uma criança.

— Está agindo como uma.

Ela bufou.

— *Você* é quem...

— Caramba. Se disser que fui eu quem quis uma namorada de temperamento difícil, vai me irritar, Piper. — Ele agarrou o queixo de Piper e inclinou sua cabeça até que estivesse apoiada no ombro dele. — Quero *você*. Quem quer que seja, o que quer que seja, quero você. E vou lutar para entrar nessa mente quantas vezes for preciso. Uma, duas, três vezes. Não ouse duvidar de mim.

Ela respirou fundo duas vezes.

— Kirby me ligou pra dizer que estou na capa da *LA Weekly*. Tá bom? "O desaparecimento da Princesa da Farra". Tem toda uma matéria e... e agora, acho, *tcharam*, que sou interessante de novo. Depois de um mês de silêncio, do nada, todo mundo quer saber para onde fui. — Ela se soltou do aperto de Brendan e se afastou, a postura defensiva. — Kirby quer me dar uma enorme e extravagante festa de boas-vindas. E eu não queria contar pra você porque agora você vai me perturbar até que eu magicamente tinha respostas sobre o que quero e *eu não sei*!

A pulsação de Brendan ricocheteou em suas veias, seu medo crescendo com força total. *LA Weekly*. Festa extravagante. Ele tinha alguma chance contra isso?

— O que você *sabe*, Piper? — ele conseguiu dizer, rouco. Seus olhos estavam fechados.

— Sei que te amo, Brendan. Sei que te amo e é isso.

O mundo ficou em um silêncio total por um instante, nenhum barulho exceto ruído do seu coração se expandindo, à beira de arrebentar de tanto deslumbramento. Piper o amava. Aquela mulher o amava.

— Como pode dizer "é isso"? — Ele deu um grande passo e a pegou nos braços, alegrando-se quando ela cedeu com facilidade, envolvendo as pernas ao redor da cintura dele, enterrando o rosto em sua nuca. — Como pode dizer "é isso" quando é a melhor coisa que já aconteceu comigo? — Ele beijou seu cabelo, sua bochecha, pressionou os lábios em suas orelhas. — Eu te amo, amor. Caramba. Eu também te amo. Enquanto for esse o caso, tudo vai ficar bem. E *sempre* vai ser esse o caso. Vamos trabalhar nos detalhes. Tá bom?

— Tá bom. — Ela ergueu a cabeça e assentiu, rindo, atordoada. — Sim. Tá bom.

— Nós nos amamos, Piper. — O capitão se virou e andou até o quarto dele, grato por já ter as chaves em mãos porque não teria conseguido tirar a atenção de Piper para procurá-las. — Não vou deixar nada nem ninguém estragar isso.

Meu Deus. Ela tinha sido... libertada. Seus olhos estavam suaves, crédulos, lindos e, mais importante, confiantes. Nele. Neles. Ele tinha feito a coisa certa ao pressioná-la, por mais que tivesse sido difícil vê-la assustada. Mas estava tudo bem agora, graças a Deus. Graças a Deus.

Ele bateu a chave do quarto no sensor e chutou a porta, abrindo-a, sendo sua única missão na vida dar um orgasmo àquela mulher. Ver aqueles suaves olhos azuis desfocados e saber que o corpo dele era o responsável por aquilo. *Sempre* seria responsável por satisfazer suas necessidades.

— Preciso tanto de você — disse ela, agarrando seu colarinho, movendo o quadril em pequenos círculos desesperados. — Ai, meu Deus, chega até a doer.

— Sabe que vou cuidar disso. — Ele mordeu a lateral da nuca de Piper, empurrando o quadril para cima de modo bruto, e a ouviu ficar sem fôlego. — Não sabe?

— Sei. *Sei.*

Brendan pôs Piper de pé, girou-a e levantou sua saia até acima do quadril.

— Quem sabe um dia vamos conseguir esperar tempo suficiente para tirarmos a roupa ao mesmo tempo — declarou ele, abaixando a calcinha de Piper até o calcanhar antes de abrir o próprio zíper com as mãos trêmulas. — Mas não vai ser hoje. Se ajoelha na beirada da cama.

Nossa, ele amava Piper quando ela era uma sedutora sem pudor. Quando estava irritada. Quando estava sendo implicante ou fazendo com que se esforçasse muito. Mas ele a amava mais quando ela estava como naquele momento. Sincera. Sem esconder nada. Gostosa, necessitada e verdadeira. Subindo bem na beirada da cama e erguendo o quadril, implorando.

— Por favor, Brendan. Você pode, por favor, pode, por favor...

Não tinha como ele não parar um momento para admirar a obra de arte que era Piper. O contorno gracioso das coxas, a bunda que fazia da sua vida um paraíso e um inferno. Ele agarrou as bandas naquele momento e as massageou, afastando-as para que pudesse ver o que esperava por ele entre elas.

— Ah, amor. Eu deveria ser aquele que sempre pede "por favor" — disse, rouco, agachando-se e passando a língua na pele apertada da entrada traseira dela. Piper sussurrou seu nome e então gemeu hesitante, esperançosa, e, assim, Brendan não tinha como deixar de puxar sua bunda mais para perto e enterrar os lábios ali, lambendo-a violentamente.

— Ah, uau — ofegou Piper, pressionando-se contra ele.
— O que você... ai, meu Deus.

O capitão passou a mão ao redor do quadril dela, traçando dois dedos entre suas curvas macias e gostando do fato de ser capaz de deixar sua boceta molhada mesmo quando lambia um lugar completamente diferente. Gostando da timidez inicial dela e do modo como, por fim, ela não conseguiu evitar abrir ainda mais as pernas na cama, o quadril girando em sincronia com os golpes famintos da língua dele. Quando Brendan deixou a língua descer e passar pelo seu sexo, o clitóris dela estava muito inchado. Ele o cutucou com a língua algumas vezes, esfregou o centro sensível com o dedão e ela desmoronou, soluçando sobre o edredom, sua umidade deliciosa cobrindo a parte interna da coxa e a boca dele.

Piper ofegava quando ele se levantou, jogou o peito sobre as costas dela e empurrou o pau para dentro da boceta ainda se contraindo.

— Minha — rangeu, com o aperto dela pressionando suas bolas de modo doloroso, enchendo todo o seu ser com possessividade. — Vou tomar o que é meu agora.

Um movimento a frente deles na cama relembrou a Brendan da cabeceira espelhada, e ele quase gozou, pego desprevenido pela visão sensual do maxilar frouxo dela e dos seios que pulavam junto com cada investida de seus quadris. Seu corpo pairava atrás do de Piper, quase duas vezes o tamanho dela, e ele abriu um sorriso como se fosse muito bem devorá-la inteira. Quem não devoraria? Quem não iria querer cada parte daquela mulher o mais próximo possível? Consumir seu fogo? Quem não morreria tentando ganhar sua confiança?

— Meu Deus, você é tão linda — grunhiu ele, caindo sobre ela, grudando-a na cama e empinando-a, preenchendo-a do modo que ela preenchia seu peito, sua mente. Tudo nele. Completava-o só ao respirar. Brendan enroscou seu cabelo no punho, usando-o para puxar sua cabeça para trás, prendendo seu olhar no dela através do espelho. Ela ofegou, rebolou no pau dele, suas paredes lhe dizendo que ela estava tão excitada quanto ele pela imagem que encaravam. — É, você gosta de ser admirada e elogiada, não gosta, Piper? Não tem elogio melhor do que o quanto você deixa meu pau duro, tem? De como você me faz dar ele pra você com brutalidade? Não consigo nem tirar a calça. — A respiração dela acelerou, e ela começou a se retorcer sob ele, seus dedos arranhando o edredom conforme gritava o nome de Brendan com os lábios fechados. — Vamos lá. Me dá o segundo, amor. Quero te deixar mancando.

Seus olhos azuis perderam o foco, e ela gemeu violentamente, os quadris se remexendo abaixo dele, espasmos contraindo sua boceta e o empurrando para fora. Ele golpeou o canal quente dela mais uma vez, cravando fundo, olhando-a nos olhos enquanto grunhia seu nome, soltando a pressão excruciante entre as pernas, ofegando ao lado da cabeça dela.

— Te amo — arfou Piper, as palavras parecendo pegá-la desprevenida, alarmando-a, e Brendan se perguntou se era possível seu coração explodir para fora do peito. Como iria sobreviver a ela? Toda vez que achava que os sentimentos por Piper tinham chegado ao ápice, ela provava que ele estava errado, seu coração crescendo mais um pouco. Como poderia continuar naquele ritmo por mais cinquenta, sessenta anos?

— Também te amo, Piper. *Eu te amo*. — Ainda a pressionando na cama, ele deu beijos suaves em sua cabeça, ombro, nuca, antes de, por fim, rolar de cima dela, puxando suas coxas para o lugar que ela chamava de estação de recarga. Ele tinha achado graça daquele nome, mas quando ela se acomodava em seus braços, com o rosto relaxado, e suspirava, como se ser segurada por ele fizesse mesmo tudo ficar bem, caramba, esse privilégio o deixava honrado.

— Nunca tinha dito isso pra ninguém antes — murmurou ela, descansado a cabeça sobre os bíceps do capitão. — Não senti o que sempre achei que sentiria.

Ele passou as mãos por seus cabelos.

— O que achou que sentiria?

Ela pensou um pouco.

— Uma pressa pra acabar com a coisa de uma vez. Tipo arrancar um Band-Aid.

— E como se sentiu?

— O contrário. Foi como colocar um curativo. Colar bem forte. — Ela examinou o maxilar de Brendan por um momento e então ergueu o olhar para ele. — Acho que é porque confio em você. Confio plenamente em você. Esse é o lado bom do amor, não é?

— Sim. Acho que tem que ser. — Ele engoliu em seco o nó na garganta. — Mas não sou um especialista, amor. Nunca amei assim.

Depois de um momento, ela falou:

— Nunca mais vou esconder algo de você. — Piper soltou uma expiração trêmula. — Nossa. Grandes declarações acontecendo aqui depois do sexo. Mas estou falando sério. Não quero mais guardar as coisas pra mim. Nem mesmo por uma viagem de elevador. Não vou fazer você lutar pra entrar na minha cabeça. Não quero isso. Não quero ser um esforço constante pra você, Brendan. Logo você, que faz ser tão fácil te amar.

Ele a agarrou de encontro a si, sem escolha, a não ser que quisesse se despedaçar por causa da emoção que ela produzia nele.

— Esforço constante, Piper? Não. Você me entendeu mal.
— Ele ergueu o maxilar dela e beijou sua boca. — Quando a recompensa é tão perfeita quanto você, tão perfeita quanto isso, o esforço é uma honra, caramba.

Brendan girou Piper, ainda deitada, conforme o beijo se intensificava, seu pau ficando duro de novo em questão de segundos, inchando dolorosamente quando ela implorou que ele tirasse a camisa. Ele obedeceu, de algum modo conseguindo tirar a calça jeans e a cueca antes de a despir toda também. Sons satisfeitos explodiram de suas bocas quando os corpos nuns enfim se conectaram, pele na pele, sem nenhuma barreira à vista.

Piper abriu um sorrisinho sob os lábios dele.

— Então nós não vamos falar sobre a coisa com a língua?

Suas risadas se tornaram suspiros e, em seguida, gemidos, a mola da cama rangendo sob eles. Parecia que nada poderia tocar a perfeição que eram. Não depois de confissões tão profundas. Não quando parecia que não conseguiam respirar sem o outro.

Porém, se Brendan aprendera alguma coisa como capitão, foi isso: bem quando aparentava que a tempestade estava começando a se dissipar e a luz do dia se espalhava pelas águas calmas, a maior onda dava seu golpe.

E se esquecer dessa lição poderia muito bem custar caro para ele.

## Capítulo vinte e sete

O restante da estadia deles em Seattle foi como um sonho. Hannah e Fox encontraram os dois no saguão do hotel na hora marcada, cheios de discos de segunda mão. E, mesmo que Piper ainda quisesse que Brendan falasse para Fox que Hannah estava fora de cogitação, suas preocupações foram temporariamente afastadas pela verdadeira amizade que parecia ter brotado entre os dois. Uma tarde juntos e eles estavam terminando as frases um do outro. Tinham até piadas internas. Não que isso surpreendesse Piper. Sua irmã era uma deusa com um espírito puro e romântico, e já estava na hora de as pessoas a valorizarem.

Desde que certas partes permanecessem dentro da calça.

No jantar, Brendan e Fox lhes contaram sobre a vida no barco. A história favorita de Piper era sobre a garra de um caranguejo que ficou presa no mamilo de Deke, e Brendan até teve que lhe dar pontos. Ela os fez contar duas vezes enquanto gargalhava já alegre pelo vinho. No meio da refeição, Fox mencionou a tempestade da semana anterior, e Piper viu Brendan enrijecer, seu olhar indo direto para o dela, avaliando se ela conseguia aguentar aquilo. Piper ficou surpresa ao descobrir que, mesmo que seus nervos estremecessem de maneira ameaçadora, conseguia acalmá--los com algumas respirações profundas. Aparentemente, Brendan ficou tão feliz com Piper encorajando Fox a terminar a história que a puxou para seu colo, e ela permaneceu ali, feliz, o restante da noite.

Dormiram em seus respectivos quartos, embora ela e Brendan tenham trocado algumas mensagens de texto atrevidas. E, na manhã seguinte, apertaram-se na caminhonete para voltar a Westport.

Com a mão entrelaçada na de Brendan sobre o painel e a playlist de viagem de Hannah entoando pelos altos falantes, Piper se viu... ansiosa para voltar para casa. Ela tinha ligado para Abe naquela manhã e avisado que se atrasaria para a caminhada; depois ligou rapidinho para Opal e marcou um café para aquela semana.

No seu celular, havia mais de uma centena de mensagens e incontáveis e-mails de conhecidos de Los Angeles, donos de boates e Kirby, mas Piper estava ignorando todos eles para que nada ofuscasse a beleza daquela viagem para Seattle.

Fora as várias mensagens urgentes sobre o dia 7 de setembro, Piper estava feliz por ter recebido duas de garotas que tinha conhecido no Afunde o Navio. Elas queriam se encontrar para planejar a festa do Dia do Trabalho. E o que Piper achava de um grupo de tutorial de maquiagem?

Bom. Ela achava... *realmente* uma boa ideia. Com o número cada vez maior de amigos e o dia da grande inauguração cada vez mais próximo, de uma hora para a outra Piper estava com a agenda cheia.

E se ela conseguisse de fato se encaixar em Westport?
Sim, Brendan a fazia sentir como se já fosse parte do lugar. Mas ele tinha uma vida ali. Uma comunidade que conhecia desde que nasceu. A última coisa que ela queria era depender dele. Se ficasse em Westport, precisaria construir o próprio caminho. Fazer parte daquela relação com Brendan, mas ao mesmo tempo ser independente dela. E, pela primeira vez, essa não parecia uma possibilidade improvável.

Quando chegaram em Westport, Brendan deixou Fox em seu apartamento primeiro, então completou a viagem de cinco minutos até o apartamento de Piper e Hannah. A expressão dele só podia ser descrita como ranzinza ao estacionar a caminhonete, visivelmente relutante em se despedir dela. Piper o entendia. Mas não havia chance de deixar Hannah sozinha o tempo todo.

Sua irmã estava inclinada sobre o banco da frente naquele momento, o queixo apoiado nas mãos.

— Tá bom, Brendan — anunciou, seca. — Piper estava cantando "Natural Woman" bem alto no banho essa manhã...

— Hannah! — gaguejou Piper.

— E já que gosto de vê-la feliz, vou te fazer um favor.

Brendan virou um pouco a cabeça, interessado em ouvir.

— Qual?

— Bom. Presumo que você tenha um quarto de hóspedes na sua casa — disse ela.

O namorado de Piper grunhiu uma afirmação.

— Bem... — estendeu-se Hannah. — Eu poderia ficar lá. Isso aliviaria a culpa de irmã de Piper e ela poderia ficar nos aposentos do capitão.

— Vão fazer as malas — respondeu Brendan, sem hesitar. — Eu espero.

— Espera. O quê? — Piper se virou no banco, dividindo o olhar entre aquelas duas pessoas malucas que amava. — Não, nós não vamos simplesmente nos mudar para a sua casa, Brendan. Isso requer uma... no mínimo, uma conversa séria.

— Vou deixar vocês conversarem — avisou Hannah, alegre, saltando da caminhonete.

— Brendan... — começou Piper.

— Piper. — Ele se esticou por cima do painel e passou os dedos pela bochecha da namorada. — Seu lugar é na minha cama. Não tem discussão.

Ela riu.

— Como pode dizer isso? Nunca morei com ninguém, mas tenho certeza de que vou passar uma boa parte do tempo sem maquiagem e... lavando roupa! Já considerou as roupas sujas? Onde vou colocar as minhas? Até aqui, tenho conseguido manter certo ar de mistério...

— Mistério — repetiu ele, os lábios se curvando.

— Sim, isso mesmo. — Ela se afastou de seu toque. — O que vai acontecer quando não tiver mais... mistério?

— Não quero mistérios com você. E temos que fazer uma viagem de pesca no sábado. Duas noites fora. — *Apenas daqui a alguns dias.* — Quero cada segundo que conseguir com você até eu sair do porto.

— Sábado. — Aquilo era novidade para ela, embora soubesse que, em algum momento, ele voltaria para o mar. Em geral, o intervalo entre as viagens era até menor, porém eles tinham tirado uma semana inteira de folga depois da temporada de caranguejo. — Você acha que volta para a grande inauguração no Dia do Trabalho?

— Pode ter certeza que sim. Eu não perderia. — Ele ergueu uma sobrancelha de forma casual, como se não tivesse acabado de fazer o coração de Piper palpitar de pura alegria. — Cestos de roupas sujas separados te convencem?

— Talvez. — Ela mordeu os lábios. — Teria que haver uma regra de "sem beijo até que eu escovar os dentes".

— Não, não ligo para isso. — O olhar dele desceu para a bainha de sua saia. — Quero meter numa Piper sonolenta e fazer as pernas dela tremerem logo de manhã.

— Tá bom — cedeu ela. — Vou fazer as malas então.

A expressão de Brendan se tornou uma mistura de triunfo e afeição.

— Isso.

Franzindo o cenho para o namorado, mesmo que seu coração estivesse dançando, ela abriu a porta da caminhonete. Antes de fechá-la, lembrou da promessa de encontrar Abe e acompanhá-lo até o museu.

— Que tal irmos na hora do jantar? — perguntou ela a Brendan. — Vamos fazer compras no caminho. Quem sabe você não me dá uma aula de culinária.

— Vou ficar com o extintor à mão.

— Ha-ha. — Era normal o rosto de uma pessoa doer de tanto sorrir? — Vejo você à noite, capitão.

A promessa brilhava nos olhos verde-acinzentados dele.

— Até a noite.

Piper correu até a loja de ferragens, caminhou com Abe até o museu marítimo e conversou com ele por um tempo antes de continuar a corrida até a casa de Opal para um café. Andando de volta para o Sem Nome, ela digitou respostas para as novas amigas, Patty e Val, combinando de se encontrarem para planejar o Dia do Trabalho. Ela e Hannah teriam que trabalhar em velocidade recorde para fazer o bar ficar pronto a tempo — elas nem tinham uma placa nova ainda —, porém, com um pouco de determinação, conseguiriam.

Naquela noite, as irmãs fizeram malas com roupas para alguns dias e caminharam até o mercado com suas mochilas, comprando os mesmos ingredientes que Brendan havia jogado em sua cesta naquela primeira manhã em Westport.

Quando bateu na porta de Brendan, um frio surgiu na barriga de Piper, mas a sensação se tornou algo quente e confortável assim que o corpo grandalhão dele apareceu na entrada... de calças de moletom cinza e camiseta.

Tá legal, então. Desse jeito, as vantagens daquele acordo de morar junto já estavam se tornando óbvias.

— Não olha para o pau do meu namorado nesse moletom — sussurrou Piper para Hannah enquanto elas o seguiam para dentro da casa, fazendo a irmã gargalhar.

Brendan ergueu uma das sobrancelhas para elas por cima do ombro, mas continuou até que chegassem ao quarto de hóspedes, carregando em uma das mãos as compras que elas tinham levado. O quarto para o qual ele as tinha guiado era pequeno e quase ao lado da cozinha, porém tinha uma boa vista do jardim e a cama era muito mais confortável do que o beliche do Sem Nome.

— Obrigada, isso é perfeito — agradeceu Hannah, jogando a mochila no chão. Ela girou para observar o restante do quarto e respirou fundo, a mão voando para cobrir a boca. — O que... o que é isso?

Intrigada pela mudança de atitude da irmã, o olhar de Piper foi da calça de moletom de Brendan e para o objeto que causara a reação. Havia um toca-discos na mesa. Empoeirado e pesado.

— Lembrei que meus pais me deram o deles quando se mudaram — explicou Brendan, cruzando os braços e acenando com a cabeça para o objeto. — Peguei no porão.

— Isso é um Pioneer vintage — disse Hannah, passando os dedos pelo topo de vidro. Ela virou os olhos arregalados para Brendan. — Posso usar?

Ele fez que sim.

— É por isso que trouxe para cá. — Como se não tivesse acabado de alegrar a vida de Hannah, ele apontou com o queixo para o armário. — Coloquei todos os discos que encontrei ali. Não sei se tem algo de interessante.

— Qualquer coisa vai ser interessante nisso. — Hannah curvou os joelhos e pulou, dançando toda animada. — Nem ligo que tenha desenterrado isso só para eu não ouvir vocês transando. *Obrigada.*

Brendan enrubesceu um pouco, e, de algum modo, Piper se apaixonou mais por ele. Fazer algo legal para Hannah garantiu a ele a eterna devoção da namorada. E Piper quase caiu desmaiada quando ele disse daquele jeito reservado e razinza dele:

— Não. Obrigado por, hum... me deixar ter Piper aqui. Vou guardar isso.

Ele retirou a mochila dos ombros de Piper, beijou-lhe o rosto e saiu do quarto. Elas observaram a saída dele como gaivotas observavam uma fatia inteira de pão no ar — e, graças às corridas no porto, Piper agora sabia o que aquilo significava. Reverência.

— Você tem que se casar com ele — disse Hannah.
— Eu sei — concordou Piper. — Caramba, como assim?
— Pede a ele. Pede agora.
— Talvez eu peça. Ah, meu Deus. Talvez eu faça isso.

Com cuidado, Hannah abraçou o toca-discos.

— Podemos marcar um encontro duplo de vocês comigo e meu toca-discos. Piper, *olha* pra ele. — Ela se jogou na cadeira da escrivaninha. — Na expo, fiquei de olho num vinil 45 rpm perfeito, perfeito do Fleetwood Mac. Era muito caro. Mas, se soubesse que teria esse Pioneer para tocá-lo, teria esbanjado.

— Ah, não. Ele falou com você?
— Em alto e bom som. — Hannah suspirou, afastando a tristeza com a mão. — Está tudo bem. Se for para ser, vou encontrar ele de novo um dia. — Ela se levantou. — Vamos fazer o jantar. Estou faminta.

Os três criaram uma rotina feliz.

Durante as manhãs, Brendan acordava Piper trilhando a ponta dos dedos pela barriga dela, fazendo a bunda dela provocar o colo dele. Algumas vezes, ele a rolava de barriga para baixo e a colocava de joelhos, tomando-a rápido e feroz, as mãos dela se agarrando à cabeceira para se apoiar. Outras vezes, ele erguia seus joelhos sobre os próprios ombros musculosos e impulsionava para dentro de Piper lentamente, sussurrando elogios roucos na curva do pescoço dela, o vai e vem do pau grosso dele entre suas pernas tão seguro quanto a maré, nunca falhando em deixá-la trêmula, seus gemidos pairando no ar frio e no escurinho do quarto de Brendan.

Após voltar ao mundo real depois da transa intensa, Piper se vestia para correr e encontrar Abe, ajudando-o a subir as escadas do museu antes de continuar o caminho. Então ela voltava para casa e tomava banho, em seguida tomava café da manhã com Brendan e Hannah antes de irem trabalhar no Sem Nome na caminhonete dele. Fora a placa, o bar só precisava de decoração e alguns toques finais. Brendan pendurou o lustre, rindo do gritinho que Piper deu em vitória, dizendo que estava perfeito. Eles arrumaram banquetas e bancos, penduraram fileiras de luzes no pátio dos fundos e limparam a serragem de tudo.

— Tenho pensado no nome — declarou Piper numa tarde, esperando até que a irmã a olhasse. — Hum... o que acha de Cross e Filhas?

Hannah emitiu um som, os olhos brilhando.

— Amei, Pipes.

Brendan se aproximou por trás dela, plantando um beijo com força em seu ombro.

— É perfeito.

— Queria que tivéssemos mais tempo — admitiu Hannah. — Esse nome merece uma placa bem legal.

— Merece. Mas acho que... talvez a perfeição desse lugar esteja no fato de que não é perfeito. Tem personalidade, tem defeitos. Certo? — Piper riu. — Vamos nós mesmas pintar a placa. Vai ter um significado maior assim.

O celular de Hannah tocou e ela saiu do cômodo para atender, deixando Piper e Brendan sozinhos. Piper se virou e o encontrou observando-a de um modo que ele vinha fazendo nos últimos tempos. Com amor. Atenção. Mas havia algo mais acontecendo por trás daqueles olhos. Ele tinha dito que não a pressionaria por uma decisão, mas, quanto mais o deixava esperando, mais seu namorado ficava ansioso.

Elas pintaram a placa na terça-feira com galões grandes e sujos de tinta azul-clara. Brendan tinha passado a manhã lixando um grande pedaço de madeira compensada e moldando-a numa forma oval com a serra de mesa. Depois que Piper esboçou as letras com uma caneta, elas botaram a mão na massa, aplicando tinta azul com curvas brincalhonas e linhas inclinadas. Alguns poderiam dizer que parecia pouco profissional, mas tudo que ela via era personalidade. Uma novidade em Westport que caía como uma luva. Depois que a tinta secou, Brendan ficou parado por perto, ansioso, preparado para segurá-las se caíssem das escadas que tinham pegado emprestado na loja de ferragens. Naquele momento, estavam pregando o letreiro sobre a placa desbotada original com a pistola de pregos dele, Brendan as instruindo com paciência do chão. Quando a placa estava pregada nas laterais, as irmãs desceram e se abraçaram na rua.

Piper não sabia dizer muito bem como Hannah se sentia por terem terminado o bar, mas, naquele momento, algo se encaixou dentro dela. Algo que nunca tinha sentido antes de aterrissar naquela parte noroeste do mapa. Aquela era a festa de boas-vindas que Henry Cross merecera, mas nunca teve. Era um enterro adequado, um pedido de desculpas por tê-lo abandonado, e isso suavizava as arestas afiadas que tinham aparecido em seu coração conforme descobria mais sobre o pai.

— Agora tudo de que precisamos é cerveja — declarou Hannah, se afastando e limpando os olhos. — E gelo.

— Sim, hora de ligar para o depósito, acho. Nossa! Ficou pronta rapidinho. — Ela encarou a placa, emocionada com os floreios no fim de "Filhas". Se quisermos servir bebidas em algum momento, vamos precisar de uma licença para vender álcool.

— Se *você* quiser, Pipes — disse Hannah, suave, colocando um braço sobre o ombro da irmã. — Deixar você vai ser ruim, mas não posso ficar pra sempre. Tenho o trabalho com Sergei me esperando. Se você decidir ficar...

— Eu sei — conseguiu falar Piper, a placa ficando embaçada.

— Você vai mesmo? Ficar?

Pela janela, elas observaram Brendan dentro do bar, onde ele aparafusava uma lâmpada no lustre. Tão habilidoso, seguro e agora familiar que sentiu um aperto no peito e um nó na garganta.

— Sim. Vou ficar.

— Caramba! — exclamou Hannah. — Estou feliz e triste ao mesmo tempo.

Piper enxugou os olhos. Era provável que estivesse espalhando tinta azul pelo rosto todo, mas não deu a mínima.

— Acho bom você me visitar.

Sua irmã bufou.

— Quem mais vai pagar sua fiança quando der merda?

# Capítulo vinte e oito

As coisas estavam muito boas para serem verdade.

No mar, isso costumava significar que Brendan tinha se esquecido de algo, como limpar um tubo de combustível ou substituir um guincho enferrujado. Não existia navegar com tranquilidade, não por muito tempo. E, já que desde sempre ele comandava a vida do mesmo modo que comandava o *Della Ray*, não conseguiu evitar achar que uma bomba iria estourar.

Ele tinha essa mulher. Uma mulher do tipo raro capaz de entrar em um lugar e deixá-lo sem fôlego. Ela era corajosa, meiga, esperta, sedutora, aventureira, gentil, inocente num momento e maliciosa no outro. Tão linda que um sorriso seu poderia fazê-lo sussurrar uma oração. E ela o amava. Todos os dias mostrava de uma forma diferente o quanto o amava, como quando ele a pegou borrifando seu perfume na camisola dela, segurando-a próxima ao nariz como se pudesse curar qualquer doença. Ela sussurrava seu amor no ouvido dele toda manhã e toda noite. Perguntava a Brendan sobre pesca e pesquisava no Google perguntas para passar o tempo, o que Brendan sabia porque ela sempre deixava o navegador do notebook aberto no balcão da cozinha.

Muito bom para ser verdade.

Havia algo que ele não estava percebendo.

Alguma coisa iria dar errado.

Entretanto, era difícil imaginar algo ruim acontecendo enquanto cozinhava ao lado de Piper. Com o cabelo dela preso em uma trança frouxa sobre o ombro, ela descalça e vestindo calças de yoga e um suéter justo, cantarolando entre ele e o forno, mexendo distraída o molho de tomate com uma das mãos. Eles vinham cozinhando há três dias seguidos, e ele não tinha coragem de dizer que estava enjoado de comida italiana, pois ela estava muito orgulhosa de ter aprendido a fazer molho. Ele comeria só aquilo durante uma década, desde que ela continuasse com a respiração suspensa na primeira garfada dele e batesse palmas sempre que o capitão fizesse um sinal de joinha.

Brendan repousava o queixo no topo da cabeça de Piper, os braços envolvidos na cintura dela, balançando-a de um lado para o outro ao som da música que saía do quarto de Hannah. Nesses momentos calmos, ele sempre tinha que se segurar para não insistir por uma decisão. Ela voltaria a Los Angeles para a festa? Ou para sempre?

Aquela festa em homenagem a Piper o deixava nervoso por vários motivos. E se ela voltasse para casa e se lembrasse de todas as razões pelas quais amava aquele lugar? E se ela decidisse que ser celebrada e reverenciada por milhares de pessoas era melhor do que ficar com um pescador que a abandonava todas as semanas? Porque, caramba, aquilo não duraria muito. Se ela apenas dissesse logo que Westport era seu lar, ele acreditaria. Deixaria o medo de lado. Mas cada dia começava e terminava com eles dançando ao redor do problema.

Apesar de sua recusa em pressioná-la, o desconhecido, a falta de planos, o estavam atingindo.

Ele nunca tinha comparado a relação com Piper ao casamento, porém, depois do tufão e da corrida subsequente de Piper para o hospital — sem mencionar as lágrimas que tinha derramado na cama dele depois —, uma nova ansiedade havia brotado.

*Coisas ruins acontecem quando fico longe. Quando não estou aqui para impedi-las.*

Um dia, ele tinha retornado para casa a fim de descobrir que era um viúvo.

Parecia que tinha sido no dia anterior que ele havia apavorado Piper.

Que tinha mandado a mulher correndo por uma tempestade perigosa e feito com que fosse em pânico encontrá-lo.

E se ele voltasse para casa da próxima vez e descobrisse que ela tinha ido embora? Sem uma definição em relação ao futuro, a viagem seguinte pairava sobre Brendan de modo sinistro, a impaciência o arranhando.

— Quem cozinha quando vocês estão no *Della Ray*? — perguntou Piper, apoiando a cabeça no seu peito.

Brendan espantou os pensamentos indesejados, fazendo o melhor para estar presente. Para pegar a perfeição que ela estava lhe dando e ser grato por cada segundo daquilo.

— A gente reveza, mas geralmente é Deke, já que ele gosta.

Piper suspirou.

— Lamento que você nunca mais vá provar algo tão bom quanto meu molho.

— Tem razão. — Ele deu um beijo no pescoço dela. — Nada se compara.

— Vou deixar um pouco pronto para quando você voltar para casa. *Duas* porções.

— Deixe você pronta — murmurou ele, passando um dedo pelo cós da calça dela.

Piper inclinou a cabeça para trás, seus lábios se juntando para um beijo lento que o deixou ansioso para mais tarde, quando poderiam ficar juntos sozinhos na cama. Ansioso para ouvir aqueles choramingos de urgência nos seus ouvidos. Ansioso para guardá-los na memória e levá-los para o barco na manhã seguinte.

— Brendan?

— Sim?

Ela segurou uma risada.

— Por quanto tempo mais você vai comer esse molho antes de dizer que está enjoado? Vou perder a aposta para Hannah. — Ele riu tanto que ela derrubou a colher na panela. — Ah! — Piper tentou pegar o talher do molho fervendo com os dedos, mas os tirou com um grito. — Ah, droga. Ai!

A risada de Brendan parou na hora, e ele se virou, pegando com rapidez um pano de prato para limpar os dedos queimados e beijá-los.

— Está bem, amor?

— Estou — suspirou ela, o corpo pequenino contra o dele começando a tremer de risada. — Acho que perder alguns dedos é o preço de ganhar a aposta.

— Eu amo o molho. — Curioso, ele se virou. — Quanto tempo Hannah achou que eu levaria...

— Para admitir que está enjoado do meu molho? Uma eternidade.

— É o tempo que deveria ter levado — grunhiu ele, irritado consigo mesmo. — Você devia ter perdido. E também devia ter pensado que levaria uma eternidade.

Os lábios dela se curvaram.

— Não estou brava. — Ela apoiou a bochecha no meio do peito dele. — Pude ouvir essa risada alta e linda. Ganhei duas vezes.

— Amo a droga do molho — resmungou ele contra a testa dela, decidindo expressar uma das outras preocupações que estava o incomodando. — Vai ficar bem quando eu partir amanhã?

— Vou. — Ela o olhou, o cenho franzido. — Não se preocupe comigo quando estiver lá, por favor. Só preciso saber que está focado e seguro.

— Estarei, Piper. — Ele acariciou suas bochechas. — Vou ficar.

Seu corpo relaxou mais um pouco contra ele.

— Brendan... — Com o nome dele pairando no ar, ela pareceu sair de um transe, começando a se virar. — Podíamos pedir uma pizza...

Ele a impediu de se virar.

— O que ia dizer?

Os ombros de Piper ficaram tensos, sinal de que ela estava se lembrando da promessa de não manter nada para si. Em segredo. Uma mistura de medo e curiosidade se remexeu em seu estômago, mas ele ficou em silêncio. Aquilo era bom. Eles estavam conseguindo se abrir com cada vez mais facilidade por causa da confiança.

— Ia perguntar se você queria ter filhos um dia. E percebi que isso parece, tipo... como se eu estivesse perguntando se você quer ter filhos comigo, o que... — O rosto de Piper corou. — Enfim. Nunca chegamos a conversar sobre isso, e crianças parecem ser algo que se deve planejar...

O celular dela começou a vibrar no balcão da cozinha.

— Deixa.

Piper assentiu. Aquele celular estava mais ativo do que o comum desde que tinham voltado de Seattle, outra razão para ele se preocupar. Mas, naquele momento, assim como quando estavam na loja do saguão do hotel comprando perfume, o telefone não parava de tocar, dançando e tilintando no balcão.

— Deixa eu silenciar — murmurou Piper, pegando o aparelho. Então ela parou. — Ah. É o Daniel. — Seus olhos se arregalaram um pouco, como se tivesse acabado de se lembrar de algo. — Eu... ligo para ele depois.

Brendan só queria voltar para a conversa de antes, porém, quando ele dissesse que sim, desejava ter filhos, não a queria distraída.

— Tudo bem. Atende.

Ela balançou a cabeça com vigor e colocou o celular no modo silencioso, mas acabou deixando o aparelho cair. Quando ela o pegou, seu dedo apertou o botão para atender por acidente.

— Piper? — emitiu a voz de um homem.

— Daniel? — falou ela, segurando o telefone desajeitadamente entre o seu peito e o de Brendan. — Oi. Olá.

— Oi, Piper — cumprimentou ele, de maneira formal. — Antes que eu reserve o voo, quero só garantir que a grande inauguração ainda está de pé. Você não tem muita credibilidade na praça, né?

Brendan ficou tenso, alarme e traição deixando seu sangue frio.
Ali estava. A revelação.
Piper fechou os olhos.
— Sim — respondeu ela, baixo. — Está de pé ainda. Seis horas.
— Esse horário está bom, então — replicou o padrasto, rapidamente. — Tem um voo que chega algumas horas antes. Quer que eu leve algo de casa?
— Só você — afirmou ela com falsa alegria.
Daniel cantarolou.
— Muito bem. Tenho que ir. Sua mãe mandou um abraço.
— Manda outro para ela. Tchau.
Quando desligou o telefone, Piper não encarou Brendan. E talvez fosse uma coisa boa, pois ele estava bastante aéreo para esconder o medo ou a ansiedade que tinham tomado conta de seu corpo.
— Daniel vem. — Ele engoliu em seco as facas na garganta. — Você ainda pretende impressioná-lo com o bar. Para ele deixar você voltar logo para Los Angeles.
— Bem... — Ela passou dedos trêmulos pelo cabelo. — Esse era o plano, sim. Mas tudo começou a acontecer tão rápido entre nós que... esqueci. Simplesmente esqueci.
— Esqueceu? — A voz de Brendan estava fria, a raiva ganhava vida em seu peito. Raiva e medo, medo de deixá-la escapar. Caramba. Bem quando ele achou que estavam sendo sinceros um com o outro. — Não fazemos nada além de trabalhar no Cross e Filhos na última semana e o motivo de você ter começado a reforma fugiu da sua mente? Acha mesmo que vou acreditar nisso?

— Sim — sussurrou ela, estendendo a mão para ele.

Brendan saiu de seu alcance, mas logo se arrependeu disso quando Piper estremeceu e deixou a mão cair. Porém, ele estava muito preocupado e machucado para se desculpar e se aproximar dela. Seus braços estavam inertes, de qualquer forma. Era impossível levantá-los.

— Essa visita do Daniel era um plano B para você, não é?

Piper ficou vermelha, o que dizia muito.

— Bem, s-sim, mas isso foi...

A risada dele foi sem emoção.

— E sua amiga Kirby? Você disse a ela que não vai voltar para Los Angeles para a festa? — Piper apertou os lábios.

— Não, achei que não — falou ele, sentindo uma facada nas costas. — Você tem vários planos B, não é, Piper?

— Não era minha intenção — disse ela, ofegante, abraçando-se. — Brendan, para de agir assim.

Mas ele nem a ouvia mais. Não ouvia mais nada além das ondas batendo. Estava tentando impedir que aquele barco fosse tragado pelo redemoinho. Era isso. Era essa a tempestade que ele sentira chegando. Sentiu em seu íntimo. Ele em algum momento tivera mesmo uma chance com Piper ou havia sido apenas um idiota iludido durante todo esse tempo?

— Meu Deus, o que tem de errado comigo? — perguntou ele, virando-se e saindo da cozinha. — Nunca foi sua intenção ficar, foi?

Piper correu atrás dele.

— Caramba. Quer parar um pouco e me *escutar*?

As pernas de Brendan subiam dois degraus de cada vez, e ele não via nada a sua frente. Estava agindo no piloto automático.

— Eu estava bem aqui, pronto para escutar esse tempo todo, Piper.

Ela o seguiu.

— Você não está sendo justo comigo! Tudo isso é novo para mim. Essa cidade. Estar num relacionamento. Me... me desculpa por ter demorado mais do que deveria para deixar essas coisas para lá, mas abandonar tudo é pedir muito.

— Sei disso, droga. Eu sei. Mas, se não estava considerando isso de verdade, *nós dois*, você não deveria ter me mantido amarrado como um dos seus seguidores enquanto tramava sua fuga pelas minhas costas.

Ao chegar ao quarto, ele olhou por cima do ombro e a viu com a aparência ferida. Sentiu um aperto no estômago, e o coração protestava contra tudo a não ser deixá-la feliz. Acalmá-la. Mantê-la em seus braços o tempo inteiro.

Qual era o problema dele, caramba? Brendan se odiava por causa das lágrimas nos olhos dela, pela insegurança em sua postura. Meu Deus, ele se *desprezava*. Mas o medo de perdê-la estava vencendo o bom senso. Vencendo o instinto de confortar Piper, de dizer que a amava centenas de vezes. O medo o deixava furioso, o fazia proteger a si mesmo de ser eviscerado como um peixe.

— Olha, Piper — disse ele, estridente, retirando a mochila de treino de debaixo da cama. — Você só precisa pensar no que quer de verdade. Talvez não consiga fazer isso comigo o tempo todo em cima de você.

— Brendan. — Ela parecia em pânico. — Para! Isso é absurdo. Eu não ia embora. Larga a mochila. Larga.

Suas mãos tremiam com a necessidade de fazer o que ela pedia.

— Você nunca me disse que ia ficar. Você queria uma saída, um plano B, mesmo que não tenha se dado conta disso.

— É uma grande decisão — disse ela. — Mas eu estava...

— É verdade. É uma grande decisão. — Ele engoliu em seco a vontade de enfurecer-se mais. Enfurecer-se com a possibilidade de ela partir. Com a possibilidade terrível de voltar para casa da viagem e encontrá-la infeliz. Ou descobrir que tinha ido embora. Ou que se arrependeu. Mas tudo que podia fazer era enfrentar aquela situação com a cabeça erguida e torcer para que tivesse feito o suficiente para convencê-la a ficar. Ele só podia esperar que seu amor fosse o bastante. — Vou passar a noite no barco — conseguiu dizer, embora sua garganta estivesse se fechando. — Pense no que você quer fazer. Pense de verdade. Não aguento mais isso de vai ou não vai, Piper. Para mim não dá.

Ele desceu as escadas, passando por uma Hannah de olhos arregalados e deixando Piper ali, paralisada.

— Vou estar no cais de manhã — gritou Piper, descendo as escadas também, com uma expressão determinada, e ele a amou tanto naquele instante. Amava cada parte dela, cada faceta, cada estado de espírito, cada complicação. — Já sei o que quero, Brendan. Quero você. Vou estar no cais de manhã para te dar um beijo de despedida. Tá bom? Quer sair? Tudo bem. Vai. Vou ser a pessoa forte dessa vez.

Ele não conseguiu falar por um momento.

— E se você não estiver lá de manhã?

Piper fez um gesto agressivo com a mão.

— Então estarei acionando meus planos B. É isso que quer que eu diga? Com você tem que ser tudo preto no branco?

— É assim que eu sou.

— Eu sei, e amo quem você é. — A raiva surgiu nos lindos olhos dela. — Tá bom, se eu não estiver lá amanhã de manhã, acho que você vai saber minha decisão. Mas vou estar lá. — Ela piscou várias vezes para conter as lágrimas. — Por favor... não duvide de mim, Brendan. Você não. Acredite em mim. Tá bom?

Com o coração na boca, ele se virou para sair. Antes que se aproximasse de Piper, que se esquecesse da briga e se perdesse nela. Mas os mesmos problemas continuariam a existir na manhã seguinte, e ele precisava deles resolvidos de uma vez por todas. Precisava pôr um ponto final naquele mistério. Precisava saber se teria uma vida inteira com ela ou uma vida inteira com o vazio. O suspense estava acabando com ele.

Brendan lhe deu mais uma olhada pelo para-brisa da caminhonete antes de sair da calçada — e quase desligou o motor e saltou para fora do veículo. Quase.

## Capítulo vinte e nove

𝒫iper foi dormir irritada e acordou mais irritada ainda.

Saltou da cama em direção às gavetas da cômoda que Brendan tinha separado para ela, retirando um top preto, uma calça de correr vermelha (a cor da raiva) e um par de meias curtas.

Assim que ela completasse a rápida corrida e acompanhasse Abe até o museu, iria caminhar até o cais como se fosse um desfile da semana de moda e beijar aquela boca idiota do capitão. Iria deixá-lo excitado, ofegante e se sentindo um grande babaca, e então voltaria para casa.

*Casa*. Para a casa de Brendan.

Ela desceu a escada, tirando uma Hannah sonolenta do quarto.

— Já está pronta para conversar? — perguntou a caçula.

Piper enfiou um AirPod no ouvido.

— Não.

Hannah apoiou o quadril no sofá e esperou.

— Meu único foco é fazer ele se matar de arrependimento agora — disse Piper.

— Parece o começo de uma relação saudável.

— Ele saiu. — Piper se sentou e começou a amarrar o tênis. — Ele não deveria ter saído! Ele deveria ser a pessoa paciente e razoável desse relacionamento!

— Você é a única que pode ser irracional, então?

— Isso! — Algo se prendeu na garganta de Piper. — E é claro que ele já está cansado das minhas palhaçadas. Comigo é só ladeira abaixo. Nem sei por que vou me dar ao trabalho de ir até o cais.

— Porque você o ama.

— Exatamente. Olha no que fui me envolver? — Ela amarrou os cadarços, tensa. — Eu passaria pelo término com Adrian mil vezes para evitar ver Brendan saindo de casa *uma vez*. Aquilo que ele fez ontem à noite... *doeu*.

Hannah se sentou de pernas cruzadas na sua frente.

— Acho que isso quer dizer que os momentos bons valem um pouco o esforço, não acha? — Ela abaixou a cabeça para encarar os olhos de Piper. — Vamos lá. Se ponha no lugar dele. E se ele saísse ontem à noite sem a intenção de voltar? É isso que ele teme que você faça.

— Se ele só escutasse...

— É, eu sei. Você está nos dizendo que vai ficar. Mas, Pipes, ele é um cara que gosta de provas concretas. E você deixou dúvidas.

Piper se deitou no chão de madeira.

— Eu ia acabar com elas. Ele devia ter sido compreensivo comigo.

— Sim, mas você tem que ser compreensiva com ele também. — Hannah riu e se deitou ao lado da irmã. — Piper, o homem olha para você como... se ele fosse cheio de rachaduras e você fosse a cola. Ele só quis te dar um pouco de espaço, sabe? Você vai tomar uma grande decisão. — Ela se virou de

lado. — E também vamos levar em consideração que ele é um homem e tem orgulho, testosterona. É uma mistura fatal.
— Verdade. — Piper inspirou profundamente e expirou.
— Mesmo se eu o perdoar, ainda posso ir até lá como uma mulher justiceira e fazê-lo se arrepender?
— Eu ficaria decepcionada se você não fizesse isso.
— Tá bom. — Piper se sentou e se levantou, ajudando Hannah a ficar de pé. — Obrigada pela conversa, ó senhora da sabedoria. Promete que posso te ligar sempre que precisar de um conselho sábio?
— Quando quiser.

Piper saiu para sua corrida com tempo mais do que suficiente para escoltar Abe até o museu e chegar ao cais para desejar uma boa viagem a Brendan. Ainda assim, ela estava ansiosa para ver o capitão e assegurar que aquele relacionamento era para valer, então apressou o passo. Abe estava esperando em seu lugar de costume do lado de fora da loja de ferragens, com o jornal dobrado sob o braço, quando ela chegou.

Ele acenou de forma calorosa quando ela se aproximou.
— Bom dia, srta. Piper.
— Bom dia, Abe — respondeu ela, parando ao seu lado. — Como está hoje?
— Bem, na medida do possível.

Eles começaram a caminhar em um ritmo calmo, e Piper ergueu o rosto para o céu, grata pelo tempo tranquilo e pela falta de nuvens carregadas.
— Eu ia falar para o senhor, vamos fazer uma festa de inauguração no Cross e Filhas no Dia do Trabalho.

Ele ergueu uma das sobrancelhas repleta de fios brancos.
— Cross e Filhas? Foi o nome que escolheu?

— Foi. — Ela o olhou. — O que acha?
— Acho perfeito. Uma referência ao novo e ao velho.
— Foi o que pensei... — O dedo de Abe ficou preso num buraco desnivelado na calçada e ele caiu. Feio. Piper o agarrou, mas era tarde demais, e a testa dele bateu no pavimento com um barulho alto. — Ah, meu Deus! Abe! — A pulsação repentinamente acelerada de Piper a fez dobrar os joelhos, e ela se agachou ao lado dele, as mãos correndo para o senhor deitado, sem ideia do que fazer. — Ah, Jesus. Meu Deus. Você está bem? — Ela já estava pegando o celular com as mãos trêmulas. — Vou ligar para uma ambulância e depois para seus filhos. Vai ficar tudo bem.

Ele ergueu a mão e a impediu de discar.

— Sem ambulância — pediu, com a voz fraca. — Não está tão ruim assim.

Ela se inclinou e viu o sangue pingando da têmpora dele. Era muito? Demais?

— Eu... tem certeza? Acho que eu deveria ligar.
— Me ajuda a sentar.

Ela ajudou, com cuidado, engolindo em seco quando o sangue desceu pelo pescoço de Abe.

— Só liga para meus filhos. Sem ambulância, filha. Por favor. Não quero assustar todo mundo indo para o hospital. Meu telefone está no meu bolso. Liga para o Todd.

— Tá bom — disse ela, mexendo no celular. — Tá bom.

Quando Piper achou o contato e apertou para discar, uma mulher tinha saído correndo de uma lanchonete com um punhado de papel-toalha enrolado para Abe pressionar na ferida. Ele ainda falava frases completas e tinha os olhos nítidos, o que era algo bom, não era? *Ai, meu Deus, por favor, não deixe nada acontecer com esse homem tão doce.*

Todd atendeu no quarto toque, mas ele estava deixando os filhos na escola e não chegaria em menos de quinze minutos... Foi quando Piper percebeu que perderia a partida do *Della Ray*. Estava marcado para sair dois minutos atrás. Sua pulsação retumbava nos tímpanos e seus movimentos se tornaram fracos. Mas Brendan não a deixaria. Esperaria por ela. Saberia que ela estava chegando. E, se Piper não aparecesse, precisava acreditar que ele a encontraria. Porém, não podia deixar Abe. Não podia. Tinha que garantir que ele ia ficar bem.

Ela ligou para Brendan, mas caiu na caixa postal. Duas vezes. Na terceira, não tinha mais sinal. Com os dedos instáveis, digitou uma mensagem, sentindo cada vez mais pânico por ele não ter atendido de imediato. Meu Deus, aquilo não podia estar acontecendo. Ela tinha descoberto bem cedo como o sinal de celular era horrível em certas partes de Westport, sobretudo no porto, porém a tecnologia não podia estar sacaneando ela daquele jeito bem naquela hora. Não logo naquele momento crucial.

Todd não chegou em quinze minutos. Levou vinte.

Àquela altura, eles tinham levantado Abe e o levado para um banco. Ele parecia cansando e um pouco envergonhado pela queda, então ela lhe contou sobre a vez que tentou deslizar num poste de pole dance depois de seis doses de tequila e acabou com um pulso torcido. Isso pelo menos o fez rir. Todd chegou na sua caminhonete parecendo preocupado, e Piper ajudou Abe a entrar no lado do carona, maços de papel-toalha enrolado pressionados contra o peito dela. Fez Todd prometer que ligaria para ela mais tarde, e então eles se foram, desaparecendo ao dobrarem a esquina do quarteirão.

Piper estava quase com medo de olhar o celular, mas reuniu coragem e verificou a hora. Caramba. Meia hora. Meia hora atrasada.

Começou a correr.

Correu na direção do porto o máximo que seus pés conseguiam, tentando se agarrar à fé. Tentando ignorar a voz que sussurrava em sua mente, lembrando de que Brendan era pontual. Ou dizendo que ele tinha desistido dela. *Por favor, por favor, não deixa que seja isso.*

Na Westhaven Drive, ela virou à direita e quase derrubou um painel de pratos especiais de um restaurante posicionado na calçada. Mas continuou correndo. Continuou até avistar o *Della Ray* a distância, seguindo para o mar, deixando um rastro de respingos brancos. Só então ela parou como se tivesse batido numa parede invisível.

Um zumbido ensurdecedor começou em seus ouvidos.

Ele foi embora.

Ele partiu.

Ela o perdeu e agora...

Brendan achava que ela tinha escolhido Los Angeles.

Um grande soluço surgiu em seu peito. Seus pés a levaram até o cais, mesmo que fosse inútil aparecer lá naquele momento. Ela só queria chegar ao local. Chegar lá era tudo que podia fazer, mesmo que não tivesse ninguém para ver. Sem beijo. Sem garantia. Sem Brendan.

Os olhos dela estavam cheios de lágrimas quando alcançou a abra do *Della Ray*, sua visão estava tão borrada que ela quase não notou as outras mulheres por perto, que claramente tinham acabado de acenar para o barco. Piper reconheceu de modo vago a esposa de Sanders da primeira noite que entraram no Sem Nome. A idade de uma outra mulher insinuava que ela era a mãe de um dos membros da tripulação, não a companheira.

Piper queria cumprimentá-las de algum modo, mas suas mãos estavam pesadas, e ela tinha perdido a voz.

— É Piper, né? — A esposa de Sanders se aproximou, mas se retraiu um pouco quando viu as lágrimas descendo pelo rosto de Piper. — Ah, querida, não. Você vai ter que ser mais forte do que isso.

A mulher mais velha riu.

— Que bom que você não apareceu aqui com essa cara, fazendo seu homem se sentir culpado.

Ela pulou sobre uma corda e foi em direção à rua.

— Homens distraídos cometem erros.

— Ela está certa — endossou a esposa de Sanders, ainda desconfortável perto da cachoeira de lágrimas de Piper. O barco era só um detalhe naquele momento. — Ainda mais se você vai ficar com o capitão. Precisa ser confiável. Forte. Eles não gostam de admitir, mas muito da segurança deles vem de nós. Mandá-los para lá não é algo fácil de se fazer, semana após semana, mas fazemos o que é necessário, não é?

Piper não soube quanto tempo ficou parada encarando a água, assistindo a uma boia de balizamento nas ondulações das ondas, o vento secando as lágrimas no rosto. Pescadores passavam por ela, guiando turistas para seus barcos, mas ela não conseguia mover os pés. Havia uma dor oca em seu estômago que parecia uma coisa viva, e se espalhava a ponto de fazê-la temer que a devorasse por inteiro.

Mas não era o fim do mundo, era?

— Não é — sussurrou para si mesma. — Ele vai voltar. Você vai se explicar.

Piper inspirou fundo e caminhou para fora do cais com pernas rígidas, ignorando os olhares questionadores das pessoas pelas quais passava. Certo, tudo bem. Ela tinha perdido o barco. Isso era ruim. Muito, muito ruim. A ideia de que Brendan passaria dois dias achando que a relação deles tinha acabado lhe causava náuseas. Mas não tinha acabado. E, se ela tivesse que gritar e implorar quando Brendan chegasse em casa, ela faria. Ele escutaria. Entenderia, não?

Piper acabou do lado de fora do Cross e Filhas, porém não se lembrava de nenhuma parte da caminhada. Doía estar lá quando tanto de Brendan preenchia o lugar. A pérgola dele. O lustre que tinha pendurado. Seu cheiro. Ainda estava ali desde o dia anterior.

Sentiu um nó na garganta, mas o engoliu com determinação.

Precisava ligar para os distribuidores e confirmar entregas para a inauguração na segunda-feira. Ela nem tinha uma roupa ainda, e havia o encontro naquela tarde com Patty e Val. Para ajudar a organizar a festa. Não estava a fim de fazer nada daquilo, mas seguiria em frente. Conseguiria enfrentar os dois dias seguintes. Seu coração teria que lidar com isso.

Naquela tarde, Piper e Hannah se encontraram com Patty e Val no Afunde o Navio e elas dividiram as responsabilidades. Hannah era, claro, a DJ, e já tinha uma trilha sonora de fim de verão pronta para tocar. Patty se ofereceu para levar cupcakes com decoração de fogos de artifício e Val sugeriu sortear prêmios dos comerciantes locais. Pela maior parte do encontro, elas beberam e conversaram sobre maquiagem, e isso ajudou a acalmar algumas das ansiedades mais intensas

de Piper de que a relação com Brendan estava acabada. Que ele já tinha desistido dela.
*Tenha fé.*
*Tenha fé.*

Era meio-dia do Dia do Trabalho quando Daniel ligou para cancelar a visita.

Piper estava ocupada estocando caixas com gelo atrás do bar, então Hannah atendeu o telefone. E um olhar para o rosto da irmã disse a Piper tudo o que precisava saber. Hannah pôs a ligação no viva-voz e Piper escutou com as mãos imóveis no gelo.

— Meninas, não conseguirei comparecer. Me desculpem. Estamos tendo uns problemas de elenco de última hora, preciso voar para Nova York para me encontrar com um agente e o cliente dele.

Piper deveria estar acostumada com aquilo. Deveria estar preparada para aquele cancelamento no último segundo. No trabalho dele, sempre existiam voos de última hora para Nova York, Miami ou Londres. Até aquele momento, não tinha percebido como estava ansiosa para mostrar a Daniel o que tinham realizado no Cross e Filhas. Para o bem ou para o mal, ele tinha sido o homem que a criara, que lhe dera tudo. Ela só queria mostrar a ele que não tinha sido em vão. Que ela conseguia criar algo que valia a pena se tivesse a oportunidade. Mas não teria essa chance naquele momento.

Depois da partida de Brendan sem uma despedida, o cancelamento do padrasto era outro tapa na cara. Nenhum dos dois acreditava nela. Ou tinha alguma confiança.

Mas ela acreditava em si mesma, não é? Mesmo que estivesse começando a tremer na base conforme a hora da grande inauguração se aproximava. Mas Brendan voltaria naquela noite, e a certeza disso a acalmava. Talvez ele voltasse irritado ou decepcionado com ela, mas estaria em terra firme outra vez, e ela se esforçaria para fazê-lo escutar. Ela continuaria tentando até que ele voltasse a acreditar nela.

Esse plano ajudou a estabilizar Piper, e ela trabalhou, guardando cervejas, arrumando porta-copos, guardanapos, canudos, copos, fatias de laranja para a cerveja de trigo. Ela e Hannah fizeram uma limpeza de última hora e penduraram do lado de fora o cartaz de GRANDE INAUGURAÇÃO que tinham pintado na noite anterior. Então pararam no centro do bar e observaram o que tinham feito, as duas de queixo caído diante da transformação daquele bar. Quando chegaram, havia mais de um mês, o lugar não passava de poeira e barris. Ainda estava um pouco acabado, mas com certeza estava elegante e aconchegante.

Pelo menos para elas.

Porém, às seis horas, ninguém tinha aparecido na porta do Cross e Filhas.

Hannah estava sentada na cabine de DJ olhando a playlist de verão e Piper estava atrás do bar remexendo as mãos e verificando de modo obsessivo a hora no telefone. Ela tinha nove mensagens não lidas de Kirby, todas daquela manhã, exigindo que tratasse de pegar um voo para Los Angeles. Piper tinha deixado o convite em suspenso por muito tempo e, àquela altura, não sabia como recusar a festa. E, sob coação, poderia admitir que... tinha espiado alguns e-mails de Kirby detalhando a lista de convidados e as opções de designers de vestidos.

*Se* ela fosse, escolheria o Monique Lhuillier preto bem decotado.

Ela realmente precisava avisar a Kirby que não poderia ir na noite seguinte, mas, por alguma razão, não conseguia mandar a mensagem. Virar aquela página quando estava tão abalada com a partida de Brendan. Com ter aquela presença confiável arrancada de sua vida quando mais precisou dela. E a questão com as festas de Los Angeles era que, se a pessoa não aparecesse, ninguém se importaria *de fato*. As pessoas se perguntariam o que havia acontecido e lamentariam antes de voltarem para as drogas e para a vodca.

Ainda assim, ela mandaria a mensagem em breve.

Piper vestia uma das calças jeans que Brendan tinha comprado para ela. Quanto mais o tempo passava sem um único cliente, mais ela se sentia uma impostora nos jeans macios, tão diferentes dos vestidos e saias habituais. As setes horas chegaram e passaram. Sete e meia. Patty e Val ainda não tinham chegado. Nem Abe ou Opal.

Nem Brendan.

Ela ignorava os olhares preocupados que Hannah lhe lançava da cabine do DJ, seu estômago começando a afundar. Os moradores de Westport gostavam do Sem Nome. Não queriam o lugar enfeitado por duas forasteiras. Aquele era o jeito deles de dizerem isso para as irmãs.

Enfim, logo antes das oito horas, a porta se abriu.

Mick entrou com um sorriso hesitante no rosto.

As palmas de Piper começaram a suar com a aparição do pai de Desiree. A última vez que o tinha visto fora no hospital, bem depois de ela transar com Brendan pela primeira vez. Antes daquilo, ela tinha invadido o jantar de memorial de sua filha. Eles podiam ter começado com o pé direito, mas esse pé não estava mais tão firme. Havia algo no modo como ele a olhava, até naquele momento, que fazia parecer que ele a avaliava e concluía que algo faltava ali. Ou, se não faltava, era o fato de ela não ser sua filha. Com Mick perambulando em direção a ela para se sentar no bar, o estômago de Piper começou a se remexer. Brendan tinha eliminado suas inseguranças em relação a Desiree, mas, naquele momento, parada no bar dolorosamente vazio, elas voltaram com tudo, aquecendo a nuca de Piper. A falta de clientela era um teste. O olhar de Mick era um teste. E ela não sentia que estava passando.

— Olá — murmurou o homem, remexendo-se na banqueta. — Acho que cheguei cedo.

Era uma mentira para fazê-la se sentir bem, e a generosidade do gesto a fez relaxar um pouco.

De forma momentânea, pelo menos.

— Gostaria de uma cerveja, Mick?

— Claro que sim. Pode ser Bud.

— Ah, temos algumas IPAS. — Ela apontou para o quadro-negro montado acima do bar. — Tem uma lista. Se você gosta de Bud, recomendo...

Mick riu, nervoso, como se estivesse sobrecarregado pela lista de cinco cervejas, as respectivas descrições escritas à mão com cuidado por Hannah.

— Ah. Eu... só vou ficar sentado por um tempo, então. — Ele se virou no banco, observando o bar. — Parece que não há muito interesse em grandes mudanças por aqui.

Um peso se afundou na barriga de Piper.

Ele não estava falando apenas do Cross e Filhas, aquilo estava bem claro.

Sua filha era o velho. Ela era o novo. A substituição dolorosa.

Westport era pequena. Àquela altura, era provável que Mick tivesse ficado sabendo de Piper chorando como um bebê no cais, assistindo ao *Della Ray* se tornar um borrão no horizonte. E agora aquilo. Naquele momento, ninguém tinha chegado à inauguração, e ela estava parada lá como uma idiota completa. Tinha sido *idiota*. Não só por ter acreditado que poderia conquistar todo mundo daquela panelinha ao renovar o bar, mas também por acreditar que o padrasto se importaria. Tinha sido idiota ao esconder coisas importantes de Brendan, tenha as omissões sido intencionais ou não, e ele tinha perdido a fé nela. Tinha perdido a confiança.

*Não pertenço a esse lugar.*
*Nunca pertenci.*

Brendan não ia naquela noite. Ninguém iria. Cross e Filhas estava vazio e oco, e ela se sentia do mesmo jeito, parada ali sobre duas pernas trêmulas, só querendo desaparecer.

O universo estava lhe mandando uma mensagem em alto e bom som.

Piper se abalou quando Mick pôs a mão sobre a dela, dando tapinhas.

— Agora, Piper... — Ele suspirou, parecendo sinceramente empático. — Não fique se sentindo mal nem nada assim. É um lugar difícil de agradar. Você tem que ser forte para sobreviver.

As palavras da esposa de Sanders voltaram.

*Ah, querida, não. Você vai ter que ser mais forte do que isso.*

E então sua primeira conversa com Mick.

*Mulher de pescador é dura na queda. Têm os nervos de aço. Minha mulher é assim, e passou isso para minha filha, Desiree.*

Ela pensou em quando esbarrou com Brendan no mercado em sua primeira manhã em Westport.

*Você não entende que precisamos de muita integridade para fazer este lugar funcionar. De muita persistência.*

Em seu coração, ela sabia que ele tinha mudado de opinião desde aquele dia, mas talvez estivesse certo então.

Talvez ela não entendesse como fazer algo durar. Nem um relacionamento, nem um bar, nada. O legado de Henry Cross não lhe pertencia, pertencia àquela cidade. Que ridículo da parte dela meter o bedelho e querer tomá-lo para si.

Mick deu tapinhas nela de novo, preocupando por seja lá o que tivesse visto em sua expressão.

— É melhor eu ir — anunciou, rápido. — Boa sorte, Piper.

A mulher encarou a madeira brilhante do bar, esfregando o pano de novo e de novo, fingindo estar limpando, mas parou quando Hannah envolveu a mão em seu punho.

— Você está bem? As pessoas devem ter entendido a hora errada.

— Não entenderam errado.

Sua irmã franziu o cenho, apoiando-se no bar para analisar o rosto de Piper.

— Ei... você *não* está bem.

— Estou bem.

— Não, não está — debateu Hannah. — Seu brilho Piper se foi.

Ela riu sem humor.

— Meu o quê?

— Seu "brilho Piper" — repetiu a irmã, a preocupação crescente. — Você sempre tem esse brilho, não importa o que aconteça. Mesmo quando vai presa ou Daniel está sendo um babaca, você sempre tem isso, um otimismo te iluminando.

Um brilho. Mas agora se foi, e eu não gosto disso. O que Mick disse pra você?

Piper fechou os olhos.

— Quem liga?

Hannah emitiu um som com a resposta não característica de Piper.

— O que vai fazer você se sentir bem agora? Me diz o que é, e vou providenciar. Não gosto de ver você assim.

Brendan passar pela porta e puxá-la para a estação de recarga curaria muitas coisas, mas isso não ia acontecer. Ela podia sentir. O quanto tinha estragado tudo ao manter os planos B sem contar para Brendan. O quanto tinha magoado o namorado ao fazer isso. Magoado tanto que até o homem mais estável do planeta tinha esgotado sua paciência com ela.

— Não sei. Meu Deus, só queria piscar e estar a milhares de quilômetros de distância.

Mais do que isso, queria se sentir como a antiga Piper de novo.

A antiga Piper podia não ter rumo, mas ela era feliz, não era? Quando as pessoas julgavam a velha Piper, faziam isso do outro lado de uma tela de iPhone, não na sua cara. Ela não precisava tentar e falhar, pois, para começo de conversa, ela nem sequer tentava, e, caramba, tinha sido fácil. Bem ali, Piper quis deslizar de volta para aquela identidade e desistir para que não tivesse que sentir aquela decepção desconfortável consigo mesma. Não teria que reconhecer a prova de que não era o bastante. De que não era capaz. De que aquele não era seu lugar.

Seu celular vibrou no balcão. Outra mensagem de Kirby.

Piper abriu a mensagem e suspirou com o par de sapatos peep toe Tom Ford que surgiu na tela. Branco com correntes douradas que serviam como tiras no calcanhar. Kirby estava jogando pesado naquele momento. Calçar aqueles sapatos, usar um vestido sedutor e andar por um mar de estranhos tirando fotos seria como tomar um analgésico naquele momento. Ela não precisaria sentir nada.

— Vai pra casa, Pipes.

Ela ergueu o olhar, afiado.

— O quê?

Hannah parecia estar lutando contra algo.

— Sabe que acho que seus amigos de Los Angeles são falsos e que você é muito boa pra eles, não sabe? — Ela suspirou. — Mas talvez você precise ir para a festa da Kirby. Vejo que você quer ir.

Piper pôs o celular no balcão com firmeza.

— Não. Depois de todo esse trabalho? Não.

— Você sempre pode voltar.

Mas ela voltaria? Uma vez que retornasse para aquela neblina de danças, selfies e dormir até meio-dia, era verossímil pensar que ela voltaria para Westport e enfrentaria as consequências? Sobretudo se ganhasse dinheiro suficiente nos patrocínios na manhã seguinte para sair da aba de Daniel?

— Não posso. Não posso simplesmente...

Mas por que não poderia?

*Olhe ao redor.* O que a impedia?

— Bem... — Um tremor de empolgação passou por seus dedos. — Você vem comigo, não vem, Hanns? Se eu não estiver aqui, você não tem que estar também.

Sua irmã balançou a cabeça.

— Shauna quer que eu abra a loja de discos amanhã e quarta. Posso pedir a ela que ache uma substituta, mas, até lá, tenho que ficar. — Hannah se aproximou e segurou o rosto de Hannah com as mãos. — Só estarei dois dias atrás de você. Vai. É como se você tivesse tido uma parada cardíaca, e eu odeio isso.

— Ir agora? Mas... — Ela gesticulou, fraca. — O bar. Fizemos isso para Henry.

Hannah deu de ombros.

— Henry Cross pertence a esse lugar. Talvez devolver para os locais seja o que ele iria querer. O que conta é a intenção, Piper. Estou orgulhosa de nós, seja como for. — Ela examinou a fileira de banquetas vazias. — Acho que consigo cuidar do resto desse turno sozinha. Manda mensagem pra Kirby. Diz que está chegando.

— Hannah, tem certeza? Não gosto mesmo de deixar você aqui.

Sua irmã bufou.

— Para. Estou bem. Posso dormir na Shauna, se isso fizer você se sentir melhor.

A respiração de Piper acelerou.

— Vou mesmo fazer isso?

— Vai — ordenou Hannah, apontando para a escada. — Vou chamar um Uber.

Ah, uau, aquilo estava mesmo acontecendo. Ela ia deixar Westport.

Voltar para algo que sabia fazer e que fazia bem.

Fácil. Era fácil.

Evitar o desprezo e a decepção. Só voltar e nunca olhar para trás. Esquecer-se daquele lugar que não a queria e do homem que não confiava nela.

Ignorando a imagem clara e adorável de Brendan em sua mente, sua voz grave dizendo-a para ficar, Piper correu pelas escadas e começou a enfiar seus pertences nas malas.

# Capítulo trinta

Brendan estava parado no convés do *Della Ray*, encarando Westport. O lugar para onde seguiam naquele momento. Ele não via nada da água infinita à sua frente. Não via os homens puxando linhas e consertando iscas ao seu redor, o baixo ressoante do Black Sabbath reverberando pelos alto-falantes do passadiço. Ele estivera preso num estado de entorpecimento desde a manhã de sábado, quando saíram do porto.

*Ela não apareceu.*

Tinha dado tempo para Piper pensar, e ela concluiu que estar com ele requeria muito sacrifício e tomara sua decisão. Ele sabia que era bom demais para ser verdade. Ela desistir de tudo, de sua vida inteira, só por ele. Sua jugular doía com o peso de seu coração. Era nisso que ele pensava a cada minuto do dia. Ter Piper em sua vida tinha bom além do imaginável. Tão melhor do que ele achava que poderia ser a vida.

Só não tinha sido assim para os dois lados.

Mais de uma década como pescador e ele nunca tinha enjoado no mar, porém seu estômago se remexia de forma ameaçadora naquele momento. Brendan tinha conseguido se distrair do golpe devastador, da lembrança do cais vazio, durante os últimos dois dias, pressionando demais os homens e a si mesmo, concentrando-se em mapas digitais e até trabalhando na sala de motores enquanto Fox ocupava o passadiço. Mas, se ele parasse de se mover ou pensar, lá estava ela, e, caramba, ele a tinha perdido.

Não. Ele nunca a conquistara, para começo de conversa. Esse era o problema.

Era tarde de segunda-feira. Dia do Trabalho. Piper estaria se arrumando para abrir o bar. Ela ainda o esperava lá? Ou presumira que ele ficaria afastado, já que ela tinha decidido seguir em frente? Utilizar o novo bar como uma viagem de volta para a casa. Se ele aparecesse no Cross e Filhos, poderia ficar no caminho dela. Piper poderia não o querer lá.

Brendan enfiou os nós dos dedos nos olhos, as imagens de Piper o matando por dentro. A Piper desgrenhada e ranzinza de todas as manhãs. Piper confusa no mercado. Piper segurando uma frigideira em chamas, chorando em cima dele no hospital, gemendo em seu travesseiro. Cada uma das versões dela era como uma facada no seu peito, até que ele jurou que pular e submergir até o fundo congelante do oceano era melhor do que viver com as lembranças... e não ter a mulher de verdade.

Mas ela tinha feito a coisa certa para si. Não tinha?

Ele tinha que respeitar isso?

Respeitar que a mulher que queria como esposa iria embora?

Meu Deus. Talvez nunca mais a abraçasse.

Um chuvisco se iniciou, mas ele não se mexeu para entrar e pegar uma capa de chuva. Encharcar-se e morrer de pneumonia parecia um bom plano no momento. Porém, um instante depois, Sanders passou e entregou o casaco impermeável para Brendan. Apenas para fazer algo com as mãos, ele o vestiu e deslizou as mãos nos bolsos.

Algo molhado tocou seus dedos.

O capitão puxou o que quer que fosse, e lá estava Piper sorrindo para ele.

Uma foto deles. Uma que ele não tinha visto ela tirar.

Piper havia tirado uma foto escondida enquanto ele a segurava na estação de recarga. Seus olhos estavam cheios de luxúria e extasiados. Felizes. Apaixonados.

Com um machado dividindo sua jugular ao meio, Brendan virou a foto e viu que ela havia escrito uma mensagem.

*Para seu beliche, Capitão.*
*Volte para mim em segurança.*
*Te amo muito,*
*Piper.*

Ele ficou sem ar.

Uma onda balançou o barco, e Brendan mal conseguiu equilibrar as pernas. Toda a energia funcional tinha deixado seus membros, pois seu coração precisava de tudo para bater de forma tão violenta. Ele fechou olhos e apertou a foto no peito, sua mente vasculhando milhões de lembranças de Piper para achar aquela dela parada em sua porta. A última vez que a vira.

*Por favor... não duvide de mim, Brendan. Você não. Acredite em mim. Tá bom?*

Mas ele não tinha feito exatamente aquilo ao partir?

Brendan a tinha deixado. Após ter pedido repetidas vezes que ela lhe desse um voto de confiança, ele tinha ido embora e arruinado a confiança tênue dela.

Pelo amor de Deus, Piper estava na cidade há quanto tempo? Cinco semanas? O que ele queria dela?

Tudo, era isso. Ele tinha pedido tudo e não tinha sido justo.

Então ela tinha mantido alguns planos B. Bom. Como o homem que a amava, ele deveria estar mesmo encorajando isso. A segurança de Piper. E o que ele tinha feito em vez disso?

Havia a castigado.

Não era uma surpresa ela não ter aparecido no cais. Ele não merecia vê-la antes de partir, muito menos ficar parado lá rezando para que Piper aparecesse, implorando a Deus que a fizesse aparecer, quando ele percebia muito bem naquele momento... que ela não deveria ter ido.

Então, quando já era tarde demais, a solução óbvia para mantê-la, para merecê-la, o atingiu como um meteoro. Piper não precisava desistir de tudo. Brendan a amava o suficiente para encontrar soluções. Isso era o que ele fazia. Não existia inconveniência ou obstáculo que não enfrentaria se isso significasse tê-la em sua vida, então ele com certeza os enfrentaria. Iria se adaptar, como Piper tinha feito.

— Cometi um erro — grunhiu ele, um arame farpado se envolvendo em seu coração e apertando. — Caramba, eu cometi um erro.

Mas, se havia uma chance de consertar o que tinha feito, Brendan iria se agarrar a ela.

Do contrário, iria enlouquecer.

O capitão girou e correu até o passadiço, apenas para encontrar Fox com a aparência preocupada enquanto falava com a guarda costeira no rádio.

— O que foi?

Fox terminou a transmissão e pôs o rádio de volta no lugar.

— Nada muito ruim. Só estão nos sugerindo que ajustemos a rota para o sul. Um equipamento de perfuração pegou fogo a uns dez quilômetros a frente e tem má visibilidade. A mudança de rota deve nos atrasar só umas duas horas.

Duas horas.

Brendan olhou o relógio. Eram quatro da tarde. A princípio, estavam marcados para voltar às seis e meia. Mas, quando terminassem de descarregar o barco e levar o peixe para o mercado, já seriam umas dez ou onze horas da noite antes de ele conseguir chegar ao Cross e Filhas.

Agora, além da besteira indefensável, o capitão iria quebrar a promessa de estar na grande inauguração.

Impotência se instalou na garganta de Brendan. Ele abaixou o olhar para a foto de Piper que ainda segurava, como se tentasse se comunicar com ela.

*Me desculpa por falhar com você, amor.*

*Me dá só mais uma chance.*

A mensagem surgiu em seu celular no segundo em que pararam no porto.

**Estou indo. Tive uma emergência. Me espera. Te amo.**

As palavras quase derrubaram Brendan no chão.

Ela tinha tentado ir? Queria tê-lo visto partir?

Ah, meu Deus. Que emergência? Será que ela tinha se machucado ou precisava dele?

Em caso afirmativo, se tivesse partido quando ela estava com problemas, Brendan nunca se recuperaria.

Depois disso, seus ouvidos zumbiam, e ele não via nada além dos próprios pés no chão.

Quando Brendan e Fox chegaram ao Cross e Filhas às onze horas, estava abarrotado. "Summer in the City" tocava numa altura ensurdecedora, uma bandeja de cupcakes era passada em direção a Brendan e todo mundo tinha uma bebida na mão. De forma momentânea, orgulho de Piper e Hannah, do que elas tinham conquistado, sobrepôs todo o resto. Mas uma urgência intensa de ver a namorada voltou rápido.

Ela não estava atrás do bar.

Somente Hannah estava lá, abrindo cerveja o mais rápido que conseguia, nitidamente atrapalhada. Ela estava enfiando dinheiro nos bolsos e tentando dar o troco, jogando as notas pelo bar e correndo para atender o próximo cliente.

— Caramba. Vou ajudá-la — avisou Fox, já abrindo espaço pela multidão.

Onde estava Piper?

Com o cenho franzido, Brendan se moveu atrás do rastro do amigo, assentindo distraído para os conhecidos que chamavam — ou tentavam chamar — seu nome. Ele foi até a pista de dança primeiro, sabendo que era um lugar provável de encontrar Piper, embora... isso não fizesse sentido. Ela não deixaria a irmã desamparada no bar. E, de qualquer modo, ela deveria estar atendendo. Hannah era a DJ.

Um buraco começou a se abrir em seu estômago, mas ele tentou ficar calmo.

Talvez Piper só estivesse no banheiro.

Não. Não estava lá. Uma moça que saía de lá confirmou que o banheiro estava vazio.

Brendan sentia o pânico invadi-lo conforme ele abria caminho até o bar. A expressão de Fox o abalou antes mesmo que chegasse lá.

— Cadê ela? — gritou o capitão por cima do barulho.

Hannah olhou para ele e desviou o rosto tão rápido quanto pôde.

Ela serviu outro cliente, mas Brendan conseguia ver suas mãos trêmulas, e aquilo o apavorou. Ele iria explodir. Reviraria aquele lugar de cima a baixo por conta própria se ninguém lhe dissesse onde estava sua namorada naquele instante.

— *Hannah*. Cadê sua irmã?

A Bellinger mais nova parou, respirando fundo.

— Ela voltou para Los Angeles. Para a festa de Kirby. E talvez... para ficar. — Ela balançou a cabeça. — Ela não vai voltar.

O mundo ficou desbotado ao seu redor, a música distorcida, quase parando. Era como se seu peito tivesse se partido, e seu coração houvesse explodido. Não. Não, ela não podia ter ido embora. Não podia ter partido. Mas, mesmo enquanto a negação zumbia na sua mente, ele sabia que era verdade. Não conseguia senti-la.

Ela se fora.

— Sinto muito — disse Hannah, pegando o celular e diminuindo o volume da música com alguns cliques. As pessoas atrás de Brendan protestaram, mas se calaram e ficaram quietas de imediato, distraídas pelo homem no bar se apoiando numa banqueta e sofrendo com uma morte torturante e lenta.

— Olha. Não tinha ninguém aqui. *Ninguém*. Até talvez meia hora atrás. Achamos que seria um grande fracasso. E, antes disso, nosso padrasto cancelou a vinda dele, e você... bem, você sabe o que fez. — Lágrimas surgiram nos olhos de Hannah. Ela enxugou-as enquanto Fox, hesitante, começara a acariciar as costas dela. — Ela perdeu o "brilho Piper". Me assustou. Achei que, se ela fosse para casa, poderia recuperá-lo. Mas agora ela nunca vai saber que todo mundo ama esse lugar.

*Ela perdeu o "brilho Piper".*

Era o jeito de as garotas falarem, mas ele entendia completamente o que Hannah queria dizer, pois Piper tinha mesmo um brilho singular. Mesmo que estivessem brigando, rindo ou transando, ele sempre estava lá, puxando-o para o universo dela, tornando tudo perfeito. Aquele brilho era positividade, vida e a promessa de coisas melhores. Piper sempre o teve, reluzindo no azul de seus olhos, iluminando o cômodo. O fato de que tinha se apagado, e que ele tinha algo a ver com isso, destruiu Brendan.

— Eu devia ter ido atrás dela — disse o capitão, mais para si mesmo. — Quando ela não apareceu no cais. Devia ter ido atrás dela. Por que eu fui embora?

— Ela apareceu mesmo — uma voz avisou atrás dele. A esposa de Sanders se aproximou, segurando uma bebida pela metade. — Ela estava lá. Choramingando no porto.

Brendan precisou se apoiar no banco.

— Eu disse a ela pra ser mais forte — declarou a esposa do seu tripulante, mas o tom dela mudou quando as pessoas ao redor começaram a resmungar. — Mas falei com jeito — acrescentou, defensiva. — Acho.

Jesus. Ele mal conseguia respirar ao pensar em Piper chorando enquanto ele navegava para longe.

Não conseguia aguentar.

Brendan ainda estava em choque com a notícia de que ela tinha ido vê-lo partir, que tinha chorado ao perdê-lo, quando um senhor caminhou para a frente da multidão com um curativo branco na cabeça.

Abe? O homem que era dono da loja de ferragens da cidade junto com os filhos?

— Foi minha culpa Piper se atrasar para o cais, capitão. Ela tem me acompanhado ao museu toda manhã para que eu possa ler o jornal. Não consigo mais subir as escadas sozinho. — Ele mexeu no curativo. — Caí e bati a cachola na calçada. Piper teve que ficar comigo até Todd chegar. Demorou um pouco porque ele estava deixando meus netinhos na escola.

— Ela tem levado o senhor até o museu todo dia? — perguntou Brendan, a voz estranha por causa da pressão que sentia na garganta. Ela não tinha dito nada sobre Abe. Apenas tinha feito outro melhor amigo e o tornado importante. Era o que Piper fazia.

— Sim, senhor. Ela é a garota mais meiga que existe. — Os olhos do senhor se encheram de humor. — Se meus filhos não fossem casados e ela não tivesse se apaixonado pelo capitão aqui, eu estaria fazendo o papel de casamenteiro.

*Para*, quase gritou ele. Talvez tivesse gritado, se suas cordas vocais estivessem funcionando.

Ele ia morrer.

Estava morrendo.

— Meiga é pouco — acrescentou Opal de onde estava, mais para trás na multidão. — Eu não saía do apartamento há séculos, desde quando meu filho faleceu. Só saía para ir ao mercado ou dar uma caminhada rápida. Não até Piper dar um jeito em mim e Hannah me mostrar como usar o iTunes. Minhas netas me trouxeram de volta à vida. — Alguns murmúrios foram emitidos com um discurso apaixonado. — Que história é essa de Piper voltando para Los Angeles?

— É! — Uma garota da idade de Piper apareceu ao lado de Opal. — A gente deveria ter tido um tutorial de maquiagem. Ela esfumou meu olho semana passada e dois clientes no trabalho pediram meu número. — Ela se sentou. — Amo a Piper. Ela não foi embora de verdade, foi?

— Hum, foi — gritou Hannah. — Ela foi. Que tal tentar chegar na hora, Westport?

— Desculpa por isso — disse Abe, parecendo culpado, assim como todo mundo. — Houve um incêndio numa plataforma de petróleo longe da costa. Um jovem da cidade trabalha lá, perfurando. Acho que todo mundo estava esperando notícias, para ter certeza de que um dos nossos estava bem, antes de vir para a festa.

— Precisamos mesmo de uma televisão — murmurou Hannah.

Brendan estava sentado ali, abandonado, enquanto cada vez mais provas de que Piper vinha criando raízes surgiam. Sem falar nada para ninguém, cuidadosa, era provável que tivesse feito dessa forma só para ver se conseguia. Era provável que tivesse tido medo de não ser bem-sucedida. Seu trabalho tinha sido confortá-la, e ele estragara isso.

Tinha perdido a melhor coisa que acontecera com ele.

Ainda conseguia ouvir o que Piper tinha dito naquela noite que se sentaram num banco de frente para o porto, momentos depois de ela entrar no jantar em homenagem à sua falecida esposa com uma bandeja de doses de tequila.

*Desde que chegamos aqui, nunca tinha ficado tão óbvio que eu não sei o que estou fazendo na vida. Sou muito boa em ir às festas e tirar fotos, e não tem nada de errado com isso. Mas e se for só isso? E se for só isso?*

Mesmo com todas as inseguranças, ela foi em frente e tocou todo mundo naquele lugar, de um jeito ou de outro. Construindo seu caminho para o coração de todos. Tornando-se indispensável. Será que ela sequer sabia o quanto tinha sido bem-sucedida? Piper tinha dito uma vez que Brendan era Westport, porém, naquele momento, era o contrário. Aquele lugar era ela.

*Por favor... não duvide de mim, Brendan. Você não. Acredite em mim. Tá bom?*

Não tinha jeito, jeito nenhum, de Brendan deixar que essas fossem as últimas palavras de Piper para ele. Era melhor se deitar e morrer ali mesmo, pois não conseguiria viver com isso. E de jeito nenhum a última lembrança que Piper teria do capitão seria ele saindo de casa, deixando-a *chorando*, pelo amor de Deus.

Brendan se endireitou, distribuindo o peso de um modo que lhe permitisse se mover, andar, sem romper o coração triturado em seu peito.

— É minha culpa ela ter ido embora. A responsabilidade é minha. *Ela* é minha. — Ele engoliu em seco. — E eu vou buscá-la.

Bem ciente de que poderia falhar, Brendan ignorou os aplausos altos que se seguiram.

Ele começou a se virar para sair do bar, mas Hannah acenou para chamar sua atenção. Ela pegou o celular do bolso, clicou na tela e o deslizou para ele pela madeira que Piper tinha passado uma semana lixando até a perfeição, aplicando verniz com extrema concentração.

Brendan olhou a tela e engoliu em seco. Lá estava Piper. Soprando um beijo abaixo das palavras "O retorno triunfal da Princesa da Farra", seguido do endereço de uma boate em Los Angeles. Na noite seguinte, às nove horas.

Ingresso: quinhentos dólares.

As pessoas iriam pagar quinhentos dólares só para estar no mesmo espaço que sua namorada, e ele não podia julgá-las. Ele daria as economias de toda a sua vida para ficar de frente para ela naquele momento. Caramba, ele sentia tantas saudades de Piper.

— Em teoria, ela não deveria estar de volta a Los Angeles ainda, ou eu diria para você tentar na nossa casa primeiro. Ela provavelmente vai ficar na Kirby, mas não tenho o contato dela. — Hannah assentiu para o telefone. — Vai ter que encontrá-la na boate.

— Obrigado — disse o capitão, agradecido por ela não o punir como ele merecia. — Eu iria a qualquer lugar.

— Eu sei. — Hannah apertou a mão dele sobre o bar. — Vai lá resolver esse assunto.

Brendan caminhou até a porta, a pulsação zumbindo nos ouvidos, mas Mick entrou em seu caminho antes que ele pudesse sair para o frio.

— Brendan, eu... — Ele abaixou a cabeça. — Quando você encontrá-la, pede desculpas por mim? Não fui muito gentil com ela hoje mais cedo.

Foi como se uma adaga tivesse girado entre os olhos de Brendan. Jesus, quanta dor de cabeça Piper tinha sido forçada a aguentar desde que ele embarcara no sábado? Primeiro, ele partira, depois, o padrasto cancelara. Ninguém tinha aparecido na inauguração, pelo menos foi o que ela pensou. E, naquele momento, ele descobria que era provável que Mick a tivesse magoado?

Ele fechou as mãos em punho, lutando com a urgência feroz de quebrar algo.

— Estou com medo de perguntar o que você disse, Mick — sussurrou ele, fechando os olhos.

— Talvez tenha insinuado que ela não podia substituir minha filha — respondeu Mick, a voz baixa, o arrependimento perfurando cada palavra.

Brendan expirou, sentindo uma tristeza profunda devastá-lo ali mesmo.

— Mick — rebateu, com calma forçada. — Sua filha sempre terá um lugar no meu coração. Mas Piper é a dona desse coração agora. Ela chegou aqui e o roubou bem na minha cara.

— Entendi isso agora.

— Bom. Então aceite.

Incapaz de dizer outra palavra, incapaz de fazer alguma coisa além de ir atrás dela, chegar até ela *por qualquer meio necessário*, Brendan foi para a caminhonete e cantou pneu, saindo de Westport.

## Capítulo trinta e um

Nossa, ela tinha cometido um grande erro.

Bem grande.

Piper estava montada num unicórnio mecânico, preparando-se para ser elevada por um alçapão até o palco. Kirby enfiou uma varinha de condão de pelúcia em suas mãos e Piper encarou o objeto, lamentando o fato de não poder desejar sair daquela situação num passe de mágica.

Centenas de pessoas entoavam seu nome.

Elas pisoteavam o chão da boate, fazendo o teto estremecer. Nos bastidores, as pessoas ficavam indo até ela, tirando selfies sem permissão, e Piper imaginou que pareceria assustada em cada uma delas.

Aquilo era exatamente tudo o que sempre quisera. Fama, reconhecimento, festas em sua homenagem.

Mas tudo o que ela queria naquele momento era ir para casa.

Não para Bel-Air. Não, ela queria estar na estação de recarga. Ali era sua casa.

Brendan era sua casa.

O entoar aumentou junto com o som de pés batendo no chão, e Kirby dançou em círculos ao redor de Piper, gritando.

— Aproveite esse momento, garota. Assim que começarem a tocar sua música, os operadores vão levantar você devagar. Quando você acenar, o cara da iluminação vai fazer parecer que você está polvilhando poeira de fada. Parece tão real. As pessoas vão enlouquecer.

Certo, tudo bem, essa parte era bem legal.

— Que música é?

— "Girls Just Wanna Have Fun" remixada com "Sexy and I Know It". Claro. — Kirby abanou as axilas. — Tenta sincronizar a sacudida do pó com a batida, sabe?

Piper engoliu em seco, baixou o olhar para o vestido Monique Lhuillier, a cinta-liga preta saindo de debaixo da bainha em cada lado do unicórnio. Arrumar-se tinha sido uma distração divertida, assim como se enfeitar e ajeitar o cabelo de modo profissional, porém... naquele momento, quando a hora de fazer o retorno "triunfal" tinha chegado, Piper meio que se sentiu... uma farsa.

Seu coração estava em pedacinhos.

Ela não queria entrar numa boate em cima de um unicórnio hidráulico.

Não queria que tirassem fotos suas e espalhassem por todas as redes sociais. Nunca haveria nada de errado com se divertir. Ou com dançar e se vestir do jeito que escolhia. Mas, quando ela foi para Westport e nenhuma daquelas pessoas ligou para ela, ou mandou mensagem ou se interessou pelas consequências da festa que tinham aproveitado, Piper teve um vislumbre de como tudo era fingimento. De como o alarde sumia rápido.

Quando chegasse o momento de subir para o palco, nenhum dos aplausos seria para Piper. Para a Piper verdadeira. Seria a celebração da imagem de sucesso que construíra. E essa imagem não significava nada. Não contava. Ela achou que voltar para aquele cenário seria fácil, que apenas se enturmaria e festejaria, entorpecida por um tempo. Mas tudo em que conseguia pensar era... quem tomaria café com Opal no dia seguinte? Quem acompanharia Abe até o museu?

Aquelas visitas a faziam se sentir milhões de vezes melhor do que explosões momentâneas de fama na internet. Pois era só ela, vivendo momentos reais, não os fabricando para o entretenimento de outros.

Reformar o bar com a irmã, ficar no convés de um barco com os braços do amor de sua vida ao seu redor, correr pela névoa do porto, fazer amigos que pareciam interessados nela e não no que ela podia fazer por eles. Essas coisas contavam.

O que fazia naquele momento era só uma performance, e participar daquilo fazia Piper se sentir menos verdadeira consigo mesma. Como se estivesse se vendendo por pouco.

A fama que sempre tinha perseguido estava enfim perseguindo-a de volta, e ela não estava interessada.

*Piper, Piper, Piper.*

Os cânticos estavam ensurdecedores no momento, mas ela só queria ouvir uma voz chamando seu nome. Por que ela não ficou e lutou por ele? O que ele estava fazendo naquele momento?

— Brendan — sussurrou, o desejo por ele tão intenso que ela quase se curvou. — Me desculpa, estou com saudade. Me desculpa.

— O quê? — gritou Kirby sobre o barulho. — Certo, você vai subir. Se segura, garota.

— Não, espera. — Piper enxugou os olhos úmidos. — Quero sair. Me deixa sair.

Kirby a encarou como se ela estivesse fora de si.

— Tarde demais. Você já está subindo.

E estava. Muito mais rápido do que esperava.

Aquele unicórnio tinha mesmo energia.

Piper se agarrou à crina sintética e segurou o fôlego, erguendo o olhar e vendo as portas do palco deslizarem acima de si. *Droga. Droga.* Não tinha volta. Podia pular, mas com certeza quebraria o tornozelo com aqueles sapatos. Também quebraria lindos saltos Tom Ford, e isso ia contra sua religião.

Sua cabeça estava prestes a alcançar o palco.

Respirando fundo, Piper se endireitou e sorriu, acenando para a multidão de pessoas que estavam enlouquecidas. Por ela. Era uma experiência extracorpórea, ser suspensa acima delas, e ela não estava gostando. Não queria estar ali, sentada como uma idiota naquele unicórnio enquanto centenas de pessoas tiravam fotos com seus celulares.

*Quero ir para casa. Só quero ir para casa.*

Por fim, o unicórnio se acomodou no palco. Ótimo. Ela já estava procurando pela saída mais próxima. Mas, quando descesse, mostraria tudo para a boate inteira. Não tinha outro jeito de fazer aquilo decentemente além de tapando a virilha com a crina do unicórnio e deslizando para fora dele de modo estranho, o que Piper fazia naquele momento, as pessoas se pressionando contra o palco. Ela não só se sentia como um animal encurralado. Era um. Não tinha como sair.

Piper se virou, procurando por uma rota de fuga, e lá estava ele.

Brendan? Não, não podia ser. Seu capitão não pertencia a Los Angeles. Não fazia sentido ele estar naquele lugar.

Ela ergueu a mão para bloquear o flash de luz estroboscópica, e caramba! Meu Deus. Ele estava mesmo ali, parado trinta centímetros mais alto do que todo mundo na plateia, barbudo, lindo, firme e corajoso. Eles se olharam, e Brendan, devagar, tirou o gorro da cabeça, segurando-o no meio do peito, quase um movimento respeitoso, e sua expressão era uma mistura terrível de tristeza e admiração. Não. Ela tinha que ir até ele. Estar tão perto e não estar nos seus braços era sem dúvida uma tortura. Ele estava ali. Estava ali.

— Brendan — gritou Piper, a voz engolida pelo barulho.

Mas ela viu os lábios dele se moverem. Soube que ele tinha gritado de volta.

Incapaz de ficar afastada dele por mais tempo, jogou-se no chão e correu do palco, abrindo caminho pela multidão apertada, rezando para que estivesse se movendo na direção certa, já que não o via mais. Não com as luzes piscantes e os celulares no seu rosto.

— Brendan!

Mãos a agarraram, tornando impossível que se mexesse. Os braços de estranhos se envolveram em seu pescoço, puxando-a para selfies, respirações quentes na nuca, nos ombros. Não, não, não. Ela só queria um toque. Um toque de um homem perfeito.

— Piper!

Ela ouviu a voz grave e em pânico dele e girou no caleidoscópio de cores e flashes que a desorientavam. Lágrimas desciam por seu rosto, mas ela as deixou lá, preferindo tentar passar pela multidão.

— Brendan!

Adrian apareceu na sua frente, distraindo Piper temporariamente de sua corrida em labirinto, pois era tudo tão absurdo. Ela tentava chegar à pessoa mais maravilhosa do mundo, e aquele homem infantil, falso e cruel estava bloqueando seu caminho. Quem ele achava que era?

— Oi, Piper. Estava esperando te encontrar! — gritou Adrian fazendo-se ouvir apesar da música alta. — Você está linda. Devíamos tomar um drinque...

Brendan apareceu atrás de seu ex-namorado e, sem hesitar, empurrou-o para o lado como um inseto irritante; Piper não perdeu tempo e se jogou na estação de recarga. Um sentimento de certeza tomou conta de seu corpo em segundos, trazendo-a de volta para si mesma. Brendan a levantou, abraçando-a o mais forte que conseguia, e ela se derreteu naquele abraço. Suas pernas envolveram o quadril dele, ela enterrou o rosto em seu pescoço e chorou como um bebê.

— Brendan. Brendan.

— Te peguei. Estou bem aqui. — Feroz, ele beijou seu rosto, cabelo, testa. — Ficar ou ir, amor? Do que precisa?

— Ir, por favor. Me tira daqui.

Piper sentiu Brendan registrar a surpresa — de que ela queria ir? —, seguida por um aperto de seus músculos. Uma de suas mãos segurou a parte de trás de sua cabeça de modo protetor, então ele se moveu pela multidão, ordenando às pessoas que saíssem de seu caminho. E ela tinha certeza de que nunca tinha se sentido mais segura em toda a vida. Sentiu o cheiro do perfume dele e se agarrou em seus ombros, segura na confiança absoluta que tinha naquele homem. Ele tinha ido encontrá-la. Depois de tudo, ele tinha ido.

Um momento depois, eles saíram na rua, porém Brendan não parou de se mover. Carregou Piper pela fila de espectadores boquiabertos e continuou até que a batida grave enfraquecesse e uma quietude relativa se instalasse ao redor. Apenas então ele parou de andar, porém não a soltou. Andou com ela até a porta de um banco e a balançou de um lado para o outro, seus braços como uma prensa.

— Me desculpa, amor — rangeu ele contra a testa dela.
— Me desculpa mesmo. Não deveria ter ido embora. Nunca deveria ter ido embora ou feito você chorar. Por favor, me perdoa.

Piper soluçou no pescoço dele e assentiu. Ela o perdoaria por qualquer coisa naquele momento, bastava ele ficar. Mas, antes que pudesse dizer algo, ele continuou.

— *Realmente* acredito em você, Piper. Nunca mais vou duvidar de você. Você merece muito mais do que eu dei, e foi errado da minha parte, tão errado, ficar irritado com você por ter se protegido. Você já estava fazendo tanto por mim. Você faz tanto para tudo e para todos, garota incrível, e eu te amo. Mais do que qualquer droga de oceano, me ouviu? Eu te amo, e me apaixono mais a cada minuto, então, amor, por favor, para de chorar. Você estava tão linda lá em cima. Caramba, você estava tão linda e eu não conseguia *alcançar* você.

As palavras a faziam se sentir como se estivesse flutuando. Elas imprimiam toda a sinceridade, profundidade, gravidade e humildade de Brendan. E eram para ela.

Como ele se entregava completamente, aquele homem.
Como ela queria se entregar completamente também.

— Eu também te amo — sussurrou, trêmula, beijando seu pescoço, boca, pressionando, feroz, os lábios firmes e receptivos. — Também te amo. Eu te amo. Não queria estar aqui hoje. Só queria estar com você, Brendan. Só queria muito ouvir sua voz.

— Então vou falar até minha voz falhar — grunhiu ele, colando os lábios nos dela, respirando na boca de Piper. Aceitando sua respiração em retorno. — Vou te amar até meu coração parar. Serei seu homem por mil anos. Mais, se puder. — Com um som de sofrimento, ele beijou as lágrimas em suas bochechas. — Eu estraguei tudo, Piper. Deixei meu medo de te perder ficar entre nós. — Ele se afastou e esperou até que ela o olhasse. Olhasse toda aquela intensidade. — Se você precisa de Los Angeles para ser feliz, então vamos fazer dar certo. Posso ir para o norte para a temporada de caranguejo e ancorar o novo barco perto de Los Angeles pelo restante do ano. Se você me aceitar de volta, vamos fazer dar certo. Não vou deixar a gente fracassar. Só me deixa amar você pra sempre.

— Se eu te aceitar de volta... — Ela soltou o ar em descrença, levando um momento para assimilar as palavras. Ah, nossa. Nossa. Seus joelhos começaram a tremer ao redor do quadril dele, amor surgindo dentro de si e preenchendo cada parte sua que tinha se partido nos últimos três dias. — Você faria isso, não faria? Você mudaria sua vida toda por mim.

— Ficaria honrado em fazer isso. É só pedir.

— B-Brendan. — Seu peito doía quase demais para falar. — Quando estava me apaixonando por você, estava me apaixonando também por Westport. Ali é minha casa. Nossa casa. E não quero estar em nenhum outro lugar. Soube assim que cheguei aqui hoje à noite. Nada estava certo. Nada estava certo sem você.

— Piper — chamou ele, suas bocas quentes se procurando. — Diz que é minha de novo. Seja clara. Preciso que seja clara. Sofri demais achando que tinha perdido você para sempre.

— Sou sua. Claro que sou sua. Me desculpa por ter fugido. Me desculpa por ter duvidado...

Ele a silenciou com a pressão forte de seus lábios, seu corpo carregado de alívio.

— Graças a Deus — agradeceu ele, rouco. — E não. Você não fez nada de errado. Nada. — Ele acariciou a base de sua coluna com o dedão, o corpo balançando-a de um lado para o outro. — Tudo vai ficar bem agora. Voltamos um para o outro. Peguei você de volta e não vou te deixar escapar de novo nunca mais.

Ela se agarrou a ele.

— Promete?

— Vou fazer essa promessa todos os dias.

Um sorriso cheio de alegria iluminou o rosto de Piper.

— Vou tentar fazer o Cross e Filhas dar certo. Vou ser mais forte da próxima vez no cais. Posso ser...

— Ah, não, Piper. — Ele baixou a cabeça para olhar nos olhos dela, o cenho franzido. — Primeiro, você não tem que ser forte. Não o tempo todo. Não sei quem disse que minha namorada incrível, doce, gentil e perfeita precisava se encaixar num modelo, mas você não tem. Só precisa ser a Piper, tá bom? É por ela que estou apaixonado. Ela é a única mulher que foi feita pra mim. Chore se quiser chorar. Dance se quiser dançar. Caramba, grita comigo se precisar. Ninguém pode te dizer como agir ou o que sentir quando eu partir. *Ninguém*. E, amor... — Ele soprou uma risada. — Quando cheguei ao bar, ele estava lotado. Todo mundo *amou*. As pessoas só têm um ritmo diferente em Westport. Elas não são tão pontuais quanto eu.

— Espera. Sério? Estava cheio? — Ela ofegou. — Ah, não. Hannah...

— Está tudo bem. Fox ajudou. E ela me ajudou a te achar hoje.

— Ah! Ah. Estou tão feliz. — Felicidade surgiu em seu peito e ela deu uma risada emocionada, lágrimas correndo pelo rosto. — É melhor irmos pra casa, então. Tenho um bar pra cuidar.

Brendan juntou os lábios deles e a beijou com uma afeição dolorosa que logo começou a queimar. Seu gemido se encontrou com o grunhido urgente dele, suas línguas se enrolando ferozes, a mão dele descendo para espalmar sua bunda.

— Podemos ir pra casa hoje à noite — rosnou ele, inclinando o quadril para que ela pudesse sentir a elevação firme do desejo dele. — Ou podemos atravessar a rua para meu quarto de hotel e nos preocuparmos com chegar em casa pela manhã.

Ela suspirou.

— Por que ainda não estamos lá?

— Me dê um minuto. — Ele saltou para a rua quieta, e surgiu aos saltos, enquanto a cutucava por todos lados, fazendo a risada dela soar pela rua coberta pela noite, e quando ele a jogou por cima daqueles ombros largos de pescador, Piper soltou um grito eufórico. — Então... — disse quando estavam no meio do saguão do hotel, escandalizando todos por quem passavam. — Simplesmente não vamos falar sobre o unicórnio mecânico?

— Eu te amo — afirmou ela entre lágrimas. — Muito.

— Ah, Piper. — A voz dele estremeceu de emoção. — Eu também te amo.

# Epílogo

*Uma semana depois*

Era um dia triste.
Era um dia feliz.
Brendan estava voltando para casa de uma viagem de pesca, porém Hannah estava voltando para Los Angeles.
Piper se sentou na cama e retirou a máscara de olhos, maravilhando-se — não pela primeira vez — com o quanto o quarto tinha mudado. Antes de deixarem Los Angeles, Brendan levara Piper para Bel-Air a fim de fazerem uma rápida visita a Maureen e Daniel. No meio do encontro, Brendan tinha desaparecido.
Ela o achou em seu quarto no andar de cima, empacotando suas coisas.
Não só suas roupas, embora fosse legal ter seu guarda-roupa inteiro de volta. Mas suas bugigangas. Perfumes, colchas, sapateira e lenços. E, assim que chegaram em casa, em Westport — tá bom, certo, após uma rapidinha bruta e suada no sofá da sala —, ele tinha subido os itens e transformado o quarto dele... no quarto dos dois.

Seu capitão supermasculino no momento dormia sob um edredom cor-de-rosa. A loção pós-barba dele agora ficava entre esmaltes e batons, e ele não poderia parecer mais feliz com aquela bagunça feminina.

Eles só tinham passado alguns dias morando oficialmente juntos antes da viagem de Brendan, porém tinham sido os melhores dias da vida de Piper. Assistir a Brendan escovando os dentes com nada além de uma toalha enrolada na cintura, sentir seus olhos em si enquanto trabalhava, panquecas na cama, sexo no banho, cuidar do jardim juntos no pátio dos fundos, sexo no banho. E o melhor de tudo: a promessa sussurrada dele toda manhã e toda noite de que nunca, nunca iria deixá-la ir embora de novo.

Piper se jogou contra os travesseiros e suspirou com ar sonhador.

Brendan chegaria a Grays Harbor em algumas horas, e ela mal podia esperar para contar a ele cada peripécia que tinha acontecido no Cross e Filhos desde que o capitão tinha saído. Mal podia esperar para cheirar a água salgada na sua pele e até continuar a conversa sobre um dia... *um dia* terem filhos.

Ele não tinha esquecido a tentativa de Piper de abordar o assunto na noite da briga. Tinham tentado conversar sobre aquilo em quatro ocasiões diferentes desde que voltaram para a casa, porém, assim que a palavra "grávida" era pronunciada, Piper sempre acabava de costas, Brendan empurrando nela como um trem de carga.

Então. Sem reclamações.

Abanando o rosto, Piper saiu da cama e seguiu para sua rotina matinal de correr e acompanhar Abe até o museu. Quando chegou em casa, uma hora depois, Hannah tinha acabado de fechar o zíper da mala cheia, e o estômago de Piper deu uma cambalhota desconfortável.

— Vou sentir saudades — sussurrou, apoiando um ombro na porta.

Hannah se virou e se sentou na beira da cama.

— Vou sentir mais.

Piper balançou a cabeça.

— Sabe... você é minha melhor amiga.

Sua irmã pareceu pega desprevenida por aquela declaração e deu um aceno atrapalhado de cabeça.

— E você é a minha. Sempre foi a minha, Pipes.

— Se você não tivesse vindo... — Piper gesticulou para o arredor. — Nada disse teria acontecido. Eu não teria conseguido sozinha.

— Teria, você teria.

Piper piscou várias vezes para parar as lágrimas.

— Está pronta pra ir para o aeroporto?

Hannah fez que sim e, depois de dar um beijo de despedida no tocador de discos, ela puxou a mala de rodinhas até a frente da casa. Piper abriu a porta para deixar a irmã passar, franzindo o cenho quando Hannah parou.

— O que é isso?

— Isso o quê?

Piper seguiu olhar da irmã e achou um pacote marrom, quadrado, apoiado na varanda. Com certeza não estava ali quando voltou da corrida. Ela se agachou e o pegou, inspecionado o adesivo de entrega e dando a caixa para a irmã.

— É pra você.

Largando a alça da mala, Hannah rasgou o papelão, revelando um disco enrolado em papel celofane.

— É... ah. — Ela engoliu em seco. — É aquele álbum do Fleetwood Mac. O que gostei na exposição. — Ela tentou rir, mas saiu engasgado. — Fox deve ter achado.

Piper deu um assobio baixo.

Hannah continuou encarando o álbum.

— Isso foi tão... amigável da parte dele.

Sem dúvida foi algo. Mas Piper não tinha certeza de que "amigável" seria a palavra certa.

Vários instantes se passaram, e Piper estendeu a mão para pôr uma mecha de cabelo atrás da orelha da irmã.

— Pronta pra ir? — perguntou, gentil.

— Hum... — Hannah estava visivelmente balançada. — Sim. Sim, claro. Vamos.

Algumas horas mais tarde, Piper estava no cais e assistia ao *Della Ray* se aproximar, sua pulsação acelerando quanto mais próximo o barco ficava, respingos brancos se espalhando ao redor da proa como asas ondulantes.

As companheiras dos tripulantes, as mães e os pais estavam em volta tomando café no clima frio de outono, especulando a carga da viagem. Tinham sido gentis com Piper naquela tarde, porém, mais importante, ela estava aprendendo a ser gentil consigo mesma.

Aprendendo a se amar do jeito que era.

Frívola e boba num momento, determinada e teimosa em outros. Quando estava brava, enfurecia-se. Quando estava triste, chorava.

E, quando estava feliz, como naquele momento, ela abria os braços e corria bem para a principal fonte da sua alegria, deixando-o envolvê-la.

# Cena bônus

Caramba.

Aquela miniatura de garota com sardas tinha encarado de frente o capitão. Ainda parecia muito brava também, sob a aba do boné vermelho de beisebol.

Era bom que Fox soubesse o bastante sobre mulheres para varrer o ar de diversão do próprio rosto. Hannah, a garota nova na cidade, tinha, de modo breve, direcionado sua ira para ele do lado de fora do Boia Vermelha, e ele não estava ávido para revisitar o momento. Nem seu pau, que tinha se retraído como um caranguejo-eremita à rara exibição de desprazer em sua companhia.

Bem naquele momento, um vento tempestuoso de agosto tirou o boné de Hannah da cabeça.

Eles foram pegar o acessório ao mesmo tempo, os dedos dele agarrando a aba antes que chegasse ao chão. Ainda agachado — e com o sorriso mais presunçoso que conseguia dar —, Fox devolveu o boné, a boca se abrindo mais quando ela o encarou, desconfiada.

Hannah bufou.

— Obrigada.
— Disponha.

Com um murmúrio cético, Hannah pôs o boné de volta sobre os olhos, mas Fox já tinha visto a luz da tarde passar pelo seu rosto. Um *rosto* bonito, marcado pelo nariz atarracado entre os grandes olhos castanhos e uma covinha na bochecha direita. Seus dedos despontavam das sandálias, exibindo uma nota musical no segundo dedo maior.

Sim. Muito bonita.

Mas não tão bonita a ponto de ser incapaz de transformar a masculinidade dele em um crustáceo.

*O que você é? O ajudante bonitinho dele?*

A parte bonita era óbvia. E, naquele momento, lá estava ele, acompanhando a cabeça quente até a loja de discos para que seu melhor amigo conseguisse um tempo a sós com a primeira mulher a despertar seu interesse desde o falecimento da sua esposa, há sete anos. Então Fox seria mesmo um assistente.

Mas, sinceramente? Ele não se importava com não ser levado a sério. Deixe Hannah colocá-lo numa categoriazinha. Poupava-o de ter que tentar. Tentar qualquer coisa que valesse a pena só levava a decepção.

Fox percebeu que seu sorriso tinha sumido e o colocou de volta no lugar, gesticulando para que Hannah seguisse na frente na calçada.

— Depois de você, meu bem.

Ela o analisou de cima do nariz atarracado, então passou.

— Pode poupar as forças, garotão. Nada do que eu disser para Piper sobre você vai afetar a decisão dela.

*Garotão?* Brutal.

— Que decisão?

— De embarcar ou recusar um caso com o cara cruel.

*O cruel.* Selvagem.

— Vocês duas parecem próximas. Ela não considera sua opinião?

Hannah parou abruptamente e se virou, a expressão de alguém que iria retirar a afirmação anterior.

— Ah, não, ela considera. Mas minha irmã, hum... — Ela dedilhou no ar a procura das palavras certas. — Ela é tão desesperada em ver o lado bom das pessoas que nem sempre escuta um bom aviso.

— Ah. E você procura o lado ruim das pessoas?

— Ah, minha doença é bem pior do que a da Piper. Eu *gosto* do lado ruim das pessoas.

Ela lhe mostrou aquela covinha e continuou andando.

Fox levou um momento para recuperar o ritmo. De repente, estava interessado na conversa. Mais do que tinha estado há um bom tempo. Por quê? Além do fato de que ela tinha ganhado seu respeito ao recusar se afastar de um homem com o dobro do tamanho dela, não havia razão para ele estar acelerando o passo a fim de descobrir o que Hannah ia dizer em seguida.

Eles nem iam dormir juntos.

Isso poderia estragar fazer tudo ir por água abaixo para Brendan e, caramba, ela nem era o tipo dele mesmo. Primeiro, ela moraria em Westport pelo futuro próximo. Estaria muito perto para o bem dele. Segundo, seu charme seria muito desperdiçado nessa forasteira. O modo como andava correndo dois metros à frente dele deixava isso bastante claro.

Talvez fosse por isso que ele quisesse continuar conversando com ela.

Ele tinha entendido o discurso "sem chance de sexo", *e* ela era imune a ele. Não havia pressão.

Surpreendeu Fox o quanto essa pressão estava presente em seu peito até ela começar a diminuir, de forma gradual, como o ar saindo de uma bola de praia.

— Que tal diminuir o passo um pouco, Pintadinha? — sugeriu ele, um pouco mais irritado do que pretendia, por causa daquele sentimento estranho. — Sou o único que sabe pra onde estamos indo.

Hannah ergueu a sobrancelha para ele por cima do ombro, porém diminuiu de uma corrida para um andar apressado. Talvez até parecesse um pouco curiosa em relação a ele, mas qual seria o sentido disso?

— Sério? Acha que sou "Pintadinha"?

— É isso ou Capitã Assassina.

Aquilo foi o leve esboço de um sorriso?

Por força do hábito, ele estava prestes a elogiar o sorriso dela quando seu celular começou a vibrar no bolso. Fox cometeu o erro de principiante de pegá-lo em vez de ignorar a ligação, porém colocou rapidamente o aparelho de volta no bolso quando o nome Carla piscou na tela.

Mas não antes que Hannah visse. Seu olhar se desviou rápido, a expressão ainda neutra, mas com certeza ela tinha notado que uma mulher estava ligando para ele. Não havia razão para isso o incomodar. Nenhuma razão para a decepção estúpida afundando em seu estômago. Nenhuma mesmo.

Fox tossiu no próprio punho, e eles continuaram a caminhar lado a lado.

— O que você quis dizer com "Gosto do lado ruim das pessoas"?

Sua covinha se aprofundou quando ela pensou naquilo.

— É que, tipo... o lado ruim de uma pessoa também é a parte mais honesta, não acha? Quando se conhece alguém novo, você cava, cava até achar a parte boa. Imagina quanto tempo pouparíamos se nosso maior defeito fosse dito logo de cara.

— Você é bem intensa para alguém cujo apelido é Pintadinha.

Ela deu uma risada, e a estranheza que vinha se remexendo no peito de Fox parou do nada, diminuída pela satisfação. Pelo calor.

— Ei, questionei sua decisão. Você ficou firme no Pintadinha. — O sorriso dela se transformou num suspiro. — E sei que sou um pouco intensa. É por causa das músicas que eu ouço. Tudo está bem exposto numa música. Revolta, coração partido, tensão, esperança. É difícil voltar para a vida normal depois de uma canção de Courtney Barnett. — Ela lhe deu uma espiada. — Eu tendo a compartilhar demais sobre mim para pessoas que acabei de conhecer. É por isso que não tenho muitos amigos de onde venho. Acho que gosto de coisas mais intensas.

Isso o fez rir.

— Calma aí. Eu não disse que a intensidade era broxante.

Ela o encarou, os lábios numa linha fina.

*Ops. Pisei em terreno escorregadio. Melhor voltar.*

— Broxante foi a palavra errada. Isso não é... — Fox balançou a mão entre eles. — ... não tem nada para excitar ou broxar.

Ela assentiu, e eles voltaram a caminhar.

Caramba, aquilo era meio legal. Ter uma interação um pouco antagonista com uma garota. Aquela garota. Havia algo de revigorante em passar o tempo com ela sem expectativa alguma. Não que se esforçasse muito para seduzir mulheres. Esse talento era um mecanismo meio inato. Tentar seduzir Hannah teria sido muito mais complicado, e o fato de que não precisava...

A única opção restante era amizade.

Caramba. Que reviravolta aquele dia tinha dado. Quando acordara naquela manhã, se alguém tivesse lhe dito que ele estaria andando por aí com uma garota, Fox o teria chamado de um grande mentiroso. Mas ali estava ele. Nem ao menos tentando transar com ela. Era contra sua natureza não olhar *um pouco* para ela, só para o bem da posteridade, e ela tinha o tipo de bundinha que o enlouquecia. Mas ele estava categorizando isso como *irrelevante*.

— Que tipo de coisa você geralmente compartilha demais? — perguntou a ela.

Hannah ergueu o olhar para o céu raiado do pôr do sol, porém logo baixou a cabeça quando uma gaivota voou acima deles.

— Meus maiores medos, que filmes me fazem chorar, minha relação com minha mãe. Coisas assim. Em Los Angeles, você deve começar falando sua profissão.

— Eu estava querendo perguntar... O que você faz?

Ela deu um sorriso sincero.

— Procuro locações para um estúdio de filmes independentes.

Sim, ele conseguia vê-la fazendo isso. Prancheta, fone de ouvido, mascando chiclete, assistindo a algum drama acontecer em um set de filme.

— Parece que isso alimenta mesmo sua intensidade. É o que você faz em tempo integral?

— Não.
Ela parecia hesitante em dizer mais.
— Vamos lá. Compartilhe demais. Não me decepcione.
— É que não contei pra ninguém ainda. — Ela levou a bochecha até o ombro. Sua versão de dar de ombros? — Quero criar trilha sonora de filmes. Não a parte instrumental. Só selecionar a música perfeita para cada cena.
— Isso parece bem legal.
Ela enfiou as mãos no bolso da calça jeans.
— Obrigada. — Ela estava mordendo os lábios para conter um sorriso? Caramba. Ele meio que queria vê-lo. — E você? Entendi que você é um pescador como o cruel?
— Isso mesmo. — Ele bateu no pulso. — Tenho água salgada correndo nas veias.
— Te assusta? Quando o mar fica agitado?
— Eu seria um idiota se não me assustasse.
Por algum motivo, a confissão fez aquela garota interessante se interessar um pouco mais por ele. Ela assentiu, analisando-o um pouco mais de perto.
— Escutei ele chamando você de segundo capitão. Quer comandar o próprio barco algum dia?
— Não mesmo.
— Por que não?
— Muita responsabilidade. — Ele passou a mão no cabelo. — Gosto das coisas do jeito que estão agora. Ter um emprego, não cometer erros, voltar pra casa com dinheiro no bolso e fim. Deixa outra pessoa pensar na visão geral.
Hannah apertou os lábios.
— Você é preguiçoso ou tem medo de fazer besteira?
O modo defensivo tomou conta dele de maneira inesperada, e, usando a única arma que tinha, Fox levou sua atenção para as coxas dela.

— Pode apostar que não sou preguiçoso, Pintadinha.
Hannah engoliu em seco, as mãos se curvando no bolso.
— Então você está... com medo?
— Não consegue não implicar, não é? — Rindo, Fox balançou a cabeça. — Não vai achar meu lado ruim assim tão fácil. Está bem escondido.
— Sei, até parece — murmurou ela, e eles se entreolharam por um instante demorado. — Existe mesmo uma loja de discos ou você está me conduzindo para um túmulo aquático?
— Não seja sombria, Pintadinha. — Ele a parou do lado de fora da Disco ou Aquilo antes que ela passasse da entrada. — É aqui.
— Sério? — Hannah analisou o pequeno prédio de reboco branco. — Não tem placa.
— Não sabe que é isso o que faz um lugar ser legal? Achei que fosse de Los Angeles.
Fox abriu a porta para Hannah antes que ela pudesse responder, rindo enquanto ela passava. E, sim, certo, ele se sentiu um pouco envaidecido quando as bochechas dela coraram. Ele podia ser amigo de uma garota, mas não faria mal ela pelo menos *reconhecer* que ele era atraente. Afinal de contas, ele se esforçava tanto para ter certeza de que isso seria a principal coisa que as pessoas notariam nele.
Hannah pisou na loja de discos e estacou.
Ele não era um entusiasta de discos como aquela garota, mas tinha ido à Disco ou Aquilo vezes suficiente para saber que havia algo mágico ali. O fato de que tinha sido ele a apresentar a loja para Hannah lhe dava uma sensação surpreendente de orgulho. Ainda parado na porta, ele tentou ver a loja pelos olhos dela. As prateleiras tinham iluminação

embutida, jogando um brilho mágico nas fileiras de discos. Lustres vintage pendurados no teto, âmbar, dourado, prata, origamis girando ao redor deles e desenhando sombras nas paredes e no piso original. O lugar cheirava a café, poeira e couro.

Hannah se virou para ele com os olhos arregalados. Tirou o boné, deixando cair o cabelo louro, o rosto iluminado nos tons daquele ambiente fazendo sua boca secar.

Bonita.

Amiga.

Fox repetiu essas palavras três vezes, mas parou de pensar em qualquer coisa quando ela deu dois passos e agarrou seu pescoço. Abraçando-o. Aconchegando seu corpo contra os músculos e a coxa dele.

— Obrigada por me trazer aqui.

Sua respiração estava quente, o queixo apoiado naquele lugar onde pescoço e ombro se encontram, e, caramba, a sensação era boa. Muito boa. Boa demais. Mas isso não o impediu de se inclinar um pouco para compensar a diferença de altura entre eles e puxá-la para mais perto de seu peito.

Hannah se mexeu lentamente, virando a cabeça... e seus olhos se encontraram.

"Fade Into You" tocava baixo nos alto-falantes de uma forma hipnotizante. Nada daquilo era esperado ou se assemelhava de algum jeito com a vida real. Não para ele. Ele não tinha momentos como aquele. Com ninguém. Mas aquela... garota. Aquela garota fora de seu alcance.

Ela estava fazendo com que ele precisasse beijá-la. Como Hannah fazia isso?

Já se chamando de idiota mentalmente, Fox abaixou a cabeça, e seu celular vibrou no bolso da frente da calça jeans.

Daquela vez, ele não o pegou, mas Hannah se afastou, visivelmente se sacudindo para se livrar do momento, pois estava implícito que era uma mulher ligando para ele. Era bem provável que fosse. Nada de esconder. As mãos de Fox não pareciam ser capazes de fazer nada além de ficar penduradas nas laterais do corpo.

— Vou dar uma olhada — avisou Hannah, escondida sob o boné mais uma vez, já se virando para o primeiro corredor da loja. — Se quiser atender sua ligação.

— É, obrigado. Estarei... lá fora.

Mas, quando Fox saiu da loja, deixou a ligação cair na caixa postal e, em vez disso, observou pelas janelas enquanto Hannah olhava os discos.

# Agradecimentos

Este livro foi minha válvula de escape durante a Grande Quarentena de 2020 e sempre vai ocupar um lugar especial no meu coração. Quando tudo estava pesado demais, eu podia fechar a porta do escritório e viajar até Westport para ajudar duas pessoas a se apaixonarem — e sou muito grata por isso. Não conseguiria ter escrito este livro sem o apoio do meu marido, Patrick, que manteve ocupada uma menina de nove anos, mesmo sem poder contar com a escola ou com uma sensação de normalidade durante meses.

Também agradeço aos amigos — Nisha, Bonnie, Patricia, Michelle, Jan e Jill — que me deram ânimo por meio de mensagens e encontros realizados com distanciamento social, da calçada, enquanto eu berrava da entrada da casa, ainda de pijama (um de estampa duvidosa). Agradeço à personagem Alexis Rose, da série *Schitt's Creek*, por quem me apaixonei loucamente, a ponto de querer lhe dar um final feliz por intermédio da Piper. Obrigada a todos os trabalhadores essenciais e às equipes médicas que trabalharam sem descanso e arriscaram a própria saúde ao longo de 2020 e nos meses seguintes. Vocês são heróis. Como sempre, obrigada à minha editora maravilhosa, Nicole Fischer, à minha agente, Laura Bradford, e, claro, aos leitores que continuam acompanhando as minhas histórias. Cada um de vocês é tudo para mim.

| | |
|---:|:---|
| *1ª edição* | ABRIL DE 2022 |
| *reimpressão* | JULHO DE JULHO |
| *impressão* | IMPRENSA DA FÉ |
| *papel de miolo* | LUX CREAM 60 G/M$^2$ |
| *papel de capa* | CARTÃO SUPREMO ALTA ALVURA 250G/M$^2$ |
| *tipografia* | PALATINO |